Diogenes Taschenbuch 23571

de
te
be

Einfach nur Geschichten

Deutschsprachige Erzähler

Herausgegeben von
Daniel Keel
und Daniel Kampa

Diogenes

Nach- und Hinweise
am Schluß des Bandes
Mitarbeit Nachweis: Lisa Jordi
Umschlagillustration: Karl Schmidt-Rottluff,
›Die Lesende‹, 1911 (Ausschnitt)

Originalausgabe

www.diogenes.ch
600/06/44/1
ISBN 13: 978 3 257 23571 5
ISBN 10: 3 257 23571 2

»Die Literatur muß so leicht werden, daß sie auf der Waage der heutigen Literaturkritik nichts mehr wiegt: nur so wird sie wieder gewichtig.«

Friedrich Dürrenmatt

»Wer sich keine Geschichten anhören will, ist mir verdächtig.«

Alfred Andersch

Zu diesem Buch

»Wer aber nicht eine Million Leser erwartet, sollte keine Zeile schreiben«, so Goethe. Die Diogenes Taschenbücher haben sogar noch mehr Leserinnen und Leser gefunden: In 35 Jahren wurden 100 Millionen detebe verkauft. Anstatt auszurechnen, ob 100 Millionen gestapelte Taschenbücher bis zum Mond reichen würden, haben wir lieber gelesen.

Gemäß unseren Verlags-Devisen »Erzählen ist das einzige Spiel, das zu spielen sich lohnt« (Fellini) und »Jede Art zu schreiben ist erlaubt, nur die langweilige nicht« (Voltaire) haben wir das Beste von Diogenes zusammengestellt (mit der Hilfe von Marion Hertle und Margaux de Weck, denen wir nicht genug danken können). Neben unseren Programmschwerpunkten – zeitgenössische deutschsprachige und internationale Literatur, Kriminalliteratur und Klassiker – gehören dazu auch Themen, die man beim ›Belletristen‹ Diogenes weniger vermutet, die aber seit Jahren ebenfalls wichtiger Bestandteil des Programms sind: Biographisches, Philosophisches und Satirisches. So sind sieben prallgefüllte Reader entstanden, zum Entdecken oder Wiederentdecken, für alle, die sich fragen: Was lese ich als nächstes? Und die nicht etwa mit Karl Kraus antworten: »Wo nehme ich nur all die Zeit her, so viel *nicht* zu lesen?«

Die Herausgeber

Inhalt

Friedrich Dürrenmatt
Gibt es noch Geschichten?

Gibt es noch mögliche Geschichten, Geschichten für Schriftsteller? Will einer nicht von sich erzählen, romantisch, lyrisch sein Ich verallgemeinern, fühlt er keinen Zwang, von seinen Hoffnungen und Niederlagen zu reden, durchaus wahrhaftig, und von seiner Weise, bei Frauen zu liegen, wie wenn Wahrhaftigkeit dies alles ins Allgemeine transponieren würde und nicht viel mehr ins Medizinische, Psychologische bestenfalls, will einer dies nicht tun, vielmehr diskret zurücktreten, das Private höflich wahren, den Stoff vor sich wie ein Bildhauer sein Material, an ihm arbeitend und an ihm sich entwickelnd und als eine Art Klassiker versuchen, nicht gleich zu verzweifeln, wenn auch der bare Unsinn kaum zu leugnen ist, der überall zum Vorschein kommt, dann wird Schreiben schwieriger und einsamer, auch sinnloser, eine gute Note in der Literaturgeschichte interessiert nicht – wer bekam nicht schon gute Noten, welche Stümpereien wurden nicht schon ausgezeichnet –, die Forderungen des Tags sind wichtiger. Doch auch hier ein Dilemma und ungünstige Marktlage. Bloße Unterhaltung bietet das Leben, am Abend das Kino, Poesie die Tageszeitung unter dem Strich, für mehr, doch sozialerweise schon von einem Franken an, wird Seele gefordert, Geständnisse, Wahrhaftigkeit eben, höhere Werte sollen geliefert werden, Moralien, brauchbare Sentenzen, irgend etwas soll überwunden oder bejaht werden, bald Christentum, bald gängige Verzweiflung, Literatur, alles in allem. Doch wenn dies zu produzieren der Autor sich weigert, immer mehr, immer hartnäckiger, weil er sich zwar im klaren ist, daß der Grund seines Schreibens bei ihm liegt, in seinem Bewußten und Unbewußten in je nach Fall dosiertem Verhältnis, in seinem Glauben und Zweifeln, jedoch auch meint, gerade dies gehe das Publikum nun wirklich nichts an, es genüge, was er schreibt, gestaltet, formt, man zeige appetitlicherweise die Oberfläche und nur diese, arbeite an ihr und nur dort, im übrigen sei der Mund zu halten, weder zu kommentieren noch zu schwatzen? Angelangt bei dieser Erkenntnis, wird er stocken, zögern, ratlos werden, dies wird kaum zu vermeiden sein. Die Ahnung steigt auf, es gebe nichts mehr zu erzählen, die Abdankung wird ernstlich in Erwägung gezogen, vielleicht sind einige Sätze noch möglich, sonst aber Schwenkung in die Biologie, um der Explosion der Menschheit, den vorrückenden Milliarden, den unablässig liefernden Gebärmüttern wenigstens gedanklich beizukommen, oder in die Physik, in die Astronomie, sich ordnungshalber über das Gerüst Rechenschaft abzulegen, in welchem wir pendeln. Der Rest für die Illustrierte, für ›Life‹, ›Match‹, ›Quick‹ und für die ›Sie und Er‹: Der Präsident unter dem Sauerstoffzelt, Onkel Bulganin in seinem Garten, die Prinzessin mit ihrem Tausendsassa von Flugkapitän, Filmgrößen und Dollargesichter, auswechselbar, schon aus der Mode, kaum wird von ihnen gesprochen. Daneben der Alltag eines jeden, westeuropäisch in meinem Fall, schweizerisch genauer, schlechtes Wetter und Konjunktur, Sorgen und Plagen, Erschütterungen durch private Ereignisse, doch ohne Zusammenhang mit dem Weltganzen, mit dem Ablauf der Dinge und Undinge, mit dem Abspulen der Notwendigkeiten. Das Schicksal hat die Bühne verlassen, auf der gespielt wird, um hinter den Kulissen zu lauern, außerhalb der gültigen Dramaturgie, im Vordergrund wird alles zum Unfall, die Krankheiten, die Krisen. Selbst der Krieg wird abhängig davon, ob die Elektronen-Hirne sein Rentieren voraussagen, doch wird dies nie der Fall sein, weiß man, gesetzt die Rechenmaschinen funktionieren, nur noch Niederlagen sind mathematisch denkbar; wehe nur, wenn Fälschungen stattfinden, verbotene Eingriffe in die künstlichen Hirne, doch auch dies weniger peinlich als die Möglichkeit, daß eine Schraube sich lockert, eine Spule in Unordnung gerät, ein Taster falsch reagiert, Weltuntergang aus technischem Kurzschluß, Fehlschaltung. So droht kein Gott mehr, keine Gerechtigkeit, kein Fatum wie in der fünften Symphonie, sondern Verkehrsunfälle, Deichbrüche infolge Fehlkonstruktion, Explosion einer Atombombenfabrik, hervorgerufen durch einen zerstreuten Laboranten, falsch eingestellte Brutmaschinen. In diese Welt der Pannen führt unser Weg, an dessen staubigem Rande nebst Reklamewänden für Bally-Schuhe, Studebaker, Eiscreme und den Gedenksteinen der Verunfallten sich noch einige mögliche Geschichten ergeben, indem aus einem Dutzendgesicht die Menschheit blickt, Pech sich ohne Absicht ins Allgemeine weitet, Gericht und Gerechtigkeit sichtbar werden, vielleicht auch Gnade, zufällig aufgefangen, widergespiegelt vom Monokel eines Betrunkenen.

Friedrich Dürrenmatt
Die Panne

Er stutzte, als er die Gesellschaft sah, die ihn erwartete. Er war froh, daß ihm fürs erste der Hausherr entgegenkam, nun fast geckenhaft, die wenigen Haare sorgfältig gebürstet, in einem viel zu weiten Gehrock. Traps wurde willkommen geheißen. Mit einer kurzen Rede. So konnte er seine Verwunderung verbergen, murmelte, die Freude sei ganz auf seiner Seite, verneigte sich, kühl, distanziert, spielte den Textilfachmann von Welt und dachte mit Wehmut, daß er doch nur in diesem Dorfe geblieben sei, irgendein Mädchen aufzutreiben. Das war mißlungen. Er sah sich drei weiteren Greisen gegenüber, die in nichts dem kauzigen Gastgeber nachstanden. Wie ungeheure Raben füllten sie den sommerlichen Raum mit den Korbmöbeln und den luftigen Gardinen, uralt, verschmiert und verwahrlost, wenn auch ihre Gehröcke die beste Qualität aufwiesen, wie er gleich feststellte, wollte man vom Glatzköpfigen absehen (Pilet mit Namen, siebenundsiebzig Jahre alt, gab der Hausherr bei der Vorstellung bekannt, die nun einsetzte), der steif und würdig auf einem äußerst unbequemen Schemel saß, obgleich doch mehrere angenehme Stühle herumstanden, überkorrekt hergerichtet, eine weiße Nelke im Knopfloch und ständig über seinen schwarzgefärbten buschigen Schnurrbart streichend, pensioniert offenbar, vielleicht ein ehemaliger, durch Glücksfall wohlhabend gewordener Küster oder Schornsteinfeger, möglicherweise auch Lokomotivführer. Um so verlotterter dagegen die beiden anderen. Der eine (Herr Kummer, zweiundachtzig), noch dicker als Pilet, unermeßlich, wie aus speckigen Wülsten zusammengesetzt, saß in einem Schaukelstuhl, das Gesicht hochrot, gewaltige Säufernase, joviale Glotzaugen hinter einem goldenen Zwicker, dazu, wohl aus Versehen, ein Nachthemd unter dem schwarzen Anzug und die Taschen vollgestopft mit Zeitungen und Papieren, während der andere (Herr Zorn, sechsundachtzig), lang und hager, ein Monokel vor das linke Auge geklemmt, Schmisse im Gesicht, Hakennase, schlohweiße Löwenmähne, eingefallener Mund, eine vorgestrige Erscheinung alles in allem, die Weste falsch geknöpft hatte und zwei verschiedene Socken trug.

»Campari?« fragte der Hausherr.

»Aber bitte«, antwortete Traps und ließ sich in einen Sessel nieder, während der Lange, Hagere ihn interessiert durch sein Monokel betrachtete:

»Herr Traps wird wohl an unserem Spielchen teilnehmen?«

»Aber natürlich. Spiele machen mir Spaß.«

Die alten Herren lächelten, wackelten mit den Köpfen.

»Unser Spiel ist vielleicht etwas sonderbar«, gab der Gastgeber vorsichtig, fast zögernd zu bedenken. »Es besteht darin, daß wir des Abends unsere alten Berufe spielen.«

Die Greise lächelten aufs neue, höflich, diskret.

Traps wunderte sich. Wie er dies verstehen solle?

»Nun«, präzisierte der Gastgeber, »ich war einst Richter, Herr Zorn Staatsanwalt und Herr Kummer Advokat, und so spielen wir denn Gericht.«

»Ach so«, begriff Traps und fand die Idee passabel. Vielleicht war der Abend doch noch nicht verloren.

Der Gastgeber betrachtete den Textilreisenden feierlich. Im allgemeinen, erläuterte er mit milder Stimme, würden die berühmten historischen Prozesse durchgenommen, der Prozeß Sokrates, der Prozeß Jesus, der Prozeß Jeanne d'Arc, der Prozeß Dreyfus, neulich der Reichtagsbrand, und einmal sei Friedrich der Große für unzurechnungsfähig erklärt worden.

Traps staunte. »Das spielt ihr jeden Abend?«

Der Richter nickte. Aber am schönsten sei es natürlich, erklärte er weiter, wenn am lebenden Material gespielt werde, was des öfteren besonders interessante Situationen ergebe, erst vorgestern etwa sei ein Parlamentarier, der im Dorfe eine Wahlrede gehalten und den letzten Zug verpaßt hätte, zu vierzehn Jahren Zuchthaus wegen Erpressung und Bestechung verurteilt worden.

»Ein gestrenges Gericht«, stellte Traps belustigt fest.

»Ehrensache«, strahlten die Greise.

Was er denn für eine Rolle einnehmen könne?

Wieder Lächeln, fast Lachen.

Den Richter, den Staatsanwalt und den Verteidiger hätten sie schon, es seien dies ja auch Posten, die eine Kenntnis der Materie und der Spielregeln voraussetzten, meinte der Gastgeber, nur der Posten eines Angeklagten sei unbesetzt, doch sei Herr Traps in keiner Weise etwa gezwungen mitzuspielen, er möchte dies noch einmal betonen.

Das Vorhaben der alten Herren erheiterte den Textilreisenden. Der Abend war gerettet. Es würde nicht gelehrt zugehen und langweilig, es versprach lustig zu werden. Er war ein einfacher Mensch, ohne allzugroße Denkkraft und Neigung zu dieser Tätigkeit, ein Geschäftsmann, gewitzigt, wenn es sein mußte, der in seiner Branche aufs Ganze ging, daneben gerne gut aß und trank, mit einer Neigung zu handfesten Späßen. Er spiele mit, sagte er, es sei ihm eine Ehre, den verwaisten Posten eines Angeklagten anzunehmen.

Bravo, krächzte der Staatsanwalt und klatschte in die Hände, bravo, das sei ein Manneswort, das nenne er Courage.

Der Textilreisende erkundigte sich neugierig nach dem Verbrechen, das ihm nun zugemutet würde.

Ein unwichtiger Punkt, antwortete der Staatsanwalt, das Monokel reinigend, ein Verbrechen lasse sich immer finden.

Alle lachten. Herr Kummer erhob sich. »Kommen Sie, Herr Traps«, sagte er beinahe väterlich, »wir wollen doch den Porto noch probieren, den es hier gibt; er ist alt, den müssen Sie kennenlernen.«

Er führte Traps ins Speisezimmer. Der große runde Tisch war nun aufs festlichste gedeckt. Alte Stühle mit hohen Lehnen, dunkle Bilder an den Wänden, altmodisch, solide alles, von der Veranda her drang das Plaudern der Greise, durch die offenen Fenster flimmerte der Abendschein, drang das Gezwitscher der Vögel, und auf einem Tischchen standen Flaschen, weitere noch auf dem Kamin, die Bordeaux in Körbchen gelagert. Der Verteidiger goß sorgfältig und etwas zittrig aus einer alten Flasche Porto in zwei kleine Gläser, füllte sie bis zum Rande, stieß mit dem

Textilreisenden auf dessen Gesundheit an, vorsichtig, die Gläser mit der kostbaren Flüssigkeit kaum in Berührung bringend.

Traps kostete. »Vortrefflich«, lobte er.

»Ich bin Ihr Verteidiger, Herr Traps«, sagte Herr Kummer. »Da heißt es zwischen uns beiden: auf gute Freundschaft!«

»Auf gute Freundschaft!«

Es sei am besten, meinte der Advokat und rückte mit seinem roten Gesicht, mit seiner Säufernase und seinem Zwicker näher an Traps heran, so daß sein Riesenbauch ihn berührte, eine unangenehme weiche Masse, es sei am besten, wenn der Herr ihm sein Verbrechen gleich anvertraue. So könne er garantieren, daß man beim Gericht auch durchkäme. Die Situation sei zwar nicht gefährlich, doch auch nicht zu unterschätzen, der lange hagere Staatsanwalt, immer noch im Besitz seiner geistigen Kräfte, sei zu fürchten, und dann neige der Gastgeber leider zur Strenge und vielleicht sogar zur Pedanterie, was sich im Alter – er zähle siebenundachtzig – noch verstärkt habe. Trotzdem aber sei es ihm, dem Verteidiger, gelungen, die meisten Fälle durchzubringen, oder es wenigstens nicht zum Schlimmsten kommen zu lassen. Nur einmal bei einem Raubmord sei wirklich nichts zu retten gewesen. Aber ein Raubmord komme hier wohl nicht in Frage, wie er Herrn Traps einschätze, oder doch?

Er habe leider kein Verbrechen begangen, lachte der Textilreisende. Und dann sagte er: »Prosit!«

»Gestehen Sie es mir«, munterte ihn der Verteidiger auf. »Sie brauchen sich nicht zu schämen. Ich kenne das Leben, wundere mich über nichts mehr. Schicksale sind an mir vorübergegangen, Herr Traps, Abgründe taten sich auf, das können Sie mir glauben.«

Es tue ihm leid, schmunzelte der Textilreisende, wirklich, er sei ein Angeklagter, der ohne Verbrechen dastehe, und im übrigen sei es die Sache des Staatsanwaltes, eines zu finden, er habe es selber gesagt, und da wolle er ihn nun beim Wort nehmen. Spiel sei Spiel. Er sei neugierig, was herauskomme. Ob es denn ein richtiges Verhör gebe?

»Will ich meinen!«

»Da freue ich mich aber darauf.«

Der Verteidiger machte ein bedenkliches Gesicht.

»Sie fühlen sich unschuldig, Herr Traps?«

Der Textilreisende lachte: »Durch und durch«, und das Gespräch kam ihm äußerst lustig vor.

Der Verteidiger reinigte seinen Zwicker.

»Schreiben Sie sich's hinter die Ohren, junger Freund, Unschuld hin oder her, auf die Taktik kommt es an! Es ist halsbrecherisch – gelinde ausgedrückt –, vor unserem Gericht unschuldig sein zu wollen, im Gegenteil, es ist am klügsten, sich gleich eines Verbrechens zu bezichtigen, zum Beispiel, gerade für Geschäftsleute vorteilhaft: Betrug. Dann kann sich immer noch beim Verhör herausstellen, daß der Angeklagte übertreibt, daß eigentlich kein Betrug vorliegt, sondern etwa eine harmlose Vertuschung von Tatsachen aus Reklamegründen, wie sie im Handel öfters üblich ist. Der Weg von der Schuld zur Unschuld ist zwar schwierig, doch nicht unmöglich, dagegen ist es geradezu hoffnungslos, seine Unschuld bewahren zu wollen, und das Resultat verheerend. Sie verlieren, wo Sie doch gewinnen könnten, auch sind Sie nun gezwungen, die Schuld nicht mehr wählen zu dürfen, sondern sich aufzwingen zu lassen.«

Der Textilreisende zuckte amüsiert die Achseln, er bedaure, nicht dienen zu können, aber er sei sich keiner Übeltat bewußt, die ihn mit dem Gesetz in Konflikt gebracht habe, beteuerte er.

Der Verteidiger setzte seinen Zwicker wieder auf. Mit Traps werde er Mühe haben, meinte er nachdenklich, das werde hart auf hart gehen. »Doch vor allem«, schloß er die Unterredung, »überlegen Sie sich jedes Wort, plappern Sie nicht einfach vor sich hin, sonst sehen Sie sich plötzlich zu einer langjährigen Zuchthausstrafe verurteilt, ohne daß noch zu helfen wäre.«

Dann kamen die übrigen. Man setzte sich um den runden Tisch. Gemütliche Tafelrunde, Scherzworte. Zuerst wurden verschiedene Vorspeisen serviert, Aufschnitt, russische Eier, Schnecken, Schildkrötensuppe. Die Stimmung war vortrefflich, man löffelte vergnügt, schlürfte ungeniert.

»Nun, Angeklagter, was haben Sie uns vorzuweisen, ich hoffe, einen schönen, stattlichen Mord«, krächzte der Staatsanwalt.

Der Verteidiger protestierte: »Mein Klient ist ein Angeklagter ohne Verbrechen, eine Seltenheit in der Justiz sozusagen. Behauptet, unschuldig zu sein.«

»Unschuldig?« wunderte sich der Staatsanwalt. Die Schmisse leuchteten rot auf, das Monokel fiel ihm beinahe in den Teller, pendelte hin und her an der schwarzen Schnur. Der zwerghafte Richter, der eben Brot in die Suppe brockte, hielt inne, betrachtete den Textilreisenden vorwurfsvoll, schüttelte den Kopf, und auch der Glatzköpfige, Schweigsame mit der weißen Nelke starrte ihn erstaunt an. Die Stille war beängstigend. Kein Löffel- und Gabelgeräusch, kein Schnaufen und Schlürfen war zu vernehmen. Nur Simone im Hintergrund kicherte leise.

»Müssen wir untersuchen«, faßte der Staatsanwalt sich endlich. »Was es nicht geben kann, gibt es nicht.«

»Nur zu«, lachte Traps. »Ich stehe zur Verfügung!«

Zum Fisch gab es Wein, einen leichten spritzigen Neuchâteller. »Nun denn«, sagte der Staatsanwalt, seine Forelle auseinandernehmend, »wollen mal sehen. Verheiratet?«

»Seit elf Jahren.«

»Kinderchen?«

»Vier.«

»Beruf?«

»In der Textilbranche.«

»Also Reisender, lieber Herr Traps?«

»Generalvertreter.«

»Schön. Erlitten eine Panne?«

»Zufällig. Zum ersten Mal seit einem Jahr.«

»Ach. Und vor einem Jahr?«

»Nun, da fuhr ich noch den alten Wagen«, erklärte Traps. »Einen Citroën 1939, doch jetzt besitze ich einen Studebaker, rotlackiertes Extramodell.«

»Studebaker, ei, interessant, und erst seit kurzem? Waren wohl vorher nicht Generalvertreter?«

»Ein simpler, gewöhnlicher Reisender in Textilien.«

»Konjunktur«, nickte der Staatsanwalt.

Neben Traps saß der Verteidiger. »Passen Sie auf«, flüsterte er.

Der Textilreisende, der Generalvertreter, wie wir jetzt sagen dürfen, machte sich sorglos hinter ein Beefsteak Tartar, träufelte Zitrone darüber, sein Rezept, etwas Kognak, Paprika und Salz. Ein angenehmeres Essen sei ihm noch nie vorgekommen, strahlte er dabei, er habe stets die Abende in der Schlaraffia für das Amüsanteste gehalten, was seinesgleichen erleben könne, doch dieser Herrenabend bereite noch größeren Spaß.

»Aha«, stellte der Staatsanwalt fest, »Sie gehören der Schlaraffia an. Welchen Spitznamen führen Sie denn dort?«

»Marquis de Casanova.«

»Schön», krächzte der Staatsanwalt freudig, als ob die Nachricht von Wichtigkeit wäre, das Monokel wieder eingeklemmt. »Uns allen ein Vergnügen, dies zu hören. Darf von Ihrem Spitznamen auf Ihr Privatleben geschlossen werden, mein Bester?«

»Aufgepaßt«, zischte der Verteidiger.

»Lieber Herr«, antwortete Traps. »Nur bedingt. Wenn mir mit Weibern etwas Außereheliches passiert, so nur zufälligerweise und ohne Ambition.«

Ob Herr Traps die Güte hätte, der versammelten Runde sein Leben in kurzen Zügen bekanntgeben zu wollen, fragte der Richter, Neuchâteller nachfüllend. Da man ja beschlossen habe, über den lieben Gast und Sünder zu Gericht zu sitzen und ihn womöglich auf Jahre hinaus zu verknurren, sei es nur angemessen, Näheres, Privates, Intimes zu erfahren, Weibergeschichten, wenn möglich gesalzen und gepfeffert.

»Erzählen, erzählen!« forderten die alten Herren den Generalvertreter kichernd auf. Einmal hätten sie einen Zuhälter am Tisch gehabt, der hätte die spannendsten und pikantesten Dinge aus seinem Métier erzählt und sei zu alledem mit nur vier Jahren Zuchthaus davongekommen.

»Nu, nu«, lachte Traps mit, »was gibt es schon von mir zu erzählen. Ich führe ein alltägliches Leben, meine Herren, ein kommunes Leben, wie ich gleich gestehen will. Pupille!«

»Pupille!«

Der Generalvertreter hob sein Glas, fixierte gerührt die starren, vogelartigen Augen der vier Alten, die an ihm hafteten, als wäre er ein spezieller Leckerbissen, und dann stießen die Gläser aneinander.

Draußen war die Sonne nun endlich untergegangen, und auch der Höllenlärm der Vögel verstummt, aber noch lag die Landschaft taghell da, die Gärten und die roten Dächer zwischen den Bäumen, die bewaldeten Hügel und in der Ferne die Vorberge und einige Gletscher, Friedensstimmung, Stille einer ländlichen Gegend, feierliche Ahnung von Glück, Gottessegen und kosmischer Harmonie.

Eine harte Jugend habe er durchgemacht, erzählte Traps, während Simone die Teller wechselte und eine dampfende Riesenschüssel auftischte. Champignons à la Crème. Sein Vater sei Fabrikarbeiter gewesen, ein Proletarier, den Irrlehren von Marx und Engels verfallen, ein verbitterter, freudloser Mann, der sich um sein einziges Kind nie gekümmert habe, die Mutter Wäscherin, früh verblüht.

»Nur die Primarschule durfte ich besuchen, nur die Primarschule«, stellte er fest, Tränen in den Augen, erbittert und gerührt zugleich über seine karge Vergangenheit, während man mit einem Réserve des Maréchaux anstieß.

»Eigenartig«, sagte der Staatsanwalt, »eigenartig. Nur die Primarschule. Haben sich aber mit Leibeskräften heraufgearbeitet, mein Verehrter.«

»Das will ich meinen«, prahlte dieser, vom Maréchaux angefeuert, beschwingt vom geselligen Beisammensein, von der feierlichen Gotteswelt vor den Fenstern. »Das will ich meinen. Noch vor zehn Jahren war ich nichts als ein Hausierer und zog mit einem Köfferchen von Haus zu Haus. Harte Arbeit, tippeln, übernachten in Heuschobern, zweifelhaften Herbergen. Von unten fing ich an in meiner Branche, ganz von unten. Und jetzt, meine Herren, wenn Sie mein Bankkonto sähen! Ich will mich nicht rühmen, aber hat jemand von euch einen Studebaker?«

»Seien Sie doch vorsichtig«, flüsterte der Verteidiger besorgt.

Wie denn das gekommen sei, fragte der Staatsanwalt neugierig.

Er solle aufpassen und nicht zuviel reden, mahnte der Verteidiger.

Er habe die Alleinvertretung der ›Hephaiston‹ auf diesem Kontinent übernommen, verkündete Traps und schaute sich triumphierend um. Nur Spanien und der Balkan seien in anderen Händen.

Hephaistos sei ein griechischer Gott, kicherte der kleine Richter, Champignons auf seinen Teller häufend, ein gar großer Kunstschmied, der die Liebesgöttin und ihren Galan, den Kriegsgott Ares, in einem so fein geschmiedeten und unsichtbaren Netz gefangen habe, daß sich die übrigen Götter nicht genug über diesen Fang hätten freuen können, aber was der Hephaiston bedeute, dessen Alleinvertretung der verehrte Herr Traps übernommen habe, sei ihm schleierhaft.

»Und doch sind Sie nahe daran, verehrter Gastgeber und Richter«, lachte Traps. »Sie sagen selbst: schleierhaft, und der mir unbekannte griechische Gott fast gleichen Namens mit meinem Artikel habe ein gar feines und unsichtbares Netz gesponnen. Wenn es heute Nylon, Perlon, Myrlon gibt, Kunststoffe, von denen das hohe Gericht doch wohl gehört hat, so gibt es auch Hephaiston, den König der Kunststoffe, unzerreißbar, durchsichtig, doch dabei gerade für Rheumatiker eine Wohltat, ebenso verwendbar in der Industrie wie in der Mode, für den Krieg wie für den Frieden. Der vollendete Stoff für Fallschirme und zugleich die pikanteste Materie für Nachthemden schönster Damen, wie ich aus eigener Forschung weiß.«

»Hört, hört«, quakten die Greise, »eigene Forschung, das ist gut«, und Simone wechselte aufs neue die Teller, brachte einen Kalbsnierenbraten.

»Ein Festessen«, strahlte der Generalvertreter.

»Freut mich«, sagte der Staatsanwalt, »daß Sie so etwas zu würdigen wissen, und mit Recht! Beste Ware wird uns vorgesetzt und in genügenden Mengen, ein Menü wie aus dem vorigen Jahrhundert, da die Menschen noch zu essen wagten. Loben wir Simone! Loben wir unseren Gastgeber! Kauft er doch selber ein, der alte Gnom und Gourmet, und was die Weine betrifft, sorgt Pilet für sie als Ochsenwirt im Nachbardörfchen. Loben wir auch ihn! Doch wie steht es nun mit Ihnen, mein Tüchtiger? Durchforschen wir Ihren Fall weiter. Ihr Leben kennen wir nun, es war ein Vergnügen, einen kleinen Einblick zu erhalten, und auch über Ihre

Tätigkeit herrscht Klarheit. Nur ein unwichtiger Punkt ist nicht geklärt: Wie kamen Sie beruflich zu einem so lukrativen Posten? Allein durch Fleiß, durch eiserne Energie?«

»Aufpassen«, zischte der Verteidiger. »Jetzt wird's gefährlich.«

Das sei nicht so leicht gewesen, antwortete Traps und sah begierig zu, wie der Richter den Braten zu tranchieren begann, er habe zuerst Gygax besiegen müssen, und das sei eine harte Arbeit gewesen.

»Ei, und Herr Gygax, wer ist denn dies wieder?«

»Mein früherer Chef.«

»Er mußte verdrängt werden, wollen Sie sagen?«

»Auf die Seite geschafft mußte er werden, um im rauhen Ton meiner Branche zu bleiben«, antwortete Traps und bediente sich mit Sauce. »Meine Herren, Sie werden ein offenes Wort ertragen. Es geht hart zu im Geschäftsleben, wie du mir, so ich dir, wer da ein Gentleman sein will, bitte schön, kommt um. Ich verdiene Geld wie Heu, doch ich schufte auch wie zehn Elefanten, jeden Tag spule ich meine sechshundert Kilometer mit meinem Studebaker herunter. So ganz fair bin ich nicht vorgegangen, als es hieß, dem alten Gygax das Messer an die Kehle zu setzen und zuzustoßen, aber ich mußte vorwärtskommen, was will einer, Geschäft ist schließlich Geschäft.«

Der Staatsanwalt sah neugierig vom Kalbsnierenbraten auf. »Auf die Seite schaffen, das Messer an die Kehle setzen, zustoßen, das sind ja ziemlich bösartige Ausdrücke, lieber Traps.«

Der Generalvertreter lachte: »Sie sind natürlich nur im übertragenen Sinne zu verstehen.«

»Herr Gygax befindet sich wohl, Verehrtester?«

»Er ist letztes Jahr gestorben.«

»Sind Sie toll?« zischte der Verteidiger aufgeregt. »Sie sind wohl ganz verrückt geworden!«

»Letztes Jahr«, bedauerte der Staatsanwalt. »Das tut mir aber leid. Wie alt ist er denn geworden?«

»Zweiundfünfzig.«

»Blutjung. Und woran ist er gestorben?«

»An irgendeiner Krankheit.«

»Nachdem Sie seinen Posten erhalten hatten?«

»Kurz vorher.«

»Schön, mehr brauche ich einstweilen nicht zu wissen«, sagte der Staatsanwalt. »Glück, wir haben Glück. Ein Toter ist aufgestöbert, und das ist schließlich die Hauptsache.«

Alle lachten. Sogar Pilet, der Glatzköpfige, der andächtig vor sich hin aß, pedantisch, unbeirrbar, unermeßliche Mengen hinunterschlingend, sah auf.

»Fein«, sagte er und strich sich über den schwarzen Schnurrbart.

Dann schwieg er und aß weiter.

Der Staatsanwalt hob feierlich sein Glas. »Meine Herren«, erklärte er, »auf diesen Fund hin wollen wir den Pichon-Longueville 1933 goutieren. Ein guter Bordeaux zu einem guten Spiel!«

Friedrich Dürrenmatt
Ergreife die Feder müde

Ergreife die Feder müde
schreibe deine Gedanken nieder
wenn keine Frage nach Stil dich bedrängt.

Es ist heute wieder vieles zu durchdenken.
Felder liegen brach, die einst Früchte trugen.

Das Mögliche ist ungeheuer. Die Sucht
  nach Perfektion
zerstört das meiste. Was bleibt
  sind Splitter
an denen sinnlos gefeilt wurde.

Beginne, das Sonnensystem zu sehen.
  Liebe
auch Pluto. Doch wer
  macht sich schon Gedanken über ihn!
Ich aber
  spüre sein Kreisen, ahne
die kleine Kugel, die glattgeschliffene.

Alles läßt sich besser schreiben
  Darum laß die schlechtere Fassung stehn.

Nur beim Weitergehen kommst du irgendwohin
    wohin?
Fern von dir.
    Gehe weiter. Lots Weib erstarrte beim Zurückschauen.
    Erstarrt nicht. Korrigiert nicht.
Wagt!

Höre nie auf andere.
Trachte nicht danach ein gutes Buch zu schreiben
Mache keinen Plan und wenn du ihn machst
    führe ihn nicht aus
Der Plan genügt.

Nichts
    ist notwendig. Das Spiel
kann jederzeit abgebrochen werden.

Es gibt Sätze, die stark machen
    doch brauchen sie nicht nieder-
    geschrieben werden.

Löse deine Hand.

Es kommt nie auf die Sätze an. Nur das
Werk allein zählt.
    Die Narren kritisieren einen Satz
Wenige sehen das Ganze

Gott kann dich verlassen
Gody soll dich verlassen.

Friedrich Dürrenmatt
Welt der Mitmacher und der Pannen

Die Tragödie setzt Schuld, Not, Maß, Übersicht, Verantwortung voraus. In der Wurstelei unseres Jahrhunderts, in diesem Kehraus der weißen Rasse, gibt es keine Schuldigen und auch keine Verantwortlichen mehr. Alle können nichts dafür und haben es nicht gewollt. Es geht wirklich ohne jeden. Alles wird mitgerissen und bleibt in irgendeinem Rechen hängen. Wir sind zu kollektiv schuldig, zu kollektiv gebettet in die Sünden unserer Väter und Vorväter. Wir sind nur noch Kindeskinder. Das ist unser Pech, nicht unsere Schuld: Schuld gibt es nur noch als persönliche Leistung, als religiöse Tat. Uns kommt nur noch die Komödie bei.

Die echten Repräsentanten fehlen, und die tragischen Helden sind ohne Namen. Mit einem kleinen Schieber, mit einem Kanzlisten, mit einem Polizisten läßt sich die heutige Welt besser wiedergeben als mit einem Bundesrat, als mit einem Bundeskanzler. Die Kunst dringt nur noch bis zu den Opfern vor, dringt sie überhaupt zu Menschen, die Mächtigen erreicht sie nicht mehr. Kreons Sekretäre erledigen den Fall Antigone. Der Staat hat seine Gestalt verloren, und wie die Physik die Welt nur noch in mathematischen Formeln wiederzugeben vermag, so ist er nur noch statistisch darzustellen. Sichtbar, Gestalt wird die heutige Macht nur etwa da, wo sie explodiert, in der Atombombe, in diesem wundervollen Pilz, der da aufsteigt und sich ausbreitet, makellos wie die Sonne, bei dem Massenmord und Schönheit eins werden.

Indem Europa zwar den Geist hochleben läßt, aber ihm keine Wirkung zumißt und nach den Profiten lebt, indem es zu kleinmütig ist, die nationalen Vorteile der Einzelnen zu überwinden, und unfähig bleibt, das zu tun, was die Vernunft mit unerbittlicher Klarheit vorschreibt, begeht es ein größeres Verbrechen als jener, der den Geist leugnet und dem es, eine groteske Selbstverspottung, den Geist entgegenzuhalten wagt. Ein jeder wird nach seinem Maß gerichtet, und der Richter verhüllt schweigend das Haupt. Wer die Freiheit verbietet, nimmt sie wichtiger als der, welcher sie mißbraucht; wer die Persönlichkeit aufgibt, gewinnt mehr als der, dessen Rechte nicht weiß, was die Linke tut; und wer das Christentum unterjocht, begreift es wesentlicher als der, dem es gleichgültigt ist.

Die Welt allein liefert den Stoff, den es in Literatur umzumünzen gilt.

Fragt man etwa nach dem Sinn der Natur, wird der Naturwissenschaftler in der Regel ausweichen. Seine Aufgabe ist nicht, dem Sinne der Natur nachzuforschen, sondern der Natur selber nachzugehen, ihren Gesetzen, ihrer Verhaltungsweise, ihrer Struktur, mehr verrät die Natur nicht, im letzten bleibt sie undurchsichtig, unergründlich, unerforschlich, weil ihr Sinn ja nur außerhalb ihrer selbst liegen kann, und so ist denn auch diese Frage nicht eine wissenschaftliche, sondern eine philosophische. Ähnlich liegt es bei der Frage nach dem Sinn eines Theaterstücks zum Beispiel, auch er ist außerhalb desselben angesiedelt, auf einer anderen Ebene, und mit einem ganz bestimmten Recht darf deshalb der Schriftsteller behaupten, daß ihn der Sinn, die Aussage dessen, was er da geschrieben habe, nicht interessiere, mit dem Recht des Schöpfers nämlich, dessen Aufgabe es ist, zu erschaffen, nicht zu interpretieren. Er stellt den Stoff zur Interpretation her, nicht die Interpretation selbst.

Stephan Reinhardt

Trompetenstoß in schwüler Stille

Die Geschichte der ›Kirschen der Freiheit‹ von Alfred Andersch

Am 15. Oktober stellte sich der *Spiegel* unter der Überschrift ›Fahnenflucht – Die Ehre des Deserteurs‹ ausdrücklich vor Andersch und seine gerade ausgelieferten *Kirschen der Freiheit*. Falls es in der Bundesrepublik noch so etwas wie literarisches Leben gebe, dann müsse dieses Buch »Furore« machen und einen »Sturm der Entrüstung« hervorrufen, weil es die Ehre des Deserteurs über Soldatenehre, Kameradschaft und Eid stelle. Der ›Spiegel‹ bestätigte ihm als gelungen, was er beabsichtigt hatte: nämlich mit seiner Ablehnung jeglichen Soldateneids und dem Plädoyer für ein Freiwilligenheer, wenn denn schon eines, bewußt auf die gegenwärtige Diskussion über Wiederbewaffnung und das Amt Blank einzuwirken. Auch die Form der *Kirschen* fand den Beifall des Nachrichtenmagazins: »Die Stärke des Buches, das eine seltene, ja neuartige Mischung von autobiographischem Bericht, ätzender Zeitkritik und existentialistischer Freiheitsmeditation darstellt, ist die beinahe anmaßend wirkende Beschränkung auf das ›Ego‹, das Ich. Wie Andersch sich zeichnet, entspricht er im Umriß etwa Jüngers Ideal des ›Waldgängers‹, des Einzelnen, des Außenseiters.« Andersch erhielt nach Erscheinen des Buches zustimmende Briefe der, wie er Intendant Beckmann mitteilte, »bedeutendsten Geister des Landes«. Die Mehrzahl der vielen (77) Rezensionen war durchweg positiv. Heinrich Böll lobte es in der Gewerkschafts-Wochenzeitung ›Welt der Arbeit‹ als »Trompetenstoß in schwüler Stille« (28. 11. 52), jener stillen Schwüle, in der in Anbetracht der bevorstehenden Remilitarisierung erneut Generals-Memoiren feilgeboten und Antikriegsliteratur im Gegenzug verschwiegen wurde.

Binnen kürzester Zeit war Anderschs Name plötzlich in der Bundesrepublik in aller Munde. Ein mit ihm nicht verwandter Münchener Namensvetter, dessen Foto in der ›Münchner Abendzeitung‹ irrtümlicherweise an seiner Statt abgedruckt wurde, stellte die Verwechslung richtig, weil er berufliche Nachteile befürchtete. Andersch hatte ins Schwarze getroffen, wie die moralische Entrüstung bewies, welche die ablehnenden Reaktionen kennzeichnete. Desertion, erklärte der ›Mannheimer Morgen‹, sei eine Verantwortungslosigkeit der Gesellschaft gegenüber. »Außerordentlich leichtsinnig«, schrieb Hans Egon Holthusen im Intelligenz-Monatsblatt ›Merkur‹, verfahre Andersch mit der »schwierigen Frage des Fahneneides«; er sei ein heimatloser linker Intellektueller, für den Militär ein »freiheitsfeindliches Phänomen« schlechthin sei, ein Camusscher Homme révolté, der sich »gegen den deutschen Wehrbeitrag, gegen Speidel« wende. Die rechte Presse sprach laut von Verrat. »Die Spätausreißer melden sich!« – unter dieser Überschrift schlug in der ›Deutschen Soldatenzeitung‹ ein Anonymus einen drohenden Ton an: »Die Gesellschaft, jeder, der jemals Kameraden hatte, ob in der Schule, in seinem Betrieb oder an der Front, das ist doch angesichts dieser kleinen Wühlmaus ganz einerlei – kann nichts Besseres tun, als die Tür hinter sich zuschlagen und dieses asoziale Gesindel, Denunzianten und Emigranten draußen lassen.«

Andersch faßte diesen Artikel als kaum verhüllte Mordhetze auf und schaltete einen Rechtsanwalt ein. Als was sollte er sonst verstehen, wenn da vom »Auswurf eines Kranken« die Rede war und dem »Wunsch, diesen Auswurf hinabzuspülen und etwas Sauberes und Scharfes hinterherzutrinken«? Rudolf Krämer-Badoni, der ihn noch zuvor mit seiner Familie einige Male auf Burg Kerpen besucht hatte, kündigte ihm sogar die Freundschaft und gab das Rezensionsexemplar zurück, empört darüber, daß Andersch seine Desertion als seinen »privaten 20. Juli« bezeichnet hatte. Wenn es auf sein Buch derartige Reaktionen gab, stand es da nicht, teilte Andersch besorgt Intendant Beckmann mit, »sehr schlimm in diesem Lande«?

Alfred Andersch
Festschrift für Captain Fleischer

Das Licht in der Ladehalle war sehr hell, aber nicht kalt, sondern gelb. Hinter dem offenen Tor drang die Nacht dunkelblau in gläserne Tiefen. Vor dem Quadrat aus virginischem Indigo stand ein Marine-Offizier mit einer weiß leuchtenden Mütze.

Sie bekamen die bequem geschnittenen, olivgrünen Drillichuniformen der amerikanischen Armee, mit großen weißen Prisoner-of-War-Zeichen auf den Rücken. Franz Kien beobachtete Frerks, wie er seine deutsche Uniformjacke sorgfältig faltete und auf dem Boden des Seesacks verstaute. Einige warfen die schweren Tuchjacken weg. Franz Kien überlegte eine Weile, ob er die seine behalten solle. Sie roch nach Schweiß. Die Nacht sandte Wellen aus Wärme und Duft in die Ladehalle. Schließlich trug auch er sein Zeug zu dem Haufen gebrauchter Kleidungsstücke und Stiefel, neben dem ein amerikanischer Soldat stand, der von Zeit zu Zeit rief: »Schmeiß alles weg, kriegst alles neu!« Es war besonders angenehm, in den leichten Schuhen mit den geriffelten Gummisohlen zu gehen. In den tiefen Außentaschen auf der Brustpartie der neuen Jacke brachte er alles mögliche unter: einen Block Schreibpapier und Bleistifte, zwei Pfeifen, ein Päckchen Tabak, einen Umschlag mit Briefen und Fotos.

Ein Zug wurde in die Halle geschoben. Sie fuhren noch

in der Nacht ab. Richmond war unverdunkelt. Am Tage sahen sie Fredericksburg, Alexandria, Washington, Baltimore. Ehe sie nach Harrisburg kamen, überquerten sie den Susquehanna, einen weiten grauen Fluß mit Inseln, Reihern, einer Hängebrücke aus geflochtenen Ästen; in den Uferwäldern wanden sich parasitäre Gewächse um die Baumstämme. Auf dem Bahnsteig in Washington hatte ein alter Mann gestanden, den Franz Kien den Senator nannte. Der Senator war schlank, hochgewachsen, trug einen rechteckig geschnittenen grauen Bart, einen breitkrempigen Hut, eine goldene Uhrkette, hielt zwei irische Setter kurzgeschlossen. Neger gingen an ihm vorbei.

Nachdem es Franz Kien gelungen war, aus dem Krieg zu flüchten, hatte er eines Morgens den Felsen von Gibraltar gesehen, sandfarben unter einer gelbgrauen Wolke. Die afrikanischen Berge gegenüber trugen weiße Burgen auf ihren Höhen.

In den Nächten schliefen sie auf den schwarzen Lederbänken der Couch-Waggons. Der Zug wurde immer kürzer, zuletzt blieb nur noch ihr Wagen übrig. Er wurde in St. Louis an einen fahrplanmäßigen Schnellzug gekoppelt. Daß Frerks sich in ihrem Wagen befand, war sicher ein Irrtum. In den anderen Waggons waren die gewesen, die ihre deutschen Uniformjacken eingepackt hatten. In dem Waggon, in dem Franz Kien fuhr, waren die Seesäcke leichter.

In St. Louis hing Nebel über dem Mississippi. Die Amerikaner lebten in Holzhäusern, in Schaukelstühlen auf Veranden. Bei einem Ort namens Cairo floß der Ohio in einem flachen Bogen dunkelgrau durch dunkle Laubwälder in den helleren Mississippi. In einem Ort namens Carbondale wurde ihr Waggon abgehängt, mußte zwei Stunden auf einen anderen Zug warten; während dieser Zeit wurde ihnen ein Waschkorb voll Orangen hereingereicht. »Von den Damen von Carbondale«, sagte der Sergeant, der sie begleitete, »sie haben gehört, daß hier ein Gefangenen-Transport steht.«

Er hatte in St. Louis eine amerikanische Zeitung in deutscher Sprache gekauft, die er herumgehen ließ. Jeder wartete ungeduldig darauf, daß die Reihe an ihn kam; nur Frerks gab sie ungelesen weiter.

»Hoffnungslos, der«, sagte Maxim Lederer halblaut zu Franz Kien.

Seine Stimme klang immer rauh, er räusperte sich oft, schloß seine fanatischen Geschichten aus der Emigration immer mit einem kurzen Auflachen. Er behauptete, in Prag in der Emigration gewesen zu sein; er habe zurückkehren müssen, weil er sonst verhungert wäre. Durch ihn erfuhr Franz, was in den vergangenen Jahren aus der Kommunistischen Partei geworden war. Es interessierte ihn nur halb. Während er die Landschaften und Städte betrachtete, hatte er genug damit zu tun, über die phantastische Tatsache nachzudenken, daß er aus dem Krieg hatte flüchten können und jetzt durch Amerika fuhr. Maxim Lederer sah selten aus dem Fenster.

In der folgenden Nacht kamen sie durch Memphis. Am Morgen überquerten sie den Mississippi auf einer hohen Brücke bei Jackson. Die Ufer des Mississippi bestanden aus Sandbänken und niedrigem Sumpfwald. Hinter den Deichen wieder feuchte Wälder mit verlandenden Gewässern, an denen Reiher und Pelikane hockten, aufflogen, sich wieder setzten. Der Zug fuhr langsam. Das Holz der Häuser in den Siedlungen der Neger war so verwittert wie die Gesichter der alten schwarzen Männer, die vor den Türen standen und zu dem Zug hinaufblickten. Später gelangten sie auf die flachen Trockenböden von Louisiana, leeres Land, Land für lange, eintönige Wanderungen, wie Franz Kien sie liebte, über trockenes Präriegras, das knisterte, durch brüchigen Kiefernwald. In Ruston, wo sie ausgeladen wurden, hingen weiße Reiter in ihren Sätteln, gekrümmt zwischen Texashüten und silbernen Sporen. Ihre samtbraunen leichten Pferde hoben kaum die Köpfe, denn der Septembertag war heiß und still.

Der Adler, der unter den schleierigen Schlierenwolken seine Kreise zog, flößte Franz Kien nicht den Wunsch nach Freiheit ein. Nach allen Gesetzen der Metaphorik, dachte Franz Kien, ist dieses Vieh dort oben dazu da, mich verrückt zu machen; doch er empfand nur die Lautlosigkeit des Flugs über dem Lager, über der ebenen Landschaft, während er auf den Stufen des hinteren Eingangs der Hospital-Baracke saß und von seinem Buch aufblickte, im milden Sonntagnachmittag-Licht des südlichen November. Der Stacheldrahtzaun in der Ferne war nichts als ein filigranes Gitter ohne Bedeutung.

Er wollte weiterlesen, als er aus dem Inneren der Baracke Schritte hörte, Stimmen. Er klappte das Buch zu, stand auf, ging die Stufen hoch und stieß die statt mit Glas mit einem Fliegengitter versehene Schwingtüre auf. Sie knarrte zweimal in den Scharnieren, ehe sie hinter ihm zufiel. Im Mittelgang des *ward,* zwischen den beiden Reihen Betten, standen zwei amerikanische Wachsoldaten, zwischen ihnen Frerks. Seine Hände waren mit einem Strick zusammengebunden. Franz Kien hatte noch niemals einen gefesselten Menschen gesehen. Einer der Amerikaner fragte, wo sie Frerks hinlegen könnten, und Franz Kien bezeichnete ihm ein Bett. Die beiden Patienten, die sich in der Baracke befanden, hatten sich in ihren Betten aufgesetzt. Jetzt kam auch Maxim Lederer herein. Die Soldaten drängten Frerks zu dem Bett hin und gaben ihm einen Stoß, als er nicht begriff, daß er sich hinlegen sollte. Er fiel, wegen der Fesseln, unbeholfen auf das Gesicht, den Bauch, blieb reglos liegen. Der Amerikaner, der redete, sagte, er würde den Doktor schicken, ehe er dem anderen folgte, der schon gegangen war.

Franz Kien und Maxim Lederer drehten Frerks herum, konnten ihn aber nicht ausziehen.

»Sollen wir ihm die Fesseln nicht abnehmen?« fragte Franz Kien. »Was ist denn eigentlich los mit ihm?«

Maxim Lederer schüttelte den Kopf. Sie deckten Frerks zu. Er starrte ins Leere, war offensichtlich nicht anwesend. Er hatte über dem Hemd einen Pullover an, trug nicht seine berühmte und verhaßte Jacke, obwohl Sonntag war.

»Frerks hat endlich durchgedreht«, berichtete Maxim Lederer mit seiner heiseren, unpersönlichen Stimme. »Er lag den ganzen Tag auf dem Bett, ging nicht zum Essen, auf einmal fing er an zu toben. Er riß Bilder herunter, dann griff er den Barackenführer an. Sie hielten ihn fest, bis die Wachen kamen.«

Er schloß jeden Satz mit seinem kurzen, kehligen, freudlosen Auflachen. Er war nicht schadenfroh. Maxim Lederer hatte nichts gegen Frerks, außer das, was alle gegen ihn hatten.

»Und wieso kommt er hierher«, fragte Franz Kien, »nicht in die Arrestbaracke?«

»Weil ich gesagt habe, er sei krank«, sagte Maxim Lederer. »Ich war unter denen, die ihn festhielten, und ich hab's ihm angesehen.«

Franz Kien nahm Frerks' Temperatur. Frerks hatte 41,5 Grad Fieber.

»Na bitte«, sagte Maxim Lederer.

»Er muß schon den ganzen Tag krank gewesen sein«, sagte Franz Kien.

Maxim Lederer blieb im Hospital, obwohl sein Nachtdienst erst um acht Uhr begann. Er und Franz Kien hatten den September über Baumwolle gepflückt, wie alle, ehe sie sich zum Sanitätsdienst meldeten, als die Jobs im Gefangenen-Hospital ausgeschrieben wurden. Die Arbeit auf den Baumwollfeldern war nicht schwer gewesen; sie gingen zwischen den endlosen Reihen der Stauden und pflückten mit beiden Händen die weißen Flocken aus den geöffneten Fruchtkapseln in die Säcke, die rechts und links von ihren Schultern hingen. Mittags lagen sie im dichten Schatten der Bäume, die das Farmhaus umstanden, und dösten vor sich hin. Das Haus brütete stumm in der Mittagshitze. Der Neger, der das Eiswasser gebracht hatte, saß an einen Baum gelehnt und schlief. Übrigens war er der einzige Neger, mit dem sie in Berührung kamen; nicht einmal in der Ferne sahen sie Neger auf den Feldern arbeiten, die Neger sollten nicht sehen, daß es Weiße gab, die Baumwolle pflückten. Am Nachmittag arbeiteten sie weiter; wenn Franz Kien aufblickte, sah er die Gefangenen als blaue Flecken, die sich inmitten des flimmernden Meeres der Baumwollbällchen bewegten. Später hielten er und Maxim Lederer die Monotonie dieser Tage nicht mehr aus. Inzwischen waren auch die Baumwollfelder abgeerntet, die Gefangenen schlugen jetzt Zuckerrohr, mit breiten, an der Spitze gekrümmten Messern, Macheten. Wenn sie ins Lager zurückkehrten, sprachen sie über die Negermädchen, die sie während der Fahrt gesehen hatten, von den Lastautos aus, auf denen sie zu den Plantagen gefahren wurden.

Es dauerte zwei Stunden, bis der Arzt kam. An Sonntagen waren die Ärzte immer schwer zu erreichen. Franz Kien fühlte manchmal Frerks' Puls, spürte das rasend schnelle Klopfen. Daran konnte er sich erinnern, zwanzig Jahre später, an das Gefühl, das ihm Frerks' Handgelenk einflößte, während er sich an Frerks selbst nicht mehr erinnern konnte. Es war äußerst merkwürdig, aber er wußte nach zwanzig Jahren nicht mehr, wie Frerks ausgesehen hatte. Captain Fleischers Bild hingegen hatte sein Gehirn gut auswendig gelernt. Beispielsweise konnte er die Szene, wie der Arzt im Offiziersrang, Captain Fleischer, in der Abenddämmerung jenes Sonntags am Lagertor aus dem Jeep stieg, die Wachen passierte und in seinem schmalen, genau geführten Gang auf das Hospital zukam, jederzeit hervorholen und ablaufen lassen wie einen Film. Vielleicht, weil er Fleischer damals, an einem Fenster nach ihm ausspähend, so ungeduldig erwartet hatte? Fleischer hatte die linke Hand in die Tasche seiner Uniformjacke gesteckt, mit dem rechten Arm schlenkerte er ein wenig, wobei er die Hand krampfhaft nach hinten bog. Franz Kien wußte, daß er mit der linken Hand nach einer Zigarette wühlte, und wie immer zog er die Zigarette heraus und schob sie zwischen seine Lippen, ohne sie anzuzünden. Weiß hing sie in seinem braunen Gesicht, unter dem schwarzen, sorgfältig geschnittenen Schnurrbart. Zwischen dem Bart und der Oberlippe war ein Abstand von drei Millimetern ausrasiert. Alles an Captain Fleischer war schmal und genau, auch seine Nase über dem Bart und die goldene Einfassung seiner Gläser. Innerhalb dieser Genauigkeit war er dann schlenkernd, lässig, mit Verkrampfungen da und dort, zum Beispiel wenn er seine Hand im Gehen nach hinten bog.

Jenseits des Hospital-Geländes lagen die niedrigen langen Baracken in Reihen unter einem grünlichen Helldunkel, wie es immer entstand, wenn der klebrige Südwind aufkam. In einigen von ihnen brannte schon Licht. Die Kies-Straßen zwischen den Baracken waren fast leer. Um diese Zeit wuschen sich die Gefangenen, ehe sie zum Abendessen gingen.

Franz Kien war froh darüber, daß nicht der ranghöhere Arzt kam, Major Moulton, sondern Captain Fleischer. Fleischer war Internist, nicht Chirurg wie Moulton. Moulton war Armee-Arzt, während Fleischer eine Privatpraxis in New York City hatte. Aber er trug die Uniform mühelos. Franz Kien vermutete, daß er sich seine Uniform von einem Schneider anfertigen ließ. Er fing Fleischer im Vorraum ab und erstattete ihm Bericht.

»Oh, it's him«, sagte Fleischer, als er Frerks erblickte.

Franz Kien wunderte sich, daß Fleischer Frerks kannte, obwohl er kaum je das Wohnareal des Lagers betrat, niemals am Sonntag in der Suite des Kommandanten erschien, wenn Oberst Taylor die Front der zum Appell angetretenen Kriegsgefangenen abschritt. Er muß wohl von diesem Gefangenen gehört, sich ihn einmal angesehen haben, dachte Franz Kien. Frerks war der einzige, der zu jedem Sonntagmorgen-Appell in seiner deutschen Uniformjacke antrat. Er hatte sie, gleich nachdem sie ins Lager gekommen waren, gewaschen und gebügelt, und er trug sie mit den Obergefreiten-Winkeln, dem Fallschirmjäger-Abzeichen, dem schwarzweißen Bändchen des EK II, dem Adler mit dem Hakenkreuz. Sie hatten ihn ins zweite Glied geschubst, aber Oberst Taylor stellte ihn sofort ins erste, winkte den Dolmetscher herbei und unterhielt sich mit ihm über seine militärische Vergangenheit. Es verging kaum ein Sonntag, an dem der Kommandant nicht mit Frerks ein paar Worte wechselte. Er machte ihn zum Leiter eines Arbeitstrupps. Frerks wurde im Lager geschnitten. Es gab niemanden, der mit ihm sprach.

Fleischer war erstaunt, als er sah, daß Frerks angezogen im Bett lag. Er schlug die Decke zurück und erblickte die Fesseln.

»Gee«, sagte er.

Er nahm die Zigarette aus dem Mund. Manchmal war in der Art, wie Fleischer seine ärztlichen Anweisungen gab, eine leise, gefährliche Schärfe. Diesmal sah es so aus, als würde er sich gehenlassen. Aber er fing sich wieder, befahl, die Fesseln abzunehmen und Frerks auszuziehen. Franz Kien ärgerte sich, weil er nicht gewagt hatte, es selber zu tun, ehe Fleischer kam. Er wußte, daß Fleischer ihn dafür verachtete.

Frerks war kaum bei sich und fühlte sich heiß an. Fleischer untersuchte ihn, als er wieder im Bett lag. Er sagte, Frerks habe eine Lungenentzündung. Er bereitete die erste Penicillin-Injektion selbst vor. Sein Gesicht war wieder ruhig, fast gleichgültig, als er die Nadel ins Licht hielt und prüfte; die Zigarette hing wieder in seinem linken Mundwinkel. Ehe er ging, sagte er, Frerks müsse viel zu trinken bekommen.

Franz Kien blieb noch zwei Stunden im *ward* und hörte Maxim Lederer zu, wie er seine fanatischen Geschichten aus der Emigration erzählte. Maxim Lederer behauptete, die Kommunistische Partei habe ganze Zellen in Deutschland hochgehen lassen, der Gestapo ausgeliefert, wenn sie nicht mehr der Generallinie aus Prag gehorchten. Wenn seine Erzählungen stimmten, dann war die Kommunistische Partei verkommen. Wenn sie nicht stimmten, so war der, der sie erzählte, mit Vorsicht zu genießen. Er redete nicht gern über seine Rückkehr aus Prag nach Deutschland, wich aus, wenn Franz Kien ihn fragte, was damals mit ihm geschehen war. Franz Kien wußte, daß mit Menschen, die in gewisse Verhöre, zwischen gewisse Fronten geraten waren, alles mögliche geschehen sein konnte. Eine Nacht in einem Untersuchungsgefängnis entschied da oft über ein Leben. Es wäre besser, sich von dieser undurchsichtigen Existenz fernzuhalten, dachte Franz Kien manchmal, aber er mochte Maxim Lederers hoffnungslose, unpersönliche Stimme, die mit jedem ihrer Sätze die Revolution liquidierte. Maxim Lederer sprach niemals über sein Privatleben, äußerte keine Zukunftspläne, wie alle anderen im Camp. Es war auch charakteristisch für ihn, daß man das Gespräch mit ihm einfach abbrechen konnte; er hörte dann sofort und ganz unbeleidigt auf zu reden, wandte sein kleines bleiches Gesicht, die Augen hinter der Brille aus schwarzem Horn, ab, griff wieder nach der Zeitung.

Als er in seine Wohnbaracke ging, spürte Franz Kien die zerrenden, plötzlich aufflackernden Windstöße, die unter dem wolkigen Nachthimmel aus dem Golf von Mexiko kamen. Er dachte an die Revolution als an etwas Gleichgültiges. Es würde Kriege geben, Gewalt, auch Revolutionen, sicher, aber das alles war ziemlich gleichgültig. Nicht gleichgültig war es, daß es die Nacht gab, den Wind, Wolken, Adlerflüge, einen Golf, Schlafende in Baracken ...

Am Morgen hatte Frerks noch immer über vierzig Fieber, aber er schlief ruhig. Maxim Lederer sagte, Fleischer sei in der Nacht noch einmal gekommen und habe Frerks eine zweite Penicillin-Injektion gemacht.

»Ich hab ihm erzählen müssen, welche Rolle Frerks im Lager spielt«, sagte Maxim Lederer. »Wahrscheinlich überlegt er«, sagte Franz Kien, »ob er ihn in psychiatrische Behandlung geben soll.«

»Er schien außer sich zu sein, als ich ihm erzählte, daß niemand von uns mit Frerks zu tun haben will. Ich hab versucht, ihm klarzumachen, daß Frerks sich selbst isoliert hat. Er gehört einfach nicht in dieses Lager, hab ich gesagt.«

Er räumte die Bücher und Zeitungen weg, in denen er nachts gelesen hatte. Durch die Glasscheibe des Sanitätsraumes überblickte man den Bettenraum der Baracke, in dem Frerks und die beiden anderen Patienten lagen und schliefen.

»Diese Juden mit ihren Illusionen«, sagte Maxim Lederer. »Weißt du, was Fleischer sagte, ehe er ging?« Er wartete Franz Kiens Gegenfrage nicht ab. »Er stand da am Bett von Frerks und sagte: ›It's easy to hate, easier than to love.‹«

Nicht einmal nach diesem Zitat klang Maxim Lederers Auflachen böse, höhnisch, sondern so wie immer: kurz, rauh, feststellend.

Franz Kien hätte etwas darum gegeben, zu erfahren, ob Fleischer den Satz, daß es leicht sei zu hassen, leichter als zu lieben, an Maxim Lederer gerichtet hatte oder an den bei diesen Worten sicherlich noch schlafenden oder halb bewußtlosen Frerks. Hatte er dabei einen von den beiden angesehen oder keinen, sondern vielleicht auf die Wand hinter dem Bett geblickt? Es war zwecklos, Maxim Lederer danach zu fragen, der darauf sicherlich nicht geachtet hatte. Nach allem, was vorher gesprochen worden war, mußte er Fleischers Bemerkung auf sich beziehen. Wie aber, fragte sich Franz Kien, wenn Fleischer weder den einen noch den anderen gemeint hatte, sondern sich selbst?

Der Hospital-Tag verlief ruhig, mit den üblichen Beschäftigungen: Betten richten, Temperaturen nehmen, Essen holen. Einer der Patienten hatte eine Blinddarmoperation hinter sich, durfte noch nicht aufstehen, bekam die Bettflasche, was Franz Kien nichts ausmachte. Der andere war Syphilitiker, erhielt alle zwei Stunden eine kleine Dosis Penicillin, intramuskulär. Er war wehleidig, spannte vor Angst sein Gesäß, anstatt es zu entspannen, so daß Franz Kien einen unkontrollierten Moment abwarten mußte, ehe er ihm die Nadel ins Fleisch senkte. Nach dem Mittagessen meldeten sich zwei ambulante Fälle, Männer vom Holzfällerkommando, die mit Gifteiche in Berührung gekommen waren; Franz Kien bestrich ihre entzündeten Beine und Hände mit einer Tinktur.

Im Laufe des Vormittags war Frerks einmal so weit bei sich, daß er die nötigsten Angaben für das Krankenblatt machen konnte. Er war 1923 geboren, in einem Dorf bei Eutin, hatte noch keinen Beruf, er war bei Kriegsausbruch sechzehn gewesen, sie hatten ihn Ende 1940 eingezogen. Er sagte, er sei Offiziersanwärter. Sein Vater war Angestellter im Landratsamt. Diese Mitteilungen erschöpften ihn.

Am Nachmittag hatte Franz Kien wieder Zeit zum Lesen. Er ging auch einmal eine Viertelstunde spazieren, zwischen dem Hospital und dem Stacheldrahtzaun, in südöstlicher Richtung, wo es Partien gab, auf denen Kiefern standen, die das Camp verdeckten. Er sammelte einen Strauchzweig mit weinroten und grünen Blättern, zwei Gräser mit Blättern wie Lanzenspitzen, ein Gewächs mit traubigen roten Blüten und einem grünen Stengel, in dessen Mitte eine violette Blüte saß. In Louisiana gab es selbst im November noch Blüten, unter dem bedeckten Himmel, in der warm-feuchten Luft, die manchmal von Windstößen aufgeregt wurde.

Um fünf Uhr, als er Frerks weckte, um ihm Orangensaft einzuflößen, eine neue Spritze zu geben und sein Fieber zu messen, erinnerte er sich daran, wie er einmal im Lagerkino neben ihm gesessen hatte, während eines Films mit dem Titel *The Great Flamarion*. Der große Flamarion war ein ehemaliger französischer Offizier, und es war unheimlich gewesen, zu sehen, wie in Erich von Stroheim eine Figur der alten europäischen Kriegsgeschichte aufstand und durch die fremde amerikanische Welt ging. Als das Licht wieder anging, hatte Franz Kien den ekstatischen Ausdruck in Frerks' Gesicht wahrgenommen. Diese Erinnerung war es übrigens, die ihm später beinahe dazu verhalf, sich Frerks' Gesichtszüge vorstellen zu können, aber sie entglitten ihm dann doch wieder, lösten sich in dem ungenauen Eindruck auf, wie ihn magere, hartknochige Jungen gewöhnlich hinterlassen.

Ehe Maxim Lederer ihn wieder ablöste, betrachtete er in einer Zeitschrift Bilder von Marsden Hartley. Die Reproduktionen waren schlecht, aber Franz Kien spürte doch, daß *Der Berg Katahdin im Herbst* ein Bild war. Marsden Hartley hatte geschrieben: »Es gibt nicht mehr als zwei Leute im Land, die Berge verstehen.« Er hatte nicht geschrieben: »... die etwas von Bergen verstehen.«

Fleischer kam zur Abend-Visite. Er war schon am Vormittag dagewesen und hatte Kien gezeigt, wie man Penicillin intravenös spritzt. Franz Kien fand es verflucht schwierig, und bei zwei Spritzen hatte er Frerks erhebliche Schmerzen zugefügt. Fleischer war mit Frerks' Zustand zufrieden; das Fieber war auf 39,5 Grad gefallen. Er fragte, ob Frerks Englisch spreche; Franz Kien wußte es nicht, aber er hatte beobachtet, wie Frerks, wenn Oberst Taylor ihn anredete, seine Antworten gab, noch ehe der Dolmetscher ihm Taylors Worte übersetzt hatte.

Fleischer war Anfang Oktober zum erstenmal ins Lager gekommen, als ein fremdartiger, leiser, raffinierter Mensch. Major Moulton wirkte neben ihm vierschrötig und militärisch. Der Kommandant und Major Moulton hatten es sicherlich nicht gern gesehen, daß Captain Fleischer seine Frau mit ins Camp nahm, ihr die Häuser und Einrichtungen zeigte, sie durch das Hospital führte. Captain Fleischers Frau war fabelhaft hübsch, weder ein Mädchen noch eine Dame, sondern eine junge Frau, ein schwieriges, elegantes Geschöpf. Die Gefangenen waren benommen von ihrem Anblick. Es ging das Gerücht, sie sei ein New Yorker Mannequin. Sie trug ihre weichen, blond gefärbten Haare halblang. Übrigens schien sie das Ungehörige der Situation eher zu empfinden als ihr Mann, denn Franz Kien bemerkte, daß ihr schöner, zart herausfordernder Gang etwas Unfreies bekam, wenn sie neben den wie immer eng geführten Schritten des Arztes, neben seinem locker schwingenden und doch in der Verkrampfung der Hand endenden Arm – die andere Hand wühlte in der Tasche nach einer Zigarette – auf das Hospital zukam.

Nach einem Besuch des Paares im *ward* hatte Franz Kien mitangehört, wie sich zwei Patienten über Captain Fleischer und seine Frau unterhielten.

»Die geilt sich ganz schön an uns auf«, hatte der eine von ihnen gesagt.

»Irrtum!« hatte der andere erwidert. »Er ist es, der sich dabei aufregt, daß er uns seine Frau vorführt.«

An diesem gemeinen Kommentar war so viel wahr, daß Fleischer wahrscheinlich wirklich den Gefangenen eine Freude bereiten wollte, wenn er seine allzu anziehende Frau mit ins Lager brachte. Eine unerhörte Fehlleistung für einen Mann von dieser Intelligenz, dachte Franz Kien, nur zu erklären aus blinder Verliebtheit. Er bemerkte, wie enttäuscht Fleischer war, daß seine Frau nicht mit den Patienten sprach, ihnen nicht die Hand reichte, immer halb abgewendet hinter ihm stehenblieb, in der Haltung eines

Menschen, der entschlossen ist, bei dem geringsten Zeichen von Gefahr zu fliehen. Sie kam nach ihrem zweiten Besuch nicht wieder.

Erst am Dienstag konnte Fleischer mit Frerks sprechen. Zwar lag Frerks auch dann noch in einem Zustand von Apathie, aber er war doch bei klarem Bewußtsein. Sein Fieber war weiter gefallen, und Fleischer setzte das Penicillin ab und verordnete statt dessen Sulfonamid-Tabletten. Er zog sich einen Stuhl heran und setzte sich neben Frerks' Bett, erzählte ihm, daß er am Sonntag erst so spät habe kommen können, weil er am Mississippi gewesen sei, um sich den Dammbruch anzusehen. Es habe in Tennessee viel geregnet, erzählte er, und die Wassermassen, die der Strom mit sich führte, hätten bei Vicksburg die Deiche gesprengt. Er schilderte die Wasserwüste. Frerks sah ihn unverwandt an, aber Franz Kien konnte nicht herausfinden, ob ihn die Erzählung des Arztes wirklich interessierte. Er selbst hätte Fleischer gern über den Mississippi ausgefragt, er hatte das Gefühl, daß Fleischer den Mississippi verstand, aber er begriff, daß dessen Erzählung nur für Frerks bestimmt war, auch wenn es sich um ein ganz zufällig herausgegriffenes Thema handelte und Fleischer ebensogut über irgend etwas ganz anderes hätte sprechen können, über New York vielleicht oder über den zu Ende gehenden Krieg. Fleischer redete flüssig in seinem leisen Sprechstil; wenn er sich manchmal unterbrach, dann nicht, weil er nicht mehr weiter wußte, sondern weil er sich die Freiheit nahm, darüber nachzudenken, was er gesagt hatte oder sagen würde.

»Can we go a way together?« fragte er nach einer dieser Pausen.

Gleich nachdem Fleischer gegangen war, erörterte Franz Kien mit Maxim Lederer, der im *ward* erschienen war und Fleischers Monolog an Frerks' Bett mitangehört hatte, das Problem, ob sich diese Frage auf deutsch stellen lasse.

»Nein, Gott sei Dank nicht«, sagte Maxim Lederer. »Wir sind nicht so sentimental wie die Amerikaner.«

»Es klang aber gar nicht sentimental, so, wie er es sagte«, wandte Franz Kien ein.

Er mußte aber zugeben, daß der Satz *Können wir ein Stück Weges zusammen gehen* in der Situation, wie sie zwischen Fleischer und Frerks bestand, auf deutsch unerträglich gefühlvoll klang. Den deutschen Satz *Es ist leicht zu hassen, leichter als zu lieben* konnte Franz Kien sich zur Not vorstellen, er war bloß pathetisch, und etwas Pathos konnte man schlucken wie eine bittere Pille, wenn es gar nicht anders ging, während es unter keinen Umständen zulässig war, etwas locker und freundlich Hingesagtes durch Übersetzen in etwas Klebriges zu verwandeln.

Maxim Lederer ging zu Frerks' Bett hinüber. »Hast du eigentlich verstanden«, fragte er, »was Fleischer dir alles erzählt hat?«

Frerks gab keine Antwort. Er lag da, mit geöffneten Augen, und blickte geradeaus.

»Capain Fleischer ist Jude«, sagte Maxim Lederer zu ihm. »Huh, huh, huh, richtiger Jude! Ich sag's dir nur, falls du es vielleicht nicht weißt.«

»Hör doch auf damit!« sagte Franz Kien.

Fleischer hatte keine Antwort auf seine Frage an Frerks abgewartet, sondern war aufgestanden, hatte sich mit den anderen Patienten beschäftigt, ein paar Anweisungen gegeben, ehe er ging. Franz Kien konnte nicht feststellen, ob Frerks enttäuscht war, als am nächsten Tag Major Moulton zur Visite erschien, weil Fleischer ein paar dienstfreie Tage hatte.

Er hörte die Schwingtüre mit dem Fliegengitter in ihren Angeln knarren, als er wieder einmal auf der Treppe hinter der Hospitalbaracke saß. Natürlich stand er auf, obwohl Fleischer sagte, er solle sitzen bleiben. Der Arzt stand in seiner lässigen und genauen Haltung, die Hand des rechten Arms nach hinten gebogen und verkrampft, auf der obersten Stufe und sprach sich gegen den Stacheldraht aus, auf dessen in der Ferne sich hinziehende Linie er blickte. Er sagte, man sollte solche Lager ohne Stacheldraht einrichten. Dann kam er wieder auf Frerks zu sprechen, wandte sich erbittert gegen dessen unfaire Behandlung im Lager. Franz Kien notierte sich am Abend in sein Tagebuch, das er damals führte, einzelne Sätze, *Nobody talks to him* beispielsweise, und *He must be taken into the crowd, not segregated.*

Er selber sah nicht, wie Fleischer, den Stacheldrahtzaun, sondern das Tälchen dahinter, mehr eine Geländefalte, ganz in Braun und Gelb getaucht, mit den Bäumen am Horizont, zwischen ihnen das Negergehöft mit der bunten Wäsche, die immer da hing, und den schwarzen Kühen, die in dem hohen gelben Steppengras weideten.

Als Frerks wieder gesund war, zog er sonntags weiter seine deutsche Uniformjacke an; erst nachdem man ihnen Filme aus den Konzentrationslagern vorgeführt hatte, legte er sie ab. Er befreundete sich mit einem Kleinbauern aus der

Eifel, einem alten Mann, der als primitiver Anarchist und Eigenbrödler vor dem Kriegsgericht gestanden hatte. Man sah die beiden lange Spaziergänge den Zaun entlang machen, miteinander redend. Das war schon nach dem Waffenstillstand.

Franz Kien verlor ihn, Maxim Lederer und fast das ganze Lager aus den Augen, weil er, zusammen mit zwanzig anderen, in ein Lager im Norden versetzt wurde. Wieder reisten sie in einem Waggon, der an reguläre Züge angehängt wurde. Sie überquerten bei Monroe den Red River, fuhren hinter Memphis wieder eine Strecke den Mississippi entlang, dann in die Ebene von Tennessee hinein.

Franz Kien überlegte manchmal, wo er, wo Maxim Lederer, wo Fleischer und Frerks zwanzig Jahre später sein würden. Oder der Neger, der ihnen das Eiswasser gebracht hatte, mittags, beim Baumwollpflücken. Wie würden sie leben, jeder für sich, zwanzig Jahre später?

Er dachte niemals an die Revolution, sondern nur an die Länder, Amerika, Tennessee, Gibraltar, Europa. An die Einsamkeit der Länder.

Er hatte einen ruhigen Herbst und Winter in Louisiana verbracht, in dem alten Sklavenland.

Ein betagter, schwerer Neger, ein Streckenarbeiter, stand neben dem Gleis, als sie an einem frühen Morgen auf einer Station in Tennessee hielten. Er trug ein Hemd aus verschossenem Ziegelrot. Als Franz Kien ihn betrachtete, sah ihn der Neger lange an, ohne sich zu bewegen, ohne zu lächeln.

Auf einem Holzhaus jenseits des Bahnhofs stand in abblätternder Schrift *Moses Playhouse Nice clean rooms*

Meals Cold drinks. In der Frühe waren alle Fenster und Türen verschlossen. Hier wäre Franz Kien gerne ausgestiegen, um ein Zimmer zu nehmen.

Ludwig Marcuse
Errick in Amerika
Über Erich Kästner

Würde er ein Gastspiel quer durch die Universitäten dieser Lande zum Besten geben, so würden sie ›Errick‹ zu ihm sagen. Denn, erstens ist er ein Klassiker (der einzig lebende deutsche für sie; denn sie sind mit Emil und Lottchen und dem Buch *Die verschwundene Miniatur* in die deutsche Sprache hineingeschubst worden). Zweitens aber ist ihnen das ›ch‹ in Erich nicht gegeben, nicht das weiche und nicht das kehlige; ich habe es nicht einmal Gary Cooper applizieren können.

Bald nach dem Krieg fragten mich junge amerikanische Germanisten, wie man ein Eßpaket an Kästner senden könne; sie wollten sich dafür bedanken, daß sie sich beim Einnehmen einer Sprache ausnahmsweise nicht zu schütteln hatten.

Als ich das erste Mal aus Deutschland zurückkam, 49, war die erste Frage, nachdem sie meinen Bericht gehört hatten:

»Haben Sie Kästner gesehen?«

»Ja.«

»Wo?«

»In München.«

»Bei welcher Gelegenheit?«

»Es gab einen ausgezeichneten Napfkuchen. Er aber

trank nur. Was Schäumendes, in dem was Kullerndes herumschwamm.«

»Wie sieht er aus?«

»Ein Poet im Sakko. Auch die andern sind nicht mehr in Samtmütze und Plastron. Aber er trägt nicht einmal beim Schreiben Herz. Ihr wißt ja.« (Natürlich sagte ich es nicht so, sondern à l'Américaine.)

1952. Gerade wieder zurück.

»Haben Sie Kästner gesehen?«

»Ja.«

»Was tut er?«

»Schreibt Gedichte.«

»Was für welche?«

Einer war bereits verdorben, hatte Literaturgeschichte statt Literatur gelesen und sagte naseweis: »Gebrauchslyrik?«

»Was ist das?« fragten die anderen.

»Die Gedichte sind auch noch zu was anderem brauchbar«, sagte ich.

»Wozu?« fragten sie.

»Zum Beispiel als Brennstoff für Bücherverbrennungen«, sagte ich.

»Also ist er ein politischer Dichter?« fragten sie.

»Das auch«, sagte ich.

1954.

»Haben Sie Kästner gesehen?«

»Ja.«

»Was macht er?«

»Sitzt in einem Garten vor der Stadt, faßt seine marzipanfarbenen Rosen väterlich unters Kinn – und seufzt in Versen, die trotz Liebe, Trauer und Küssen keine Miene verziehen.«

»Woher wissen Sie, daß er seufzt, wenn er so pokerfaced dichtet?«

Wieder derselbe, der sich in den Büchern über die Dichter besser auskennt als in den Dichtern: »Ich habe einen Artikel gelesen ›Erich Kästner as a representative of Neue Sachlichkeit‹.« Da saß nun Kästner in einem Kästchen.

»Was ist die Neue Sachlichkeit?« fragten natürlich ein paar Unschuldigere.

»Wissen Sie denn, was die Alte war? ... Na also! Sie war schon dasselbe. Wenn man die Affekte chronisch überanstrengt hat, kommt man ein bißchen herunter. Lesen Sie einmal seine *Sachliche Romanze*, die ich liebe. Da schämen Sie sich aber, zu weinen, so traurig sind Sie.«

Wir hatten kurz vorher *Ehestand, Tod und Hochzeit des Armenadvokaten F. St. Siebenkäs im Reichsmarktflecken Kuhschnappel* miteinander gelesen, erinnerten uns eines Satzes, suchten und fanden ihn: »Er versteckte, ja verhärtete gern die reinste Erweichung, weil er immer an die Poeten und Schauspieler dachte, welche die Wasserwerke ihrer Empfindung zur Schau springen lassen.«

1956.

»Und Kästner?«

»Repräsentiert.«

»Wen?«

»Die deutschen Schriftsteller im PEN-Club.«

»Was macht er da?«

»Einen guten Eindruck.«

»Wie?«

»Ohne Brusttöne.«

»Womit denn?«

»Er behandelt die Geschäftsordnung, als wäre sie am trauten Kamin zur Welt gekommen.«

1958.

»Was macht Kästner?«

»Hat ein Drama geschrieben.«

»Menschen aus Fleisch und Blut?«

»Nein.«

»Satire?«

»Er läßt Ihnen sagen (wörtlich): Es ist keine Satire, sondern zeigt den Menschen, der sein Zerrbild eingeholt hat.«

»Ist es überzeugend?«

»Es ist völlig unglaubwürdig – für ein Publikum, das ein Gedächtnis hat wie ein Sieb … und sich nicht erinnert an die Menschen, die gestorben sind, wohl aber an eine Kraft- und Freude-Fahrt nach Trellenborg.« So genau wollten sie es nun wieder gar nicht wissen. Ein Mädchen fragte (im Jargon ihres Kontinents):

»Wie alt ist er?«

»Was nennen Sie alt? Vierzig?«

»Oder fünfzig?«

Bei Fünfzig glaubten sie ganz sicher zu sein, keinen Fauxpas mehr zu machen. Sie sagten unisono: Ja.

»Meine Herrschaften: Errick ist ein gutes Stück jünger als die Junge Generation.«

Erich Kästner
Entwicklung der Menschheit

Einst haben die Kerls auf den Bäumen gehockt,
behaart und mit böser Visage.
Dann hat man sie aus dem Urwald gelockt
und die Welt asphaltiert und aufgestockt,
bis zur 30. Etage.

Da saßen sie nun den Flöhen entflohn
in zentralgeheizten Räumen.
Da sitzen sie nun am Telefon.
Und es herrscht noch genau derselbe Ton
wie seinerzeit auf den Bäumen.

Sie hören weit. Sie sehen fern.
Sie sind mit dem Weltall in Fühlung.
Sie putzen die Zähne. Sie atmen modern.
Die Erde ist ein gebildeter Stern
mit sehr viel Wasserspülung.

Sie schießen die Briefschaften durch ein Rohr.
Sie jagen und züchten Mikroben.
Sie versehn die Natur mit allem Komfort.
Sie fliegen steil in den Himmel empor
und bleiben zwei Wochen oben.

Was ihre Verdauung übrig läßt,
das verarbeiten sie zu Watte.
Sie spalten Atome. Sie heilen Inzest.
Und sie stellen durch Stiluntersuchungen fest,
daß Cäsar Plattfüße hatte.

So haben sie mit dem Kopf und dem Mund
den Fortschritt der Menschheit geschaffen.
Doch davon mal abgesehen und
bei Lichte betrachtet, sind sie im Grund
noch immer die alten Affen.

Wolfgang Hildesheimer
Ich trage eine Eule nach Athen

Heute ist es ein Jahr her, daß ich abends auf der Akropolis stand und, mit einem Gefühl tiefer Erfüllung, eine Eule entflattern ließ, die ich nach Athen getragen hatte.

Der Entschluß zu dieser Tat war eines Nachts in mir gereift, als ich nicht schlafen konnte. In solchen dunklen Stunden fasse ich Entschlüsse, die ich dann, wenn die Umstände es auch nur irgendwie erlauben, unmittelbar in die Tat umsetze. Dieser neue und bis dahin vielleicht kühnste Entschluß ließ sich nun zwar nicht ohne weiteres verwirklichen, wohl aber konnte seine Ausführung sofort vorbereitet werden. Ich kleidete mich an und machte mich auf den Weg zu meinem Vogelhändler. Sein Laden ist selbstverständlich nachts geschlossen, Stammkunden bedienen sich einer versteckten Nachtglocke. Ich läutete und stand bald darauf zwischen tuchbedeckten Käfigen in der nächtlich-trüben Vogelhandlung. Der Händler fragte mich, was es sein dürfe.

»Eine Eule, bitte«, sagte ich.

»Aha«, sagte er und zwinkerte mit den Augen, als behage ihm die gewiegte Kennerschaft seines Gegenübers; »Sie sind ein Kenner. Die meisten Kunden machen den Fehler, sich ihre Eule bei Tageslicht auszusuchen. – Soll sie ein Geschenk sein?«

»Nein. Sie ist für mich. Ich möchte sie nach Athen tragen.«

»Nach Athen – aha!« Der Vogelhändler führte Daumen und Zeigefinger langsam über sein Kinn, daß die Stoppeln knirschten, und sagte: »Da würde ich Ihnen zu einem Steinkauz raten. Ich fürchte, Waldohr- oder Schleiereulen sind den Strapazen einer längeren Reise nicht gewachsen. Ein Steinkauz dagegen ist zäh und hat übrigens auch ein handlicheres Format.« –

»Einen Kauz nach Athen tragen – –?« sagte ich langsam, mit stillem Zweifel diese Vorstellung prüfend. Schon allein der Rhythmus sagte mir nicht zu.

»Dieselbe Familie«, meinte der Händler. Ich schwieg. »Nachtraubvögel«, fügte er hinzu, von der Beharrlichkeit meines Schweigens angestachelt. Offensichtlich war ihm das Wesen meiner Bedenken unbekannt.

Vielleicht wird mancher Leser ein ähnliches Dilemma schon erfahren haben und daher meine Zweifel verstehen. Jedenfalls – ich will es gestehen – siegte praktische Vernunft über philologische Deutelei: ich kaufte den Kauz. Die allzu pedantische Widerlegung einer den Gipfel des Absurden darstellenden antiken Zumutung schien es nicht wert zu sein, die Gefahr einer kurz vor dem Ziel verendenden Eule auf sich zu nehmen. Vor allem aber wollte ich die Eulenseele nicht vergewaltigen, indem ich ihren Träger zum Opfer seiner klassischen Assoziation machte. Der Mensch weiß, daß ihn Gott nach seinem Ebenbild geschaffen hat, und er trägt mitunter schwer an dieser Bürde. Dem Tier indessen sind Gleichnis und Vergleich fremd, und meiner Meinung nach gewinnt seine animalische

Würde aus eben der Tatsache, daß es noch nicht einmal die einfältigste Fabel über sich selbst kennt. Entlang dieser Bahn liefen meine Überlegungen, als ich, mit dem Kauz im Messingkäfig und einem großen Paket mit Brenzels Eulenfutter beladen, durch die stillen Straßen nach Hause ging. Denn die Gedanken über Wesen und Sein, über Mensch und Tier, kommen mir nur – wenn überhaupt – innerhalb dieser dunklen, ahnungsschwangeren Zeitgrenze zwischen Nacht und Morgen, zu welcher Stunde selbst ein Steinkauz über seine irdische Gestalt hinauswächst. Ich trug sozusagen ein Symbol im Käfig: das Tier schlechthin.

Andrerseits verursachte mir mein philologisches Verantwortungsbewußtsein ein ungutes Gefühl, dem zu entwischen ich mich vergeblich bemühte. Es war und blieb ein Kauz, was ich da im Käfig trug, ein Vogel also, der ganz und gar andere Gedankenbilder hervorruft als eine Eule. Mochten ihn auch alle Nicht-Zoologen für eine Eule halten: ich würde bis an mein Lebensende wissen, daß ich einen Steinkauz nach Athen getragen hätte. Im Morgengrauen besah ich den schlafenden Vogel, der von meinen Bedenken und von seiner Legendenumwobenheit nichts wußte: ahnte das gute, harmlose Tier ja nicht einmal, daß es ein Steinkauz und keine Eule war. Ich weiß nicht, warum dieser letztere Gedanke mich rührte – vielleicht verspüre ich in diesen Stunden zartere Regungen, die mich der Kreatur näher bringen –, jedenfalls beschloß ich, komme, was da wolle, dieses Tier nach Athen zu tragen.

Und mein Entschluß wurde belohnt. Ein ordentlicher Blick in »Brehms Tierleben« belehrte mich, daß ich mit der Wahl des Kauzes, wider besseres Wissen, das Rechte getroffen hatte. Denn während die Schleiereule auf den zoologischen Namen »Strix flammea« hört, die Waldohreule dagegen »Otis vulgaris« heißt (welch letzteres Adjektiv übrigens das hübsche Tier meiner Überzeugung nach zu Unrecht trägt), heißt der Steinkauz »Athene noctua«, und bei Ansicht der Abbildung wurde mir nunmehr klar, daß dieser tatsächlich der Vogel antiker Darstellung war. Hier hatte ich ihn, schwarz auf weiß, und ich durfte sein lebendiges Ebenbild getrost nach Athen tragen.

Wenige Tage später bestieg ich den Orient-Expreß. Mein Abteilgefährte war ein Herr, dessen Aussehen den Gelehrten verriet. Offensichtlich fuhr auch er nach Athen, wenn auch natürlich in anderer Mission. Mit verhaltener Spannung sah er mir zu, während ich den Käfig im Gepäcknetz verstaute, und noch als ich mich setzte und den Pausanias aus der Tasche zog, hing sein Blick an dem Vogel, der ruhig schlafend auf seiner Stange saß.

»Eine Eule«, bestätigte ich, ohne von meinem Buch aufzusehen, in tiefer, von allen Zweifeln erlöster Seelenruhe.

»Ein Kauz«, meinte er.

»Wenn Sie so wollen«, sagte ich und sah nun doch von meinem Buch auf. »Jedenfalls entspricht das Tier genau dem Zweck, den ich verfolge.«

»Beabsichtigen Sie etwa«, fragte der Herr lauernd, »diesen Vogel nach Athen zu tragen?«

»Das ist in der Tat meine Absicht.«

Jetzt lächelte der Herr. Er schob ein Lesezeichen in sein Buch, klappte es zu, legte es beiseite und machte es sich in seiner Ecke bequem, als bereite er sich auf die längere Erörterung eines interessanten Streitpunktes vor.

»Sie haben, junger Freund«, so hub er an, »Ihren Aristophanes unaufmerksam gelesen oder falsch verstanden!« Hier setzte er zunächst einmal ab, als wolle er mich vernichtet der Wahl zwischen diesen beiden Möglichkeiten überlassen. Aber ich wählte nicht – die Anschuldigungen treffen nicht zu –, sondern entgegnete lässig, bevor er Gelegenheit hatte fortzufahren:

»Ich weiß, ich weiß. Es gilt als Inbegriff der Überflüssigkeit, Eulen nach Athen zu tragen. Diese Auffassung ist mir bekannt. Dennoch bin ich, wie Sie sehen, soeben dabei, eine solche nach Athen zu tragen.«

»Einen Kauz, meinen Sie«, sagte der Gelehrte etwas spitzig, wie mir schien, als nehme er mir die Abweichung von der Konvention, den Vogel der Athene – sei er nun Kauz oder Eule – nach Athen zu tragen, richtig übel.

Lässig, mit der linken Hand, spielte ich den Trumpf aus: »Athenes Eule war bekanntlich ein Steinkauz. Die Übersetzung des Wortes »glaukoopis« mit »eulenäugig« ist eine philologische Ungenauigkeit, die auszumerzen ich mich berufen fühle.« Damit hatte ich ihn der Möglichkeit einer Entgegnung beraubt.

Und so entgegnete mir der Herr denn auch nichts mehr. Offensichtlich war er Philologe, und sein Anteil an der übernommenen Schuld ließ ihn verstummen. Er nahm die Lektüre wieder auf und tat von diesem Punkt an – wir passierten soeben den Bahnhof von Großhesselohe –, als existiere der Kauz nicht. Mit keinem Worte mehr hat er ihn erwähnt, keines Blickes mehr gewürdigt, und dafür wiederum muß ich ihm dankbar sein, denn das Tier tat immerhin einiges, was rückblickend vielleicht nicht mehr erwähnenswert ist, wohl aber in der Gegenwart von vielen Reisenden als störend, wenn nicht gar als unpassend empfunden werden mag.

Hier nun einige kurze Ratschläge für solche, die, von meinem Beispiel angespornt, beschlossen haben, ihm zu folgen: Eulen sind in der Liste der zollpflichtigen Gegenstände nicht enthalten, daher man eventuellen Zahlungsforderungen von seiten der Beamten energisch entgegentreten darf. Käfige dagegen sind zwar an sich zollpflichtig, aber nur fabrikneue Stücke, und ein von einem Steinkauz bewohnter Käfig ist nach kurzer Zeit nicht mehr neu. Trinkgelder sind empfehlenswert. Mit Verständnis von seiten des ständig wechselnden Zugpersonals sollte nicht gerechnet werden: wer also die Sprache und Gestikulation der Durchgangsländer nicht beherrscht, beraubt sich der Möglichkeit wirkungsvoller Verteidigung. Im ganzen – das sei zugegeben – ist ein Eulentransport nach Athen mit kleineren Mühen verbunden, aber ich wäre ein Lügner, wollte ich leugnen, daß er dieser Mühe wert ist. Wer sich von Handlungen wie etwa »Holz in den Wald tragen« oder »Wasser in den Brunnen gießen« eine ähnliche Genugtuung erhofft, der wird sich – so fürchte ich – bitter getäuscht sehen. Gewiß: der Mangel an ideellem und materiellem Aufwand solcher letzterwähnter Aktionen ist bestechend und verlockt zur Durchführung; aber der geringe Vorteil ihrer Einfachheit wird bei der von mir vollbrachten Tat durch die tiefe Befriedigung am Ziel reichlich wettgemacht.

Denn als ich gegen Abend meines ersten Tages in Athen mit meinem Eulenkäfig zur Akropolis hinanstieg, da überkam mich das Gefühl inbrünstiger Zufriedenheit. Hier vollzog sich eine Handlung, die nicht, wie so viele Experimente von heute, darauf angelegt war, die Thesen der Erzieher und Weltverbesserer von gestern zu widerlegen, sondern die sie – im Gegenteil – bestätigte. Ich war dabei, mich selbst zu überzeugen, wie müßig es wirklich war, Eulen nach Athen zu tragen; nicht etwa, weil es dort so viele gibt – weder habe ich noch hat irgendein mir bekannter Athener dort jemals auch nur eine einzige Eule gesehen – nein: die Tat war müßig, weil Eulen dort, wie letzten Endes auch bei uns, unbrauchbar sind. Mein Glücksgefühl wird daher ein jeder verstehen, der, wie ich, am liebsten solchen Beschäftigungen nachgeht, deren Konzeption bereits von vornherein verrät, daß sie zu nichts führen können, deren Ausübung daher reiner, seliger Selbstzweck ist.

Ich löste meine Eintrittskarte, durchschritt die Propyläen und stellte mich vor den Parthenon. Mit zitternden Fingern öffnete ich den Käfig. Es war ein großer Moment. Die Eule hob sich in die Lüfte und flatterte empor, zum Giebel des Tempels, wo sie zunächst sitzen blieb.

Ein klassischer Anblick! Gegen den blauen attischen Nachthimmel, der das Weiß des Marmors hervorhob und ihn, gespenstisch schön, wie porösen Samt erscheinen ließ, hob sich mein Steinkauz ab, Lebewesen und Symbol zugleich. Ich und kein anderer hatte ihn nach Athen getragen!

»Siehst du, Selma«, hörte ich einen Mann neben mir sagen, »die Bestätigung des klassischen Wortes, daß es unnötig sei, Eulen nach Athen zu tragen? Sogar auf dem Parthenon sitzen sie.«

»Es ist ein Kauz«, erwiderte die Frau. Der Mann schwieg, wahrscheinlich betreten. Auch er war wohl Humanist, und sein Humanismus hatte sich bei ihm, wie es öfters geschieht, auf Kosten seiner Zoologie gebildet. Indessen, dem Mann konnte geholfen werden. Ich wandte mich den beiden zu, die ich unschwer als ein Paar auf der Hochzeitsreise erkannte, und sprach: »Es ist ein Steinkauz: der wahre Vogel der Göttin Pallas Athene. Heute wissen das die meisten Menschen noch nicht. Aber sie werden es bald wissen!« Mit dieser zuversichtlichen Äußerung schritt ich davon, der Wirkung meiner Worte gewiß. Ich hatte einem Hochzeitspaar zu einem vollkommeneren Bild antiker Wirklichkeit verholfen, oder doch zumindest den Keim zu einer Korrektur gelegt.

Den Käfig verkaufte ich bei einem Altmetallhändler und trat am nächsten Tag die Heimreise an. Ich bin ein vielbeschäftigter Mann und muß meine Zeit genauestens einteilen. Selbstdisziplin verbietet es mir, derartige Eskapaden vom Alltag beliebig auszudehnen.

Wenige Wochen später traf auch der Steinkauz wieder bei meinem Vogelhändler ein. Zahme Nachtraubvögel entwickeln eine große Anhänglichkeit an ihre Besitzer; eine Eigenart, die durchaus zu den zoologischen Merkwürdigkeiten zu zählen ist. Die Natur ist voller wunderbarer Geheimnisse, und es bedarf oft nur des glücklichen Zufalls, ein kleines davon zu ergründen.

Rainer Brambach
Ich schreibe keine Geschäftsbriefe

Ich schreibe keine Geschäftsbriefe,
ich beharre nicht auf dem Termin
und bitte nicht um Aufschub.
Ich schreibe Gedichte.

Ich schreibe Gedichte auf den Rummelplätzen,
in Museen, Kasernen und Zoologischen Gärten.
Ich schreibe überall,
wo Menschen und Tiere sich ähnlich werden.

Viele Gedichte habe ich den Bäumen gewidmet.
Sie wuchsen darob in den Himmel.
Soll einer kommen und sagen,
diese Bäume seien nicht in den Himmel gewachsen.

Dem Tod keine Zeile bisher.
Ich wiege achtzig Kilo und das Leben ist mächtig.
Zu einer anderen Zeit wird er kommen und fragen,
wie es sei mit uns beiden.

Paul Flora
Die welke Pracht

Im achtzehnten Jahrhundert gab es sechzehn Theater in Venedig, fünfhundert Salons, in denen man tanzen konnte, zweihundert Caféhäuser, die ganze Nacht geöffnet, und unzählige Casinos – Spielhöllen –, in denen man seine letzten Zechinen loswerden konnte.

Man sagte, daß sich auf der Piazza San Marco manchmal bis zu 50000 Masken herumgetrieben hätten. Hinter der Maske war der Mensch anonym. Der Fürst mochte den Bettler spielen, der Arme den Krösus, die Dame die Hure, die alte Vettel das schöne Mädchen, der Beau das Monster. Rang und Sitte gingen im allgemeinen Taumel unter. Die Aufführung war zügellos und die Verkleidung prächtig.

Auch die Dichter fehlten nicht. Lord Byron erschien 1816, wollte bloß überwintern, blieb aber fast drei Jahre, richtete Verheerungen in der einheimischen Damenwelt an, lebte im Palazzo Mocenigo und schrieb seinen *Don Juan.* Er pflegte am menschenleeren Lido auszureiten, dort, wo schon Goethe das Leben der Taschenkrebse studiert hatte. Der junge Schopenhauer war damals auch in Venedig, wo ihn die »Zauberarme der Liebe« gefangenhielten, und er hatte ein Empfehlungsschreiben Goethes an Byron bei sich. Er benützte es aber nicht, denn »mit meiner Geliebten ging ich auf dem Lido spazieren, als meine Dulcinea in der größten Aufregung schrie: ›Ecco il poeta inglese!‹ Byron sauste zu Pferd an mir vorüber, und die Donna konnte den ganzen Tag diesen Eindruck nicht loswerden. Da beschloß ich, Goethes Brief nicht abzugeben. Ich fürchtete mich vor Hörnern. Was hat mich das schon gereut!« Byron durchschwamm als geübter Exzentriker wegen einer Wette den schmutzigen Canale Grande. Nebenher las er Grillparzer: »Grillparzer, sicher ein teuflischer Name für die Nachwelt« – sagte er –, »aber sie wird lernen müssen, ihn auszusprechen.« Der solchermaßen Gelobte kam 1819 nach Venedig, als Hypochonder sah er alles eher tragisch, der erste Eindruck war »befremdend, einengend, unangenehm«, der Dogenpalast erinnerte ihn merkwürdigerweise an ein Krokodil, »obschon seine Form nicht die geringste Ähnlichkeit mit diesem Tiere hat«. Bei Mondschein fuhr er unter der Seufzerbrücke durch, und es überfiel ihn wie mit Fieberschauern: »All die Gewesenen und all die Verblichenen, all die Verfolger und Verfolgten, Mörder und Gemordete schienen aufzusteigen vor mir mit verhüllten Häuptern – man möchte weinen, wenn man die Namen hört und die Reste sieht.« Der Markusplatz bewegte ihn sehr: »Wer sein Herz nicht stärker klopfen fühlt, wenn er auf dem Markusplatz steht, der lasse sich begraben, denn er ist tot, unwiederbringlich tot!« Grillparzer war der einzige Österreicher, von dem Byron etwas hielt. Ansonsten haßte er sie als revolutionärer Geist natürlich, hieß sie Barbaren und Höllenhunde und meinte, es täte ihm leid, Taten zu finden, die seinem Haß entsprächen.

Die emanzipierte, hosentragende George Sand fuhr mit Alfred de Musset die Rhône hinunter, um nach Venedig zu gelangen. Der arme Musset wollte sie lieben, sie aber mußte immer schreiben und Zigarren rauchen, und so tröstete er sich bei Wein, Weib und Gesang anderwärts, worauf er in schreckliche Krankheiten verfiel und die besorgte George Sand nächtlich an seinem Krankenlager wachen mußte. Der junge venezianische Arzt Pietro Pagiello stand ihr bei, und die unvermeidliche Folge war, daß die Sand ihm glühende Liebesbriefe schrieb, denen er unmöglich widerstehen konnte, worauf dann ein ziemliches Durcheinander entstand. Musset in seinen Fieberträumen blieb die Sache nicht verborgen, denn er machte ein schlechtes Gedicht, in dem es heißt:

Jetzt wartet wohl beim Scheine
des Mondes mehr als eine
auf ihren jungen Fant
und lauscht gespannt.

Wagner kam 1858, nahm Wohnung im Palazzo Giustiniani, komponierte am *Tristan,* wollte nach eigenem Zeugnis, von dieser Musik ergriffen, sich vom Balkon in den Canale Grande stürzen, faßte vor Tizians Assunta den Plan zu den Meistersingern und hatte auch beim Gondelfahren bedeutende Inspirationen. In seinen Erinnerungen bekennt er:

»Als ich einmal spätnachts durch den düstren Kanal heimfuhr, trat plötzlich der Mond hervor und beleuchtete mit den unbeschreiblichen Palästen zugleich den sein gewaltiges Ruder langsam bewegenden, auf dem hohen Hinterteil meiner Gondel ragenden Schiffer. Plötzlich löste sich aus seiner Brust ein dem Tiergeheul nicht unähnlicher, von tief her anschwellender Klagelaut, und dieser mündete sich nach einem lang gedehnten ›Oh!‹ in den einfach musikalischen Ausruf ›Venezia!‹ Dem folgte noch einiges, wovon ich aber infolge der großen Erschütterung, die ich empfand, keine deutliche Erinnerung bewahrt habe. Die hiermit zuletzt berührten Eindrücke waren es, welche Venedig während meines Aufenthaltes daselbst charakterisierten und bis zur Vollendung des zweiten Aktes von *Tristan* mir treu blieben, ja vielleicht die hier schon entworfene, langgedehnte Klageweise des Hirtenhorns im Anfang des dritten Aktes mir unmittelbar eingaben.«

Er hatte auch die Freude, dem Spiel einer österreichischen Militärmusik zu lauschen, die am Markusplatz die Ouvertüre zu *Tannhäuser* spielte. 1882 dann war er wieder gekommen, wohnte standesgemäß im Palazzo Vendramin-Calergi, dort, wo heute Roulette und Baccarat gespielt werden, war müde geworden, saß mürrisch stundenlang auf seiner geliebten Bank vor der Markuskirche und starb am 13. Februar 1883 eines jähen Todes. Vorher hatte er noch den allzu langen und ihm sehr lästigen Besuch seines Schwiegervaters Franz Liszt.

Auch sein Antipode Giuseppe Verdi war oftmals in der Stadt. *Rigoletto, La Traviata* und *Simone Boccanegra* wurden im Teatro la Fenice uraufgeführt, wie auch Opern von Rossini, Donizetti, Bellini und in neuerer Zeit *The Rake's Progress* von Strawinsky, dessen letzter Wunsch ja war, in Venedig begraben zu sein.

Nietzsche war sehr gefangen vom Zauber der Lagunenstadt, und einige seiner schönsten Gedichte handeln von venezianischen Nächten, Tauben und Gondeln. Die Stadt, der Ort der »hundert tiefen Einsamkeiten«, rumorte noch später in seiner armen, verwirrten Seele. Als er nach dem Zusammenbruch in Turin mit dem Nachtzug nach Basel gebracht wurde, sang er, aus seinem dumpfen Brüten erwachend, die Nachtmütze auf dem Kopf, im Gotthard-Tunnel, zu einer »völlig eigenthümlichen Melodie«:

An der Brücke stand
jüngst ich in brauner Nacht.
Fernher kam Gesang:
goldener Tropfen quoll's
über die zitternde Fläche weg.
Gondeln, Lichter, musik-
trunken schwamm's in die Dämmerung
hinaus …
Meine Seele, ein Saitenspiel,
sang sich, unsichtbar berührt,
heimlich ein Gondellied dazu,
zitternd vor bunter Seligkeit.
– Hörte jemand ihr zu? …

Platen wiederum, dem in Venedig »ein langes Ach zu wohnen schien«, entrichtete der Stadt seinen »Tränenzoll« und widmete ihr die unsterblichen Verse:

Wer die Schönheit angeschaut mit Augen
ist dem Tode schon anheimgegeben
wird für keinen Dienst auf Erden taugen
und doch wird er vor dem Tode beben.

Die Stadt war immer ein Ort der Sehnsucht für empfindsame Geister. Sie kamen, besangen den Tod der Stadt und die Wundmale ihres Verfalls. Es gibt wohl keinen Ort auf dem weiten Erdenrund, dem derart sentimentale, schwülstige und auch zweideutige Liebeserklärungen zu Füßen gelegt wurden: Die goldene Serenissima, das Miraculum Mundi, die welke Pracht, die wunderbare Freundin, die schöne Abgeschiedene, die wunderbare Ausnahme, die schöne Fremde, die Schwester der Venus, die Meisterin des ausschweifenden Lebens, die verlassene Schönheit, die Lasterhöhle der Liederlichkeit, die schwarze Legende, die Perle der Lagune, maiden city – bright and free, Stadt der Liebenden, die heimatliche Stadt, L'Importante, die Königin der Meere, die melancholische Witwe der Adria sind nur einige davon.

Der englische Poet Robert Browning, der vorerst mit seiner lungenkranken Gemahlin Elizabeth Barret-Browning – die notabene bedeutender war als er – im schönen Asolo gewohnt hatte, weshalb dieser Ort heute noch eine Wallfahrtsstätte für gebildete Engländer ist, dieser Browning also erwarb den Palazzo Rezzonico. Dort starb er, nicht ohne vorher eine wehmütige Tafel am Gebäude angebracht zu haben. Auf ihr kann man lesen:

Open my heart and you will see
Graved inside of it »Italy«

Marcel Proust war um 1900 hier und frequentierte das Caffè Florian.

Rainer Maria Rilke konnte nicht fehlen. Er bedichtete die venezianischen Kurtisanen und ließ eine solche sagen:

Und Knaben, Hoffnungen aus altem Hause
gehn wie an Gift an meinem Mund zugrund.

Thomas Mann, der mit seinem Bruder Heinrich am Lido das Leben genoß und seine homoerotischen Anfechtungen dichterisch zu sublimieren vermochte, hat mit seiner Novelle *Der Tod in Venedig* sicher viel beigetragen zur Vorstellung von Venedig als einer sterbensmüden, kranken, verfallenden Stadt. Über die dichterisch allzu strapazierten Gondeln mit ihren acherontischen Gondolieri hat er ein wahres Leichentuch gebreitet.

»Das seltsame Fahrzeug, aus balladesken Zeiten ganz unverändert überkommen und so eigentümlich schwarz, wie sonst unter allen Dingen nur Särge es sind, – es erinnert an lautlose verbrecherische Abenteuer in plätschernder Nacht, es erinnert noch mehr an den Tod selbst, an Bahre und düsteres Begängnis, und letzte, schweigsame Fahrt.«

Damit lassen wir die Gondeln Gondeln sein, aber vielleicht ist es noch ganz interessant zu wissen, daß ihr Bugeisen mit seinen sechs Zacken die sechs Stadtbezirke, die Sestien, symbolisiert: San Marco, Castello, Cannaregio, San Polo, Santa Croce und Dorsoduro.

In Venedig ist vieles verfallen, fast alles restaurierungsbedürftig, und manches ist auch ganz zusammengefallen, wie der Campanile am Markusplatz. Das geschah am 14. Juli 1902, beschädigte aber niemand außer einer Katze und einem Fischer. Der brachte täglich seinen Fang vom Lido herüber zum Markt und hatte rudernd immer den Turm vor Augen. Als er ihn plötzlich nicht mehr sah, zweifelte er an seinem Verstand und verfiel dem Wahnsinn. Der

Rat der Stadt aber beschloß noch am Tage des Unglücks, den Turm wieder zu errichten »wie er war, wo er war«. 1912 stand er in alter Pracht wieder da.

Gabriele D'Annunzio, Nietzsche-Verehrer, Weltmeister des schwülstigen Pathos und des Chauvinismus, von Thomas Mann »Affe Wagners« genannt, bewohnte die Casetta Rossa am Rio San Stefano, die einstmals auch Canovas Wohnhaus gewesen war. Dort spielte sich seine komplizierte und leidenschaftliche Affäre mit der Duse ab, die er, ein schlechter Kavalier, später in seinem Roman *Il Fuoco* enthüllte. Er war ein großer Feind des Fremdenverkehrs, den er entrüstet beklagte.

»Wir sind kein Museum und wollen keines sein, kein Gasthaus, kein preußisch-blauer Himmel für Hochzeitspaare.«

Die Zahl der Venedig-Fans ließe sich noch lange fortsetzen: Conrad Ferdinand Meyer, Hebbel, Carducci, Liliencron, Hofmannsthal, Trakl, Däubler, Bahr, Hesse, Ezra Pound, Bloch, Benn, Enzensberger, Seume, Strachwitz, Dickens und auch Thomas Bernhard haben es besucht und besungen. Alma Mahler und Werfel hatten ein Haus dort, die Casa Mahler gegenüber der Kirche Frari, in der sich Canovas und Tizians Grab befinden und wo man auch eine kleine deutsche Fliegerbombe sehen kann, einen Blindgänger aus dem Ersten Weltkrieg.

In diesem Krieg haben die Österreicher Venedig leider mehrmals bombardiert, was die Italiener, die allerdings die Stadt in ihre militärischen Operationen einbezogen hatten, als alte Übertreiber von einem »Martyrium Venedigs« sprechen ließ. Gar so arg war es nicht, die Schäden hielten sich in Grenzen. Die damals primitive Luftabwehr agierte auch von den Dachaltanen aus, wo man heute die Wäsche trocknet, die aber ursprünglich den venezianischen Damen zur Schönheitspflege dienten. Sie trugen Hüte, die nur aus der Krempe bestanden, tränkten ihr Haar mit chemischen Essenzen und bleichten es in der Sonne, um schön zu erblonden. Vor der Markuskirche kann man eine kleine Metalltafel im Boden eingelassen finden mit der martialischen Aufschrift: Bomba Austriaca 4.9.1916.

Venedig ist natürlich oftmals gemalt worden, von wenigen guten und vielen schlechten Künstlern. Monet war einer der besten. Er kam im Herbst 1908 (es war übrigens das letzte Mal, daß er sein geliebtes Giverny verließ), blieb zwei Monate und schuf in dieser Zeit 29 schöne venezianische Veduten, darunter mehrere des Dogenpalastes, von der Punta della Dogana aus gesehen.

William Turner, der unvergleichliche Aquarellist, nahm dreimal längeren Aufenthalt in der Stadt. Kein Wunder, daß dieser Maler des Lichts par excellence sich von diesem Ort herausgefordert und inspiriert fühlte und ihn in hunderten, formal und koloristisch einzigartigen Blättern festhielt.

Es ist aber nicht so, daß Venedig allen erhabenen Geistern gefallen hätte. Stendhal zum Beispiel gondelte den Canale Grande einmal hin und zurück, alles ließ ihn kalt, und er entfernte sich eilends nach Padua, einer Dame wegen natürlich.

D.H. Lawrence sprach von einer »scheußlichen, grünen, schlüpfrigen Stadt«, und Gibbon »wurden einige Tage des Ekels durch den Anblick Venedigs beschert«. Auch Ruskin verabscheute fast alles, was ihm unter die Augen kam. »Ein Gespenst auf dem Sand des Meeres«, lautete sein Urteil. Fontane war ebenfalls nicht gerade entzückt. Ihm »war die ganze Geschichte doch zu schmutzig«, und er »genoß Venedig mit sehr gemischten Empfindungen«. Aragon gar sprach von einem halbtoten Tier. Maupassant wiederum meinte, die Fassade von San Marco erinnere ihn an ein Cafe-Concert aus Pappe. Mark Twain, dem humoristischen Kauz aus den Staaten, fiel dazu nichts Besseres ein als das folgende Statement:

»Getragen von einer langen Reihe niedriger, dickbeiniger Säulen und mit dem von Kuppeln besetzten Rücken gleicht sie einem warzigen Insekt, das einen nachdenklichen Spaziergang unternimmt.«

Erstaunlicherweise hatte schon Goethe ähnliche Empfindungen gehabt: »Die Bauart ist jeden Unsinns werth der jemals drinne gelehrt oder getrieben sein mag. Ich pflege mir die Fassade zum Scherz als einen kolossalen Taschenkrebs zu dencken«, vertraute er seinem Tagebuch an.

Die adriatische Venus, wie Theophile Gautier sie nannte, wird es verschmerzen, ihr bleiben der Liebhaber genug. Schon Baudelaire hat gesagt, jeder wirklichen Schönheit, solle sie nicht ein Bild ohne Gnade bleiben, müsse ein Teil Bizarrerie innewohnen, und Bizarrerie ist vielleicht nicht jedermanns Sache. Sie aber ist dieser Stadt in reichem Maße gegeben, wo die Wirklichkeit der Welt des Scheins unterliegt und wo die Löwen fliegen und die Tauben zu Fuß gehen, eine Beobachtung, die Cocteau machte.

Apropos Tauben: Ich gestehe, daß mir an Stelle des Gurrens der Tauben das Gekrächze von Raben lieber wäre.

Diese hochinteressanten Vögel würden viel besser zur Würde und Traurigkeit der Serenissima passen. Tauben sind bloß lästig, schmutzig und nur angeblich lieblich. Ihnen wohnt auch wenig Stimmungsgehalt inne. Raben aber sind tief, düster, und es umgibt sie eine Aura des Unglücks und der Weisheit, und sie dienen den Balladendichtern und den sonstigen Poeten zur vielfachen Anregung. Man hört neuerdings – mit Vergnügen –, daß die Stadtverwaltung Dohlen heimisch machen will, zum Zwecke der Taubenausrottung.

Eine liebenswürdige Deutung meint, Venezia komme von VENI ETIAM, was lateinisch ist und bedeutet: Komme immer wieder! Möge es uns beschieden sein.

Loriot
Paul Floras Widmungen

Wenn ein Faun und eine Elfe den Bund fürs Leben schließen, bekommen sie ein ungewöhnliches Kind. Eine andere Erklärung für die Existenz unseres lieben Paul Flora ist denkbar, aber nicht wahrscheinlich.

Zu seinem bevorstehenden Geburtstag verbeuge ich mich vor einem Zeichner, den ich nun schon seit vier Jahrzehnten bewundere. In diesem Zeitraum ist mir beispielsweise nicht eine einzige Schraffur geglückt, die sich in annähernder Qualität neben den meisterlichen Strichlagen Paul Floras hätte sehen lassen können. Und wenn es nur das gewesen wäre. Aber es wollten mir auch keine venezianischen Paläste aus der Feder, keine Päpste, keine Gespenster, keine nächtlichen Lokomotiven, nicht einmal der kleinste Rabe im Nebel. Ein beschämender Vorgang.

Irgendwo haben wir mal in einer Buchhandlung gemeinsam unsere Bücher signiert. Während ich in stereotyper Akkordarbeit ein Nasenportrait nach dem anderen unter die aufgeschlagenen Titel setzte und auf Bitte des Buchhändlers auch noch weitere 200 Bände eilig mit dem gleichen Motiv versah, fertigte Paul Flora in jeden vorgelegten Band beschaulich eine Zeichnung nach Wunsch!

Ich neige nicht zu Depressionen, aber solche Erfahrungen können einen doch in der charakterlichen Entwicklung um Jahre zurückwerfen. Ich tröstete mich im stillen mit der

Tatsache, auf meine Weise immerhin fast die ganze Auflage signiert zu haben. Und was sagte da Paul Flora? Er sagte: »Ein von Loriot *nicht* signiertes Buch ist eine bibliophile Kostbarkeit!« Seitdem zögere ich jedesmal, bevor ich auf dringliche Bitte ein Buch entwerte… und denke dabei an Paul Flora. Im Namen unserer Zunft wünsche ich ihm alles Glück, das von unserer debilen Welt noch zu erwarten ist.

Loriot

Wer wollte das bestreiten

Zwei dramatische Geschichten

Frühstück und Politik

Ein Ehepaar sitzt beim Frühstück

SIE Wir müssen Blöhmeiers mal wieder zum Essen einladen…

ER Mhmmmm… aber dann müssen *wir* ja wieder zu Blöhmeiers …

SIE Nein, erst müssen wir zu Müller-Lüdenscheidts…

ER Da waren wir doch gerade…

SIE Liebling, wir waren bei Koops…

ER Ach, dann müssen Koops wieder zu uns…

SIE Wir sehen ja Koops nächste Woche bei Meltzers…

ER …Ohne Blöhmeiers?

SIE Die sind an dem Abend bei Müller-Lüdenscheidts…

ER Warum waren denn Blöhmeiers neulich nicht mit bei Meltzers?

SIE Wieso bei Meltzers?

ER Äh… bei Koops…
warum waren sie denn nicht mit bei Koops?

SIE Blöhmeiers hatten doch *Meltzers* zum Essen…

ER …und wann müssen *wir* zu Meltzers?

SIE Erst müssen *Blöhmeiers* zu uns… *(Pause)*

ER Was sagen eigentlich Meltzers über Blöhmeiers?

SIE Frau Meltzer sagt, Frau Blöhmeier ist eine intrigante Ziege…

ER …und Frau Meltzer ist ein altes Klatschmaul…

SIE Na, und was Herr Koop Herrn Blöhmeier über Frau Müller-Lüdenscheidt gesagt hat…!

ER Ha! – Weißt du eigentlich, was Strauß über Brandt gesagt hat?

SIE Nee…

ER Strauß hat gesagt: Brandt ist ein linker Schmierenkomödiant…

SIE Nein! Das hat er nicht gesagt!

ER Doch, hat er gesagt!… Und Brandt hat gesagt: Strauß ist ein politischer Umweltzerstörer…

SIE Denen sollte man doch…

ER Liebchen, du siehst das falsch…
Sieh mal, die Parteiprogramme sind nicht leicht zu unterscheiden, und da sind die Politiker übereingekommen, gegenseitig ihre charakteristischen Merkmale herauszuarbeiten…

SIE Ah ja, das gibt es ja auch in anderen Berufen: Killer-Emil, Narben-Ede…

ER …und ein Schmierenkomödiant ist eben doch was ganz anderes als ein Umweltzerstörer…
da fällt die Wahl einfach leichter…

SIE Hoffentlich finden die Politiker füreinander noch viele solcher Bezeichnungen…

ER Aber ja… Wehner könnte sich schon was ausdenken für die Herren Kiep und Albrecht.
Vielleicht: »Die Provinzköter an der Leine«…

und die könnten ihn dafür dann »Rote Ratte« nennen…

SIE Das klingt auch heiter und verletzt nicht…

ER Ich nehme an, daß man die Parteien als Ganzes auch etwas farbiger herausbringt: »Die grüne Jauchegrube« zum Beispiel… oder »die liberalen Stinktiere«…

SIE Da kann man sich doch wenigstens was drunter vorstellen…

ER Und was könnte man für die SPD…

SIE »Gottlose Vaterlandsverräter«…

ER Gut!… Und die CSU?

SIE »Die schwarze Pest«…

ER *(Die Marmeladensemmel schnellt ihm aus der Hand. Er beschmiert sich das Gesicht)*

SIE Du ißt wie ein Schwein!

ER Wie bitte?

SIE Wie ein Schwein!

ER Monika!

Das Frühstücksei

Das Ehepaar sitzt am Frühstückstisch.
Der Ehemann hat sein Ei geöffnet und beginnt nach einer längeren Denkpause das Gespräch.

ER Berta!

SIE Ja…!

ER Das Ei ist hart!

SIE *(schweigt)*

ER Das Ei ist hart!
SIE Ich habe es gehört…
ER Wie lange hat das Ei denn gekocht…
SIE Zu viel Eier sind gar nicht gesund…
ER Ich meine, wie lange dieses Ei gekocht hat…
SIE Du willst es doch immer viereinhalb Minuten haben…
ER Das weiß ich…
SIE Was fragst du denn dann?
ER Weil dieses Ei nicht viereinhalb Minuten gekocht haben *kann*!
SIE Ich koche es aber jeden Morgen viereinhalb Minuten!
ER Wieso ist es dann mal zu hart und mal zu weich?
SIE Ich weiß es nicht… ich bin kein Huhn!
ER Ach!… Und woher weißt du, wann das Ei gut ist?
SIE Ich nehme es nach viereinhalb Minuten heraus, mein Gott!
ER Nach der Uhr oder wie?
SIE Nach Gefühl … eine Hausfrau hat das im Gefühl…
ER Im Gefühl?… Was hast du im Gefühl?
SIE Ich habe es im Gefühl, wann das Ei weich ist…
ER Aber es ist hart…
vielleicht stimmt da mit deinem Gefühl was nicht…
SIE Mit meinem Gefühl stimmt was nicht?
Ich stehe den ganzen Tag in der Küche, mache die Wäsche, bring deine Sachen in Ordnung, mache die Wohnung gemütlich, ärgere mich mit den Kindern rum, und du sagst, mit meinem Gefühl stimmt was nicht!?
ER Jaja… jaja… jaja… wenn ein Ei nach Gefühl kocht, dann kocht es eben nur *zufällig* genau viereinhalb Minuten!

SIE Es kann dir doch ganz egal sein, ob das Ei *zufällig* viereinhalb Minuten kocht…
Hauptsache, es *kocht* viereinhalb Minuten!

ER Ich hätte nur gern ein weiches Ei und nicht ein *zufällig* weiches Ei! Es ist mir egal, wie lange es kocht!

SIE Aha! Das ist dir egal… es ist dir also egal, ob ich viereinhalb Minuten in der Küche schufte!

ER Neinnein…

SIE Aber es ist *nicht* egal…
das Ei *muß* nämlich viereinhalb Minuten kochen…

ER Das habe ich doch gesagt…

SIE Aber eben hast du doch gesagt, es ist dir egal!

ER Ich hätte nur gern ein weiches Ei…

SIE Gott, was sind Männer primitiv!

ER *(düster vor sich hin)*
Ich bringe sie um… morgen bringe ich sie um…

Loriot
Bundestagsrede

Meine Damen und Herren, Politik bedeutet, und davon sollte man ausgehen, das ist doch – ohne darum herumzureden – in Anbetracht der Situation, in der wir uns befinden. Ich kann meinen politischen Standpunkt in wenige Worte zusammenfassen: Erstens das Selbstverständnis unter der Voraussetzung, zweitens, und das ist es, was wir unseren Wählern schuldig sind, drittens, die konzentrierte *Be-inhaltung* als Kernstück eines zukunftweisenden Parteiprogramms.

Wer hat denn, und das muß vor diesem hohen Hause einmal unmißverständlich ausgesprochen werden. Die wirtschaftliche Entwicklung hat sich in keiner Weise... Das wird auch von meinen Gegnern nicht bestritten, ohne zu verkennen, daß *in* Brüssel, *in* London die Ansicht herrscht, die Regierung der Bundesrepublik habe da – und, meine Damen und Herren... warum auch nicht? Aber *wo haben* wir denn letzten Endes, ohne die Lage unnötig zuzuspitzen? *Da,* meine Damen und Herren, liegt doch das Hauptproblem.

Bitte denken Sie doch einmal an die *Alters*versorgung. *Wer war* es denn, der seit 15 Jahren, und wir wollten einmal davon absehen, daß niemand behaupten kann, als hätte sich damals – so geht es doch nun wirklich nicht! Wir haben immer wieder darauf hingewiesen, daß die Fragen des Umweltschutzes, und ich bleibe dabei, wo kämen wir sonst hin, wo bliebe unsere Glaubwürdigkeit? Eins steht doch fest, und darüber gibt es keinen Zweifel. Wer das vergißt, hat den Auftrag des Wählers nicht verstanden. Die Lohn- und Preispolitik geht *von* der Voraussetzung aus, daß die mittelfristige Finanzplanung, und *im* Bereich der Steuerreform ist das schon immer von ausschlaggebender Bedeutung gewesen...

Meine Damen und Herren, wir wollen nicht vergessen, draußen im Lande, und damit möchte ich schließen. Hier und heute stellen sich die Fragen, und ich glaube, Sie stimmen mit mir überein, wenn ich sage... Letzten Endes, wer wollte das bestreiten! Ich danke Ihnen...

Christoph Stölzl

Wir sind Loriot oder Ein Preuße lockert die Deutschen

Wer der Frage nach dem Mentalitätswechsel nachgeht, der die Bundesrepublik so gründlich von ihren Vorgängerstaaten unterscheidet, dem antworten die Historiker: Kriegskatastrophe, bedingungslose Kapitulation, Flucht und Vertreibung, demokratische Verfassung, Westbindung, Wirtschaftswunder. Wer genauer hinschaut, stößt neben den politischen Sinnstiftern auch auf die Weichensteller einer neuen Populärkultur nach 1949. In den Massenmedien wirkten sie als Moderatoren des Wertewandels. Sie waren allemal so einflußreich wie Schulen und Volkshochschulen zusammen.

Worüber ein Volk lacht, verrät alles. Selbstkritischer Humor war nicht das, was man dem deutschen Volksgeist nachgesagt hatte. Das änderte sich nach 1945 in erstaunlicher Geschwindigkeit. Einer der Wohltäter der Entkrampfung, der von Anfang an dabei war, ist im Lauf der Jahrzehnte erst Schöpfer, dann sogar so etwas wie ein Denkmal des anderen, des komischen Deutschland geworden. Die Rede ist von Vicco von Bülow, genannt Loriot.

Sein Durchbruchserfolg war 1954 »Auf den Hund gekommen«, eine Bilder-Fibel, in der die Rolle von Herr und Hund vertauscht war – eine Blitztherapie sozusagen für Ex-Herrenmenschen. Loriots absurde Ratgeber für den

»guten Ton in allen Lebenslagen« platzten dann hinein in die Zeit des *Wir sind wieder wer.* Parallel zum »Buch der Etikette« der Bonner Protokollchefin Erica Pappritz, das zehn Jahre nach Kriegsende die Illusion einer unversehrten Gesellschaft vermittelte, demolierte Loriot ungerührt die »guten Sitten« der alten Klassengesellschaft. Nur ein durchtriebenes Genie aus einer alten Familie, die dreihundert Jahre lang kleine und große Politik im Lande gemacht hatte, konnte den Deutschen ihren Standesdünkel und Größenwahn so gründlich austreiben.

Loriot hat die Deutschen zivilisiert, indem er ihnen in den fünfziger Jahren noch einmal den gestreiften Stresemann-Anzug überzog, also das symbolische Gewand der Weimarer Republik. Dazu fügte er den Bowlerhut, den Inbegriff der britischen Mittelklasse. Das war der erste Schritt. Der zweite führte über die Karikatur hinaus.

Die junge Bundesrepublik, schwankend zwischen Katzenjammer und Verdrängung, war eigentlich kein idealer Ort für Ironie. Aber Loriot fand mit untrüglichem Instinkt seinen Weg. Wie das Kind am Ende von Hans Christian Andersens »Des Kaisers neue Kleider« schaute er auf die Wirklichkeit, und siehe, sie war mit wenigen Pinselstrichen, mit ein wenig Passepartout-Tricks, zur Satire zu machen.

Wer blickt am kühlsten auf das bürgerliche Leben? Der Aristokrat, von alters her, und der Besitzlose, der Enteignete. Vicco von Bülow war zu Beginn seiner Laufbahn beides: märkischer Aristokrat und enteignet von Heimat und Stand durch die Sintflut von Krieg und Teilung. In Fontanes Zeitroman über die Napoleonzeit, »Schach von Wuthenow«, kommt ein Bülow vor, dessen Beschreibung auch auf den heutigen paßt: »Nonchalance gehört mit zur Genialität.« Fontanes Bülow sagt: »Wir wissen wenigstens, daß wir nichts taugen, und in dieser Erkenntnis ist die Möglichkeit der Besserung gegeben.«

Kein Neubeginn ohne tiefsten Kulturbruch. Vicco von Bülow hat oft erzählt, daß nur der Krieg und der Zusammenbruch ihn zum Künstler gemacht haben. Er wurde hinausgeworfen in eine Existenz ohne die festen sozialen Koordinaten, nach denen die Bülows über Jahrhunderte gelebt hatten. Nicht Offizier, preußischer Beamter oder Gutsherr konnte der Entwurzelte werden. So wurde er denn also ein Künstler. Es zeugt von hohem politischen Sinn – und damit von der Weiter-Wirksamkeit der ererbten Standestugenden –, daß sich Vicco von Bülow zwar ins Gewand des *Humoristen* kleidete, in Wahrheit aber eine Art Forschungsreise in die junge Bundesrepublik unternahm. Niemand hat die Zeitungen, die Benimmbücher, die Grußworte, die Parlamentsreden und die Tarifverträge der Bundesrepublik mit kälterem Ethnologenblick durchforstet als Loriot. Niemand hat sich listiger in die »Soziolekte« des Branchen- und Interessengruppenstaates, des Journalismus, des Fernsehens und der Parteien eingeschlichen. Wenn man die Geschichte unsers Landes nach dem Zweiten Weltkrieg schreiben wird, kann man getrost auf die Tonnen bedruckten Papiers der Sozialforscher verzichten und sich Loriots gesammelten Werken zuwenden: *Das* sind wir, in Glanz und Elend.

Was hat er aus uns gemacht? Das, was wir schon immer waren: *Juste milieu*, ein bißchen lächerlich und immer sehr menschlich, mit Kämpfen, die die Siege nicht wert sind: ob in Dr. Klöbners Badewanne oder im büroerotischen Clinch mit Fräulein Dinkel (»Renate?!«), ob auf dem Weg zum SPD-Parteitag ohne das »sonst« gefahrene »Mercedes-Coupé« oder beim Kampf um die Sendesekunden im Wahlkampf. *Wir sind das Volk*, schon wahr. Aber noch mehr: *Wir sind Loriot.* Er hat uns aufs Maul geschaut und hat sich zugleich, ein Harun al Raschid mit tausend Gesichtern, unter uns gemischt und uns *seine* Worte so in den Mund gelegt, daß wir nun behext sind von ihm. Wie der Pawlowsche Hund müssen wir an den dramaturgisch heiklen Punkten unseres Lebens in Loriots Worten sprechen: »Wie findest Du mein Kleid?« »Welches?« Oder existentieller noch: »Ich sitze hier.«

Loriot ist *musikalische* Kunst, weil sie von der raffiniertesten Komposition ist. Sie steht auf den Schultern von Riesen. Shakespeares Narren, Karl Valentins ins Absurde hinein philosophierende Kleinbürger und des Valentin-Fans Samuel Becketts Figuren sind Loriot wohlbekannt. Oscar Wildes Bonmots und Sakis eisgekühlte Satiren aus der englischen Klassengesellschaft stehen in den Kulissen. Wer musikalisch, leitmotivisch arbeitet, landet schließlich bei der Oper. Ihr, der fremdartig in die Gegenwart hineinragenden Gesamtkunst, hat Loriot gehuldigt ausgerechnet aus repektloser Schlüsselloch-Perspektive. Das Wunder ist, daß dabei auch Opern-Fremde mit Loriot die Oper lieben lernen. Seine Expreßfassung des Wagnerschen »Rings«, scheinbar parodierend, ist in Wahrheit ein Akt tiefer Zuneigung.

Am Beginn seines neunten Jahrzehnts steht Vicco von Bülow auf dem Zenit seiner Popularität. Vor ein paar Jahren hat man – halb ernsthaft – gefragt, ob er nicht der ideale Bundespräsident gewesen wäre. Das Plebiszit hätte er spielend gewonnen. Die Realisierung blieb ihm erspart. Aushalten muß er, der wie alle Humoristen scheu und spröde ist, die distanzlose, eigennützige Affenliebe der Mediengesellschaft. Sie kommt aus ganz Deutschland – der Nationalpädagoge des Westens hatte lange vor 1989 im Osten weit offene Türen gefunden.

In Berlin darf auch legitimer Lokalstolz auf Loriot ausgelebt werden. Um die Ecke, in Brandenburg an der Havel ist er geboren. Und Kindheit und Schulzeit spielen in Berlin. Aufgewachsen ist er in den dreißiger Jahren in Zehlendorf, in der bescheidenen Genossenschaftssiedlung in der Radkestraße. Von dort fuhr sein Vater mit dem Fahrrad ins Amt, von dort wanderte der Knabe Vicco durch die Bahnunterführung ins Gymnasium, das heute so ausschaut wie damals. Ob die großen Loriot-Texte schon Pflichtstoff in den Schulen sind? Edel sei der Mensch, hilfreich und gut. Wenn er dazu noch lachen lernt, kann es nicht schaden.

Reiner Zimnik
Schwierigkeiten bei der Paketpost

Pakete zu bekommen – offen wollen wir es aussprechen – gehört zu den größten unter den kleinen Freuden, von denen wir leben. Darum gibt es auch in jedem Haus Leute, die vormittags zwischen elf und halb eins immer wieder an das Fenster treten und auf die Straße schauen – scheinbar nur, um das Auge zu entspannen – in Wirklichkeit aber, um nach dem gelben Postauto zu spähen. In jedem Haus nur wenige Personen, natürlich, aber in einer langen Straße sind es vielleicht hundert, in einer ganzen Stadt etliche tausend und in allen Städten der ganzen Welt am Ende Tausende und aber Tausende, ja Millionen. Millionen und Millionen stehen an den Fenstern und träumen davon, daß eines Tages der gelbe Postwagen vor ihrem Haus hält, daß es bei ihnen läutet und der Paketausfahrer draußen steht, unerwartet, völlig überraschend: Hier, bitte, Herr Soundso, ein Paket für Sie – ein Geschenk des Schicksals – aus Regensburg oder aus Chile oder sonstwoher, von einem längst verschollenen Großonkel mütterlicherseits – außen nur unscheinbares graues Packpapier und nicht einmal versichert (um die Diebe zu täuschen), aber innen voller Schätze und Wunder. Ja …

Telegramme, zum Beispiel, bringen nicht immer Glück ins Haus. Aber Pakete immer. Wenn man nicht gerade Führer einer Untergrundbewegung ist und auf Höllenmaschinen gefaßt sein muß, bringen Pakete immer Freude. Ach Freude...! Freude empfangen, Freude schenken... was sind Worte! Am Postamt 5 war eine Stelle für einen Paketausfahrer ausgeschrieben. Der Lektro bewarb sich um den Posten und wurde eingestellt.

Jeden Morgen, ab sieben Uhr, holte er mit Steffi Zitzelsberger, einer Hilfskraft, die Pakete für den Postbezirk 5 und stapelte sie sorgfältig aufeinander, nach Straßen geordnet. Wenn sie damit fertig waren, bestiegen sie das hohe gelbe Postauto und brachten Freude in die Häuser, der Lektro in die mit geraden Hausnummern und die Hilfskraft in die mit ungeraden. Treppauf, treppab, manchmal mit Lift, manchmal ohne. Grüß Gott, ein Paket für Sie, gnä' Frau, dreißig Pfennig, danke, ich freue mich auch... Guten Morgen, Paketpost, bitte recht sehr, danke jawohl, und unterschreiben, wenn's recht ist, auf Wiedersehen, Orewua (bei Sendungen aus Frankreich), natürlich, der Herr, alles in Ordnung... Es war ein wunderbarer Beruf!

Freilich, oft pressierte es, und manche Leute wohnten im sechsten Stock ohne Fahrstuhl und bekamen Pakete mit zehn Kilo. Aber alle waren freundlich zu ihm, und es gab Tage, an denen für die geraden Hausnummern weniger Pakete da waren als für die andere Straßenseite. Dann konnte es sich der Lektro leisten, noch ein wenig an der Wohnungstür stehenzubleiben und zu lauschen, wie sie drinnen nach der Schere rannten und vor Freude aufgeregt durcheinanderschwatzten, und wenn dann das Packpapier knisterte, schloß er die Augen und hatte schöne Gedanken.

Nur einer unter allen Leuten war nicht freundlich. Er wohnte im dritten Stock und bekam ungefähr einmal in der Woche ein Paket. Der Lektro hatte ihn zuerst kaum beachtet. Er hat sich vielleicht den Magen verdorben, dachte er, da hat man leicht schlechte Laune und wird ein bißchen böse. Aber allmählich zeigte es sich, daß dieser Mensch immer böse war. So richtig immer. Von Natur aus.

Den ganzen Vormittag lauerte er, bis die Paketpost ins Haus kam, und wenn der Lektro an seiner Wohnungstür vorbeigegangen war, schrie er mit einer giftigen Stimme: »Kein Paket da, was?« Und dann schlug er mit einem Knall die Tür zu. Er war unheimlich.

Einmal, an einem Regentag, als ein Paket in den fünften Stock hinaufzutragen war, wartete er, bis der Lektro wieder herunterkam – und als er das zweite Mal vorbeiging, geiferte er: »Früher war das nämlich alles anders, verstehen Sie! Ihr Vorgänger, der Herr Blümelmann, der brachte mir mindestens zweimal in der Woche ein Paket. Zweimal! Früher war noch System in der Sache, verstehen Sie!«

Der Lektro antwortete, daß er doch bitte entschuldigen möchte, indem ihm nämlich jedes Paket umgehend zugestellt würde, das an seine werte Adresse gerichtet wäre, und er könne doch nichts dafür, wenn nicht mehr kämen.

»Ach was, früher war noch System in der Sache!« schnauzte der Habgierige noch einmal, und wieder schlug er die Tür krachend zu, so laut, daß der Lektro traurig wurde.

Aber es kam noch schlimmer. Denn es begab sich, daß der böse Mensch jetzt nur noch alle zwei Wochen ein Paket bekam, ja manchmal in noch größeren Zeitabständen. Und eines Tages schrie er: »Ich werde etwas unternehmen, kann ich Ihnen sagen! Ich werde Sie belangen, ich werde Schriftsachen gegen Sie einreichen, ich gehe bis zur Oberpostdirektion!« rief er mit schriller Stimme.

Der Lektro zitterte. Freilich, er war kein starker Mann. Er hätte zurückschreien können, was dem anderen denn überhaupt einfiele, ihn so zu beschimpfen, und daß er sich das durchaus nicht gefallen zu lassen brauchte und so weiter. Aber der Mensch war zu allem fähig, man sah es an seinen Augen. Wie ein alter hungriger Vogel. – Bitte, er versah seinen Dienst rechtschaffen und zuverlässig, keine Klagen – nichts. Aber weiß man, was sie oben an einem auszusetzen haben?

Am Abend kaufte der Lektro von seinem Taschengeld Obst, Ölsardinen, Erbauliches zum Lesen und Zierblumen, verpackte alles in einen festen Karton, schrieb darauf: Absender Würminger, Johann, trug die ganze Sache zur Post und bezahlte das Porto. Am nächsten Tag brachte er dem Habgierigen das Paket.

»Höchste Zeit«, knurrte der.

Als vier Tage vergangen waren, schimpfte er schon wieder. Ob die von der Post vielleicht glaubten, daß er sich mit einem einzigen lumpigen Paket zufriedengeben würde? Er würde sich das nicht gefallen lassen, nein, er nicht, er würde …

Da schickte der Lektro ein neues Paket. Und nächste Woche noch einmal, nach acht Tagen abermals, und so kam, wie der Habgierige gesagt hatte, System in die Sache. Es kam aber auch der Tag, an dem der Lektro alle seine Ersparnisse ausgegeben hatte, und er war jetzt oft hungrig. Eines Morgens, als er ein Paket mit Äpfeln abgegeben hatte, sagte er vorsichtig: »Sicher Äpfel. Jetzt ist Äpfelzeit. Vielleicht Boskop? Sie sollen so gut sein.«

»Sie brauchen nicht so zu tun«, raunzte der Habgierige. »Sie können einen haben. Hier. Es sind übrigens Tiroler!«

An diesem Tag legte sich der Lektro schon früh ins Bett und dachte nach, wie es weitergehen sollte. Er dachte und dachte, aber er kam immer wieder zu dem Ergebnis, daß es nun einmal so wäre, wie es eben war, und daß er daran nichts ändern könnte. Und weil er nicht verhungern wollte, beschloß er, sich mit dem Habgierigen anzufreunden. Das war nicht leicht, wenn man bedenkt, was Selbstüberwindung für eine schwierige Tugend ist. Aber dem Lektro war die Gabe der Beharrlichkeit gegeben, und nach vier weiteren Paketen war es ihm gelungen.

Von jetzt an konnten die Hausbewohner sehen, wie der Lektro an jedem Abend nach Dienstschluß die drei Treppen zum Habgierigen hinaufging, um an dem Inhalt der Pakete des Herrn Würminger, Johann, teilzuhaben.

Freilich, sie wurden keine besonders guten Freunde, und der Habgierige teilte nie christlich, aber der Lektro konnte leben. Doch er war oft traurig in dieser Zeit, und es war lange her, daß er schöne Gedanken gehabt hatte.

Im Herbst, als es kälter zu werden begann, fing der Habgierige an, mit dem Lektro nicht mehr zu sprechen. Und eines Tages sagte er: »Es wird jetzt Winter, da benötigt der einzelne mehr Nahrung. Sie brauchen jetzt nicht mehr zu kommen. Man hat's selber schwer. Hart ist das Leben.«

Am nächsten Tag, als der Lektro ein neues Paket brachte, streckte er nur die Hand durch den Türschlitz, zerrte das Paket in seine Wohnung und schlug die Tür vor dem Lektro zu, als hätte er ihn nie in seinem Leben gekannt. Der Lektro hörte, wie der Habgierige hinter der Tür mit dem Paket unter dem Arm in die Küche rannte, um nach einem Messer zu suchen. Dann knisterte das Packpapier, und plötzlich wurde die Wohnungstür wieder aufgerissen, und der Habgierige schrie, ob der Lektro glaube, daß er sich das gefallen lassen würde, immer dasselbe, immer nur diese langweiligen Freßpakete vom Würminger. »Nie eine Überraschung«, geiferte er wie ein altes Weib, »nie etwas, äh, etwas Außergewöhnliches!« Er war sehr undankbar. Der Lektro wußte sich keinen Rat mehr.

Indessen, wo die Hoffnung fern ist, ist das Glück oft nahe. Denn es begab sich, daß auf dem Postamt 5 ein Kamel zu verschenken war. Ein Kamel aus Afrika war geschickt worden, aber der Empfänger inzwischen verstorben und der

Absender unleserlich geworden und nicht mehr zu ermitteln. Deshalb ließ der Postdirektor in der Kantine einen Zettel aushängen: Werte Mitarbeiter, ein lebendiges Kamel aus Afrika ist geschickt worden, der Empfänger aber inzwischen verstorben und der Absender unleserlich geworden und nicht mehr zu ermitteln. Wer einen Garten hat oder ein Tierfreund ist und das Kamel haben möchte, der möge sich melden und dasselbe als Geschenk entgegennehmen.

Als sich niemand meldete, ging der Lektro zum Postdirektor und sagte, daß er das Kamel gern nehmen würde. Für einen lieben Bekannten, sagte er. Der wäre Tierfreund.

Am Abend rupfte er einen Sack voll Gras am Rande der Stadt, fütterte das Kamel, brachte einen Eimer Wasser herbei für den Fall, daß es Durst bekommen sollte, und dann hängte er ihm eine Paketkarte mit der Anschrift des Habgierigen um den Hals und beklebte das Halfter mit den nötigen Briefmarken.

So kam es, daß am nächsten Tage hinter dem gelben Postwagen vom Postbezirk 5 ein lebendiges, an einem Strick angebundenes Kamel hertrottete, unverschnürt, aber mit Adresse, Briefmarken und Stempel versehen und auch sonst in gutem Zustand. Und überall – das muß erwähnt werden – blieben die Leute stehen und wunderten sich, viele lehnten sich aus den Fenstern und schüttelten die Köpfe, und die Kinder, die noch nicht im schulpflichtigen Alter waren, folgten dem Tier in großen Scharen.

Vor dem Haus, in dem der Habgierige wohnte, band der Lektro das Kamel los, bog ihm den Kopf nach unten und zerrte es mit Unterstützung der Hilfskraft Zitzelsberger die drei Stiegen hinauf. Das war mühsam und schwierig, und es dauerte fast zwanzig Minuten, denn der Lektro hatte keine Erfahrung im Umgang mit Kamelen, und auch das Kamel war noch niemals durch ein Treppenhaus geführt worden. Die Hausbewohner lehnten sich in allen Etagen über das Stiegengeländer und äußerten sich, und obwohl es sie nichts anging, beschimpften die meisten von ihnen den Lektro und sagten, es wäre unglaublich.

»Hier, bitte, eine Sendung für Sie«, sagte der Lektro keuchend, als sie endlich oben waren. »Etwas Außergewöhnliches!«

Der Habgierige war nicht überrascht. Er hielt es für sein gutes Recht, zweimal in der Woche von der Menschheit Pakete zu bekommen. Er hatte schon lange auf etwas Außergewöhnliches gewartet. Warum sollte man ihm nicht ein Kamel schicken? Kamele sind etwas Außergewöhnliches. »Bringen Sie es herein«, krächzte er und rieb sich die Hände. »Und stellen Sie sich nicht so an! Kamele sind Pflanzenfresser!«

Als die Arbeit getan war, fragte der Lektro leise, ob er abends zu Besuch kommen dürfte, bitte. Der Habgierige genehmigte es ihm. Und er sollte einen Sack voll Heu mitbringen und einen Sack voll Sand, rief er dem Lektro nach. »Kamele lagern gern auf Sand!« rief er.

Als der Lektro wieder in sein gelbes Postauto stieg, hatten sich inzwischen auf der Straße viele Erwachsene und Kinder versammelt und starrten nach oben.

»Im dritten Stock hat einer ein Kamel bekommen«, flüsterten sie den Neuhinzutretenden entgegen, »ein richtiges, lebendiges afrikanisches Kamel! Es kam mit der Post.«

Am Abend kam der Lektro und brachte Heu und Sand. Das Kamel fraß das Heu, trank, weil Heu sehr trocken ist, zwei Eimer Wasser dazu, lagerte sich in den Sand und schlief ein. Der Habgierige nahm die Reste von einem Würmingerpaket aus der Schachtel und gab dem Lektro den dritten Teil. Sie hielten eine karge Mahlzeit, aber der Habgierige sagte, es wäre ohnehin nicht gesund, am Abend zuviel zu essen. Dann lehnten sie sich an das Kamel und rauchten schwarze Zigarren.

Es war still und warm und wunderbar friedlich im Zimmer. In den gegenüberliegenden Wohnungen schalteten die Leute das Licht an, und wenn man den Kopf weit zurückbog, konnte man zwischen den Fernsehantennen die ersten Sterne sehen. Der Habgierige war eingeschlafen und fing an, gemütlich zu schnarchen. »Das war das letzte Paket, das der Würminger geschickt hat«, sprach der Lektro leise vor sich hin. »Das Geld ist zu Ende. Ob ich es ihm sagen soll? Aber dann wird er wieder böse. Eigentlich, wenn man es genau bedenkt – er ist kein schlechter Mensch. Er gibt mir etwas ab von seinen Paketen, und ich kann mich an sein Kamel anlehnen und die Sterne betrachten. Irgendwie wird schon alles weitergehen...« Und die Wüste war weit und hell wie strahlendes Gold, und in der Ferne waren tausend glitzernde Türme und der Ozean, und der sanfte Schritt des Kamels wiegte ihn in einen tiefen, weichen Schlaf.

Inzwischen aber waren die Hausbewohner zur Hausverwaltung gerannt, zur Polizei, zur Feuerwehr und zu den Gerichten und hatten lärmend und wortreich ihrem Mißfallen Ausdruck gegeben. Besonders die Familienväter wiesen auf die gefährliche Situation hin, die täglich entstehen könnte, wenn morgens zu der Zeit, da ihre Kinder zur Schule müßten, das Kamel durch das Treppenhaus zur Tränke geführt würde. Mütter erregten sich über die drohenden Gefahren durch tropisches Ungeziefer, das bekanntlich im zotteligen Fell der Wüstentiere ideale Brutstätten findet... Was denn das für hygienische Verhältnisse wären, kreischte eine Dame aus dem Parterre, überhaupt keine hygienischen Verhältnisse wären das! – Und auch die Frage über den Verbleib des Kamelmistes wurde aufgeworfen.

Die Beamten mahnten zur Ruhe und Geduld, da sich fürs erste noch keine Handhabe fände, behördlich einzuschreiten, nachdem es nicht verboten wäre, daß jemand aus Afrika einem ein Kamel schickt und im übrigen in dem erwähnten Hause das Halten von Haustieren nicht untersagt sei, was aus dem Vorhandensein von vier Dackeln im zweiten und einem Pudelhund im vierten Stock ersichtlich würde. Hier hinwiederum ereiferten sich einige Hausbewohner, einmal in Fahrt, darüber, daß ihnen die Haltung von Hunden ohnehin schon immer ein Dorn im Auge gewesen sei – von quälendem Juckreiz, den sie ab und zu verspürten, vermutlich durch nichts anderes hervorgerufen als durch Hundeflöhe, wurde gesprochen – was heißt gesprochen! muß man hier einflechten –: geschrien, geschrillt, gezetert, mit Tätlichkeiten und Selbsthilfe wurde gedroht, Beamtenbeleidigungen fanden statt und, das kann man ruhig sagen, die rasche und sachliche Bearbeitung des Falles wurde mit allen Möglichkeiten erschwert. Ungeachtet dessen andererseits verbreitete sich die Kunde von den besagten Vorgängen mit Windeseile unter der Bevölkerung des ganzen Stadtteiles.

Um zwanzig Uhr endlich fand ein Obersekretär eine Verordnung, in der stand, daß es verboten ist, Reit- und Zugtiere in für menschliche Wohnzwecke Verwendung findenden Räumen abzustellen.

Da fuhren die Polizei, die Feuerwehr und viele andere Autobesitzer zu dem Haus, in dem im dritten Stock das Kamel, der Habgierige und der Lektro schliefen.

Und die Herren von der Presse kamen dazu und die vom Funk und vom Fernsehen, Tierschutzbeamte und Veterinärstudenten, ein Wagen der Speditionsfirma Rapid mit vierköpfiger Besatzung und Neugierige in Zivil in dreistelliger Zahl. – Als der Lektro und der Habgierige aufwachten, glaubten sie zuerst, eine Revolution fände statt, aber dann läutete es Sturm an der Wohnungstür, und im Hausflur drängten sich Polizei- und Feuerwehrbeamte. »Es tut uns leid«, sagten sie, »aber hier, bitte: Wir müssen das Kamel in Gewahrsam nehmen.«

Sie hatten es schriftlich. Sie rüttelten das Kamel wach, stellten es auf die Beine und zerrten es unter aufmunternden Rufen die Treppen hinunter. Die Menschenansammlung vor dem Haus war noch größer geworden. Als die Männer mit dem Kamel unten ankamen, brach das Volk in Jubelrufe aus.

Der Lektro rieb sich die Augen. Wie durch eine dicke Glaswand von allem Lärm getrennt, hörte er den Habgierigen neben sich toben. Daß er es sich diesmal endgültig nicht gefallen lassen würde, daß er persönlich zur Oberpostdirektion gehen würde… Dem Lektro war es gleich.

Er ging langsam und schwebend wie ein Nachtwandler die Treppen hinunter, zwängte sich durch die Menschenmenge und wanderte zu seinem Zimmer im Nachbarviertel. Dort nahm er Papier und Kopierstift aus der Schublade und schrieb einen Brief an die Oberpostdirektion.

Soundso, schrieb er… und teile ich Ihnen mit, daß ich meine Stelle als Paketausfahrer von Postamt 5 hiermit kündigen muß, indem ich diesem Beruf menschlich nicht gewachsen bin.

Walter E. Richartz
Schneckenstunden

Wenn die Mitarbeiter häufig wechseln, ist mit dem Betriebsklima etwas faul. Dagegen läßt eine geringe Fluktuation auf ein gutes Betriebsklima schließen.

Wilhelm Kuhlwein ist seit 23 Jahren Angestellter der DRAMAG. Auch in diesem Jahr konnten wieder zwei Mitarbeiter ihr 25jähriges, und ein Mitarbeiter das 40jährige Dienstjubiläum begehen. Auch Frau Klatt, Elfriede, am Schreibtisch gegenüber, hat schon ihre zwanzig Jahre auf dem Buckel. Spricht für die Firma.

Wenn wir sagen, daß Frau Klatt hier die *mittlere* Büro-Generation vertritt und Kuhlwein das *reifere Alter*, so sehen wir in dem Fräulein Mauler eine Vertreterin der *Jugend im Büro.* Sie sitzt am Quer-Schreibtisch mit dem Rücken zur Tür, außer wenn sie sich mit ihrer seitlich ausschwenkbaren Schreibmaschine beschäftigt.

Es ist bekannt, wie wenig Bewegung die normale Büroarbeit erfordert; Sie können die drei Kollegen in aller Ruhe betrachten.

Kuhlwein ist ein steifer Mensch, hager, mager, mit knochigem Schädel, hochstirnig infolge des gelichteten Haares; seine Augen liegen tief, sie sind wohl graublau. Es ist fast alles schmal und eng in diesem Gesicht, die Haut sehr dünn über die Knochen gestrammt, und über den Knorpel des Adamsapfels. Er hat große, flache Ohren. Die Schultern fallen schräg unter der grauen Anzugsweste. Ein gepunkteter Schlips zieht den zu weiten Hemdkragen zu.

Frau Klatt trägt ihr dunkelblondes Haar hochtoupiert, obgleich diese Mode seit mindestens fünf Jahren veraltet ist. Frau Klatt ist vor allem speckig, ihr Gesicht, der Hals, der Körper füllig, sie hat einen starken Busen. Immerhin – es gibt noch verquollene Reize. –

Von Fräulein Mauler wäre von der Tür aus vor allem die weißblonde seidige Haarflut zu sehen, die ihre Schultern und die Rollstuhl-Rückenlehne überschwemmt. Erst viel weiter unten, unter dem Stuhlsitz, taucht sie wieder auf – in Gestalt ihrer Beine, die etwas dünn sind. Ist sie zu ihrer Schreibmaschine hin gekehrt, so zeigt sie ihr Profil: Stupsnase, stark vorgewölbte Lippen, kein Kinn. Die Haare sind natürlich das Beste an ihr, aber auch sonst ist sie sympathisch. Die Lippen hat sie blaßrot gefärbt, ›lachsfarben‹. Falls sie noch weiteres Make-up angelegt hat, so ist es dezent, unauffällig – auch darin unterscheidet sie sich von Frau Klatt.

Bisher ist nichts gewesen an diesem Morgen. Es war nichts los. Gar nichts.

Das erste Ereignis, das sich nun anbahnt, hat mit dem Wetter zu tun. Ein Wetter-Umschlag Ende März. Über Nacht ist eine Menge Warmluft in das Rhein-Main-Gebiet geflossen, und Kuhlwein hat wieder Migräne. Er läßt sich nicht gerne etwas anmerken, aber er ist unruhig, sucht Erleichterung in wechselnden Kopfhaltungen, er streicht sich die Stirn mit den Fingern. Er bittet nicht gern, doch der Schmerz treibt ihn dazu. (Warum hat er heut morgen wieder nicht dran gedacht?)

»Fräulein Mauler.« (Frauen brauchen doch sowas öfter. Sie haben doch sowas in ihren Handtaschen.) »Hätten Sie wohl eine Tablette für mich?«

Sie ist schon aufgestanden.

Sie trägt bestickte Sachen: einen blauen Glockenrock mit roter Stickerei, eine weiße Bluse mit blauer Stickerei, einen breiten Ledergürtel, mit etwas Farbigem draufgenäht, und an den Füßen Mokassins. Ihren Vornamen nennt sie nicht gern (»– meine Freunde nennen mich ›Tussy‹ –«); sie wohnt noch bei den Eltern. Die Mokassins schlappen auf dem Weg zum Spind. Sie holt ihre weiche blaue Nappatasche heraus, wühlt darin, wobei die Tasche laufend ihre Form verändert. – Kuhlwein wartet in seinem Rollstuhl, steif, wie ein Blinder. Er hört das Mädchen auf ihren zerbrechlichen Beinen knacksen, er riecht ihren strohigen Geruch; verquält dreht er den Kopf in ihre Richtung.

»Genügt eine?« – Er nickt. – Zuerst sieht es aus, als wollte sies ihm, wie in einen Automaten, in den Mundschlitz stecken, dann legt sies ihm in die hochgehaltene Hand.

»Sie Armer – wieder so schlimm heute?«

Es klingt milchig, eigentlich unecht; aber man ist schon froh, wenn sich jemand die Mühe macht.

Kuhlwein befördert die Tablette vom Handteller in den Mund; er schluckt, schluckt mehrmals trocken, mit stark arbeitendem Adamsapfel.

»Tsetse«, macht Frau Klatt gegenüber: »Es wird doch wohl keiner sterben.«

Es ist Frühling im Büro.

An der Wand hinter Frau Klatt hängen zwei Kalender. Der eine, ein Abreißkalender mit Werbeaufdruck DRUCKE-

REI WÜST; der andere, der, jeweils mit einem halben Jahr auf einer Seite, eine größere Übersicht bietet – zum Beispiel für die Urlaubsplanung –, kommt immer um Neujahr als Beilage der ›Presse‹. Um die Kalender kümmert sich Frau Klatt, das ist jeden Morgen das erste. Sie reißt das alte Blatt ab, von dem einen Kalender, und auf dem anderen macht sie mit Filzstift ein Kreuz über den vergangenen Tag. Demnach ist heute der 21. März, ein Dienstag. Es ist Dienstag, der einundzwanzigste – eisern. Mindestens zehnmal am Tag fragt jemand nach dem Datum und erhält immer die gleiche Antwort. Rings um die beiden Kalender ist der Platz für die Urlaubskarten.

Eine Uhr hat heute jeder, trotzdem wird dauernd nach der Zeit gefragt.

Eine Uhr ist immer anwesend. Ihre Zeiger erscheinen auf jeder angestarrten Wand. Der lange dünne, rastlos im Kreise zuckende Sekundenzeiger; der schon etwas dickere, nach ziemlicher Verzögerung unter den hypnotischen Blicken doch wieder einen Minutenstrich weiterzuckende lange Zeiger, der dann jedesmal, nach vollbrachter Tat, noch ein bißchen nachzittert; schließlich der dicke Quäler, hartnäckig, unbeweglich, stur an seinem Ort, in seinem Winkel festgenagelt: Der schläfrige Stundenzeiger.

Die Uhr gehört zum Inventar.

Man glaubt ihr nur nicht.

Man kann ihr nicht glauben.

»Wieviel haben wir denn?«

»Halb neun.«

»Was, erst – –!«

Herr Holzer, der Bote, bringt die Post herein. »U-e

Mohe…gi Poch«, sagt er wie immer; er hat eine Hasenscharte.

Sonst nichts.

Sonst geschieht nichts.

Das Telefon klingelt.

Frau Klatt nimmt den Hörer auf, wie üblich. Wenns klingelt, nimmt sie auf. »Klatt.«

Die Membranstimme scheppert. Frau Klatt blickt auf ihren Reisewecker. Sie streckt ihre freie Hand zum Reisewecker aus und dreht ihn zu sich hin. Die scheppernde Membranstimme scheint eine längere Erklärung abzugeben. Frau Klatt verzieht den Mund. Die Membranstimme klingt wichtig, sie beginnt jetzt offenbar mit einer Aufzählung.

Die Klatt beobachtet aufmerksam den Sekundenzeiger: Jetzt!

Sie unterbricht die Membran-Litanei.

»Jaja, ist schon recht. Das können Sie mir nachher erzählen.« Dann singend: »Frühstückszeit!« – Sie knallt den Hörer in die Gabel. Was die sich wieder denken – sofort – gleich – *möglichst noch gestern!* Murmelt sie vor sich hin. Das ist was, darüber kann sie sich aufregen. Zwanzig Minuten Frühstückszeit sind von der Firma unbezahlt. Wir haben nichts zu verschenken. Was die sich so denken. So schaun die aus.

Frühstück. Durch dieses Wort ist einiges in Bewegung geraten. Fräulein Mauler ist aufgesprungen – »Was, so spät!« –, hat auf ihr eigenes dünnes Armbandührchen geblickt, ist schlappend zum Spind gerannt, hat sich die wandelbare Nappatasche gegriffen, und ist so schnell, wie die Mokassins mitmachten, zur Tür hinaus.

Kaum ist sie draußen, murmelt die Klatt: »Dumme Gans.« Nur so, ohne Grund. – Dann beginnt das Frühstück. Reisewecker-Uhrzeit ist 8 Uhr 56.

Das Frühstück ist eine ernste Sache.

Da wird erstmal alles ordentlich aufgebaut. Jeder setzt sich in Positur.

Zum Frühstück hat Frau Klatt ein Stück Schokoladentorte. Das zieht sie sich immer schon morgens, auf dem Herweg, aus dem Automaten im 2. Stock. Mit der Nagelschere schneidet sie die Plastikhülle auf, hebt sie sorgfältig ab – und nun schaukelt es auf dem Pappeboden, das Tortenstück – der Tortenturm – der Torten-Wolkenkratzer – ganz weich, butterweich, süßweich – kann sich kaum aufrecht halten. Die Klatt beißt tief hinein. Das Tolle an so einer Torte ist ihre sahnige Weichheit – fast so toll wie der Geschmack. Der Duft von Cognac. Die brüchige, fliegenflügelige, dunkelbraune Schoko-Kruste. Die Klebrigkeit der mattbröseligen Braunteigschichten, die gelbe Fettkrem, das Drin-Suhlen, das Zungenwühlen, der volle Mund, das moorige Einsinken der Zähne, so wunderbar, süß wie die Liebe, das ist das Schönste, ja das Schönste auf der Welt... Dazu gibt es Milchkaffee aus der Thermosflasche.

Kuhlwein trinkt Nes. Sowas zum Auflösen. Zwei Teelöffel aus dem Vorratsglas in die Tasse, dazu Heißwasser aus dem Heißwasser-Hahn am Waschbecken. – Schmeckts? – Naja, schmeckt; wie lauwarmer alter Nes eben schmeckt. Er wickelt sich ein belegtes Doppelbrot aus der Alu-Folie. Hellrot zwischen den Scheiben – wohl Mettwurst. Gibts abgepackt. Braucht man nicht am Fleischtresen anstehen. Immer nur soviel, wie er auf einmal beißen wird, wird vom Alu befreit.

Kuhlwein liest Zeitung, zum Kauen und Schlürfen. Er liest die ›Presse‹. Er hat das Blatt, zur Hälfte gefaltet, vor sich aufgebockt, schräg auf dem Locher: Büro Zehnachtundzwanzig präsentiert Ihnen nun das Duett des Beißens und Kauens, das Duett des Schlürfens, das weinende Umrühren, Schlucken, Schmatzen, das Magenkullern, das abwechselnde Abstellen der Tassen auf die Untertassen, das Knistern und Knacken, das friedliche Malmen; dazu noch – überraschende Zutat – ein Produkt gewisser Zufälle, durch viele Wände hindurch, aus unbestimmter Richtung, fernes, vielstimmiges, langanhaltendes, kreischendes Frauengelächter: *Rüiriiiihrüihririririiii...* (Man wird doch wohl noch mal lachen dürfen!)

Kuhlwein liest Zeitung zum Kauen und Schlürfen. Er dreht, spaltenabgrasend, die untere Hälfte nach oben – dann wieder zurück. Wenn die beiden ersten Hälften dann so ziemlich abgenutzt, durchgekaut und runtergeschluckt sind, kommt die große Geste: Für einen Augenblick, in dem er fast zu allem fähig wäre, entfaltet er die Zeitung ganz weit, spannenbreit – *ein flugentschlossener Albatros*; er schüttelt die Falte vor, legt umgekehrt zusammen, wieder kleiner, gegen Falt-Widerstände, die er knallend wegschüttelt, manchmal ungeduldig, fetzend, wie im Zorn... Schließlich wieder friedlich, brav zusammengelegt, zu neuen Hälften still gefaltet, eine neue Hälfte zum Lesen zurechtgelegt, schräg, auf den Locher. Eine neue Stille.

In der Zeitung steht: »...gase ausge...letzt einge...auzeit verschl ... lympiatur ... kendavonge ... meter höher gestie ... Zuschauerer ... safrangel ... kensvi ... der Zivili ...«

Frau Klatt hat ihre Illustrierte zur Torte. Die Bilder rauf und runter, Schrift daneben »... formte Bü... schenarti ... be kam schon mit drei ... scher Wind um ihre goldbrau ... netz Moskaus stram ... glücks in die Arme: Jaja! Ich will!«

Sie ist fertig mit dem Essen. Sie macht die Illustrierte zu, tut sie ächzend, seitlich gebückt, unten ins Fach.

Sie trinkt den Thermosbecher leer, schraubt ihn auf die Flasche, wischt mit dem Handrücken über die Lippen.

Beim Hantieren, ohne irgendwohin zu sehen:

»Was Neues?«

»Flugzeugabsturz in Indien. 81 Tote.«

»Flieg sowieso nie. Ich vertrags nicht.«

»Rätselhafte Bankraubserie. ›Noface‹ in Hamburg.«

»Kurzen Prozeß, Kopf ab.«

»Benzin wird wieder teurer.«

»Was, noch teurer. Habbe die denn nie genug. Da wird er wieder jammern, mein Fritz. Lieber Gott, was wird der wieder jammern!«

Sie sagt »Jammeen« – »widdee jammeen«. Wenn sie will, kann sie normales Deutsch reden – aber am liebsten redet sie hessisch. Darin fühlt sie sich wohl. Im Hessischen kann sie sich so richtig *reinquetschen,* ins Hessische.

Das schmeckt ihr, das Hessische; sie nimmt es, wenn es ihr gutgeht, um ein Gespräch zu beenden, als Dämpfer für Übereifrige.

Sehr gern benutzt sie das Hessische, um jemand richtig fertigzumachen.

Dem werd ischs zaische, den mach isch feadisch!

Frau Klatt greift seitlich hinunter nach ihrer knallroten Koffertasche, stellt sie auf den Schoß, holt ein Spiegelchen und ein Taschentuchknäuel heraus, betrachtet ihre Grimassen; findet noch einen Taschentuchzipfel ohne Lippenstiftspuren, wischt damit an den Mundwinkeln; trägt neue rote Farbe auf, dreht das Spiegelchen dabei hin und her. Die grünlichen Augen – früher gewiß groß und schön – sind jetzt von Fettpolstern, wie durch Bienenstich verengt und eingequetscht *(Bieneschtisch, des is doch aach was Gudes!).* Noch immer hat Frau Klatt eine kräftige, schöne Nase mit geradem Rücken und geblähten Flügeln. Ihr Mund ist erfahren und selbstgewiß – auch wenn sie ihn jetzt wieder überstreicht, ohne Sinn und Scham, nun auch noch unter der Nase zwei Zacken nach oben, ziegelrot. Es färbt sofort auf die Zähne ab.

Zufällig gerät ihr Blick über den Spiegelrand.

»s gibts n da ze gucke?«

Fertig ist sie. Sie legt den Spiegel ab, steckt den Lippenstift in die Hülse, reibt die Lippen übereinander. Die Butterfarbe. Ihr Busen bläht sich unter der Nylonbluse, deutlich erkennbar ist die große Form des Büstenhalters.

Die Oberarme stecken stramm in den Ärmeln, zwei weiche Keulen. Entschlossen hantieren die ziemlich kleinen Hände, in Gelenkfalten wie in Futteralen; sie fahren hin und her.

»Was gibts n da zu gucken?«

»Ach nix, nix.«

Kuhlwein dreht den Kopf krampfhaft zur Seite, faltet die Zeitung zusammen, schiebt sie, ohne hinzusehen, in die Aktentasche im rechten, unteren Schreibtischfach. Er steht auf, tut ein paar Schritte, spült die Tasse, Untertasse, Löffel im Waschbecken – das kommt auch wieder in das untere Schreibtischfach. Er knüllt die Alufolie zu einem Ball, wirft den Ball in den Papierkorb neben dem Fenster.

Offiziell dauert die Frühstückspause von 9:00 bis 9:15. Dazu kommen, aufgrund einer Betriebsvereinbarung (freiwillige Sozialleistung unserer Firma), fünf Minuten Gehzeit, zum Aufsuchen der Kantine oder der Automaten für Getränke, Yoghurt, Süßwaren, Zigaretten etc., die sich im 2. Stock befinden. Die Arbeiter (›gewerblichen Arbeitnehmer‹) gehen zum Frühstück in die Kantine. Die Angestellten bleiben in ihren Büros.

Auf Frau Klatts Reisewecker ist es 9:19.

Kuhlweins Armbanduhr zeigt 9:21.

Frau Klatt hat sich eine Zigarette angesteckt, sie pafft daran herum, die Lippenfarbe ist klebrig, hinderlich. Rauchsträhnen gehen zickzack durch die Luft. Die Lippenfarbe wird bald abgeleckt sein.

Natürlich kann man nur wissen, was man selber denkt. Aber ansonsten – man kann vermuten.

Um 9:28 Reiseweckerzeit – die Klatt wirft einen überdeutlichen Blick darauf – schlappt draußen der Laufschritt. Tür auf. Fräulein Mauler stürzt rein, gerötet, erhitzt, ein bißchen atemlos. »Immer dasselbe… fürs ganze Haus nur eine Zelle… halbe Stunde bis man drankommt…« Sie übertreibt etwas, mit der Empörung und der Atemlosigkeit.

»Zu was müssen Sie auch immer so viel telefonieren?!« (»müssese« – »aach immee«)

Fräulein Mauler am Spind, beim Verstauen der beweglichen Nappatasche, macht eine schnelle Wendung, sodaß ihre Haarfahne fast waagrecht herumfliegt.

»Das geht Sie gar nichts an!«

»Tchetche.« Die Klatt schaut da gar nicht groß auf. Was soll sie sich streiten, wegen sowas. Sie redet halblaut, beim Wühlen, in ihre geöffnete Schublade hinein.

»Was wirds denn schon sein. Dreimal darfste raten.«

Später muß auch die Klatt mal los. Ächzend hat sie sich ihren Koffer hochgeholt, ächzend hat sie sich aus dem Rollstuhl erhoben, jetzt zieht sie ab, mit stampfender Gangart.

Meist trägt sie Hosen, wegen der dicken Beine. Heute sind die grasgrünen wieder dran, zur blassen Nylonbluse. Bei dieser Hose ist das ein starkes Gewackel. Man kann da fast alles sehen, die Hinterbacken sind vom Slip schräggeschnürt.

»Wenn einer was will – ich bin mal verschwinden.«

Tür zu, Glas scheppert, draußen verhallende Schritte.

Es folgt eine Stille – eine genau dosierte Stille.

Dann sagt die Mauler:

»Wie die sich immer anzieht – verboten.«

Kuhlwein sagt nichts. Er hat eine dick mit Formblättern gefüllte, zerkratzte Klarsichthülle vor sich und beginnt mit ihrer Bearbeitung, indem er einige der Blätter nach links, andere nach rechts, und den Rest in die Mitte vor sich legt.

Nach einer weiteren genau bemessenen Pause sagt Fräulein Mauler:

»Und *Zeit* läßt die sich auch immer, auf dem Klo.«

Kuhlwein sagt nichts. (Weiß schon. Augen auskratzen.)

Er ist mit seiner Arbeit beschäftigt.

Was ist denn das nun für eine Arbeit, mit der sich Kuhlwein da beschäftigt?

Diese Arbeit, mit der er sich an diesem Vormittag – wie jeden Dienstag – beschäftigt, hat etwas mit der Kostenverrechnung zu tun. Hat etwas damit zu tun, daß jede Abteilung der Firma wie eine eigene Firma betrachtet wird, jeweils mit Budget, mit Einnahmen, Ausgaben, Gewinn und Verlust.

Was Kuhlwein vor sich hat, sind die Formblätter Z 20/7267, die wöchentlich von jeder Abteilung – und Unterabteilung – auszufüllenden Formulare mit den Angaben, wie viele Tarif-Arbeitsstunden in der vorausgegangenen Woche für jede einzelne Kostenstelle geleistet worden sind; dabei kann eine Abteilung über eine oder mehrere Kostenstellen verfügen. Die Stundenzahlen sind natürlich Schätzungen, d.h. willkürliche Annahmen, jeder Kostenstellenleiter, bzw. seine Sekretärin kann das nach Gutdünken eintragen – nur die Summe muß stimmen, d.h. sie muß die wöchentliche Gesamtarbeitszeit der betreffenden Abteilung ergeben. Die ermittelten Anteile der Arbeitszeitkosten werden von Kuhlwein auf Kontenblätter übertragen. Er setzt sie in die Debetspalte des Kontos der Kostenstelle, für welche diese Arbeit geleistet wurde, so daß der betreffende Kostenstelleninhaber mit dem entsprechenden Betrag belastet werden kann. Monatlich ist daraus für jede Kostenstelle ein Saldo zu bilden. Diese Saldi sind dann an die Rechnungsstelle II, am Ende des Ganges, weiterzureichen, damit diese – unter Zuziehung von Materialkosten, Reisekosten, allgemeinen Umlagen etc. (d.h. Daten, welche aus den Nachbarbüros stammen) – einen Gesamt-

Kontoauszug erstellt, der dann den Kostenstelleninhabern übermittelt wird.

Hin und wieder hört man mal was darüber, daß es danach Ärger, Proteste, Widerspruch gegeben hat. Zwischen den Sekretariaten wird herumtelefoniert, dann auch zwischen den Abteilungsleitern – zuweilen in großer Lautstärke, weil sich die Betroffenen zu Unrecht belastet fühlen, oder weil sie bestimmte Kosten *grundsätzlich* nicht tragen wollen; die Betroffenen – so wird erzählt – kündigen an, sie würden es der feindlichen Abteilung in der nächsten Abrechnungsperiode *heimzahlen* – worauf dann diese wieder *im Gegenschlag*...

Aber mit allen diesen Weiterungen hat Kuhlwein nichts mehr zu tun. Für seinen Teil an dem ganzen Vorgang benötigt Kuhlwein jeden Dienstag dreieinhalb Stunden – die Zeit zwischen Frühstück und Mittagessen. Zu Mittag ißt Kuhlwein seit zwanzig Jahren in der Schicht von 12:45 bis 13:15.

Das ist also seine Dienstagsarbeit.

An dieser Arbeit änderte sich nicht viel – nur ab und zu neue Formblätter.

Es gibt eine ›Organisationsstelle‹, die sich immer neue Formblätter ausdenkt.

Kuhlwein, bei seiner Arbeit, muß kaum etwas denken.

Aber diese Arbeit muß auch getan werden.

Er kann das schon fast im Schlaf.

Es verändert sich da nicht viel.

Es muß eben auch getan werden.

Die meisten Zahlen sind immer die gleichen.

Wenn er es nicht tut, muß es jemand anders machen.

Diejenigen, die die Zeitwerte eintragen, meistens die Sekretärinnen, schreiben auch von älteren Bogen ab.

Da gibt es kein Problem, das Problem liegt woanders.

Eigentlich müßten die ausgefüllten AZ-Formulare immer am Tag zuvor, also jeweils bis montags abends, bei Kuhlwein eintreffen. Es treffen jedoch nicht alle ein. Gewisse Abteilungen, beziehungsweise ihre Sekretärinnen sind da sehr nachlässig. Angeblich vergessen sie es immer wieder. So wird es oft Dienstag früh, daß der Holzer, der Bürobote, die letzten ausgefüllten Blätter mit der Hauspost bringt. Im Lauf der Jahre hat Kuhlwein sich damit abgefunden, daß er mit dieser Arbeit eben nicht vor dem Frühstück anfangen kann. Er hat sich darauf eingerichtet, dienstags immer erst *nach* dem Frühstück mit dieser Arbeit anzufangen.

Doch mit der Zeit wird es immer schlimmer.

Es bleibt nicht bei diesem Aufschub. Die jüngeren Mitarbeiter werden immer unzuverlässiger. Es kommt immer häufiger vor, daß selbst *nach* dem Frühstück noch Formblätter fehlen und Kuhlwein hinter diesen Schludrianen hertelefonieren muß. Manche Schludriane kennt er schon, und diese fängt er schon montags an zu mahnen. Aber es werden mehr.

Es entwickelt sich eine bestimmte *Dienstagsstimmung*. Ein Innen-Zerren.

Es ist schon so, daß sich beim Erwachen ein ziependes Gefühl auf der Haut einstellt, die Haut scheint zu spannen, es entsteht ein Juckreiz, eine Art Nesselfieber – oder Migräne. Das Dienstagsgefühl ist zuverlässig zur Stelle (– und am Abend … eine Art Lockerkeit …)

Entsprechend die Stimmung am anderen Ende der Leitung. Zunehmende Verärgerung.

»Ach, Sie schon wieder!«

»Gewiß, ganz recht, jaja.«

»Sie können einem aber auch ganz schön aufn Wecker gehn mit Ihrem... Ihren... – sowas von *stur*! Diese *Sturheit* von Ihnen!«

Kuhlwein geht darauf nicht ein.

Es ist der normale Dienstags-Verlauf.

Jetzt wird am anderen Ende des Telefons der Hörer abgelegt, es wird murmelnd und schimpfend in Papierstößen gewühlt. Es wird – »wo isn das jetz wieder« – aufgestanden – Kuhlwein drückt den Hörer fester ans Ohr, um auch entferntere Geräusche zu verfolgen. Kuhlwein verfolgt akustisch die Suchaktion. Vor sich hat er die Liste. Die Liste mit allen Namen, Abteilungen, Kostenstellennummern – jeweils mit einem Kreuz, oder noch nicht.

Er horcht mit niedergeschlagenen, fast geschlossenen Augen auf das ferne Rufen, Lachen, Schimpfen. Er tupft mit der Spitze eines frisch gespitzten Bleistifts auf die Stelle seiner Liste, wo das Kreuz fehlt, er macht dort viele Punkte, einen Stoppelbart.

Wenn da nichts mehr hinpaßt und die Verhandlungen sich noch immer hinziehen, füllt er die Zwischenräume im Kopf des Bogens aus: D–R–A–M–A–G.

Er verfolgt – akustisch – die Rückkehr des Betreffenden zum Telefon. Er lauscht den Bitten um Aufschub, den Ausreden, Gegenangriffen (»... schließlich noch was anderes zu tun, als Ihre blöden Formulare...«), Bagatellisierungen (»... so wichtig is es doch auch nicht...«). Kuhlwein bewegt seine Lippen dicht an der Muschel: »…tus auch nicht zu meinem Vergnügen. Wird eben gebraucht.«

Dann kommt das Endstadium. Kuhlwein dreht den Bleistift um, tippt mit dem stumpfen Ende aufs Papier, in der Reihenfolge der immergleichen Kompromiß-Vorschläge:

»Heute mittag« – »Nach elf Uhr« – »So schnell wie möglich« – bis er den gewünschten und erwarteten Satz im Hörer hat:

»Also gut, Sie Nervensäge! Ich machs sofort!«

Kuhlwein legt auf. Macht das Kreuz. Die meisten dieser Leute am anderen Ende hat er noch nie gesehen.

Frau Klatt, in grünen Hosen, mit rotem Koffer, ist zurückgekehrt.

Fräulein Mauler unterbricht ihr Maschinenschreiben. Aus ihrem Haarzelt erhebt sich der Arm mit dem Armbandührchen, abgewinkelt.

»Da hat jemand nach Ihnen gefragt.«

Die Klatt steht am Waschbecken, der grüne Hintern wackelt, vom Händewaschen. (Im Klo sind wieder mal die Papierhandtücher ausgegangen.) Sie fragt »so, wer denn«, ohne sich umzuschauen. Sie trocknet sich sehr sorgfältig die Hände mit dem Handtuch, das sie von dem Haken mit ihrem Namensschild genommen hat. Sie trocknet mit aller Kraft, holt sich dann eine Hand vor die Brust, untersucht sie auf mikroskopische Unstimmigkeiten, durch Hin- und Herbiegen. Sie wackelt auf ihren Platz, setzt sich mit einem mißmutigen Geräusch. Sie klappt einen Karteikasten auf.

»Man wird doch noch mal verschwinden dürfen« (»Ma werd« – »verschwinde derfe«).

»Ich weiß auch nicht, wers war.«

Kuhlwein blickt auf, betrachtet stirnrunzelnd Fräulein Mauler. Sie rattert stoßweise auf ihrer Maschine. Zwischen zwei Ratterstößen dreht sie den Kopf ein bißchen zu ihm hin – durch einen Spalt im Haar sieht er, wie sie ein Auge zukneift.

(Weiber.)

Es ist 9:52.

10:35

11:05

Frau Klatt hat sich mit ihrem Stuhl dicht an den Schreibtisch gerollt, ihre Brüste ruhen bequem auf der Platte. Ihr Kopf ist etwas gekippt und dreht sich hin und her. Hin und her.

Seit einiger Zeit werden die verschiedenen Tätigkeiten in dieser Firma genauer analysiert. Art und Dauer der Einzeltätigkeiten liefern die Handhabe zu einer Stellenbewertung; d.h. letzten Endes zur Festsetzung des Gehalts.

Das ist es, womit Frau Klatt beschäftigt ist. Sie hat einen Packen AZ-Verteilungsbogen vor sich; darauf sind vom jeweiligen Vorgesetzten die monatlich abgeleisteten Zeiten eines jeden DRAMAG-Mitarbeiters angegeben. Die Zeiten sind aufgegliedert nach Tätigkeitsarten. Frau Klatt hat diese Angaben zu überprüfen. Zuerst prüft sie: Ergibt die Summe der Einzeltätigkeiten die Monats-Gesamtzeit von 165–190 Stunden? Danach prüft sie die Angaben auf Veränderungen – anhand der früheren Formblätter. So ergibt sich ihre Kopfbewegung – durch den Vergleich. Dabei bewegt sie die Lippen.

Lautlos liest sie:

Besprechen mit Vorgesetzten – 5 Stunden; Ablegen – 5 Stunden; Eintragen – 5 Stunden; Rechnen – 3 Stunden; Verteilen, Übersenden – 4 Stunden; Unproduktive Zeiten – 2 Stunden.

Die DRAMAG beschäftigt 822 Arbeiter und Angestellte.

Also hat Frau Klatt 822 Verteilungsbogen im Monat zu prüfen.

Sie benötigt dazu 5 Arbeitstage.

Die Sonne scheint ins Büro. Sie beleuchtet die bunte Postkartenwand und Frau Klatts lockeres Haargebäude.

»In 8 Tagen gibts wieder Geld«, sagt Frau Klatt. Und weiter – unter der Sonnenhaube – redet sie davon, wie lang der März immer dauert – nach dem Februar, der so schön und schnell vorbei ist. Das merkt man schon, ob man mit demselben Geld drei Tage länger auskommen muß!

»Wenn ich so rechne – bei dreißig Mark, die am Tag draufgehen – dreimal dreißig – bald hundert Mark – da kann man sich schon was Nettes dafür kaufen. Hundert Mark haben oder nicht haben – macht zweihundert.«

Sie wartet, ob jemand was dagegen hat.

Es kommt nichts.

»Da meinst du Wunder was du hast. Was brauchst du schon für den Haushalt – sieben achthundert – je nachdem, was man dazurechnet: Friseur, Reinigung, das Bier für Fritz. Aber danach gehts ja erst los! Die ganzen Versicherungen: Leben, Unfall, Haftpflicht; Gott weiß was alles. Miete, Heizung, Umlagen, Zeitung, Fernsehen. Dann noch das Geld, was man verraucht. Na gut, was solls. Heut sparst du fünf Mark – morgen schmeißt du zehn zum Fenster raus. Sonntags klingeln die immer – im ganzen Treppenhaus hört man, ob die ›Danke‹ sagen oder nicht. Letzte Woche ging auch noch der Fernseher kaputt. Ich hab ja gleich angerufen, am nächsten Tag war der Mann da, und wupps – wieder zweihundert Mark fort! Ein Trauerspiel ist das!«

Frau Klatt zündet sich eine Zigarette an, träumt ein bißchen.

Sie merkt nicht, daß Fräulein Mauler sich ärgert – hinterm Haar.

»Ihre Sorgen möchte ich haben! Zwei, die verdienen, und keine Kinder. Ich muß fast alles zuhause abliefern.«

»Na und?« – Die Klatt ist jetzt wach und böse.

»Was brauchen Sie dann noch? Wohnt bei den Eltern, hat alles frei! Essen, Trinken, Sanitär kost Sie nix – den Rest können Sie verjubeln! Bei uns ist das schon kaum mehr drin.

Zum Beispiel: Hatt ich keine Lust zum Kochen, sag ich zum Fritz: Gehn wir mal auswärts essen – schon ist wieder ein Fünfziger weg! Futsch! – Und dann gehts weiter: Er braucht n neuen Anzug – ich brauch n neuen Mantel – er braucht neue Schuhe – ich ne neue Handtasche – und vom Auto hab ich noch gar nicht geredet; davon wird man ja arm!«

»Warum haben Sie dann ein Auto?«

»Was?« – Jetzt ist die Klatt aber ehrlich empört. »Na hörn Se mal! Solln wir vielleicht aufs Auto auch noch verzichten? Irgendwas muß der Mensch doch haben von seim Leben! Wozu schaffen wir denn den ganzen Tag?« (»… schaffe mer denn de ganse Daach?«)

Darauf ist nichts mehr zu sagen. (Diese Art von Feststellung, eine gewisse Betonung, Stimm-Anhebung! Diese Art von Fragen am Schluß – wie soll man dagegen aufkommen? *Man müßte immer noch vorwurfsvoller sein!*)

Eine bestimmte Stille. Wieder weißgrauer Himmel.

Eine bestimmte, geladene Stille und Arbeitsgeräusche. Fräulein Mauler schießt Salven mit der Schreibmaschine. Frau Klatt bewegt murmelnd den Kopf hin und her. Kuhlwein überträgt seine Zahlen mit seiner schrägen, fliehenden Schrift.

Es ist jedoch gewiß, daß noch was kommt.

Da hängt noch was in der Luft. Etwas muß geschehen, um das Kapitel abzuschließen. Zu diesem Thema: Es fehlt noch einer.

»Was meinen Sie denn dazu, Herr Kuhlwein?« Die Mauler streicht sich das Haar aus dem Gesichtsfeld und guckt ihn aufmerksam an.

»Sie haben noch gar nichts gesagt.«

Eine Gereiztheit, Verächtlichkeit, ein verzogener Mund, eine Art von Fauchen. Kommt es, weil er schweigt? Hat es andere Gründe?

»Der? Natürlich sagt der nichts!«

Die Klatt, plötzlich sehr laut, mit Muskelstimme, rachsüchtig… niedrig… klatschende Wortlappen: »Nadierlisch saacht der nix! Dem gehd doch nix ab! Vadder un Mudder dood – kaa Frau, kaa Kind un Keeschel – der kann doch alles allei verputze!«

Kuhlwein legt den Kugelschreiber weg.

Er schaut die Klatt an, weiß im Gesicht, der Kopf zittert.

»Du bist still! Du bist ganz still!« – Er steht steil auf,

stößt den Rollstuhl zurück, schnelle Schritte – er ist draußen.

So hat ihn Fräulein Mauler noch nicht gesehen.

»Was hat denn der?«

»Der? – Der muß wohl mal«, sagt die Klatt, und darüber können sich die beiden nun wirklich ausschütten, und jedesmal, wenn sie japsend am Ende sind, muß doch wieder eine von neuem anfangen zu kieksen, und es geht wieder von vorne los. Währenddessen öffnet sich die Türe, und Frau Klepzig kommt herein. Sie wohnt im Büro nebenan, zusammen mit Herrn Maier; sie ist eine winzige, feinknochige, vogelige Person – wie alt, ist schwer zu sagen: Manche Frauen sind immer fünfundvierzig.

»Na sowas! Ihr lacht ja wie die Hühner!«

Sie prusten noch einmal ein bißchen, aber die Klatt gibt stöhnend auf. »Ich kann nicht mehr.«

Frau Klepzig hat einen ›grünen Daumen‹. Sie ist für die Pflanzen in der Abteilung zuständig. In ihrem eigenen und Herrn Maiers Büro sieht es aus wie im Botanischen Garten. Die Pflanzen auf dem Fenstersims waren alle mal Ableger ›von ihr‹.

Bis jetzt ist das ein dunkelgrüner Kaktus mit wenigen, sehr dicken Stacheln; ein keulenförmiger, längsgerippter Kaktus mit dichtem, wolligem Haar; ein Weihnachtskaktus, der jetzt (im März) mit vielen rosa Knospen übersät ist; ein sukkulentes Bäumchen mit dicken, daumenförmigen Blättern. Es ist scheints in einem schlechten Zustand, das Bäumchen. Einige der Daumenglieder sehen mulschig aus.

In ihrem dunkelgrünen Schneiderkostüm, auf hochhackigen Stiefelchen, trippelt Frau Klepzig zu ihren grünen Zöglingen. Sie paßt ohne Mühe in den schmalen Zwischenraum zwischen den Schreibtischen und dem Fenster. Sie hält die Finger an die Erde in den Töpfen wie an den Puls. Als sie unter dem sukkulenten Bäumchen fühlt, zuckt sie zusammen; sie wendet sich zu den Schreibtischen um, die Hand im Topf, blickt vorwurfsvoll von der einen zur anderen.

»Wer hat denn da schon wieder gegossen! Die sind ja *klatschnaß*!«

Natürlich war es niemand.

»Warn sicher die Putzfrauen«, sagt die Klatt.

Frau Klepzig hebt beleidigt die Achseln. »Meinetwegen. Dann verfault es eben.«

Aber dann kann sies doch nicht lassen, aus der Jackentasche ihres Kostüms ein Scherchen zu zücken, die kranken Pflanzenteile zu amputieren, die breiige Erde anzuheben, zu lüften. *Was haben die nur mit dir gemacht! Die Barbaren. Als ob du eine Sumpfpflanze wärst! Den Papyrus haben sie vertrocknen lassen, und du wirst ersäuft! Kein Herz, kein Gefühl, kein…*

Uhrzeit 11:25. Die blaue Wand von VOIGT & KISTNER strahlt und leuchtet, *alpin.* Noch 5 Stunden und 35 Minuten bis Feierabend. Frau Klepzig verläßt traurig den undankbaren Raum.

Im scharfen Frühlingslicht sieht man überall Staub.

»Duk duk duk« sagt das Waschbecken.

Meldet sich da nicht ein feiner, süßer Schmerz in der Zahnwurzel?

Ein Rauchfaden ringelt sich wie ein Honigfaden, umgekehrt.

Schmerzhaft wird eine Blähung unterdrückt; jedoch der Geruch …

Striemenbündel am Boden vor den Schreibtischen; auf ihren Stühlen sitzend, scharren sie wie die Pferde.

Ganz still ist Kuhlwein zurückgekehrt. Niemand hat es bemerkt.

Es ist 11:35.

Die Nerven, ihr Leute, die Nerven. Der Lärm, Leute, der Lärm. Jedes Seiten-Blättern, jedes Kritzeln und Aktenknacken macht einen Riesenlärm. Hörst du nicht das Zerren der Nähte? Na – na – wie lang hält das noch? – Und dann, wie gehts dann weiter?

Für geschärfte Ohren gibt es das immer noch feinere Geräusch. Wir sind Insekten. Für Insekten ertönt der winzige Gesang:

Wim wam; wim wam.

Er stammt von Fräulein Maulers Nagelfeile. Ein neben den vielen anderen Geräuschen kaum erwähnenswertes Geräusch.

Wim wam; wim wam; wimwam.

Es ist, für das mißtrauische Ohr, kaum wahrnehmbar – und doch sofort unerträglich.

Unerträglich!

Natürlich sagt das hier keiner. Wer will sich denn schon eine Blöße geben – wegen so einer Kleinigkeit?

Allerdings ist man nahe dran. Man ist ganz nahe dran, kann sich nur mühsam im Zaume halten – *Wir stehen dicht vor dem Ausbruch des aller-häßlichsten, schartigsten Keifens: Herrgott, wann hört das endlich auf, dieses widerliche*

Gefeile! – Schluß jetzt! – Was soll dieses Feilen, an diesen immer spitzeren Nägeln! – Aufhören! ... sonst...

Aber keiner sagt ein Wort. Höchstens, daß die Klatt mal den Kopf hebt, zur Mauler hinüberstarrt – mit tödlichem Blick. Die Mauler merkt davon nichts. Sie schaut auf die Arbeit ihrer Hände, sie ist, hinter der Schreibmaschine, fast versunken. *Wir müssen uns zusammennehmen.* Wenn man sich hier schon gehen ließe – wo würde das enden? – Anlässe gibt es viele.

Zum Beispiel das Nasenschnauben.

Etwa das affektierte kleine Schnauben einer jungen Dame namens Mauler – als sei da was drin in dem Näschen – wo doch überhaupt nichts drin ist, wo es doch unergiebig ist und sie sich überhraupt nicht zu schnauben brauchte – tuts aber doch.

Andererseits Herrn Kuhlweins Schnauben. Er schnaubt sich nur, wenn es sich lohnt. – Aber dann, wenn er sich geschnaubt hat, was macht er dann? Ja dann – faltet er das benutzte, gut gefüllte Tachentuch sorgfältig zusammen, um den Inhalt zu sichern – wie früher die Bäuerinnen, oder Auswanderer, mit ihrer Habe in Bettüchern, die über Eck geknotet waren... Kuhlweins Taschentuch ist also zu einem kleinen, viereckigen Päckchen geworden, mit dem nunmehr ein letztes Mal – *strich strach* – unter der Nase entlanggefahren wird – eine kleine Abschlußdemonstration, die sehr befriedigt – um schließlich das Päckchen mit Sorgfalt in der Hosentasche zu verstauen, wobei sich Kuhlwein vom Sitz erheben muß, weil die Hosentaschen beim Sitzen abknicken.

Schlimmer kann es nicht werden.

Meinen Sie?! – O doch! – Es kann.

Eine weitere Steigerung. Nochn Zahn mehr: Nun macht Frau Klatt ein Geräusch.

Was ist das für ein Geräusch, mit dem wir es täglich von neuem aufnehmen müssen? – Es ist das Geräusch: *Schabeschabeschab – fuit – Schabeschabeschab – fuit.* Das Radiergeräusch der Frau Klatt. Es ist das, was man wahrnimmt, wenn sie mit ihrem alten Radiergummi auf dem Papier schmiert, *und mehr klebrig darüberschmiert als wegradierd und wel ler lalliergingie wool laale all ill ung nings mehl megschningd ung gang las Fegpussen vommen abragierden Gummenstaub un Gummiwälzchen wegpusten – fuit!*

Doch nun der Höhepunkt.

Denn das ist doch die stärkste Zumutung: die Manier, mit der Kuhlwein *eine Orange schält.*

Soeben hat er damit begonnen. Langsam wickelt er, mit Hilfe eines altmodischen Taschenmessers (so einem mit beiderseitigen rissigen Griffverkleidungen aus Horn) die Apfelsinenschale ab; d. h. er dreht die Frucht gleichmäßig – *schrull schrull* – über die Messerklinge, so daß eine immer längere Schalengirlande schraubig herunterwippt, während bei jeder Drehung kleine Wölkchen von Apfelsinennebel aufsteigen und mit ihrem unwiderstehlichen Geruch den ganzen Raum erfüllen.

Das war das Vorspiel. *Es folgt der Hauptteil.*

Kuhlwein legt die nackte weiße Frucht vor sich auf den Schreibtisch. Mit der anderen Hand hält er die Schalengirlande: Er fügt sie wieder zusammen, zu einer öligen rutschigen Narbenkugel, er *schlenzt* den schlaffen hohlen Ball in den Papierkorb – *sicher nur ungern, gewiß mit schwerem Herzen – o Maria, gebenedeite, heilige Mutter Gottes, bewahr uns vor dem Übel, behüte uns vor Tollwut und Wahnsinn…*

Kuhlwein hält die Apfelsinenfrucht in seiner hohlen Hand. Sie ist gelblich weiß, mit Verletzungen, stellenweisen Bloßlegungen der Saftkammern, zur Hauptsache aber mit Gürteln der gelblichweißen, faserigen Schutzschicht, die unter der Schale das Fruchtfleisch bedeckt und die er nun sorgfältig, mit der kleinsten Messerklinge (es gibt drei Klingengrößen an Kuhlweins Messer) abfieselt – so gut es geht, abfieselt.

So.

Jetzt kann er die Frucht auseinandernehmen.

Er kann die Apfelsinenmöndchen, eins nach dem anderen, aus dem Ring herauslösen – wobei an den neu entstandenen Rändern jedesmal noch etwas von dem Faserzeug abzupulen ist – *schnell, schnell in den Mund damit, Möndchen für Möndchen in den Mund, der sich kreiselnd bewegt, nichts anderes mehr kennt als Apfelsine, der schon ganz voll ist, von den vielen, saftenden, quietschenden, säuerlichen und heftig süßen Apfelsinen-Nierchen, die er eins nach dem anderen zerdrückt zu einer halbflüssigen Masse, worin Zunge und Zähne noch nach Kernen suchen…*

Das genügt.

Es ist soweit.

Hans Werner Kettenbach
Sterbetage

Es ging schon auf sechs am Abend, er hatte Hunger bekommen, aber es war ihm zu lästig gewesen, etwas zu kochen, er hatte den Kühlschrank geöffnet, den Küchenschrank und unschlüssig hineingeschaut, als er das Marmeladenglas sah. Er nahm es heraus, drehte es in der Hand. Es war nicht mehr viel übrig von der Marmelade, den Rest hatte er seit ein paar Tagen aufgespart.

Vielleicht hatte sie über das Wochenende ihre Mutter besucht. Oder sie war mit Freunden hinausgefahren, zum Spazierengehen. Zum Wandern. Vielleicht hatte sie am Samstagmorgen angerufen, bevor sie aufbrach. Er war ja doch eine gute halbe Stunde unterwegs gewesen. Vielleicht kam sie eben erst nach Hause, oder noch später. Würde müde sein, noch etwas essen und sich dann ins Bett legen, mit einem Buch. Vielleicht würde ihr einfallen, daß sie am Samstagmorgen vergeblich versucht hatte, ihn anzurufen. Sie würde seine Nummer noch einmal drehen, »Hallo, ich bin's, Claudia, wo haben Sie denn gesteckt?«

Jäh riß er die Tür unter der Spüle auf, warf das Marmeladenglas in den Abfalleimer. Er ging ins Wohnzimmer, stand eine Weile am Fenster, die Stadt hatte ihre Lichter schon aufgesteckt. Sein Atem ging heftig. Dann zerriß er die Blätter, die er beschrieben hatte, warf sie in den Papierkorb, holte sie wieder hervor und verbrannte sie im Aschbecher. Mit dem Brieföffner hob er die weißgebliebenen Reste an, sah zu, wie die blauen Flämmchen sie auffraßen. Die krause schwarze Asche ließ er in die Toilette fallen, spülte sie hinunter. Er wusch den Aschbecher aus und stellte ihn an seinen Platz. Dann ging er in die Diele, nahm seine Jacke vom Bügel und zog sie an.

Er hatte die Tür schon aufgesperrt, als er einhielt. Er schloß die Tür wieder, ging zurück ins Wohnzimmer, blieb eine lange Zeit am Fenster stehen. Plötzlich wandte er sich ab, verließ die Wohnung, ohne noch einmal zurückzusehen, ging zum Aufzug und fuhr die sechs Etagen abwärts. Als er um die Ecke des Korridors bog, versuchte er über den Hocker mit der großen Topfpflanze hinwegzusehen, der am Flurfenster stand, über die Fußmatte mit der eingewebten Inschrift *Tritt ein!*, das frisch polierte Namensschild, *H. Klose*. Er klingelte.

Sie sagte: »Das kann doch nicht wahr sein!« Sie nahm wie prüfend den Kopf nach hinten, die Falten am Mund, die unter dem Kinn vertieften sich. Eine Hand hob sich und strich, leicht gekrümmte Finger, über die Löckchen am Ohr, die Löckchen waren sorgfältig frisiert, wie immer.

Er sagte: »Störe ich? Entschuldige, ich hätte anrufen sollen.«

»Aber nein. Seit wann denn so förmlich?« Sie ließ ihn eintreten, fuhr mit gestreckten Fingern zwischen Bluse und Rocksaum, steckte die Bluse straff. »Ich wundere mich nur.«

Kamp ging ins Wohnzimmer. Sie kam hinter ihm her. »Ich kann's immer noch nicht glauben.«

»Wieso denn?« Er setzte sich aufs Sofa. Der Fernsehapparat lief. Auf dem Tisch standen eine Flasche Sherry und ein halbvolles Glas. Ein paar Illustrierte, ein Kreuzworträtsel aufgeschlagen. Kamp sagte. »Ich hab mich eine Zeitlang nicht gut gefühlt.«

»Und das soll ich glauben?«

Er sah sie an.

Die weichen, geschminkten Lippen verzogen sich zu einem Lächeln, die rasierten Augenbrauen hoben sich, sie wandte den Kopf ein wenig zur Seite, ordnete mit den Fingerspitzen die Löckchen. »Ich hatte eher den Eindruck, daß du dich nur noch für junge Damen interessierst.«

Kamp zog die Brauen zusammen. »Was soll das denn?«

»Tja, mein Lieber.« Sie nahm ein Glas aus dem Schrank. »Du glaubst doch wohl nicht, daß die Leute blind sind. Und du weißt doch, daß sie alles brühwarm herumerzählen.«

»Wer hat was erzählt?«

»Das ist doch egal.« Sie stellte das Glas vor ihn, öffnete die Flasche, kurze, runde, gepolsterte Finger, der Goldschmuck. Sie lächelte ihn an. »Du trinkst doch ein Glas mit?«

»Die Leute sollen aufpassen, daß ihnen nicht das Maul gestopft wird.«

»Sei doch nicht so böse.« Sie goß den Sherry ein. »Du kannst doch stolz darauf sein.«

»Auf was?«

»Ich hab mir jedenfalls gedacht: Sieh mal da, der Heinz, der alte Schwerenöter.« Sie setzte sich in den Sessel, schlug die Beine übereinander. Die mächtigen, bestrumpften Schenkel. Sie hob das Glas, neigte den Kopf ein wenig, sah

Kamp über den Rand des Glases an, lächelte. »Dann also auf unser Wiedersehen.«

Kamp sagte: »Ich glaube, es ist besser, wenn ich gehe.«

Sie beugte sich vor, legte die warme, runde Hand auf sein Bein. »Nun reg dich doch nicht so auf. Ich will dir doch nichts Böses. Ganz im Gegenteil.« Er spürte den Druck der warmen Finger, sie rüttelten sein Bein ein wenig. »Willst du nicht mit mir essen? Ich wollte mir jetzt sowieso was machen.«

Kamp griff jäh nach der runden Schulter, grub seine Finger hinein. Das Lachen, ein schnelles Stakkato von hohen Tönen. »Was ist denn los, du bist ja richtig wild!« Die Schulter entzog sich ihm. »Laß uns doch zuerst essen, wir haben doch Zeit. Ich koche uns was Gutes.« Die weichen Lippen auf seiner Wange, an seinem Mund, das starke Parfum.

Die Küche, dünne Dampfschwaden, als die Töpfe zu brodeln begannen, das Zischen des heißen Fetts. Auf dem Tisch im Eßplatz das englische Porzellan, weiße Servietten, drei brennende Kerzen im Leuchter. Die Flasche Wein. Die zweite im Wohnzimmer, nur noch die Stehlampe eingeschaltet, Musik von einer Schallplatte, *Romantische Evergreens.* Das grüne Flackerlicht des Verstärkers, vom Eßplatz der schwache Widerschein der Kerzen. Das weiche Sofa. Das Rascheln der Kleider, unterdrückte Laute, ein halb ersticktes Lachen. Die runden, warmen Finger. Kürzer werdende Atemzüge, dann, flüsternd: »Komm, laß uns rüber gehen.« Das Schlafzimmer, die Nachttischlampe mit dem Schirm aus geraffter Seide, ein gelber Lichtkegel, der Raum dahinter im Halbdunkel, der breite Spiegel am

Schrank. Der Teppichboden unter den nackten Füßen, das weiße Laken, die weißen, sich türmenden Kissen. Massiges Fleisch. Die Feuchtigkeit im Versteck.

Nach einer Stunde hielt Kamp es nicht mehr aus. Sie war eingeschlafen, lag auf dem Rücken, den Kopf steil in die Kissen gebettet. Das Deckbett hatte sie hochgezogen, nur die Ansätze der fleischigen Schultern schauten heraus, der faltige Hals. Tiefe Falten zu beiden Seiten des Mundes, die Mundwinkel waren herabgefallen, die weichen, geschminkten Lippen standen ein wenig offen, hin und wieder ein schwaches Schnarchen, das sich steigerte und dann wieder abbrach, schmeckende Bewegungen der Lippen.

Kamp stand auf und zog sich an, bemühte sich, kein Geräusch zu machen. Sie öffnete die Augen. »Warum gehst du denn schon? Du kannst doch bleiben?«

»Ich weiß auch nicht, was ist. Bin ein bißchen nervös. Vielleicht kann ich eher schlafen, wenn ich noch mal an die Luft gehe.«

»Paß aber auf, erkälte dich nicht.« Sie blieb auf dem Rücken liegen, wandte ihm nur das Gesicht zu. »Du hast ganz schön geschwitzt.« Sie lachte. »Hat es dir denn wenigstens Spaß gemacht?«

»Weißt du doch.«

Am nächsten Morgen fuhr Kamp zeitig in die Stadtbibliothek. Er fragte die Bibliothekarin, ob sie ihm etwas über das Leben nach dem Tod geben könne, oder auch über das Leben vor dem Leben, er wisse nicht genau, wie er es beschreiben solle, es handele sich jedenfalls nicht um Bücher über Seelenwanderung, vielmehr wissenschaftliche Untersuchungen, er habe gehört, es gebe da so etwas.

Die Bibliothekarin gab ihm ein Buch von Moody und eines von Helen Wambach, er sah ungläubig auf die Titel, da stand es wortwörtlich, sie hatte also nicht phantasiert, es gab so etwas tatsächlich. Kamp sah die Bibliothekarin an: »Ist das denn wirklich ernst zu nehmen? Ich meine, sind das wirklich Wissenschaftler?»

Sie lächelte, hob die Schulter. »Das sind sie wohl. Und viele Leute nehmen das sehr ernst. Die Bücher werden viel verlangt.«

Kamp fühlte sich ermutigt, er griff in seine Brieftasche und holte den Zettel hervor, auf dem er das Wort notiert hatte. »Ich hab hier noch was. Ich weiß nicht, ob ich das Wort richtig behalten habe, kann sein, daß ich es verwechsle. Transpersonalisation. Gibt es darüber auch etwas? Ich meine, hat das was mit den Sachen hier zu tun?«

»Im weiteren Sinne, ja.« Sie lächelte ihn an. »Aber da haben Sie sich was vorgenommen.« Sie führte ihn ans Regal und zeigte ihm, wo die Bücher von Castaneda standen. »Vielleicht schauen Sie erst mal da rein. Das liest sich ganz gut.«

Ein paar Tage lang vergrub Kamp sich in die Berichte von merkwürdigen Erfahrungen, Berichte, die ihm trotz allen Bemühens so fremd blieben, als handele es sich um die Erfahrungen von Lebewesen aus einer anderen Welt. Er mußte viele Wörter, weil er sich nicht sicher war, ob er sie richtig verstand, im Lexikon nachschlagen. Seine Skepsis geriet ins Wanken, als er die Berichte von Leuten las, die bereits klinisch tot gewesen und gleichwohl noch einmal ins Leben zurückgekehrt waren. Das strahlende Licht, das sie alle gesehen hatten, und ihren eigenen Körper hatten sie gesehen, als stünden sie daneben oder schwebten darüber, sie hatten den Arzt sogar sagen hören, daß der Tod eingetreten sei. Bewies das nicht, daß es den Tod gar nicht gab? Was war denn schon der Tod, wenn man ihn erleben konnte, wie diese Leute es bezeugten?

Aber war es der Tod, den sie erlebt hatten? Es kam doch nicht von ungefähr, daß die Mediziner vom klinischen Tod sprachen, das konnte doch nur bedeuten, daß es auch noch einen anderen Tod gab, den Tod, bei dem kein Wiederbelebungsversuch mehr nutzte, den richtigen Tod, von dem noch nie jemand berichtet hatte und nie jemand berichten würde, weil dann, wenn er eintrat, eben doch alles vorüber war, die Fähigkeit zu sprechen ganz gewiß, auch die, seine Erfahrungen aufzuschreiben, und wenn das so war, wie wollte man dann die Behauptung beweisen, ein Mensch, der nicht mehr sprechen und keinen Finger mehr heben konnte, könne gleichwohl noch sehen und hören und empfinden? Nur weil ein paar Leute, die klinisch tot gewesen waren, aber eben nur klinisch tot, berichtet hatten, sie hätten noch sehen und hören und empfinden können?

Kamp fühlte sich geradezu erleichtert, als er in einem der Lexika seine Skepsis bestätigt fand. Er notierte den Satz, nachdem er, um den letzten Zweifel auszuschließen, alle Fremdwörter nachgeschlagen hatte, und versah ihn mit einem Ausrufezeichen: »Ohne Reanimation geht der klinische Tod in den biologischen Tod (endgültiger, allgemeiner Tod) über, mit irreversiblem Untergang aller Organe und Gewebe!« Das war es, ja, er hatte es sich doch gedacht, und nun wußte er auch den entscheidenden Unterschied zu benennen: Es mochte ja möglich sein, daß Leute, die nur klinisch tot gewesen und wiederbelebt worden waren, diesen Tod erlebt hatten und darüber berichten konnten. Aber wären sie nicht wiederbelebt worden, dann wären sie den richtigen, den biologischen, den endgültigen Tod gestorben, und über den würde nie ein Mensch berichten können, weil er nämlich vom Menschen weder Haut noch Herz noch Mund noch Finger übrigließ, ein paar Knochen, ja, aber die waren stumm und tot für immer.

Ein paar Stunden später notierte Kamp auch das Zitat, Hamlet, das er in dem Buch von Helen Wambach fand: »Sterben, vielleicht träumen. Doch was in diesem Schlaf für Träume kommen mögen?« Ja, fragen konnte man. Auch Angst haben konnte man davor. Es war ja durchaus möglich, es war jedenfalls nicht zu widerlegen, daß der Tod, der richtige, wie ein unendlicher Schlaf war, und wie mochten Träume nach dem Tod sein, wenn schon die, aus denen man am Morgen erwachte, so schrecklich sein konnten? Aber selbst solche Ängste, Vermutungen waren ja noch lange kein Beweis dafür, daß es ein Leben nach dem Tode gab.

Hugo Loetscher
Der Oberst

Der englische Oberst hatte sich nach dem Zweiten Weltkrieg hierher zurückgezogen. Er liebte Frankreich, einmal, weil Frankreich seit dem Zweiten Weltkrieg in irgendeinem Teil seiner Besitzungen noch Krieg führte. In einem solchen Land wollte er sich nach einer militärischen Karriere zur Ruhe setzen.

Er gründete einen Klub und nannte ihn »subitisme«. Die Mitglieder verband die beschworene Bereitschaft, auf jede Frage sofort – »subitement« – eine Antwort zu finden, gleichgültig welche, nur rasch, deutlich und ungehemmt. Die Statuten wurden im Eisschrank des ›Manoir‹ aufbewahrt, um dem Klub die Frische zu erhalten.

Von Zeit zu Zeit ließ der Oberst sich nach Nizza chauffieren. Mit dem Stock in der Hand kommandierte er den Weg. Weswegen er alle kleineren Zufahrtsstraßen nach Nizza kannte. Dort löste er eine Karte für den Schlafwagen nach Paris. Nicht, daß er beabsichtigte, nach Paris zu reisen. Sobald sich die Fahrgäste im Schlafwagen daran machten, in ihre hergerichteten Couchettes zu schlüpfen, klopfte er an die Türen der einzelnen Abteile und erkundigte sich in englisch akzentuiertem Französisch: »Haben Sie nicht zufällig ein kleines Krokodil gesehen? Ich habe mein kleines Krokodil verloren.«

Ihn beschäftigte das Problem: Wie stiftet man mit einem

Minimum an Worten ein Maximum an Unordnung? Seine Mutter war Schauspielerin gewesen; er selber hatte bei der Artillerie gedient, wo ihn hauptsächlich mathematische Fragen gefangennahmen. Hätte er zum Beispiel auf einem belebten Platz die Frage nach dem verlorenen Krokodil gestellt, wären die Leute sicherlich überrascht gewesen, aber die Hauseingänge, die Nebenstraßen, die Straßenbahnen und Autos hätten als Fluchtwege seinem Satz die größtmögliche Wirkung genommen. Daher entschied er sich für einen geschlossenen Raum, und zwar zunächst für ein Restaurant. Dort verstand man seine Frage falsch und empfahl ihm Schildkröte; wie er aber auf einem kleinen Krokodil beharrte, stürzten einige Gäste aus dem Lokal, der Besitzer und der Oberkellner setzten den Obersten vor die Tür. Dieser suchte in der Folge nach einem geschlossenen Raum, aus dem es unmöglich war, ihn hinauszuwerfen. Er dachte eine Zeitlang an einen Lift; aber dort hätte man seine Frage nicht geglaubt, obwohl er auf den ersten Blick so aussah, als ob er ohne weiteres ein Krokodil spazierenführen könnte. Er verfiel endlich auf einen Schlafwagen; hier waren die Bedingungen für seinen Satz die denkbar besten. Die beschränkte Zahl der Beteiligten wurde durch ihre Anteilnahme wettgemacht.

Natürlich hätten sich die Gefragten in den Nachbarwagen retten können; doch wußten sie nicht, ob nicht plötzlich das Krokodil im Gang erscheinen würde. Der Schlafwagenbetreuer protestierte: Auch kleine Krokodile dürften nicht in den Schlafwagen mitgenommen werden; aber er stand hilflos neben der Notbremse. Denn der Oberst bedeutete ihm, ein unerwarteter Ruck mache sein kleines Krokodil wild, es sei besser, die Ruhe zu bewahren, er wolle nur sein kleines Krokodil wiederhaben, ob es nicht zufällig hinter dem Gepäck sei, und seine Augen suchten das Netz entlang. Jedermann tastete über sein Leintuch und prüfte das Kissen; Männer stellten sich vor Frauen und Kinder; wer schlief, wurde geweckt, Koffer wurden geschoben und Schoßhündchen unter den Arm genommen. Damen suchten in Handtaschen nach Tabletten. Indessen wimmerte der Oberst im Gang am Fenster. In Toulon stieg er aus: Vielleicht sei das kleine Krokodil in Nizza auf dem Bahnsteig geblieben, doch sei er nicht sicher, er entschuldigte sich für die Nachfrage, er gehe nicht ohne Krokodil nach Paris, er wünsche schöne Reise und eine gute Nacht.

Am andern Tag fuhr er mit dem Autobus nach Lagues zurück und führte bis zur nächsten Suche nach seinem verlorenen Krokodil sein eingeteiltes Leben: Um halb neun ließ er sich mit einer Tasse Tee und einer Zeitung wecken. Als man ihn einmal vergaß und ihn das Zimmermädchen am Nachmittag im Bett fand, verlangte er seinen Frühstückstee und die Morgenzeitung. Denn die Zeitung bestätigte ihm jeden Morgen von neuem, daß es mit der Ordnung der Welt nicht weit her sei und daß sich nichts geändert habe. Die Tatsache aber, daß man ihm eine Tasse Tee bringe, beweise hingegen, daß die Welt mindestens in einem Punkt noch in Ordnung sei – ohne diese Bestätigung weigere er sich aufzustehen.

Nach dem von ihm für sich aufgestellten Tagesbefehl, der an der Zimmertür hing und an dem sich lediglich das Datum änderte, begann er um neun Uhr fünfunddreißig seine Lektüre. Seine einzige Verbindung zu England waren Leserbriefe an die *Times.* Er behandelte darin Einzelheiten, welche die Länder betrafen, in denen er gedient hatte. Und um in seinen Briefen keine Fehler zu machen, las er entsprechende Bücher. Er war in diesen Ländern nie über die Garnisonsstadt hinausgekommen und hatte sich nur so weit bewegt, als es die Befehle erforderten. Daher packte ihn nach seiner Pensionierung eine leidenschaftliche Neugierde nach den Ländern, in denen er nahezu vierzig Jahre gelebt hatte. Er verschaffte sich Reiseführer, Landschaftsschilderungen und volkskundliche Literatur und wurde auf die pensionierten Tage hin ein vorzüglicher Kenner Indiens, Ägyptens und Somalias. Und wenn in der *Times* ein Artikel erschien, der eines der Länder betraf, las er ihn auf Nachlässigkeiten und Irrtümer durch, und fand er solche, schrieb er einen Leserbrief, der immer mit den Worten begann: »Ich, der ich das Klima dieses Landes kenne.« Er hatte der englischen Majestät ewige Treue geschworen; seine Majestät hatte ihn pensionieren lassen. Er stand nur noch im Dienste des französischen Weines. Um Viertel nach fünf begann seine tägliche Trinktour, sie war ebenso zeitlich wie räumlich festgelegt. Der Oberst hatte in seinem Hotelzimmer einen Plan von Lagues aufgehängt; darauf war jedes Bistro eingetragen und mit einer farbigen Stecknadel gekennzeichnet: seine Bereitschaftsstellungen; die Trinktour selber nannte er Inspektion. Und diese Inspektion führte ihn von seinem Hotel zum ›Manoir‹, vom ›Manoir‹ zu ›Chez Théo‹, von ›Chez Théo‹ in das ›Tabac‹, vom ›Tabac‹ zu ›Chez Eliane‹ und von ›Chez Eliane‹ zu ›Chez Jimmy‹ und von ›Chez Jimmy‹ zu ›Chez Suzy‹ und von ›Chez Suzy‹ zu ›Chez Peluche‹ und von ›Chez Peluche‹ nach Hause.

Er hatte diesen Weg festgelegt, indem er seiner Trunkenheit, die sich im Laufe des Abends steigerte, Rechnung trug. Es begann mit den Bistros, die tiefer als sein Hotel lagen, weil es nachher noch zu steigen galt, und es endete mit den Restaurants und Bars, die höher als sein Hotel lagen, so daß er in seinem Rausch nur noch bergab zu gehen hatte. Er hatte sich ausgerechnet, wie viele Gläser er sich auf seiner Inspektion bei jeder Stellung erlauben durfte, um am Ende wohl betrunken, aber nicht so schwer betrunken zu sein, daß er die Hoteltür nicht mehr gefunden hätte. Als er seine Selbstdisziplin einmal vergaß, setzte er sich zur Strafe für vier Tage auf Wasser; doch erließ er sich nach dem ersten Tag die Hälfte der Strafe wegen guter Führung.

Kam es trotzdem wieder vor, daß er vor dem Hoteleingang auf den Knien lag, und traf ihn jemand, dann tastete er den Boden ab und flüsterte, er suche sein verlorenes Krokodil.

Als er starb, da warteten seine Freunde einen Tag über das für das Begräbnis angesetzte Datum hinaus, doch es kamen keine Verwandten. Da holten sie den Sarg ab. Als letzten Wunsch hatte der Oberst geäußert, man möge ihn noch einmal in alle seine Stellungen tragen. So schulterten die Freunde den Sarg und gingen mit ihm vom Hotel zum ›Manoir‹, vom ›Manoir‹ zu ›Chez Théo‹ und von ›Chez Théo‹ ins ›Tabac‹ und vom ›Tabac‹ zu ›Chez Eliane‹ und von ›Chez Eliane‹ zu ›Chez Jimmy‹ und von ›Chez Jimmy‹ zu ›Chez Suzy‹ und von ›Chez Suzy‹ zu ›Chez Peluche‹ und von ›Chez Peluche‹ auf den Friedhof.

Nur inspizierte diesmal nicht der Oberst, sondern er lag

steif draußen in seinem Sarg. Bei ›Chez Théo‹ und ›Chez Peluche‹ mußten sie den Sarg zur Hälfte über die Schwelle schieben, um den Verkehr nicht zu behindern, und der Sarg, der auf der Schwelle einen Augenblick zwischen Straße und Lokal zögerte, neigte sich zum Lokal. Die Trauernden tranken in ihren Schmerz hinein, und ihr Schmerz wuchs, je mehr sie den Toten hochleben ließen, und je mehr sie auf den Toten anstießen, um so fröhlicher wurden die Trauernden. Sie tranken auf Einladung des Obersten. Er hatte in seiner letzten Verfügung die Zahl der Gläser angegeben, welche jeder in einer der Stellungen zu sich nehmen sollte, genau ausgerechnet für den ganzen Weg bis zum Friedhof. Doch hatte der Oberst als Maßstab die eigene Trinkfestigkeit gewählt. So hätte er sich beinahe bei seiner letzten Inspektion verrechnet, weil er in jeder Stellung Trauernde verlor. Einige hielten durch, jene, die sich mit weniger als den vorgerechneten, befohlenen und testamentarisch zugesicherten Gläsern zufriedengaben. Dank der Ungehorsamen behielt der Oberst doch recht mit seiner letzten Berechnung: Er kam schwankend auf den Friedhof, wie er immer schwankend nach Hause gekommen war.

Hugo Loetscher
Zürich und der Immune

Der Immune kam herum. Aber er kehrte auch zurück. Immer wieder nach Zürich. Zürich war die schönste Stadt, um regelmäßig zurückzukehren.

Denn Zürich, das gibt es.

Er hat seinem Verhältnis zur Stadt einmal Ausdruck verliehen, indem er sie porträtierte; er entwarf das Porträt einer Stadt für einen denkbaren Film: Zürich als Gegenstand, die Stadt selber als Thema, und mit der Stadt 432 547 Einwohner. Als Muse das Statistische Jahrbuch der Stadt Zürich 1968, etwas Verläßliches, dazu eigene Erfahrung. Die Stadt nicht über eine Figur oder einen Clan darstellen; sie nicht aus persönlicher Sicht kommentieren und nicht auf Grund gesammelter Meinungen und Einsichten entstehen lassen. Sondern die menschlichen Möglichkeiten und Bedingungen angeben. Bei 432 547 Einwohnern gibt es eine Reihe menschlicher Möglichkeiten, wenn auch kaum 432 547. Als Hauptfigur also die dritte Person im Plural:

»Eines Tages sind sie da, nackt und hilflos wie überall. Sie werden gebadet, numeriert und gewogen: 13,5 Stück pro Tag, lebendgeboren, die meisten ehelich. Vorzugsweise kommen sie in der Frauenklinik zur Welt. Eine Ankunft kostet zwischen dreihundert und tausend Franken. Es gibt drei Möglichkeiten anzukommen: privat, halbprivat oder in der allgemeinen Abteilung.«

Besuchszeit in der Frauenklinik. Am Ausstellungsfenster, wo die Neugeborenen gezeigt werden, von der Geburt noch zerknittert. Wirkungsvoll an einem Sonntagnachmittag, wenn auch der berufstätige Anhang der Familie frei hat. Die Gesichter der Väter, die sich mustern, weil das, was als eigener Säugling gezeigt wird, allen andern Säuglingen so erstaunlich gleicht.

»Denn Zürich, das gibt es. Eine Stadt am See. Das türmereiche Zürich, das brückengeschmückte Zürich, das föhnverliebte, glockenverwöhnte und bilanzumworbene Zürich. Eine Stadt im Mittelland.«

Um ein Bild der Stadt zu geben, wollte der Immune, der regelmäßig zurückkehrte, ein Stichwort an den Anfang setzen wie das des »Ankommens«.

»Andere kommen eines Tages an und wurden nicht hier geboren. Nur zu rund einem Drittel wächst die Bevölkerung dank der natürlichen Machart. Der Rest sind Zugezogene, darunter 17 Prozent Ausländer.«

Ankunft von Italienern im Hauptbahnhof, die ihre Koffer und Schachteln buckeln und ihrem Reiseziel entgegengehen: der Fabrik, dem Bauplatz, dem Geschirrspülen und der Müllabfuhr. Für die Müllabfuhr auch noch einige Türken und Griechen.

»Schon die alten Römer waren da. Sie hinterließen auf dem Hügel des Lindenhofes eine Ruine. Heute sind es 800000 Besucher im Jahr; sie bleiben im Durchschnitt 2,3 Tage.«

Fahrt mit dem Sight-seeing-Bus. Man vernimmt in drei Sprachen, aus welchem Jahrhundert was stammt und wieviel der Quadratmeter Boden an der Bahnhofstraße kostet, einer der teuersten der Welt. Nicht die ganze Fahrt mitmachen. Vielleicht die »Meise«, eines der historischen Zunfthäuser also, mitberücksichtigen, wegen der Amerikaner und Japaner. Deswegen für einen Moment das photogene Zürich, wie es sich am Postkartenständer dreht.

»Zürich, eine Stadt, die den Zweiten Weltkrieg gewonnen hat. Auf helvetische Weise, ohne ihn zu führen.«

»Eines Tages gehen sie weg und nehmen den Sarg. 7,8 Leichen pro Tag. Der Sarg ist gratis. Gratis das Verladen und die Überführung. Es gibt zwei Möglichkeiten, sich im Friedhof niederzulassen: im Familiengrab, zusammen mit den Angehörigen. Da ist man unter sich, aber es kostet. Oder dann im Reihengrab und im Kolumbarium, da ist man für sich. Da kostet nur der Gärtner. Die allgemeine Schutzfrist für Tote beläuft sich auf zwanzig Jahre. Wer ein privates Grab besitzt, kann fünfzig Jahre in Zürichs Erde ruhen – es ist Erde zur Hauptsache aus dem Tertiär mit viel Schotter.«

Die Assoziation bestimmte weitgehend die Linienführung; sie ermöglichte den Sprung und das Überraschungsmoment. Er wollte ein Stichwort nicht nur assoziativ durchspielen, sondern entschied sich auch für ein anderes Verfahren: kraft der Assoziation verschiedene Elemente zu verbinden, sofern der Text die Brücke schlägt, wie zum Beispiel:

»Die Stadt hat ein Geheimnis, weltberühmter als der gesuchteste Seeräuberschatz. Aber auch die, welche es kennen, rühren nicht daran.«

Da man wegen der Kunden nicht in den Bankhallen oder an den Schaltern filmen darf, müssen die Banken von außen aufgenommen werden; denn die Banken haben viele Kunden, von denen man nicht wissen darf, daß sie über Geld verfügen und in solchen Hallen Umgang pflegen. Also wird man am besten die Banken am Morgen aufnehmen, dann, wenn die Gitter hochgehen, von denen man nicht recht weiß, wer wen vor wem schützt. Wünschenswert wäre nach der Absprache mit den Verantwortlichen eine langsame Fahrt auf die Schließfächer, die numeriert sind: »Hier darf der Mensch zu seinem Vorteil Nummer sein. Und die Nummer wird auch gehütet für die, die nicht mehr kommen.«

Zwei Männer, die den Asphalt aufbrechen. Sie setzen eine Stange ein, daran hängen sie eine längliche schwarze Fahne; auf einem Täfelchen liest man in Großaufnahme: »Hier starb ein Mensch.«

»Auch in dieser Stadt gibt es das Unvorhergesehene, dagegen hilft kein Konto. Auf diesen eindeutigen Abgang reagieren sie verschieden. 248 864 reagieren protestantisch, 166 295 römisch-katholisch, 3521 christkatholisch, 5787 reagieren israelisch und 8767 mit einer andern oder keiner Konfession. Sie reagieren besinnlich auf den Tod, vor allem, wenn er mitten im Verkehr stattfindet. Aber die meisten haben nicht nur eine Konfession, sondern auch eine Versicherung, sie sind rückversichert.«

Die Assoziation erlaubt also eine Kette: Banken, Nummernkonto, Unfalltod, Mahnmal, Konfession und Versicherung. Dabei muß nicht alles im Bild gezeigt werden. Obwohl sich die Kirchen natürlich dafür eignen – der romanische Bau mit Lisenen und Bogenfriesen, die Chorkirche oder der einstige Treffpunkt des Bettelordens, die gotischen Türme. Vielleicht sollten diese Kirchen aneinandergereiht werden wie die Versicherungen oder besser noch beides abwechselnd im Bild vorgeführt: Großmünster, Hagel; Fraumünster, Diebstahl; St. Peter, Glas; St. Jakob, Wasser; Synagoge, Unfall; Moschee, Haftpflicht.

Das Mittel der Anthologie setzte der Immune bei seiner Porträtierung auch dort ein, wo es galt, recht unterschiedliche Beispiele einer gemeinsamen Kategorie zu zeigen. Auf diese Weise wollte er den Eindruck verstärken, es gehe nicht um einzelne, die repräsentativ sind, sondern die Beispiele sollten das Repräsentative verlieren zugunsten von 432 547.

Dieses Vorgehen wollte er bei der Wohn-Sequenz angewendet wissen. Denn die, die eines Tages ankamen und blieben, die gehen lernten und Zur-Arbeit-Gehen, die wollten auch wohnen: »Sie brauchen ein Dach über dem Kopf. Die durchschnittliche Niederschlagsmenge beträgt im Jahr 1092 Millimeter.«

Während der Wohn-Katalog abläuft: Einfamilienhäuser mit Kleingarten; sozialer Wohnungsbau; ungewaschene Mietshäuer; die Reihen-Eigenheime, Villen. Während die Robinson-Spielplätze und Hinterhöfe, die Teppichklopfstangen und vollparkierten Straßen vorbeiziehen, lesen, was für normierte Mietverträge sie unterschreiben. Wenn auch der Traum von den eigenen vier Wänden und den eigenen Hypotheken groß ist, die meisten wohnen doch in Miete und verpflichten sich:

Nach zehn Uhr abends nicht mehr zu baden.
Keine Wanzen einzuschleppen.
Nicht im Konkubinat zu leben.

Nichts Feuergefährliches auf den Estrich zu stellen.

Vor allem aber auf den Ersten den Mietzins pünktlich zu bezahlen.

Sie müssen wohnen. Die Bänke in den Parks sind nicht fürs Übernachten gedacht, auch wenn sie von manchen dazu benutzt werden. Doch für Familien sind sie zu eng. Dabei sind die Bänke um so begehrter, als man nicht unter Brücken schlafen kann. Eher schon in den Rondells von Tramhaltestellen oder alten Musikpavillons.

Sie müssen wohnen. Aber einige wenige können vielen andern die Dächer über dem Kopf abreißen und Bürohäuser hinstellen, das Zentrum menschenleerer und einträglicher gestalten. Denn während die einen vom Recht auf Wohnen reden, reden die andern von der Pflicht zu wohnen, und die Pflicht ist mit Mietzins verbunden.

Solche Sequenzen müßten durch Passagen abgelöst werden, die der Erholung dienen. Zum Beispiel: Ruhig verweilen auf dem »Entgiftungsraum« eines Luftschutzkellers, der als Massenlager dient, wo die Habe in Säcken und Kartons auf einem Gestell ruht. Langsam den Gang hinunterfahren, der vom Oberlicht in dieses bombensichere Dunkel führt, wo sich ein paar gegen die Gefahren der etablierten Gesellschaft schützen.

Als Gegenüberstellung vielleicht die Terrasse im Erst-Klass-Hotel Baur au Lac.

»Hier ist der Herr noch ein Herr. Im Preis für seinen Tee ist der Luxus der leeren Plätze an seinem Tisch inbegriffen.«

Aber eine solche Passage dürfte nicht in einer übertrieben sozialkritischen Tonart vorgebracht werden. Das würde einer Stadt im sozialen Mittelland auch nicht entsprechen. Deswegen sollten sogleich die Supermärkte folgen.

Während Büchsen, Tuben, Flaschen Säcke und Schachteln in Kolonnen auf dem Laufband zur Kasse vorwärtsmarschieren, wiederum off-Stimme: »Aber sie denken auch an die andern. Bei Katastrophen kaufen sie ein Abzeichen:

Einen Franken für die Hungrigen in Biafra.

Einen Franken für die Lawinengeschädigten.

Einen Franken für die Aussätzigen.

Einen Franken für die Schweizer im Ausland.

Einen Franken für die Zerebralgelähmten.

Einen Franken für die Alten.«

Alte Leute in einem Zürcher Restaurant. Vielleicht in einem, das dem Frauenverein gehört. Resignierte Sauberkeit, die nach Sauberkeit riecht. Selbstbedienung. Rentnerdasein mit einer Rente, die nicht reicht, die immer wieder erhöht wird und dann immer noch nicht ausreicht. Auch wenn sie ausreichen würde, bliebe ein Rest von Zeit. Sie sind pensioniert von dem, was man den täglichen Kampf ums Dasein nennt.

»Es kämpfen über 90000 in Handwerk und Industrie. Es kämpfen über 60000 im Handel. Die anderen kämpfen in den Dienstleistungen, an der Front der Büros und in den Stellungsbezügen der Verkehrsbetriebe. Sie kämpfen als Stoßtrupp der freien Berufe. Sie kämpfen im Achtstundentag und im Monatslohn, sie schlagen ihre Schlachten im Frühdienst und in der Nachtschicht. Sie stellen ihren Mann und ihre Frau für Prozente und Honorare. Mit Zulagen und Abzügen. Sie kämpfen am Fließband und im Atelier, im Überkleid und im Mantelanzug, mit Ellenbogenschonern und in Uniformen. Sie kämpfen täglich, stündlich, den Monat und das Jahr hindurch.«

Das große Welttheater der Arbeit aber ist die Börse. Hier wird der Ton sehr wichtig, denn es herrscht das à-la-criée-System, das Schrei-System. Warum sollte man nicht schreien für 110 Millionen Umsatz pro Tag? Eine Arena, besser als der Zirkus, da nicht saisonbedingt. Dort spricht man das Esperanto der Zahlen und Notierungen. Hier lassen sich auch die Tragödien auf den Punkt genau berechnen.

Ja, denn Zürich, das gibt es, 432547 Möglichkeiten Mensch zu sein. Aber wenn das Thema die menschlichen Möglichkeiten darstellt, dann müssen sie denen vorgeführt werden, die sich noch darauf ausrichten können, einer Jugend, die noch blüht.

Denn die, die eines Tages ankamen und dablieben und gehen lernten, werden ausgebildet. Keiner darf Analphabet bleiben. Zürich ist die Stadt von Heinrich Pestalozzi, dem Erfinder der Volksschule, auch wenn er sein Programm nicht in ihr verwirklichte. So gehen sie seither alle in die Schule, pflichtgemäß, nachdem die meisten schon im Kindergarten waren, wo sie in Ringelreihen hüpfen und zum ersten Mal zu Bastlern erzogen werden. Also wird man dieser Jugend zunächst einmal ihre Schulhäuser zeigen. Im Slapstick am ehesten, damit sie diese unproduktiven Jahre möglichst rasch hinter sich kriegen. Also führt man ihnen ihre Streckbetten vor – Schulhäuser als Kasernen und solche als Bungalows, Superkästen und idyllischere Bauten. Alles leicht überdreht. Wenn sie sechs Jahre in die

Schule gegangen sind, kommen andere Schulhäuser und neue Fächer. Für die meisten die Sekundarschule und für einige das Gymnasium, nach Geschlechtern getrennt und mit humanistischen Unterschieden im Lehrplan. Aber die Mehrheit geht nach neun Schuljahren in eine Berufslehre. Ihr Weg zur Tüchtigkeit ist mit Schulhäusern flankiert.

Und tüchtig müssen sie werden. Sie enden als Staatsbürger. Deswegen muß man ihnen auch die Erfolgreichen und Tüchtigen der Stadt vorführen. Aber nicht die Köpfe wie sonst, sondern nur die Ellenbogen, was eine bestimmte Bildpartitur bedingt. Hier ließe sich mit sehr weichen und langsamen Überblendungen arbeiten; schon um deutlich zu machen, wie hier Ellenbogen aus Ellenbogen hervorgeht, trotz aller Benutzung nie abgescheuert, und letzten Endes alle sich sehr ähnlich, ob hemdsärmelig oder im Tweed.

Daher auch Aufnahmen, wie der Gemeinderat nach einer Sitzung aus dem Rathaus kommt, einem barocken Bau; Männer, deren Kreis seit kurzem durch Frauen ergänzt wurde. Auch wenn sie lachen und scherzen, fraktionsweise und über die politische Gruppierung hinweg, ein gewisser Ernst ist unverkennbar: »Aber die kommen nicht von einer Abdankung, sie kommen von einer Demokratie.«

Dann ein großer Schwenk limmataufwärts, gegen den Strom, vorbei an den schwimmenden Aquarien des Delikatessengeschäfts, vorbei an den Gehegen, wo Flußenten für Passanten hausen, hinauf bis zu jenem Ort, den die Jungen Riviera nennen, vielleicht in Erinnerung an ihre Eltern, die auch schon mit der Côte d'Azur die Vorstellung vom besseren Leben verbanden.

»Die, die tüchtig waren, begannen alle einmal damit jung zu sein, und die, die jung waren, begannen eines Tages zu lieben.«

Daher die Jugend an einen Ort setzen, wo sie sich ungeniert zu ihrer Liebe bekennt, wie eben hier an der Riviera, auf die Stufen, die breit zum Fluß und den Bootsstegen absinken. Lässig und langhaarig, den Kopf im Schoß der Freundin und zwischen den Beinen die Gitarre. Mao, Teint und Longplay. Vielleicht Transistorenmusik, oder noch besser: das Anlassen eines Motorrads, frisierter Auspuff. Dazu einblenden, daß jede 6. Ehe in Zürich geschieden wird.

Aber damit sie scheiden können, müssen sie erst heiraten, und damit sie heiraten können, müssen sie zuerst ihr Eheversprechen abgeben, drüben auf der andern Seite der Limmat. In den Schaukästen des Stadthauses werden sie ausgehängt. Drei gängige Möglichkeiten gibt es, in der Stadt ausgehängt zu werden: wenn sie heiraten wollen, oder auf der Plakatsäule, wenn sie gewählt werden wollen, und drittens, wenn sie nicht selber suchen, sondern gesucht werden, von der Polizei.

Es ist die Stadt eines Reformators. So darf man ihn nicht übergehen. Man muß den Krieger zeigen, wie er auf seinem Sockel steht; für den Augenblick ruht das Schwert, er stützt sich darauf und der Blick ist gegen das Bellevue gerichtet. Trotz des puritanischen Erbes besitzen aber die 432547 einen Geschlechtstrieb, auch wenn viele noch unter der Leibwäsche hautnahere Sittenmandate tragen.

O ja, alle 432547 begannen einmal damit, jung zu sein, liebten nicht nur, sondern dachten auch bei der Zukunft an die ganze Welt.

Also muß man sie ins Caféhaus setzen. Am entsprechendsten wohl ins Odeon, an Marmortischchen und vor Jugendstil-Hintergrund. Verrauchte Atmosphäre und zitatgeschwängert. Mit Taschenbüchern auf dem Tisch und Zeitung lesend. Hier hatte auch Lenin Zeitungen gelesen, woraus man folgern kann, daß zur Revolution das Caféhaus gehört.

Und dann vielleicht auf eine Vernissage wechseln. Gleichgültig was für eine, jedenfalls ein solches Gedränge, daß die Bilder kaum zu sehen sind. »Man muß ihnen die Hoffnung lassen. Einer ihrer bedeutendsten Maler kam mit einem Bild auf eine Banknote. Es ist die Stadt, in der ein kunsthistorisches Wunder geschah, hier hat ein Fabrikant aus Kanonen Impressionisten gemacht.«

Die Möglichkeit der Caféhäuser, Beizen und Bars auch als Ausgangspunkt nehmen für kulturelle Einrichtungen, wie das Pfauenrestaurant für das Schauspielhaus:

»Hier wird nicht nur Theater auf der Bühne gespielt, sondern hier begann das Theater selbst Theater zu spielen, Saison um Saison, ein einziges Stück, die »Direktorenbesetzung«, mit dem wohldotierten, aber ungesehenen Chor der Verwaltungsräte, der hinter der Brandmauer ins Geschehen eingreift, eine gut studierte Choreographie der Aktienmehrheit. Daß dieses Stück regelmäßig von Premieren unterbrochen wird, hängt mit dem Charakter des Instituts zusammen.«

Ja, man müßte an dieser Stelle anläßlich der 432 547 Möglichkeiten, Mensch zu sein, auch von jenen beiden reden, die für den Dichter in Frage kamen; denn für beide Möglichkeiten, Dichter zu sein, wurde eine Biographie erfunden. Für den, der Geld hat, und für den, der von Hause aus keines hat. Wer etwas Vermögen mitbringt, der kann sich für die Großen der Historie begeistern und sich Nervenkliniken leisten. Der, welcher arbeiten muß, kann Staatsschreiber werden und hat immer noch den Alkohol.«

Eine Jugend in einem ihrer Caféhäuser, jetzt, wo noch so viele Möglichkeiten offen sind. An einen Ort wechseln, abrupt, wo sie sich eines Tages wiedertreffen könnten. Im Bezirksgericht zum Beispiel.

Es fehlen allerdings die Statistiken über die Lieblingsdelikte dieser Stadt. Zur Hauptsache geht es um Vermögen. Hin und wieder Unzucht.

Selten um Leidenschaft. Die Verkehrsvergehen zunehmend, aufgeschlossen und zeitgemäß. Das ist nicht wie im Hinterland, dort herrschen in der bäuerlichen Umgebung nach wie vor Inzest und Grenzsteinversetzung vor.

Dabei müßten natürlich auch all die Möglichkeiten erwähnt werden, welche nicht genutzt werden. Selbstmorde aber werden bekanntlich nicht veröffentlicht, sie sind nicht zuletzt deswegen asozial, weil sie ansteckend sind.

Hingegen gibt es Zahlen für den geschäftlichen Konkurs. Pro Jahr an die hundert, die summarischen und die ordentlichen Verfahren zusammengerechnet.

»Denn Zürich, das gibt es, eine Stadt im Mittelland. Hier wird die Mode nicht erfunden, doch jede gut getragen. Da die Distanzen abnehmen, wird es immer leichter, die Dinge zu übernehmen. Hier ist die deutsche Wurst so gut wie der österreichische Schmarren, das ›filet mignon‹ richtig gelagert und die spaghetti ›al dente‹ – alles wird immer al dente sein. Ob Idee oder Reform.«

Eine Hausfrau in ihrer Küche. Sie schüttet Milch in eine Schüssel, einen Berg von Haferflocken, viele frische Früchte.

»Es wurde doch etwas erfunden, das Birchermüsli. Die Rohkost. Es wurde der Wert der Schalen entdeckt. Gerade darin sitzt das Gute und Gesunde. Einen Löffel für dich und einen Löffel für mich. Zwei Löffel für jene, die regelmäßig zurückkehren.«

Im Anschluß Außenaufnahmen der Anstalt Burghölzli; sofern man auch im Innern der Irrenanstalt photographieren darf, Innenaufnahmen.

»Aber nicht nur das Birchermüsli wurde hier erfunden, sondern auch eine Krankheit kam hier zu ihrem Namen: die Schizophrenie. An sich ein glücklicher Zustand: der eine macht, was der andere nicht unbedingt möchte. So lange keine Krankheit, wenn die Politik anders als das Feuilleton gemacht wird. Aber wenn ein und derselbe das eine und das andere gleichzeitig machen will, wird das Neutralisierungsprinzip aufgehoben. Dann bleibt nur die Einlieferung: Amphetamine für den, der Unvereinbares zu vereinen sucht. Ein Streckbett für den, bei dem der Kopf wissen will, was die Rechte und die Linke tun. Eine Zelle für alle, welche die Verantwortung nicht teilen wollen.«

Denn Zürich, das gibt es, eine Stadt im Mittelland.

Mit einem großen Fest das Ende vorbereiten. Das Frühlingsfest in Kostümen, wo sie in Kleidern und Trachten vergangener Zeiten durch die Straßen ihrer Stadt ziehen; vielleicht bei der Gruppe einen Augenblick verharren, wo die Bäcker Brötchen unter die Zuschauer verteilen.

»Wenn die Stadt auf die Straße geht, tut sie es in historischem Kostüm. Sie führen den Verurteilten, den Böög, einen Schneemann, mit. Abends, wenn um sechs Uhr die Glocken läuten, verbrennen sie einen Winter, der aus Watte ist.«

Totale am Schluß: Der Blick von der Quaibrücke limmatabwärts. Dann die Kehrtwendung: der Blick gegen die Alpen, am vorteilhaftesten bei Föhn aufgenommen, der sie nahe rückt und in Erinnerung an sie Kopfweh verursacht.

Die Stadt selber als Thema genommen, davon ausgehen, was für menschliche Möglichkeiten 432547 haben.

Ein Franziskaner hatte dem Immunen einmal am kolumbianischen Amazonas erklärt, wie ein Stamm, an dessen Namen er sich nicht mehr erinnert, aus den Köpfen der Gegner Schrumpfköpfe macht, die am Gürtel getragen werden, ohne daß sie beim Gehen oder Jagen stören. Damit die Schrumpfköpfe nicht plötzlich zu reden beginnen, nähen sie ihnen die Lippen zusammen. Der Immune hielt einmal einen solchen Schrumpfkopf in der Hand, er stammte allerdings von einem Affenschädel und war für Touristen hergestellt worden; dennoch sah er einen Augenblick betroffen drein. Da meinte der Franziskaner-Missionar: »Hier machen sie es eben so.«

Ja, dachte der Immune, da machen sie es so, und anderswo eben anders. Wenn er in Zürich war, dachte er: Hier machen sie es eben so – mit den Köpfen, zum Beispiel so:

Die Stadtheiligen, die auf dem Siegel zu finden sind, wurden enthauptet, da bückten sie sich, hoben ihre Köpfe auf und gingen erst dann zu der Stelle, wo sie wünschten, begraben zu werden. Dies läßt zwei Deutungen zu: entweder ist Zürich eine so saubere Stadt, daß man nichts herumliegen läßt. Oder es gibt welche, die sich nach der Enthauptung nach ihren Köpfen bücken und unterm Arm weiterdenken.

»Der Stamm der Limmat ging schon früh von der Tauschwirtschaft zur Geldwirtschaft über und wird auch dabei bleiben.

Schon längst gab der Stamm das Tätowieren auf; sie entwickelten eine schmerzlose Methode, mit nackter Haut Masken zu tragen.

Ein Stamm, der sich von der barbarischen Sitte abwandte, sich gegenseitig das Herz aus dem Leib zu reißen, da jeder eines Tages sein eignes heimlich vergräbt.

Hier machen sie es eben so. Denn Zürich, das gibt es.«

Angesichts der 432 547 Möglichkeiten, in Zürich Mensch zu sein, verspürt der Immune Lust, Ethnologe des eigenen Stammes zu werden.

Friedrich Dürrenmatt
Geburtstagsrede auf Hugo Loetscher

Lieber Immune, da dich sogar die Zürcher Polizei nicht aufzutreiben vermochte, dafür aber dein Herausgeber Hugo Loetscher anwesend ist und ich wiederum nicht sicher bin, ob du eine Erfindung Hugo Loetschers bist oder Hugo Loetscher deine Erfindung ist, bin ich sicher, daß ich nicht ganz ins Leere spreche, zu einem Nicht-Anwesenden. Nun bin ich aufgefordert, euch zum Sechzigsten zu gratulieren. Ich sage euch, nicht weil ich Berner bin, der mit euch einen meint, sondern weil ich nicht weiß, wer von euch beiden wirklich ist, denn beide behaupten, geboren zu sein, so gratuliere ich denn beiden, dem Wirklichen und dem Unwirklichen, doch da ich mich zu entscheiden habe, zu welchem von euch beiden ich reden muß, rede ich weiter, rede ich zum Wirklichen: Lieber Immune.

Das Buch, in welchem du vorgibst, Hugo Loetscher habe über dich und von dir geschrieben, läßt du von dem von dir erfundenen Hugo Loetscher mit den Worten schließen: »Wie es mir geht? Danke, ich komme davon. Ich bin ein Leben lang am Leben geblieben. Das wundert mich in diesem Moment von neuem. Ich frage mich manchmal, wie haben das die andern gemacht?« Bei diesem Schlußwort mußte ich an den Brief Lessings nach dem Tod seines Sohnes denken, wohl nicht zufällig, spielt doch in deinen Werken der Tod oft eine dunkle Rolle: »Meine Freude war nur kurz: und ich verlor ihn so ungern, diesen Sohn. Denn er hatte so viel Verstand, so viel Verstand! – Glauben Sie nicht, daß die wenigen Stunden meiner Vaterschaft mich schon zu einem Affen von Vater gemacht haben! Ich weiß, was ich sage. – War es nicht Verstand, daß man ihn mit eisernen Zangen auf die Welt ziehen mußte? Daß er so bald Unrat merkte? – War es nicht Verstand, daß er die erste Gelegenheit ergriff, sich wieder davonzumachen?« Aber dann kamen mir auch die beiden in den Sinn, die sich fragten, was wohl besser sei, geboren oder nicht geboren zu werden, und als der eine zum Schluß kam, nicht geboren zu werden sei das bessere Los, seufzte der andere: Das stimmt. Aber wer hat schon das Glück?

In diesem Sinne, lieber Immune, hattest du kein Glück. Du bist jetzt sechzig Jahre lang am Leben geblieben, wunderst dich darüber und fragst dich, wie wir andern das gemacht haben, wir andern, denen auch das Glück fehlte, nicht geboren zu werden. Doch wer stellt sich schon eine Frage, die ihn selber in Frage stellt? Wir leben im allgemeinen drauflos, sind wir geboren, ohne uns zu fragen, wie wir das zustande bringen, wir üben uns ins Lebenkönnen instinktmäßig ein, während du, der Immune, um leben zu können, Hugo Loetscher erfunden hast. Wir fielen auf deine Erfindung herein. Besonders ich. Ich freute mich jedesmal, wenn ich mit ihm zusammentraf. Sein Witz, seine Lebendigkeit, seine Schlagfertigkeit und seine Intellektualität erfrischten mich, und auch deine Bücher, die er unter seinem Namen herausgab, ließen den Verdacht nicht aufkommen, daß sie nicht von ihm, sondern von dir stammen. Es waren von Anfang an Bücher, die nichts Anfängerhaftes an sich hatten, es war ein Vorteil, daß du dich nicht nur akademisch, sondern auch journalistisch ausgebildet hast.

Bildung ist erwerbbar, Schreiben erlernbar. Du, den wir für Hugo Loetscher hielten, erwarbst Bildung, lerntest schreiben als Literaturkritiker, Redaktor, Übersetzer, Essayist. Beobachten und Schildern brachte dir dein Reisen bei.

Einen Seehafen kann nur beschreiben, wer viele Seehäfen kennt, daß es sich um den Hafen von Lissabon vor vierhundert Jahen handelt, wird einem nur allmählich im weiteren Verlauf der Erzählung bewußt, die Menschen haben sich nicht verändert, was einst war, kann auch heute sein. Jedes Erzählen rückt die Vergangenheit in die Gegenwart, eine Binsenwahrheit, denn erzählt kann nur werden, was vergangen ist. Wenn aber das Erzählen Gegenwart nur vorzutäuschen vermag, so ist es doch möglich, die Gegenwart, den Zeitfluß aufzuhalten, gleichsam zu stauen: durch die Reflexion. In der Erzählung »Die Bekanntschaft« lernt eine geschiedene Frau an einem Abend zufällig einen Mann kennen. Am Morgen bereitet die Frau für den noch schlafenden Mann das Frühstück, und damit beginnst du abzuschweifen.

Diese Abschweifung ist keine Abschweifung. Sie zeigt unsere Verhängtheit mit der Welt, welche die Bedingung unseres Lebens ist, der wir uns nicht bewußt sind. Eine genaue Beschreibung der Umstände und eine exakte Reflexion über die Handlung ist für dein Erzählen typisch. Du bist gleicherweise inner- und außerhalb der Erzählung. Zwar zweifelte ich schon bald an der Autorenschaft Hugo Loetschers, aber ich unterdrückte den Zweifel. Wer sagt schon gern jemandem, der vorgibt zu schreiben, er sei es nicht, der die Bücher geschrieben habe, die er als die seinen ausgebe, ja, wer sagt ihm schon, er sei nicht wirklich, er sei erfunden? Du selber, der Immune, hast dich als Autor zu erkennen gegeben.

In den *Papieren des Immunen*, die angeblich von Hugo Loetscher herausgegeben sind, behauptest du freilich, du lebtest am schrecklichsten Ort der Welt, im Kopfe dessen, den du erfunden hast, wozu dieser freilich meint, du hättest dir seinen Kopf als Aufenthaltsort selbst gewählt. Nun leben wir alle in einem Kopf, im gleichzeitig schrecklichsten und schönsten Ort der Welt, und nicht nur wir, auch die Welt, in der wir leben, findet in unserem Kopf statt, ohne unseren Kopf lebten wir im absoluten Finsteren, ja, wir wüßten ohne unseren Kopf nichts von unserem Leib, nichts von uns, nichts von unserem Ich. Darum ist die Frage auch unbeantwortbar, in welchem Kopf du nun lebst, in deinem oder im Kopf Hugo Loetschers, und darum ist die Frage unerheblich, ob die Begebenheit, die du deine zweite Zeugung nennst, sich in der Wirklichkeit abspielte oder nur im Kopf deiner Erfindung: Du wärest freilich in diesem Fall wie Pallas Athene im Kopf des Zeus auch in einem Kopf entstanden, wobei du im Moment deiner Zeugung wirklich wurdest und der Ort deiner Erzeugung, der Kopf, unwirklich; zugegeben, ein schwer begreiflicher Vorgang, ebenso schwer begreiflich wie die Wirklichkeit. Schon daß einer seine zweite Zeugung erlebt, ist sonderbar. Während Sternes Tristram Shandy von seiner ersten und einzigen Zeugung berichtet: »›Hör, mein Lieber‹, sagte meine Mutter, ›du hast doch nicht vergessen, die Uhr aufzuziehen?‹ – ›Großer Gott!‹ rief mein Vater, ziemlich verdrießlich, wobei er sich gleichwohl bestrebte, die Stimme zu mäßigen, ›hat wohl jemals eine Frau, solange die Welt steht, ihren Mann mit einer so einfältigen Querfrage unterbrochen?‹«, waren bei deiner zweiten Zeugung nur der Erzeuger und du zugegen.

Sich selbst ausschalten und nur schauen: Nicht umsonst bezeichnest du dein Leben als einen Immunisierungsprozeß; weil dir die Geschehnisse, von denen du dich auszuschalten hattest, um sie schauen zu können, nahegingen, und weil dir vieles nahging, mußtest du dich immer wieder ausschalten, um es nur schauen zu können und damit zu akzeptieren. Ohne Bitternis und ohne Haß, Gefühle, die jede Ausschaltung verhindern und jedes Schauen trüben. Gegen diese Gefühle bist du immun geworden. Doch jedes Ausschalten ist mit Schmerz verbunden, den hattest du mit dir selber auszumachen. Zurück blieben die Motive, denn wovon man sich ausschaltet und was man nur schaut, wird zum Motiv. Zum Beispiel Außersihl. Und die Stadt jenseits der Sihl, das türmereiche Zürich. Die Sihl wird zum kurzlebigen Amazonas und der Amazonas eine große, siegreiche Sihl. Eine einfache Frau mit Anhang, deine Großmutter mit deiner Mutter, wird zur Kranzflechterin und deine kleine tote Schwester zur toten Fatima aus der Wunderwelt Brasiliens. Motive tauchen unter und wieder auf. Du, der du immer immun geworden bist, um sie darstellen zu können, schreibst von denen, die dir nahestehen, oft mit einer Zärtlichkeit, die unvermutet die Ironie und die virtuose Sachlichkeit deiner Schilderungen durchbricht. Wer sich ausschaltet, tritt aus dem Geschehen, er schaut zu, er nimmt wahr, er erkennt, er wird ein Intellektueller. Ohne diesen Vorgang wäre das Geschehen nicht auszuhalten, das Geschehen zwingt einen, sich auszuschalten, drum nennst du den Vorgang Zeugung. Das Geschehen zeugte dich, immunisierte dich, ein Prozeß, der sich immer wiederholt, in immer neuen Zeugungen, und der nur mit dem Tod sein Ende findet. Erst dann sind wir wirklich immun. Weshalb du dich angeblich von Hugo Loetscher erschlagen läßt, wie er behauptet, wobei du noch bemerkt haben solltest: »Eine Hoffnung bleibt: daß das, was wir lebten, ein Irrtum war.« Angeblich, denn wer wen erschlug, er dich oder du ihn, der Unwirkliche den Wirklichen oder der Wirkliche den Unwirklichen, Hugo Loetscher den Immunen oder der Immune Hugo Loetscher, wird wieder nie auszumachen sein.

Urs Widmer
Der Geliebte der Mutter

Er sank um, während er, sich über sein Stehpult beugend, eine Seite der Partitur der Sinfonie in g-Moll von Mozart umblätterte. Als man ihn fand, hielt er einen Notenfetzen in der toten Hand, jene Hornstöße zu Beginn des langsamen Satzes. Er hatte meiner Mutter einmal gesagt, die g-Moll-Sinfonie sei das schönste Stück Musik, das jemals komponiert worden sei. – Er las seit immer Partituren, so wie andere Bücher lesen. Alles, was ihm in die Hände fiel, Archaisches und Oberflächliches. Vor allem aber sah er sich nach Neuem um. Erst im Alter, so gegen neunzig, holte ihn das Bedürfnis ein, nochmals das schon Vertraute zu erfahren, anders nun, in der Beleuchtung der schwindenden Lebenssonne. Nun las er den Don Giovanni wieder, den er einst als Jüngling mit brennenden Augen verschlungen hatte, und die Schöpfung. – Er war Musiker gewesen, Dirigent. Drei Tage vor seinem Tod hatte er in der Stadthalle sein letzes Konzert dirigiert. György Ligeti, Bartók, Conrad Beck. – Die Mutter liebte ihn ihr ganzes Leben lang. Unbemerkt von ihm, unbemerkt von jedermann. Niemand wußte von ihrer Passion, kein Wort sagte sie jemals davon. »Edwin!« flüsterte sie allerdings, wenn sie am See stand, allein, mit ihrem Kind an der Hand. Von Enten umschnattert, im Schatten selber, schaute sie auf das in der Sonne leuchtende Ufer gegenüber. »Edwin.« Der Dirigent hieß Edwin.

Er war ein guter Dirigent. Und er war, als er starb, der reichste Bürger des Landes. Er besaß die kostbarste Partiturensammlung weit und breit; die Partiturseite, die er im Tod zerfetzte, war das Original gewesen. Ihm gehörte die Aktienmehrheit eines Firmenkonglomerats, das – in der Hauptsache – Maschinen herstellte und immer noch herstellt. Lokomotiven, Schiffe, aber auch Webstühle und Turbinen und neuestens sogar Hochpräzisionsinstrumente für die Laserchirurgie. Künstliche Gelenke, auch jene Minikameras, die man durch die Blutbahnen bis zum Herz schikken kann und die alles, was sie auf ihrer Reise vorfinden, auf einen Bildschirm nach draußen senden. Der Hauptsitz der Firma war und ist auf jener minderen Seeseite, die immer im Schatten liegt. Während Edwin auf der Sonnenseite wohnte, über dem See, in einer Besitzung mit dreißig oder auch fünfzig Zimmern, mit Gestüten, mit Hundezwingern, mit Gäste- und Gesindehäusern in einem Park, in dem chinesische Zirbelkiefern und Sequoiabäume wuchsen, himmelhohe Trumme, in deren Schatten er wandelte und das nächste Konzert memorierte. Royal Albert Hall zum Beispiel, oder Glyndebourne. Er forderte für seine Konzerte stolze Gagen, aber nicht, weil er auf Geld aus war, auf noch mehr Geld, sondern, weil er sich an Bruno Walter und Otto Klemperer maß. Er wollte eine gleich hohe Gage, und er kriegte sie.

Einst, als junger Mann, war er mausarm gewesen. Wohnte in einem möblierten Zimmer im Industriequartier, vor Ehrgeiz und noch nicht erweckter Begabung rasend. Er tigerte mit Blitzen im Hirn im Zimmer auf und ab, stieß gegen Waschschüsseln und Stühle, ohne es zu bemerken, jagte der wilden Musik in seinem Schädel nach, die sich nicht erhaschen ließ. Manchmal übergoß er sich mit eiskaltem Wasser. Er hatte Notenpapier in allen Taschen und schrieb auf seinen Spaziergängen, die gehetzten Gewaltmärschen glichen, Melodienfetzen auf, obwohl er kaum Noten schreiben konnte. Sein Klavierspiel war noch dürftiger. Aber er lebte in der Musik, für die Musik. Zu den Abonnementskonzerten von damals – Preise zum Fürchten, auch in jenen Zeiten schon – ging er in den Pausen, wenn keine Türkontrollen mehr stattfanden und die müdesten Melomanen nach Hause gegangen waren. Auf deren Plätzen saß er nun, hielt die vernichtenden Blicke der Sitznachbarn aus. So hörte er wenigstens alle zweiten Teile der Konzerte, sowieso war es immer Brahms, Beethoven, Bruckner. Weil er kein Abitur hatte, war ihm das Konservatorium verschlossen. Er ließ sich also privat von einem lokalen Komponisten ausbilden, der, als Edwin ihm seine Bedürftigkeit dargelegt hatte, auf jedes Honorar verzichtete. Allerdings arbeitete er unregelmäßig – er trank, um die Wahrheit zu sagen – und war ein radikaler Anhänger von Richard Wagner und Richard Strauss. Von allen Richarden eigentlich, auch François Richard mochte er mehr, als der das verdiente. Dessen »Ruisseau Qui Cours Après Toy-Mesme« sang er in fast jeder Unterrichtsstunde, sich selber mit kraftvollen Oktavgriffen am Klavier begleitend, obwohl das Original eine zarte Lautenstimme erfordert. – Edwin hätte es später, viel später, auf einer Auktion kaufen können, für ein Butterbrot. Erst bot er zögernd mit, dann überließ er es einem dicken Herrn, der heftig schwitzte und die J.-Paul-Getty-Foundation for Ancient Music vertrat. –

Er schuf das Werk Gesualdos nochmals, bebte über den Wundern Mozarts, hielt die Längen Schuberts aus, und bald einmal schrieb er ein erstes eigenes Werk, eine zweisätzige Sinfonie, die der lokale Komponist kopfschüttelnd las. Als sich das erste Kompositionsfeuer gelegt hatte, lernte er Klavier spielen. (Darin war der lokale Komponist sehr kundig.) Aber er konnte nicht üben – wie denn, er hatte ja kein Klavier –, oder nur, wenn der Komponist sich betrunken hatte und im Nebenzimmer schlief. So blieb er einer, dem auch langsame Sätze zu schnell waren. Verzweifelnd schon zeigte ihm der lokale Komponist eines Tags, wie man dirigiert. Wie man einen richtigen Auftakt schlägt oder ein Ritardando bewirkt, all dies. Er kannte alle Schlagarten. Auch wenn er betrunken war oder gerade dann schlug er ohne die geringsten Probleme mit der linken Hand einen Sechsneunteltakt und mit der rechten einen Fünfachtel. Edwin merkte zu seiner und auch seines Lehrers Verblüffung, daß er das auch konnte, auf Anhieb beinah. Er wußte sofort, daß das Dirigieren seine Bestimmung war. Er arbeitete sich – der lokale Komponist saß am Klavier und ersetzte ihm das Orchester – durch die Werke Johann Sebastian Bachs, Haydns und Mendelssohns hindurch, später sogar durch den ganzen Debussy. Seine Interpretation von Pelléas et Mélisande geriet ihm so intensiv, daß er, als er es dann einmal mit einem wirklichen Orchester spielte, todtraurig wurde, weil sie längst nicht so großartig wie die imaginierte klang. An einem hellen Sommermorgen sagte ihm sein Lehrmeister, er habe bei ihm – bei ihm! – nichts mehr zu lernen. Er umarmte ihn. Edwin ging. Er drehte sich nicht mehr um und sah nicht, daß der lokale Komponist am Fenster stand, die eine Hand zum Winken erhoben, in der andern eine Flasche. – Er pfiff vor sich hin. Er konnte zwar noch immer nicht komponieren, und sein Klavierspiel war jämmerlich geblieben; aber wenn er eine Partitur las, *hörte* er, und aufs Dirigieren verstand er sich jetzt auch. – Seinen Lebensunterhalt – die Studien hatten ihn ja nichts gekostet – hatte er verdient, indem er im Akkord Fensterläden anstrich, in einem Gartenlokal kellnerte und im Hauptpostamt Briefe sortierte.

Edwin arm, meine Mutter jedoch reich: so war es zu Beginn gewesen. Erst später wurde es umgekehrt. Nun schwamm Edwin im Geld, und die Mutter, brüchiges Gestein geworden, sprach immer häufiger von der Sorge, im Armenhaus zu enden. – Die junge Mutter, eine leuchtende Schönheit, war wie im Traum dahergeweht gekommen. Lange Beine mit Stöckelschuhen, ernst, mit schwarzen Augen, vollen Lippen, einem Pelz um die Schultern, einem Hut, der so groß wie ein Wagenrad war und unter dem eine gekrauste Mähne hervorquoll. Federn. Neben ihr sprang ein Windspiel. – Im Abonnementskonzert saß sie neben ihrem Vater, an Mutters Statt – diese war gestorben, als meine Mutter ein Backfisch war –, überwältigend jung zwischen all den greisen Abonnenten, die dasaßen wie Tote. Auch ihr Vater sah dann nicht sehr lebendig aus, und jedes Mal, kaum hatte das Konzert begonnen, hatte die Mutter das Bedürfnis, laut zu schreien. Die Toten zu wecken. – Ihr Vater glich dem alten Verdi, einem Verdi mit dicken Lippen, liebte tatsächlich auch die Traviata über alles und war Vizedirektor just jener Maschinenfabrik, die Edwin später – so viel später nun auch wieder nicht! – anheimfallen sollte. Der hätte damals nie gewagt, meine Mutter anzusprechen. Sie, hätte er es doch getan, hätte durch ihn hindurchgeschaut und ihn noch während des Schauens vergessen. Damals. – Sie hatte ihn zuweilen beobachtet, von ihrem Balkon herab, wie er nach der Konzertpause im Parkett nach einem freien Platz suchte, ein schäbig gekleideter junger Mann, ratlos *und* zielstrebig. Sie dachte sich nichts weiter dabei.

Urs Widmer
Eine Reise nach Graz

Das erste Mal kam ich im Winter 1968 nach Graz. Ich war stunden-, um nicht zu sagen, tagelang mit einem Zug gefahren, der an jedem Hühnerstall hielt und voller Menschen aus vergangenen Jahrhunderten war, alten Männern mit Felleisen und Frauen mit Eierkörben. Tiere überall. Natürlich hatte der Zug eine gehörige Verspätung, wie das alle Züge im Spätmittelalter hatten, und also tigerte Fredi Kolleritsch in endgültiger Panik am Bahnsteig hin und her, denn ich sollte um acht Uhr im Forum Stadtpark aus meinen Werken vorlesen. Es war die zweite Lesung meines Lebens, und mein Gesamtwerk war eine Broschüre mit dem Titel *Alois*. Wir schafften es rechtzeitig, ich las, und als ich zu der Stelle kam, wo Frau Knuchelbacher ihre Tochter Miriam fragt, Was tut ihr denn da?, und Miriam antwortet, Wir vögeln, Mami, da traute ich mich nicht und verschluckte Miriams unschuldige Antwort, und nachher machte mir Wolfi Bauer die heftigsten Vorwürfe und sagte, er sei überhaupt nur dieser Stelle wegen gekommen. Als wir vor das Forum traten, hatte es geschneit, und alles – Park, Bäume, die Stadt – lag in einem dicken Weiß. Alles still. Ich wurde von einer Frau im Auto mitgenommen, die so fuhr, als sei sie das unerreicht gebliebene Vorbild Niki Laudas, sich nicht um die neue Straßenglätte kümmerte, Dreher um 360 Grad kommentarlos hinnahm und verkehrt herum durch Einbahnstraßen fuhr. Tatsächlich stießen wir in einer engen Gasse auf ein Polizeiauto und standen Scheinwerfer an Scheinwerfer, und die Frau überzeugte die Polizisten in kürzester Zeit, daß bei diesem Schnee etc., und die Poliszisten wünschten ihr und sogar mir noch einen schönen Abend. Eine Zauberstadt. Später saßen wir in tiefen Gewölben und tranken viel Wein, und noch später, als ich aufbrechen wollte und in der Küche meine Reisetasche suchte, kriegte ich von der Wirtin eine Ohrfeige. Spätestens dann dachte ich, hier bin ich daheim.

Als ich nun, zweiundzwanzig Jahre später, in Graz ankam, war Graz eine Stadt dieses Jahrhunderts geworden, ich hatte mit der AUA eineinhalb Stunden gebraucht, um hinzukommen, und am Flughafen standen, gar nicht nervös, Gerhard Melzer und Kurt Bartsch, die Initiatoren des Lehrstuhls für Poetik an der Universität Graz. Wieder Schnee, aber kein verzauberter, so einer wie bei uns halt. Immerhin erkannte ich, aus dem Auto in den Nebel lugend, die Stadt recht bald wieder. Wir landeten auch tatsächlich wieder in einem Gewölbe, einer andern Höhle, und bald stellte sich jene Herzlichkeit ein, die ich an andern Orten nicht so leicht finde.

Klaus Hoffer war nun auch da, der Schöpfer des Bieresch-Mythos, er hatte mich eingeladen, bei ihm zu wohnen, und ich hatte natürlich begeistert zugesagt und die obenhin geflüsterte Bemerkung überhört, er habe jetzt übrigens einen Hund. Er hatte einen Hund, einen jungen Hund namens Hraban, bizarrerweise nach dem edlen Hrabanus Maurus getauft, obwohl er weder maurisch ist noch irgend etwas – im Gegensatz zum verehrungswürdigen Bischof von Mainz – für die Verbreitung der Bildung auf deutschem Boden getan hat. Ganz im Gegenteil. Früher unterhielten Klaus und ich uns stundenlang über Bücher. Diesmal sprachen wir eigentlich nur von Hunden bzw. von einem Hund, von diesem dummen kleinen Hundelein, das mir schon, wenn ich um sieben Uhr früh in meinem Nachthemdchen aufs Klo tappte, unter die Röcke schnüffelte und mir, begeistert leckend, ins Gesicht sprang.

Aber ich war ja gekommen, eine Vorlesung zu halten, und das tat ich dann auch. Sechs Doppelstunden! Mehr als eine Stunde am Stück zu theoretisieren, das schien mir unmöglich und auch meinen Zuhörern unzumutbar. Also entschloß ich mich, in der ersten Stunde jeweils über Literatur zu sprechen – meine und die anderer –, in der zweiten jedoch mich in den Erzähler jener Geschichten zurückzuverwandeln, derentwegen ich eingeladen worden war, und erfüllte mir also einen alten Traum: einmal ein ganzes Buch vorzulesen, nicht immer nur, wie bei Lesungen unvermeidlich, zusammenhanglose Teile. Ich las also meine Erzählung *Das Paradies des Vergessens* vor, die ihrerseits eine in einer Geschichte versteckte Poetik ist, so daß sie zuweilen wie ein Echo des zuvor anders theoretisch Gesagten klang.

Ein großer Hörsaal, viele Leute. Neonlicht, keine Fenster. Eigentlich habe ich Schulen nie gemocht, und auch Universitäten nicht besonders. Aber spätestens als Gerhard Melzer seine Begrüßungsworte gesagt hatte, war das Eis geschmolzen, und ich fühlte mich am richtigen Ort.

Der Schnee war geschmolzen; fast so etwas wie ein Frühling vor den Fenstern. Klaus und Nadja, die mich in der zweiten Woche allein gelassen hatten, waren auch wieder da. Ich freute mich, sie wiederzusehen, und sie freuten sich auch. Am begeistertsten war aber Hraban, der sofort mit meinem linken Schuh im Maul durch die Räume stürmte. Wir fegten hinter ihm drein und riefen uns zu, daß das Abschiednehmen immer ein kleiner Hund sei, ein kleiner Tod, aber dann stand auch schon Max Droschl im Flur, deutete auf die Uhr, packte meinen Koffer, und schon saß ich im Auto, winkte und band den linken Schuh zu, der naß und voller Bißspuren war. Klaus und Nadja standen Arm in Arm, ein glückliches Paar, etwas atemlos. Hraban jaulte vor Trennungsschmerz. Max fuhr auf Feldwegen, auf denen Hühner davonstoben, zum Flugplatz hinaus. Begleitete mich zum Check-in und trug wieder meinen Koffer. Wir fielen uns in die Arme. Dann saß ich in der AUA, und als sie auf der Piste ihren Anlauf nahm, sah ich Max, diesen treuen Max, nochmals ganz klein auf dem Parkplatz stehen und in den Himmel winken. Ich winkte zurück – sah er mich, ebenso winzig, an meinem Bullauge? –, und dann hob die Maschine ab. Immer kleiner, immer weiter weg der winkende Max, bis wir plötzlich von einer Wolke verschluckt wurden.

Urs Widmer
Das Paradies des Vergessens
Das Manuskript

Immer schon habe ich jene lockeren Dichter bewundert, die mit den Manuskripten ihrer Meisterwerke, von denen sie keine Kopien besaßen, unbekümmert U-Bahn fuhren oder Sauftouren durch Vorstadtkneipen veranstalteten. Natürlich waren die Manuskripte dann weg, verloren nach einer kalten Nacht unter den Neonlampen eines New Yorker Eiscafés oder aus dem Gepäckträger des Fahrrads gerutscht, auf dem die Dichter im ersten Morgensonnenlicht – Kuckucksrufe ringsum – nach Hause radelten, aus dem Bett einer Geliebten kommend, die jetzt schlummerte und der sie zuerst das ganze Buch vorgelesen hatten, bevor sie sich mit ihr auf den Weg in einen Himmel machten, der uns Sterblichen verschlossen bleibt. Keins dieser Bücher wurde jemals wiedergefunden, und bis heute haben wir nur die Erinnerung an etwas Wunderbareres als alles andere, was die Dichter sonst noch so geschrieben und *nicht* verloren hatten.

Über Jahre hin hatte ich mir vorgenommen, dereinst so stark zu sein, so voller Fülle, daß ich ein dickes Buch schriebe, in das ich mein Ganzes legte, fünfhundert Seiten, und das ich dann verlöre. Denn das Schreiben ist das Ziel, nicht das Buch.

Ich schrieb dann tatsächlich so etwas – mein Verleger,

der es sah, aber nicht dazu kam, es zu lesen, nannte es sofort einen Roman – und versuchte auch gleich, es zu verlieren. Entgegen meinen Gewohnheiten machte ich lange Straßenbahnfahrten und sprang irgendwo überstürzt ins Freie. Aber immer kamen mir ein netter Mann oder eine freundliche Dame nachgerannt, he und hallo Sie rufend, und überreichten mir mein Buch. Ich bedankte mich überschwenglich. – Einmal saß ich im Restaurant Rose bis lange nach der Polizeistunde und schob dann den beiden Polizisten, die uns Säufer freundlich auf die Straße beförderten – und dem Wirt die Schließung seines Lokals androhten, wenn er sich in Zukunft nicht wenigstens andeutungsweise an die Gesetze halte –, das Manuskript in die Regenmanteltaschen, in zwei ähnlich dicke Packen aufgeteilt. Aber beide – sensible Beamte – spürten sofort das höhere Gewicht ihrer Uniform und drückten mir mein Werk wieder in die Hände, nicht ohne ein bißchen darin herumgeblättert zu haben. »Nicht übel«, sagte der eine, und der andere: »Weitermachen!« Ich lächelte und trollte mich nach Haus, wo ich das Buch auf den Kompost warf, von dem es der Hausbesitzer am nächsten Morgen weghob und in meinen Milchkasten legte, mit einem Zettel drauf, auf dem er schrieb, er, der Hausbesitzer, glaube, ich spräche ein bißchen zu heftig den starken Getränken zu. Aber das Buch sei Spitze.

Es gab noch viele Versuche. Ich flog sogar nach Ibiza und mietete ein Fahrrad, aber die Frau, mit der ich schlief – eine Lehrerin für Schwererziehbare aus Birmingham – schlummerte nach meinem Weggehen keineswegs, sondern rannte mir nackt über den Hotelflur nach und rief, es sei ein Meisterwerk – *»ay masterpiece, darling!«* –, und sie lasse es nicht zu, daß ich es auf dem Gepäckträger dieses lausigen Fahrrads in meinen Bungalow fahre, und her damit! Also händigte ich ihr mein Buch aus – es hieß, wenn ich mich recht erinnere, *Der Fluch des Vergessens* – und schob das Fahrrad bis vor mein eigenes Bett. Im Morgengrauen schon stand sie davor, küßte mich und legte das Manuskript auf meinen Bauch.

Der letzte Versuch scheiterte dann so: Ich war zu den Solothurner Literaturtagen gefahren, genauer gesagt zu dem Fest, das immer am Samstagabend im Restaurant Kreuz stattfindet, und ließ die von mir beschriebenen Seiten – nach einer Nacht, in der ich mit einer Lyrikerin aus Bern Rock 'n' Roll getanzt hatte – auf dem Tisch mit den vervielfältigten Texten aller Teilnehmer liegen. Hier, dachte ich, würden sie in der Papierflut untergehen und als Wellen eines viel größeren Meers irgendwo im Nichts verschwinden. Aber wie es der Teufel wollte, oder Gott, das Buch fiel in die Hände eines Germanisten, der eigentlich seine Reisetasche mit seinem Pyjama suchte, und der las es am selben Abend noch im Hotelbett und hatte natürlich gleich heraus, von wem es war. Er rief mich ein paar Tage später an – ich suhlte mich schon in meinem Triumph –, und ich stotterte, daß mir ein Stein vom Herzen falle und daß ich ihm von Herzen dankte. Ob ich ihm das Buch, wenn es dann erscheine, widmen dürfe? Nach kurzem Zögern sagte er, ja, natürlich, gern, er wolle mir aber, um der Wahrheit willen, doch noch sagen, daß ihm nach einer Strukturanalyse meiner Prosa zwar sofort klar gewesen sei, daß sie von einem Schweizer der jungen Generation stammen müsse –

es sei ständig von Geld die Rede, und von Bergen –, daß er aber vor mir dennoch – in dieser Reihenfolge – Max Frisch, Franz Böni, Rainer Brambach, der aber schon tot gewesen sei, und Peter Bichsel angerufen habe. Dieser gestand mir beim Literaturfest des folgenden Jahres, er habe damals den Bruchteil einer Sekunde lang gezögert, ob er sich das unbekannte Manuskript nicht unter den Nagel reißen solle, denn 450 Seiten, nicht wahr, das sei schon eine Versuchung.

So gab ich das Buch endlich resigniert dem Verleger, der am frühen Nachmittag bei mir hereingeschaut hatte und am späten Abend immer noch dasaß, hinter leeren Veltlinerflaschen veschanzt. »Paß auf!« rief ich ihm nach, als er, mit meinem Buch auf dem Gepäckträger, im diffusen Licht des Vollmonds davonradelte. »So ein Buch schreibe ich nicht jeden Tag!« Er drehte sich nochmals um, winkte und bog dann klingelnd um eine Ecke. Ich ging nachdenklich ins Haus zurück. Da flatterte es nun hinaus in die böse weite Welt, mein Werk, und ich hatte es nicht daran hindern können.

Eine Weile später klingelte das Telefon. Der Verleger. Seine Stimme klang belegt oder verhetzt, wahrscheinlich war er mit seinem Rad, das eine Zehngangschaltung hatte, zu schnell gefahren. »Das Manuskript!« schrie er. »Das Manuskript ist weg!«

»Bist du wahnsinnig?« brüllte ich ebenso laut in den Hörer hinein. »Wie stellst du dir das vor? Ich habe keine Kopie!«

Es war still am andern Ende der Leitung. Dann sagte der Verleger mit einer gänzlich anderen Stimme – sie klang plötzlich wie der Anrufbeantworter eines Immobilienberaters –, er stelle sich das so vor, daß das Buch nun halt im Eimer sei und daß er selbstverständlich für allen entstandenen Schaden aufkomme. Ob 750 Franken o.k. seien? Ich stammelte Ja und Nein und Doch und warte heute noch auf das Geld, obwohl sich der Verleger schon einmal, anläßlich meines dritten Romans, meine Kontonummer notiert hatte.

Der Verlust meines Buchs brachte mich dafür meinem Verleger näher, und ihn mir. Er rief an einem heiteren Frühlingsmorgen an und fragte mich, ob ich ihn auf seiner nächsten Trainingsfahrt begleitete, und also lieh ich mir vom Wirt des Restaurants Geld und kaufte auch so ein Rad, eins der Marke Motobécane, das sogar elf Gänge hatte. Dazu ein hautenges Tricot, auf dem Panasonic stand, eine schwarze Hose mit eingebauten Schaumgummiwindeln und eine Mütze, auf der Rivella zu lesen war. Der Verleger, als er mich zu unsrer ersten gemeinsamen Fahrt abholte, war ähnlich gewandet. Nur warb sein Hemd für meine Bücher. Er hatte es extra anfertigen lassen. Aber die Mütze war ebenfalls branchenfremd und trug den Schriftzug der Kreditanstalt.

Wir radelten los, die Forchstraße hinauf, dem Pfannenstiel entgegen, er locker voraus und ich, in den Pedalen tobend, in seinem Windschatten. Er war herrlich trainiert und stieß zuweilen kleine Juchzer aus, während ich schon in Zumikon oben wie ein Verendender atmete. Das hinderte ihn nicht daran, sich mit mir über die Schulter hinweg angeregt zu unterhalten. An diesem ersten Tag beschäftigte ihn hauptsächlich, daß sein Verlag viel zu groß geworden sei. Was solle er mit einer Telefonzentrale und einer EDV-Anlage! Einst sei seine ganze Wirtschaft in einer alten

Schuhschachtel gewesen, unter seinem Bett, die *alles* enthalten habe, die Manuskripte und die Verträge und die Einnahmen und auch die Ausgaben, denn von Anfang an habe er sich angewöhnt, diese der besseren Übersicht wegen bei sich zu behalten.

»Ein Buch«, rief er unvermittelt und setzte zu einem Spurt an, so daß ich ihn fast sofort nur noch aus weiter Ferne hörte. »Was soll ich mit einem Buch ohne Menschen?« Er sprang, im Fahren noch, aus dem Sattel und warf das Rad gegen eine Tanne, deren Äste bis unter den Wipfel abgesägt waren. »Ohne Leidenschaften? Ohne Trauer? Freude? Ohne die vergehende Zeit?« Er sah mich anklagend an, als schriebe ich solche Bücher, und trat mit den Beinen in die Luft, um die Muskeln zu lockern. Ich ließ mich ins Gras fallen. Während mein Herz donnerte und ich Sterne sah, rief er: »Eins verzeih ich keinem Autor: Wenn er von sich spricht. Spreche *ich* jemals von mir?!«

Ich schüttelte heftig den Kopf. Ich hatte einen schrecklichen Durst. Weit unten glänzte der Greifensee, voller Wasser, blau, mit weißen Segeln gesprenkelt. Der Verleger hatte mit beiden Händen den Stamm der Tanne gefaßt und stemmte sich kraftvoll von ihm weg; stretchte abwechselnd das linke und das rechte Bein.

»Ich sehe einem Buch nach«, sagte er, nun doch ein bißchen keuchend, »wenn es niemand kauft. Aber ich will nicht angejammert werden. Ich will Distanz.« Er ließ die Tanne los, ging zum Rad, löste eine Metallflasche vom Lenker seines Rads und schraubte den Verschluß auf. »Zuweilen spiele ich mit dem Gedanken, den Verlag so schrumpfen zu lassen, daß mir *ein* Autor genügt.« Er trank mit langen

Schlucken. »Du ahnst ja nicht, das Zeug, das ich tagein tagaus lesen muß.«

»Hm«, sagte ich.

»Und weißt du was?« Er beugte sich zu mir hinunter, als offenbare er mir ein Geheimnis. »Ich kann's nicht ertragen, wenn ein Autor häßlich ist. Verschwitzt, oder voller Pickel. Da raste ich regelrecht aus.«

Er schraubte die Flasche zu, klemmte sie in den Halter zurück und schwang sich in den Sattel. Lächelte mich an, und ich lächelte zurück. Meinte er mich? Er hatte einen runden roten Kopf, aus dem, dicht unter dem Schild seines Käppis, zwei blaue Augen wie Scheinwerfer leuchteten, einen mächtigen Brustkorb und Waden, deren Muskelstränge ein Zopfmuster bildeten. Dopte er sich? Jedenfalls war er im Nu um die nächste Kurve verschwunden. Ich hob ächzend mein Rad hoch und schob meine Füße in die Metallkappen der Pedale.

Tatsächlich ging nun alles leichter, vielleicht, weil wir schon so hoch oben waren, daß die Luft keinen Widerstand mehr leistete. Ähnlich dem Verleger ging auch ich aus dem Sattel und schwang wiegend hin und her. Die Reifen pfiffen, wenn ich die Pedale nach unten wuchtete. Auf der Paßhöhe fuhr mir ein Wind ins Gesicht, von den Gipfeln der Alpen herkommend, die in der Ferne weiß leuchteten. Ich stieß einen Juchzer aus, so wie es der Verleger vor einer Stunde getan hatte, und tatsächlich sah sich dieser, weit unten schon dem Tal zustrebend, überrascht nach mir um. Er fuhr beinah in eine Leitplanke und legte sich im letzten Augenblick so heftig in die Kurve, daß er flach auf dem Asphalt zu liegen schien. Dann war er weg. Singend, zuweilen freihändig, sauste auch ich dem Zürichsee entgegen, bis nach Küsnacht, wo mein Freund am Ufer stand und Schwäne fütterte. Ich stellte mich neben ihn. Weit jenseits des Sees glitzerte fern die Villa, in der Thomas Mann einst *Herr und Hund* geschrieben hatte, und andere Meisterwerke. Vielleicht hatte auch er einmal mit seinem Verleger im Garten gestanden und über den See geschaut, zu uns hin, wir zwei kaum zu sehen von dort.

Hartmut Lange
Über die Alpen

Meine Adresse weiß ich nicht mehr: Nehmen wir an, daß sie zunächst der Palazzo del Quirinale sein dürfte.«

Das letzte, dessen er sich erinnern konnte, war ein Gefühl, unaufhörlich zu wachsen, ein Gehoben-Werden jenem Licht zu, das er vom Engadin her kannte. Es war ein inwendiges Ausufern ins Unendliche, und doch konnte er von der Vorstellung nicht lassen, bei aller Entfesselung, die der Geist an ihm vornahm, auf irgendeine Weise gekreuzigt zu sein.

Zwei Tage vorher war er noch mit irdischen Verwicklungen beschäftigt, er spürte dieser und jener Fährte nach, die seine Existenz zu bestätigen schienen. Es waren Nachrichten aus Paris, Kopenhagen, St. Petersburg, aber sie konnten ihm, dem Verhungernden, keine Nahrung mehr zuführen, und so schrieb er jenen denkwürdigen Satz:

»Ich halte ernsthaft die Deutschen für eine hundsgemeine Art Mensch und danke dem Himmel, daß ich in allen meinen Instinkten Pole und nichts anderes bin.«

Man schrieb die ersten Januartage des Jahres 1889. Das Wetter in Turin war strahlend, aber doch von jener Gebrochenheit, die dem italienischen Himmel aufgenötigt wird, wenn die Sonne den Horizont nicht mehr hinter sich lassen kann. Die Enge des Zimmers, das ihm zugewiesen worden war, deprimierte ihn nicht mehr, da alle Dinge, die er wahrnahm, aus ihm selbst zu kommen schienen, so auch die nachlässigen Handreichungen des Cameriere während der täglichen Mahlzeit und die Blicke der Passanten, wenn er die Straße zur Osteria überquerte.

Er war nun gesichert. Er war in der Zuversicht, Gott zu sein, Ursprung und Einheit aller Dinge, und er war entschlossen, von dieser Zuversicht Gebrauch zu machen, wann immer es ihm beliebte. Denn dieses Belieben war es ja, nach dem er sich gesehnt hatte, wenn die Dinge um ihn her sein Selbstgefühl auf hartnäckige Weise in Frage gestellt hatten, so daß er gezwungen war, dem vorzubeugen, indem er sich in vollkommener Einsamkeit, den Blick auf Schneefelder gerichtet, hoch in die Lüfte erhob, in der Hoffnung, man würde soviel Auftrieb letzten Endes doch anerkennen müssen. Und wie oft war er gezwungen, wenn diese Anerkennung ausblieb, am eigenen Bewundern ein Genüge zu haben.

Nun brauchte er keine Bewunderung mehr, er war die Bewunderung selbst. Briefe waren noch zu schreiben, Botschaften übermütiger Gelassenheit, Nachrichten darüber, daß er alles, was ihn sterblich und also verwundbar machen konnte, hinter sich gelassen hatte.

»Ah, Freund! Welcher Augenblick! – Als Ihre Karte kam, was tat ich da ... Es war der berühmte Rubicon ...«

Er ging die vier, fünf Schritte in seinem Zimmer auf und ab wie jemand, der sich darin gefällt, nicht durch die Wände zu gehen. Die Stiege nahm er behutsam, mit durchgedrückten Knien, den Kopf hoch erhoben, er hätte fliegen können, aber dies wäre ihm billig erschienen. Und so ging er auch die Straße entlang, Schritt für Schritt, jedem Hindernis fast bis zur Umständlichkeit ausweichend. Er wollte die Passanten bitten, ihr zustimmendes Lächeln zu unterlassen, ihm fiel aber immer wieder rechtzeitig ein, daß er es selbst war, der sich begegnete, oder daß zumindest alle Dinge den Schein ihrer Unabhängigkeit nur wahren konnten, weil seine Bescheidenheit es verlangte. Dies hatte er notiert, aber nun war auch diese Notiz der Post übergeben.

Vor dem Palazzo Carignano sah er in das Gewimmel, und während er prüfte, ob es der Mühe wert war, diese Ansammlung menschlicher Unerheblichkeiten erschaffen zu haben, entdeckte er ein Pferd und wie dieses, da der Karren, den es ziehen sollte, zu schwer war, auf den vorderen Hufen ausrutschte und wie der Kutscher, erbittert vor Wut, mit einer Peitsche auf die Kreatur einschlug und wie sie bei jedem Versuch, das Unmögliche, das man von ihr erzwingen wollte, doch noch zu leisten, hoffnungsloser und endgültiger auf den Knien zusammenbrach. Es war ein Bild des Jammers.

Er ging auf den Kutscher zu und wollte ihn energisch zurechtweisen, wie er dazu käme, ein Tier, das in jeder Hinsicht höher stünde als er, derart zu quälen, und ob er nicht wisse… Aber plötzlich schien ihm das Gefühl der Allmacht, jenes Ausufern ins Unendliche wie das Spannen einer Feder, die, je mehr man sie dehnt, an Kraft und Widerstand zunimmt, bis sie jenen Zustand erreicht, wo sie zurückschlagen muß. Er konnte den Blick von der Peitsche nicht mehr wenden, das verzerrte Gesicht des Fluchenden, dieses unnachgiebige, bis in den äußersten Willen angestrengte Wüten, bäumte sich vor ihm auf wie eine Wand.

Nun sank sein Mut, der eben noch alle Grenzen überstiegen hatte, ins Unerhebliche. Er begann zu schluchzen, warf sich dem Pferd um den Hals, wobei er ins Stolpern kam, und als einige Männer ihn fassen wollten und als auch der Kutscher, ernüchtert durch die überfallartige Verzweiflung des Fremden, ihm hilfreich die Hand reichte, stieß er Schreie der Empörung aus. Er verfluchte die Welt, nannte das Tier seinen Bruder und hing, noch haltloser, noch unlösbarer mit dem Pferd verbunden, an dessen Hals, und jeder sah, daß hier jemand ein für allemal die Fassung seines Lebens verloren hatte.

Man brachte ihn auf sein Zimmer. Er war immer noch außer sich, konnte aber die Fragen, die man ihm nach Herkunft, Alter, Beschäftigung stellte, klar beantworten. Überhaupt schien es unnötig, sich um ihn, der immer wieder versicherte, er brauche Schlaf, einen tiefen, ausgiebigen Schlaf, sonst nichts, weiter zu kümmern. Eine halbe Stunde später lag er mit weit von sich gestreckten Armen reglos da, er atmete tief, ruhig, als wäre es ihm gelungen, seine übermäßige Wachheit noch einmal zu besänftigen.

Was träumte er? Unwichtig. Vielleicht sah er etwas Herbstliches. Oder ein Boot, das vom Ufer weggestoßen wurde. Ein, zwei stumme Zypressen … Er schrie auf, sprang vom Bett, und als er die Augen öffnete, als er das dämmrige Licht sah, das durch die kleinen Fenster in seine Stube eindrang, wußte er, daß er gestorben war. Er stand ganz still. Für Augenblicke nichts weiter als Erleichterung. Vorbei. Et in arcadia ego. Er hatte auch das letzte Problem hinter sich gelassen: die Zeit. Ein Lächeln, ein zustimmendes Nicken. Aber wer war er? Auch die Ewigkeit hatte einen Namen.

Er lief zu dem Stummen Diener, an dem seine Jacke hing, riß die Dokumente aus der Tasche. Die Hände zitterten ihm, als er sein passeport auseinanderfaltete, und was er nun lesen mußte, war allerdings entsetzlich. Da stand in einer steilen, allzu deutlich gehaltenen Schrift ein Name, den er kannte: FRIEDRICH WILHELM NIETZSCHE!

›Da hast du sie‹, dachte er und spürte einen Schlag und wie ihm ein eisernes Viereck (war es ein Spaten?) langsam, aber unwiderruflich durchs Gehirn zog. ›Da hast du sie, die ewige Wiederkehr des Gleichen, die du dir gewünscht hast. Und nichts wird sich ändern! Dieselbe Hölle der Einsamkeit!‹

Ihn fröstelte. Er rief nach dem Wirt, verlangte ein Glas Wasser, ließ es aber zurückgehen, weil es nicht durchsichtig genug war. Ein neues Glas Wasser! Dies trank er wie ein Fiebernder in ein, zwei Zügen leer, dann wies er schon mit hilfloser Geste auf seinen Magen und teilte dem Wirt mit, er hätte sich überanstrengt.

Auf dem Hof, den er nur mit Mühe, beide Hände gegen den Leib gepreßt, erreichte, mußte er sich übergeben, und es war ihm, als würde er in ein Meer von Übelkeit getaucht und als könne er diesen Zustand keine Sekunde länger ertragen. Er preßte den Ärmel seiner Bluse gegen den Mund, weil er wußte, daß heftige Konvulsionen folgen würden, dabei fiel sein Blick auf einen leeren Blumenkübel. Nun erst bemerkte er, daß ein Kind in unmittelbarer Nähe auf eben diesem Kübel saß und ihn mit großen Augen ansah, unbeweglich, gebannt vom Elend eines Erwachsenen. Er vergaß seine Beschwerden, war nun seinerseits gebannt von dieser ruhigen, selbstverständlichen Art zu staunen, er nickte mit dem Kopf und sagte:

»Ganz recht. Ja, so machen wir's. Die Welt ist verklärt, und alle Himmel freuen sich.«

Dann wandte er sich ab. Wehmut überfiel ihn, Selbstmitleid, seine Augen füllten sich mit Tränen. Er ging, so wie er war, ohne Jacke, die Ärmel seiner Bluse halb aufgekrempelt, in jene Osteria, in der er seit Tagen nur noch Wein und Brot, hin und wieder ein Glas Wasser zu sich genommen hatte.

Auf der Straße zeigte er sich beeindruckt darüber, daß ein derart unschuldiges, voraussetzungsloses Staunen, wie er es eben erlebt hatte, überhaupt möglich war und daß er den Zustand des Kindes an sich selbst nie erfahren hatte. Er hielt Ausschau, ob ihm das gleiche Erlebnis im Gedränge des Marktes, den er überquerte, noch einmal begegnen würde, aber er fand nichts.

In der Osteria setzte er sich stumm an einen Tisch, und als der Cameriere ihm mit einem Lächeln, ohne zu fragen, alles Gewohnte, die gefüllte Karaffe, die Schale mit dem Brot, das Salz, vorsetzte, fühlte er sich wie ein reumütiges Kind, das nach einer langen, langen Zeit der Widersetzlichkeit Abbitte zu leisten gewillt ist.

»Mein Herr«, sagte er, »was ein Genie seinem Zeitalter übelnimmt, übelnehmen muß, ist nicht das Unverständnis, sondern das geringschätzige Lächeln, das dieses Unverständnis begleitet. Ich habe Bücher geschrieben, so tief, so in Sprache abgefaßt, ich verbeuge mich vor mir selbst, ich habe keinen Bedarf nach fremden Verbeugungen. Aber das gewisse Lächeln, mein Herr, dieses gewisse Lächeln hat mich zum Hammer greifen lassen.«

»Certo, certo«, antwortete der Cameriere und ging fort.

Nietzsche wollte dessen Hand ergreifen, faßte aber ins Leere. Einen Augenblick lang verharrte er in dieser Geste der Ergebenheit, die ihm verhaßt war, Rücken und Kopf gebeugt, die Augen halb geschlossen, dann richtete er sich auf.

»Ecce Homo! Ein Talent haben ist nicht genug, man muß auch eure Erlaubnis dazu haben, wie, meine Freunde!« rief er höhnisch und musterte alle, die in dem engen Raum saßen, in einer Weise, als hätten sie sich ihm gegenüber durchaus zu verantworten.

Man sah ihm zu oder tat doch zumindest alles, um einen offenbar gereizten Gast, dessen Sprache niemandem geläufig war, freundlich zu behandeln. Dies bemerkte er. Er wollte noch etwas sagen. Er wollte darauf hinweisen, daß er bereit sei, nicht immer nur über sich selbst zu reden. Er liebe sich nicht so sehr, wie es den Anschein habe. Er bewundere vielmehr die stillen, zarteren Naturen, jene, die lieber vergehen, bevor sie sich unter die Erde lächeln lassen, die in der Einsamkeit ihren Peinigern Werke hinterlassen, die diese dann, jetzt im Lächeln der Anerkennung, als Produkt ihrer Verständigkeit anpreisen. Diese Naturen, wollte er sagen, sind ausbeutbar, ja ihre stille, zarte Demut ist geradezu ihre List und Rache, da sie durch das Eigenlob ihrer Ausbeuter wieder auf diese Welt zurückkommen. Sie geben sich aus Klugheit von vornherein auf, sie leben nach ihrem Tode, sie würden niemals einen Hammer in ihre Hände nehmen, aber er hatte nicht die Kraft, über das Lächeln seiner Peiniger hinwegzukommen!

Dies wollte er sagen, aber er schwieg. Auf der Straße fuhr ein Landauer vorbei, der von Kindern umringt wurde, und das Geschrei, das sich über den Anblick eines solch aufgeputzten Gefährts, es war eine Hochzeitskutsche, erhob, ließ die Pferde ängstlich werden, die, unter den anfeuernden Rufen ihres Herrn, irritiert und beunruhigt vorwärts tänzelten.

Er sah hinaus, aber mit verständnislosen Augen. Er wirkte verloren, wie beziehungslos zu der ihn umgebenden Szenerie, ihn bedrückte das Links und Rechts, die ihn fast berührende Anwesenheit der Gäste. Er kämpfte gegen eine Verspannung in der Gegend des Nackens, weil er fürchtete, diese Unpäßlichkeit würde, wie so oft, zu einem Krampf ausarten und seine Augen behindern. Er wußte, daß dieser Kampf aussichtslos war, wenn er jenes Gefühl, minderwertig zu sein, das ihm durch die Nichtachtung seiner Zeitgenossen aufgezwungen worden war und das seiner Selbsteinschätzung auf das heftigste widersprach, nicht loswerden konnte. Aber dieses unsichtbare Tier, das ihm Augen und Nacken verspannte, das sich von seiner Eigenliebe losgerissen und gegen ihn sich gerichtet hatte, das er in unzähligen Reflexionen, aber auch durch Spott und durch den Hinweis auf dessen Nichtigkeit, ja Grundlosigkeit, nicht hatte bändigen können, dieses Tier drohte nun wieder anzuwachsen.

Er verließ die Osteria, um sich Bewegung zu verschaffen, ging aber nur wenige Schritte und betrat eine Kirche. Die Dunkelheit, die von schmalen, bleigefaßten Fenstern und einigen brennenden Kerzen erträglich gehalten wurde, war ihm angenehm. Er blieb in der Nähe des Portals stehen und sah, wie eine Bäuerin mit fast am Boden schleppenden Röcken, das Gesicht fest eingeknotet in ein schwarzes, wollenes Tuch, zum Weihwasserbecken trat, hineinfaßte, um sich mit nassen Fingern zu bekreuzigen. Sie sah kurz zu ihm hin, aber es war ein Blick ohne Bedeutung, denn sie ging schon zu einer der Bänke, beugte die Knie, um den Marienaltar zu grüßen, senkte den Kopf und betete.

Wie lange dies ging, wußte er nicht. Er sah nur immer auf die gebückte Gestalt, und das ruhige Verharren der Frau zog ihn unwiderstehlich an. Er beneidete sie um ihre Demut und hatte gleichzeitig Angst, etwas zu verlieren. Er fühlte sich leer, matt, wollte sich setzen, wagte aber nicht, auf eine der Bänke zuzugehen.

›Dies‹, dachte er, ›kann unmöglich die Wiederkehr meinesgleichen gewesen sein. Man hat mich betrogen. Ich war mehr, als ich jetzt bin.‹

Und er begann zu suchen: Worin war er einst unverwechselbar? Was hatte ihm das Leben erträglich gemacht? Hatte es einen Ort gegeben, an dem man verweilen konnte? Was hatte er getan, um dessentwillen es sich lohnte, es noch einmal zu tun?

Er stürzte ins Freie, hastete die Trottoirs entlang, wobei er von der Vorstellung nicht loskommen konnte, er müsse Raum gewinnen, er würde ersticken, wenn er jenes Etwas, das auf seinem Gedächtnis lastete, nicht von sich warf. Er wollte auf sein Zimmer zurück. Er überquerte die Piazza Carlo Alberto, erreichte das Tor mit dem Lorbeer, aber es gelang ihm nicht, das Eisen, mit dem er klopfen mußte, damit man ihm öffnete, zu berühren. Er lief noch einmal um das Haus, das ihn beherbergte, sah das Fenster zu seinem Zimmer, konzentrierte all seine Sinne, um das Eisen doch noch zu fassen. Er tat es heftig, mit solcher Ungeduld, daß das Tor aufgesprungen wäre, hätte man ihm nicht rechtzeitig geöffnet.

»Ja, ja«, sagte er, »ja, ja«, und ging weiter.

Auf den letzten Stufen der Stiege mußte er innehalten. Er rang nach Atem, Schweißperlen fielen ihm von der Stirn. Aber er sah die Sonne. Ja, es war die Sonne, die ihm durch den Türspalt entgegenfiel. Ein letztes Aufbäumen, ein unwiderrufliches Drängen mit der Schulter gegen das harte Holz, ein Schmerz – dann gab alles nach... Er stand mitten im Zimmer.

»Gut, daß du gekommen bist«, sagte eine schwarze, hochaufgerichtete, in allen Mitteln der inneren und äußeren Beherrschtheit formvollendete Gestalt, die auf dem Kanapee saß und die, obwohl sie lächelte, ganz unverkennbar und ohne daß man diese Tatsache zu überprüfen genötigt war, auf böse Weise faszinierte.

»Gut, daß du gekommen bist«, sagte sie, und Nietzsche bemerkte, daß er sich getäuscht hatte: Es gab keine Sonne, es war längst Nacht geworden.

Der Fremde rauchte, führte die Zigarette, die er in der linken Hand hielt, in regelmäßigen Abständen zum Mund, zog daran mit einer Miene eisigen Gleichmuts, und man sah, daß er die Lebensmitte bereits überschritten hatte. Die kurzgeschnittenen Haare waren in einer Weise frisiert, daß sie glatt auf dem schmalen, langgestreckten Schädel zu liegen kamen, das Gesicht war ebenmäßig, aber mit etwas zu scharfer Kontur, die Augen wirkten flach, ohne Güte, oder besser: Hier zeigte sich am deutlichsten, daß dieser Mann entschlossen schien, seinem vorgefaßten Willen, was dieser auch immer zu bedeuten hatte, bis zum Letzten Geltung zu verschaffen.

»Du bist Zarathustra«, sagte Nietzsche.

»Nein«, sagte der Fremde, »ich bin nicht Zarathustra.«

»Aber du willst mich in das Engadin zurückholen!«

»Nein«, sagte der Fremde, »vergiß das Engadin.« Er zog ein silbernes Etui aus seiner Jackentasche, das er mit langen, feingliedrigen Fingern öffnete, und während er noch die halbaufgerauchte Zigarette an der Innenseite des Deckels ausdrückte, löste er schon eine neue aus dem Gummiband. Ein hartes Zuschnappen, ein rasches Zurückgleitenlassen des Etuis, der Griff nach dem Streichholz.

Nietzsche sah ihm zu, sah die kleine Flamme und wie diese ihm alle vertrauten Gegenstände wieder vor Augen brachte und zurechtrückte. Er fühlte sich geborgen in der selbstverständlichen Ruhe und Sicherheit dieses Fremden, er hätte mit ihm eine Ewigkeit so dasitzen können.

»Ja, mein Herr«, sagte er, »das Engadin! Man schwärmt davon, aber wer hat sich die Mühe gemacht zu prüfen, wie meine Welt eigentlich aussieht? Ich sehe hinunter, über Hügelwellen, gegen einen milchgrünen See hin, links Felshänge, Schneefelder über breiten Waldgürteln, rechts hoch über mir zwei ungeheure, beeiste Zacken – alles groß, still, hell. Unwillkürlich, was wäre natürlicher, stellt man in diese reine, scharfe Lichtwelt griechische Heroen. – Vorbei. Et in arcadia ego. Verstehen Sie meine Einsamkeit? Ich kam aus Naumburg. Kennen Sie Naumburg? Mein Vater war Pfarrer. Kennen Sie das Christentum? Mein Lehrer war Ritschl. Kennen Sie die herkömmliche Philologie? Kennen Sie Leipzig? Dann kennen Sie die menschliche Steppe. Mein Herr, Napoleon war gestorben, mit Mozart war die Musik von mir gegangen, ich habe Wagners Arien getrunken, wie ein

Verdurstender Wein trinkt, und doch sind meine Lippen verdorrt. Der Rest war rasender Kopfschmerz.«

Für längere Zeit blieb alles still. Nietzsche saß unbeweglich und sah auf das Kanapee, und die Dunkelheit war derart, daß er nicht wußte, ob er sich noch in Gesellschaft befand. Hoch über seinem Kopf, weit in der Luft, ging ein Donner in schwachen Wellen wie bei einem Gewitter, dessen Kraft gebrochen war.

»Ich bitte um Entschuldigung«, flüsterte er, »ich wollte niemanden kränken. Ich wollte eigentlich nur über das Engadin sprechen und über ein gewisses Gefühl... Mein Herr, kennen Sie dies Gefühl: Man bittet um Salz, bekommt aber doppelt und dreifach Pfeffer? Man wird gesund, findet aber keinen Ausweg aus dem Spital? Man möchte heiraten, aber die Welt hat die Regeln des Aufgebots vergessen? Es ist dies ein Gefühl, mein Herr, an dem ein Mensch wahnsinnig werden kann.«

Der Wirt kam, brachte eine brennende Kerze, fragte den bewegungslos Dasitzenden, ob ihm nun wohler sei oder ob er nach einem Arzt rufen solle. Er bekam keine Antwort. Als er das Fenster, das einen Spaltweit geöffnet war, schließen wollte und dabei in die Nähe des Kanapees trat, bat Nietzsche ihn, indem er die Hand hob, stehenzubleiben. Man möge ihn als Gefangenen betrachten, sagte er, und die Tür sorgfältig gegen ihn schließen, denn er hätte das Verbrechen begangen, über den Menschen nachzudenken.

Der Wirt verließ das Zimmer.

»Vergiß, daß du ein Mensch bist«, sagte der Fremde. »Hör auf zu denken. Wer über den Menschen allzu gründlich nachdenkt, endet im Wahnsinn.«

»Aber ich bin ein Problem«, sagte Nietzsche. »Und was für mich gilt, muß ebensogut für die anderen gelten.«

»Der Mensch ist kein Problem«, sagte der Fremde, »er ist das Unmögliche.«

Nietzsche versuchte, sein schemenhaftes Gegenüber mit hellwachen Augen zu fassen, aber auch jetzt, im Schein der Kerze, sah er nichts anderes als formvollendete Kälte und wie der andere, während er ihn ansah, den Blick auf eine Weise erwiderte, die ihm das Gefühl gab, überflüssig zu sein.

Dies konnte er nicht ertragen. Er stand auf, prüfte, ob die Bretter unter seinen Füßen ihn hielten, er hatte Angst, ins Bodenlose zu fallen. ›Denn wo der Mensch das Unmögliche ist‹, dachte er, ›beginnt der freie Fall.‹

»Ich muß mich halten«, rief er, und gegen den Fremden gerichtet: »Du hast nicht das Recht, mir Vorwürfe zu machen, weil ich mir das Unmögliche abverlangt habe.«

Er stürzte zum Kanapee, entschlossen, die impertinente Unnahbarkeit des Fremden zu brechen.

»Du bist ein Träumer«, rief dieser noch und lachte. »Du wirst deinen Zarathustra nie von Angesicht zu Angesicht schauen.«

Aber dann war er schon ausgelöscht, und Nietzsche saß selbst als der andere da, saß mit angehaltenem Atem und versuchte, nicht mehr zu denken. Er hörte sein Herz schlagen, und ein Gewisper, tief, ganz tief unten in seiner Mitte, flüsterte ihm zu, daß sein Denken durchaus kein geringes sei und daß er mit seinem Zarathustra das Unmögliche möglich gemacht hatte. Er hörte alles genau und mit wachsender Aufmerksamkeit, wollte aber nichts davon zulassen.

›Noch nicht‹, dachte er. ›Sie sollen nur kommen, meine liebsten Gedanken, ich werde die Tür gegen sie zusperren. Es soll ihnen nicht erlaubt sein, mich wieder auseinanderzureißen.‹ Und er hielt seinen Kopf zwischen beide Hände wie zwischen eiserne Klammern gepreßt. Aber die Stimme, ach jene Stimme, die er allzu gut kannte, wurde lauter und flehte in einer Weise …

»Ich bin Zarathustra«, rief es, »kennst du mich nicht mehr? Hast du vergessen, wie glücklich wir waren? Töte mich nicht! Ich bin Ein-aus-dem-Gedanken-Geborener!

Oh Lebens Mittag! Zweite Jugendzeit!
Oh Sommergarten!
Unruhig Glück im Stehn und Spähn und Warten!
Der Freunde harr ich, Tag und Nacht bereit,
Der neuen Freunde! Kommt! 's ist Zeit! 's ist Zeit!

Dies Lied ist aus – der Sehnsucht süßer Schrei
Erstarb im Munde:
Ein Zaubrer tat's, der Freund zur rechten Stunde,
Der Mittags-Freund – nein! fragt nicht, wer es sei –
Um Mittag wars, da wurde Eins zu Zwei …«

Er wollte die Hände lösen. Alles, was ihn eben noch bleischwer niedergehalten hatte, begann nach oben zu drängen. Der Kopf, eben noch ein allzu enges Gefäß, weitete sich inwendig. Aber nun fiel ihm ein, daß er seine liebste Erfindung aus Not geboren hatte, aus übermächtiger Sehnsucht nach Nähe zum Menschen, und daß er die Einsamkeit, unter der er litt, derart eindringlich, unwiderruflich predigen ließ, weil man ihm diese Nähe verweigert hatte. Und die Jahre vergingen. Die Zeit konnte ihn nicht heilen. Und doch mußte er, bei Strafe des Untergangs, die ihm gemäße Art der Genesung finden.

»Oh«, rief er, »oh! Warum muß man sich immer und immer wieder einen Freund erschaffen? Gibt es denn keine Möglichkeit, ein Mensch unter Menschen zu sein? Oder man wird zum Verbrecher«, fügte er hinzu. »Da man in diese Welt nicht paßt, vielleicht macht man sich diese Welt passend? Auch eine Möglichkeit, vielleicht die kürzeste.«

Ja, da war sie wieder, die Lust, mörderische Gedanken gegen all jene auszuschicken, die ihm das Leben unerträglich gemacht hatten. Er wollte den Fremden zurückholen, den er eben noch ausgelöscht hatte, er wollte mit ihm eine Möglichkeit zur Flucht aus seinem Verhängnis besprechen. Ob man den Menschen durch Mord bessern könne, wollte er wissen, und ob der Wunsch, den er jetzt öfter verspüre, nämlich mit diesem und jenem Verbrecher einig zu sein, etwas Ehrenrühriges hätte? Und ob man wisse, daß er mit all seinen Gedanken der Welt lediglich einen neuen Begriff hatte geben wollen: den eines anständigen Verbrechers.

Aber der Fremde antwortete nicht mehr, und dies machte ihn besorgt. Er begann sich zu verbeugen, leicht, freundlich, in Richtung gegen den Stuhl, dann gegen die Tür hin, und bat ihn wiederzukommen. Er entschuldigte sich für seine unangemessene Gereiztheit. Er wäre nun, versicherte er, vollkommen von der Unmöglichkeit seiner Existenz überzeugt, besonders aber davon, daß das Alleinsein keine Art zu leben genannt werden könne, und daher hätte er jetzt, nachdem er so vermessen gewesen sei, das

Unmögliche doch wieder einmal zu wagen, den Wunsch nach angenehmer Gesellschaft.

Er bekam keine Antwort.

Mondlicht fiel ins Zimmer, die Schatten der Möbel umstanden ihn stumm, wie unverrückbar, und auch er selbst bewegte sich nicht mehr. Er sah den Mond und wie dieser seine Leblosigkeit mit selbstverständlicher Ruhe zur Schau trug. Er übersah die Dächer der Stadt bis zum Fluß, den Corso Regina Margherita und den Dom, der wie ein schwarzer Fels hoch aufragte, dahinter, ganz im Dunkeln, ganz unbestimmt, einen Wald Zypressen. Über allem aber lag wie ein steinernes Grabmal der Mond, und immer wieder war es der Mond, der ihn daran erinnerte, daß diese Welt auch und vor allem durch ihre Leblosigkeit bezaubern konnte.

›Warum sind meine Wünsche immer nur auf das Leben gerichtet‹, dachte er. ›Der Tod ist die Harmonie der Dinge.‹

Und nun schien ihm die Reglosigkeit, in der er verharrte, der einzige Zustand zu sein, in dem man überdauern konnte. Die kalte Luft, die plötzlich durchs Fenster eindrang, tat ihm wohl, und für Augenblicke war ihm alles, was er fühlte und sah, ununterscheidbar miteinander verwoben. Er wurde müde. Es verlangte ihn danach, einfach so dazustehen und mit geöffneten Augen zu schlafen.

Dies ging eine Stunde und länger, und als der Mond gegen Westen hin über dem Gebirge verschwunden war, stand er immer noch da, und alle Konturen, die Mühe hatten, sich gegen die Dunkelheit, die nun herrschte, zu behaupten, verwandelten sich vor seinen Augen ins Unwirkliche.

Er sah einen See, schwarz, abgründig tief, und fühlte, daß er sich auf einem Boot befand und wie dieses sich unter leichtem, angenehmem Schaukeln auf eine Mitte zubewegte, die von uralten Bäumen umstanden war. Vor ihm saß eine Gestalt, die mit sanften, aber nachdrücklichen Bewegungen ruderte, und er wunderte sich, daß er ihr Gesicht nicht sehen wollte, obwohl sie es ihm ständig zugewandt hielt. Als er sich der Mitte näherte, versuchte er, durch das dichte Geäst hindurch zu ergründen, wohin man ihn ruderte. Aber er sah nichts, und dies genügte ihm. Er berührte das Wasser, ließ es durch seine Finger gleiten, beugte sich über das leichte, ach allzu leichte Boot, das ihn davor bewahrte zu fallen, und wollte nichts weiter als diese Fahrt, auf ein Ziel zu, das es nicht gab, das aber auf geheimnisvolle Weise von Bäumen umstanden war.

»Ariadne«, flüsterte er, »ich liebe dich.« Und: »Ich suche nach einer Ewigkeit für Jegliches. Warum sollten die kostbarsten Salben und Weine für immer verloren sein. Das Meer spült sie wieder heraus.«

Am nächsten Morgen saß er am Fluß und erkundigte sich nach dem ruhenden Gewässer. Es gäbe hier kein ruhendes Gewässer, antwortete man ihm, aber er nickte immer nur mit dem Kopf und sagte: Doch, doch, es läge ja zum Greifen nahe, und wann endlich das Boot käme, wollte er wissen.

Man zuckte mit den Achseln und ließ den Verwirrten, so wie er war, die Haare aufgeweht, den Mantel mit verdrehten Ärmeln über der Schulter, am Ufer gewähren. Er aber tat, als ginge ihn, was in seinem Rücken passierte, nichts an, und kauerte mit angezogenen Knien, auf denen die Ellbogen ruhten, wie versteinert, wie in nicht rückgängig zu machender Abwesenheit, an der äußersten Grenze des Ufers.

Die Zuversicht, die er während der Nacht gewonnen hatte und die ihn auch jetzt noch, nach einem kurzen, bewußtlosen Schlaf, gefangenhielt, wurde durch eine neue Irritation aufgezehrt, gegen die er sich wehrte.

Es begann damit, daß er fror und ein Zittern seiner Hände nicht unterdrücken konnte. Es beunruhigte ihn, daß der Fluß sein Wasser so rasch an ihm vorbeidrängte, und das Glitzern auf den Wellen tat seinen Augen weh. Er wollte sie nicht schließen und sah immer intensiver, immer ungehaltener auf jene tausend Irrlichter, die von der Sonne angefacht und wieder ausgelöscht wurden. Warum wollte das Gewässer nicht stillstehen? Dies empörte ihn. Er wollte mit beiden Fäusten in die Wellen greifen, um sie anzuhalten, er drohte der Sonne, er würde sie ausblasen, wenn sie es nicht unterließe, seine Augen zu belästigen. Dabei erhob er sich und spürte wieder, wie er wuchs, und wunderte sich darüber, daß andere dies Gefühl, bis ins Grenzenlose bedeutend zu sein, nicht teilen wollten. Er wünschte Zeugenschaft, sofort und ohne irgendwelche Ausflüchte. Man sollte ihm zusehen, dem Augenschein trauen, dann würde man bestätigen müssen, was er jetzt sage: Es bereiteten sich in ihm ungeheure Dinge vor!

Dies rief er einigen Fischern zu, die damit begannen, ihre Netze am Flußufer abzustecken. Sie beachteten ihn nicht, aber er wollte sich Gehör verschaffen.

Er verließ die Wiesen über eine steinerne Treppe, erreichte die Stadt und rief in den Straßen nach dem Fremden, immer nur nach dem Fremden, von dem er behauptete, dieser müsse sich ganz in der Nähe aufhalten, denn er hätte ihn, Friedrich Nietzsche, eben noch durch seine Anwesenheit geehrt. Er müsse ihn finden, versicherte er, denn dieser Mann hätte ihm Dinge gesagt, die, wenn er sie ausplaudern würde, durchaus geeignet seien, der Welt brennende Fackeln aufzusetzen.

Ob man sich der Konsequenzen bewußt sei: Der Mensch ist das Unmögliche und damit eine Sache der Form. Gut oder Böse, man entscheide sich! Die Güte sei der Welt abhanden gekommen, aber der Fremde sei durchaus jemand, man solle ihm nur ins Gesicht sehen, der den Willen zum Bösen bis in jene Ruhe hinein verfeinert hätte, die selbst durch den eigenen Untergang nicht mehr zu erschüttern sei. Dies hätte ihn beeindruckt. Er selbst habe sich, da die Deutschen ihm jede Form zu leben verweigerten, für den Wahnsinn entschieden. Aber man solle deshalb nicht gering von ihm denken. Auch der Wahnsinn trage, und dabei wies er auf seinen Mantel, die Attribute der Gewalt und der rücksichtslosen Verneinung all dessen, was seiner Form nicht angehört, offen zur Schau. Ja, er erwäge, ob der Wahnsinn nicht der einzig mögliche Weg sei, den Menschen in sich zu überwinden. Er habe versucht, über andere Möglichkeiten nachzudenken, aber man solle ihm glauben, wenn er sage: Man kann auf dieser Welt kein Mensch unter Menschen sein!

Man riet dem seltsamen Passanten, ruhiger zu werden, wobei man seinen euphorischen Eifer ratlos zur Kenntnis nahm. Er dankte, aber wie jemand, der nicht einsah, warum dies nötig sein sollte, und jede Berührung, jedes freundliche Wort schien ihm überflüssig. Auch die Gesellschaft des Fremden fand er kaum noch der Mühe wert.

Wenig später, in der Nähe der Kirche, die er gestern betreten hatte, jetzt aber unbeachtet ließ, war es ihm, als würde der Fremde folgen, in der Absicht, ihn mit den Händen zu berühren. Aber dies interessierte ihn nicht mehr. Was sollte jener ihm sagen, das er nicht schon wußte? Ihm, der wieder in der Zuversicht war, Gott zu sein, Ursprung und Einheit aller Dinge!

Er ging schneller und schneller. Wie lange dies dauerte, wußte er nicht. Er bemerkte nur, wie eng Turin war und daß er die Stadt, die er liebte, aber offenbar überschätzt hatte, mit drei, vier Schritten von ihrem Anfang bis zu ihrem Ende durchmessen konnte. Mitunter hatte er den Eindruck, er ginge im Kreis, damit die Beengtheit, die ihn störte, einigermaßen gemildert wurde. Aber dann fand er doch, man bewege sich im Quadrat besser.

Er wußte, man schrieb die ersten Januartage 1889. Auch er fand das Wetter strahlend, aber die Gebrochenheit, die dem italienischen Himmel aufgenötigt wurde, weil die Sonne den Horizont nicht mehr hinter sich lassen konnte, fand er skandalös. Dies wollte er bessern. Aber nicht heute, später, später.

Am folgenden Tag kam Overbeck, um den kranken Freund abzuholen. Nietzsche wehrte sich heftig, denn er sah keinen Grund, über die Alpen nach Basel zu reisen. Man bestand darauf.

Als er das Gebirge sah, war es ihm, als näherte er sich einer Wand, hinter der es nichts mehr gab, um dessentwillen es sich lohnte, so übermäßig besorgt zu sein. Er wurde ruhiger. Aber es war der Beginn jener Ruhe, in der die Gedanken sterben.

Ingrid Noll
Die Sekretärin

Ich freute mich sehr, als Eva anrief. Wir hatten uns zwar ein wenig aus den Augen verloren, aber im Grunde waren wir seit unserer Kindheit gute Freundinnen. Sie tat geheimnisvoll. »Wir müssen uns unbedingt sehen, ich habe dir etwas zu sagen, was sich nicht fürs Telefon eignet.« Keine Frage, daß ich diesem Treffen voller Neugierde entgegenfieberte.

Wenige Tage später saßen wir auf meinem Balkon, tranken Campari-Orange und sprachen von alten Zeiten.

»Du warst doch mal die Sekretärin von Bolle ...«, fing sie an. Ich nickte und verzog schmerzlich das Gesicht. »Ich weiß Bescheid«, sagte Eva, »du hast es mir beim letzten Klassentreffen ausführlich erzählt. Er war ein –«

»Mit A fängt's an«, sagte ich.

Bolle hieß eigentlich Dr. Siegmar Bollberg und war vor zwanzig Jahren längst nicht so bekannt wie heute, wo er es zum Minister gebracht hat. Damals war er noch jung und ich kaum erwachsen. Klar, daß ich mich in meinen ersten Chef sofort verliebte. Wie er mich glauben ließ, war er unglücklich verheiratet, und darum spielten wir das uralte Theaterstück: Jugendliche Naive geht mit ihrem Vorgesetzten ins Bett und macht sieben Jahre lang Überstunden wie eine Weltmeisterin.

»Was ist ihm passiert?« fragte ich, denn es hätte mich nicht gewundert, wenn dieses Energiebündel, durch und durch eine charismatische Erscheinung, ehrgeizig und karrierebewußt, nun endlich auf die Schnauze fiel. Nach mir hatte er, wie ich aus zuverlässiger Quelle wußte, eine Vielzahl ergebener Frauen ausgebeutet – sowohl für sexuelle als auch betriebliche Sonderleistungen.

»Es ist zwar jammerschade«, meinte Eva, »aber der Fuchs ist zu schlau, um sich erwischen zu lassen. Doch jetzt gehe ich zum delikaten Teil meines Anliegens über, aber du darfst mit keiner Menschenseele darüber sprechen.« Begierig schwor ich Stillschweigen. Eva arbeitete bei einem privaten Fernsehsender als Redakteurin. Sie hatte die Aufgabe, eine Art Talk-Show vorzubereiten. »Die Sendung ist keine neue Idee«, sagte sie, »die Konkurrenz macht seit Jahren etwas Ähnliches. Eine Persönlichkeit des öffentlichen Lebens wird vorgestellt, in unserem Fall Bolle. Zur Auflockerung werden Überraschungsgäste eingeladen, also Weggefährten aus der Vergangenheit, etwa ein ehemaliger Lehrer, das alte Mütterchen, der verschollene Jugendfreund und so weiter. Bei Bolle möchte ich fünf Sekretärinnen gemeinsam antreten lassen, die ihn als verantwortungbewußten Chef und gütigen Menschen preisen.«

»Ohne mich«, sagte ich, »die Lüge bliebe mir im Halse stecken.«

Eva lachte. »Paß auf, es kommt ja noch besser! Im Grunde bin ich vertraglich verpflichtet, über Berufsgeheimnisse den Mund zu halten. Aber neulich habe ich nach einigen Gläschen Wein im Familienkreis über diesen geplanten Auftritt geplaudert. Mein Schwager ist zwar in der gleichen Partei wie Bolle, aber es gibt dort eine Gruppe, die ihn lieber heute als morgen absägen möchte.«

Ich riß die Augen auf, jetzt hieß es gut aufpassen. »Was hat das alles mit mir zu tun?« fragte ich mit leichter Ungeduld.

»Du könntest ein paar Sätzchen vorbringen, die den guten Bolle in einem neuen Licht erscheinen lassen. Damit hättest du erstens die Möglichkeit, dich an ihm zu rächen, zweitens würden dir bestimmte Interessenten eine Erfolgsprämie garantieren.«

Wir schwiegen beide. Wenn ich richtig verstanden hatte, sollte ich nicht in das allgemeine Loblied auf Bolles Humanität und Kompetenz einstimmen, sondern genau das Gegenteil tun: ihn fertigmachen.

»Wie denkst du dir das?« fragte ich furchtsam, denn ich bin nicht sonderlich mutig. Eva erklärte mir das Procedere. Zuerst sollte Bolles Lebensweg von der Grundschule bis zum Ministeramt kurz vorgestellt werden. Dann trete als erster Gast sein Bruder, ein Franziskanermönch, vor die Kamera und erzähle vom Elternhaus in einem Münchner Vorort und von gemeinsamen Jugendstreichen. Als nächstes falle die Tochter, Studentin in den USA, ihrem Papa um den Hals. Das Highlight sollte eigentlich der Bundespräsident sein, der jedoch bereits absagen ließ. Im Gespräch seien ferner ehemalige Skatbrüder oder Freunde aus einer studentischen Verbindung.

»Als Abschluß plane ich den spektakulären Auftritt der Sekretärinnen, von dreien habe ich schon die Adresse. Man könnte euch alle gleich anziehen, ich dachte an ein dunkelblaues Nadelstreifenkostüm mit rosa Seidenschal, das ihr selbstverständlich behalten dürft. Natürlich erwartet man, daß auch alle etwas Ähnliches sagen – etwa so: ein energischer, aber auch großzügiger Chef, Perfektionist in der Sache, jedoch mitfühlend, absolut integer, herzlich und blablabla. Dann kommt deine große Stunde: Sobald das Lämpchen deiner Kamera aufleuchtet, sagst du völlig überraschend, was du schon lange auf dem Herzen hast. Es ist eine Live-Sendung. Wenn du einmal im Bild bist, wird man nicht gleich abblenden. Dein erster Satz kann ihn ruhig in Sicherheit wiegen, also beispielsweise: ›Es war eine schöne Zeit mit Ihnen, Herr Bollberg!‹ Und dann folgt ruck, zuck!, was er für ein Schweinehund war.«

Das stimmte. Ich hatte ein Kind von ihm abgetrieben und war kurz darauf in eine andere Abteilung »weggelobt« worden. Meine Nachfolgerin war ebenso jung und dumm, wie ich es anfangs gewesen war.

Mir klopfte aber jetzt schon das Herz. »Eva, die Idee gefällt mir zwar gut, doch wer bin ich denn, daß ich mich mit den Mächtigen anlegen kann? Erstens verliere ich meinen Job, und zweitens wird mich Bolle wegen übler Nachrede oder Verleumdung verklagen!«

Eva versuchte, mich zu beruhigen. Im Falle einer Anzeige werde man mir die Prozeßkosten und den besten Verteidiger bezahlen. Überdies – sie senkte ihre Stimme zu einem Flüstern – sei die Gratifikation von einmaliger Höhe. Mit roten Ohren nannte sie einen Betrag, den sie mir noch zweimal wiederholen mußte.

Daraufhin beschloß ich, das Wochenende zum Nachdenken zu verwenden. Eva wollte sich am Montag wieder melden.

Natürlich konnte ich nicht schlafen. Wie im Film sah ich mich vor Bolle stehen und ihm meine aufgesparten Vorwürfe mit überschnappender Stimme ins Gesicht speien: wie er besoffen ins Auto gestiegen war, einen Radfahrer angefahren und Fahrerflucht begangen hatte. Wie er seine Frau belogen, seine Sekretärinnen verschlissen und öffentlich gegen Schwangerschaftsunterbrechungen gewettert hatte, die er bei seinen privaten Affären für selbstverständlich hielt.

Gut, da stand ich also als hysterischer Racheengel im Rampenlicht, verbittert, nicht mehr jung, von Eifersucht und Mißgunst gezeichnet. Machte ich eine gute Figur? War eine abgehalfterte Geliebte eine glaubwürdige Zeugin? Die zahllosen verstoßenen Frauen von Königen, Schahs oder Politikern waren nur dann Sympathieträger, wenn sie mediengerechten Glamour wie Lady Di oder Soraya ausstrahlten.

Das allgemeine Mitgefühl und Wohlwollen würde sofort Bolle gelten. Alkohol am Steuer? Ein Kavaliersdelikt; der Radfahrer war ja nicht gestorben. Ein Frauenheld in der Politik? Wie schön! Es gibt in Deutschland viel zuwenig Clintons und Kennedys. Ehefrau hintergangen? Na und? Wer würde diesen arroganten Drachen nicht ebenfalls betrügen? Ausbeutung der Untergebenen? Tut doch jeder, der ein bißchen clever ist. Ohne zu delegieren, ist noch keiner groß geworden.

Die Wahrheit war so banal, daß ich keinen Blumentopf

damit gewinnen konnte und auch meine anonymen Auftraggeber keinen Anlaß hätten, eine derart fette Summe auszuspucken. Ich beschloß, mich zu drücken.

Eva war entsetzt. »Auf keinen Fall, ich beschwöre dich! Wie stehe ich da, wenn du auch noch abbröckelst! Bis auf eine einzige Sekretärin haben alle einen Rückzieher gemacht, leider auch Bolles Kollegen! Wenn du nicht genug Mumm hast, um ihm die Leviten zu lesen, dann mach einfach nur ein betont muffiges Gesicht. Denk doch mal: Flug, Übernachtung im Kempinski, Nadelstreifenkostüm. Und als Krönung der Scheck!«

Wer kann bei einem neuen Kostüm widerstehen? Laut Evas Empfehlung wollte ich derart gequält und wortkarg über meine verflossenen Dienstjahre sprechen, daß auch ohne großartige Anklage demonstriert wurde: Das war keine gute Zeit.

Schließlich war es soweit. Mit den anderen Gästen wartete ich in einem Nebenraum des Studios und verfolgte am Monitor den Auftritt unserer Vorgänger. Eva saß bei uns, tat aber vorsichtshalber so, als würden wir uns nur flüchtig kennen. Alles lief programmgemäß. Bolle thronte gutgelaunt mit Ehefrau und Moderator am runden Tisch und trank Mineralwasser, als Profi kannte er kein Lampenfieber. Seine puppig geschminkte Frau weilte wohl dank eines Tranquilizers nicht in dieser Welt, während sich der Ordensbruder als amüsanter Entertainer erwies. Die Tochter mußte sich noch eine Weile mit uns im Warteraum gedulden. Bei Bolles Worten: »Das Wichtigste in meinem Leben war immer die Familie!« sprühte sie in einem Anflug von

Wut ihrem Bildschirmvater eine Ladung Cola ins Gesicht, enthielt sich aber eines Kommentars. Das brachte mich jedoch dazu, in aller Eile einen teuflischen Plan zu schmieden.

Gemeinsam mit Bolles jetziger Sekretärin betrat ich schließlich die Arena, angekündigt als die erste und die letzte Schreibtischdame. Zwillingsmäßig gekleidet, identisch frisiert, aber im Alter durch zwei Jahrzehnte getrennt, gesellten wir uns als doppelte Miss Moneypenny zu Bolles Hofstaat.

Ich hörte kaum, was meine Kollegin sagte, sah aber das erwachende Mißtrauen in den Augen von Bolles schläfriger Frau. Als mein Minütchen geschlagen hatte, wußte ich genau, was ich sagen würde.

»Es war eine tolle Zeit«, begann ich und sah Bolle voll ins rote Bulldoggengesicht, »geprägt von Pioniergeist. Ich bewunderte Herrn Dr. Bollberg und vor allem auch seine Frau!« Überrascht blickte sie mich an.

»Ja, Frau Bollberg, ich habe große Hochachtung davor, wie Sie es jahrelang Seite an Seite mit einem Bettnässer ausgehalten haben. Ich hatte bereits nach drei Überschwemmungen die Nase voll.«

Die junge Sekretärin wollte ihrem Chef beistehen und versicherte eifrig: »Bei mir hat er aber noch nie ins Be...«

Da konnte auch ein gewandter Moderator nicht mehr viel retten.

Später erfuhr ich, daß die Einschaltquote 29,7 Prozent betragen hatte. Und wer es nicht am Bildschirm sah, wie Bolle violett anlief und mit geballten Fäusten auf mich losging, der las es am nächsten Tag in der Presse. Ganz Deutschland lachte über meine Lüge. Wie versprochen, wurde ich vorzüglich entlohnt, denn aus dem großen Zampano ist eine lächerliche Figur geworden.

Mein neuer Job in der Werbebranche macht mir viel Spaß. Dem Prozeß sehe ich mit Gelassenheit entgegen, denn wie soll Bolle beweisen, daß er vor zwanzig Jahren kein Bettnässer war?

Fanny Morweiser
Weißer Fingerhut

In jenem langen heißen Sommer lebte der ganze Landstrich in Angst vor dem geheimnisvollen Mörder, dem es gelungen war, die hohen Mauern der Anstalt, in der man ihn festgehalten hatte, zu überklettern und sich in der weiten Ebene so zu verstecken, daß niemand ihn finden konnte. Das heißt, zwei Menschen hatten ihn gefunden, vielleicht hatte er sie auch gesucht oder sie waren sich zufällig begegnet; wie es gewesen war, würde sein Geheimnis bleiben. Er vergaß, was er getan hatte, er war Schlächter gewesen, ein Mensch, unter dessen Händen lebendige, warme Tierkörper tot und schlaff niedergesunken waren und der eines Tages keinen Unterschied mehr fand zwischen Haut und Haut, Leben und Leben.

Ein Mädchen war in einem Schuppen auf einem Strohbündel gelegen, mit gespreizten Armen und Beinen, den Kopf weit nach unten gebogen, ausgeblutet wie ein geköpftes Huhn. Das andere Opfer war ein Kind, das am Bachrand im Gehölz gespielt hatte, wo man es dann auch fand, halb im Wasser liegend, umgeben von roten Fäden, die sich in der kaum wahrnehmbaren Strömung bewegten wie Würmer.

Die Menschen waren halb wahnsinnig vor Angst. Die Kinder wurden in den Häusern festgehalten, kaum jemand ging allein weg, die Bauern nahmen ihre Hunde mit auf die

Felder, und jedes Rascheln am Wegrand in den Brombeerbüschen, jedes Knacken und Stampfen im Wald ließ diejenigen, die es hörten, einander die blassen Gesichter zudrehen, mit einem Gedanken: das ist er. Es kam soweit, daß den Gendarmen, die abends müde und staubbedeckt in eine Wirtschaft kamen, um etwas zu trinken und mit den Leuten zu reden, vor die Füße gespien wurde.

Es gab Obst auf den Bäumen, und es gab Himbeeren und bereits die ersten Brombeeren im Wald, von denen der Verrückte leben konnte. Es kam vor, daß manchmal irgendwo ein paar Eier fehlten oder ein Kuchen, der zum Abkühlen auf ein Fensterbrett gestellt war. Er wagte sich selten in die Nähe der Häuser, er war dreist und doch vorsichtig. Er wußte, daß er gejagt wurde, und er benahm sich wie ein Tier, das überall Fallen wittert, auch war er unberechenbar, es war nie vorauszusagen, was er als nächstes tun, wohin er sich wenden würde. Er streifte in der Ebene umher, war einmal da und einmal dort. Eines fanden die Gendarmen heraus, niemals entfernte er sich weiter als einen Tagesmarsch von der Anstalt, die er haßte und die ihn doch nicht losließ. Er umkreiste dieses große düstere Haus, das, bei gutem Wetter weithin sichtbar, auf dem einzigen Hügel stand, den es in der Ebene gab, in weiten und wieder enger werdenden Ringen, fast ein Gott, der Menschen sterben ließ, wenn ihm danach zumute war und doch nicht einmal frei genug, von diesen Mauern loszukommen.

An einem dieser heißen Tage im August stellte eine pensionierte Lehrerin, die am Rande des Dorfes, in dem sie viele Jahre Unterricht gegeben hatte, in einem kleinen Haus ruhig und unauffällig lebte, eine Tüte mit Milch auf die Kellertreppe. Sie ließ die Tür zum Keller offen und ging durch den Garten in die Küche zurück, um weiter Aprikosen zu entkernen, aus denen sie Marmelade kochen wollte. Sie rührte gerade in einem großen, schwarzen Topf Zucker und Früchte durcheinander, als sie ein Geräusch im Garten hörte. Mit dem tropfenden Löffel in der Hand beugte sie sich zum Fenster und konnte noch eine große, dunkle Gestalt in dem dichten Gestrüpp, das sich hinter ihrem Garten den Bahndamm entlangzog, verschwinden sehen. Sie ging zur Kellertreppe, die Milch war fort. Auf der Treppenstufe lag ein Stengel weißer Fingerhut, mit der Wurzel ausgerissen und achtlos hingeworfen, sie nahm ihn hoch und drehte ihn hin und her. Wo gab es hier in der Nähe weißen Fingerhut? Sie trat wieder hinaus in den Garten und blieb einen Moment unter einem Baum stehen, Kochlöffel und Fingerhut in den Händen. Das Sonnenlicht, das durch die Blätter des Apfelbaumes über ihr fiel, tupfte helle Kringel und Flecken auf ihr Kleid, sie starrte auf die umgeknickten Zwiebelstengel und das krause Grün des Endiviensalats vor ihren Füßen und fühlte, wie ihr die Knie schwach wurden. Langsam ging sie in die Küche zurück, schob den Topf auf dem Herd zur Seite und sah auf die Uhr. Es war bald Mittag. Sie stieg hinauf in ihr Schlafzimmer, zog ein anderes Kleid an und puderte sich die Nase. Im Vorbeigehen strich sie über die blaue Decke auf dem Bett, zupfte an den Vorhängen, ging die Stiege wieder hinunter und verließ durch die Küche das Haus.

Sie hatte vor, eine Abkürzung zu nehmen, hinten an den Häusern entlang, und sie konnte nur hoffen, daß man ihr glauben würde. Sie galt als etwas verschroben, man schätzte ihre Freundlichkeit, ihren Ordnungssinn, aber sie gehörte doch nicht dazu. Man brauchte Kinder, um dazuzugehören, einen Mann, auch wenn er manchmal betrunken war oder nichts taugte, sie konnte sich noch soviel Mühe geben, ein Rest von Ablehnung blieb immer.

Ihre Nachbarin, die im Garten war, um Petersilie für die Suppe zu holen, erhob sich mit vom Bücken hochrotem Kopf aus dem Beet.

»Jetzt gehen Sie fort, bei dieser Hitze?«

»Ja.«

»Das ist nicht gut. Wo wollen Sie denn hin, in Ihrem besten Kleid?«

Die Lehrerin straffte die Schultern und knöpfte die Manschette am rechten Ärmel zu.

»Ich… ich gehe ins Dorf.«

Sie spürte, daß sie rot wurde. Sie hörte auf, an der Manschette zu nesteln und hob den Blick.

»Ich habe jemanden in meinem Garten gesehen.«

»Ach… ja?«

Die Nachbarin hielt sich das Petersilienbüschel über die Stirn und sah prüfend zu ihr hinüber.

»Sie sehen nicht gut aus, wirklich. Sie sollten lieber zu Hause bleiben.«

»Ja, vielleicht.«

Man würde ihr nicht glauben. An dem leisen Zucken der Mundwinkel erkannte sie, woran die Frau dachte. Vor zwei Jahren hatte sie schon einmal geglaubt, einem Verbrechen auf der Spur zu sein. Gekreische und Stöhnen am Waldrand, hinter den dornigen Hecken, fremde Töne, die sie nicht kannte, aber sie war in dem guten Glauben, daß jemandem hier ein Leid angetan wurde, ins Dorf gelaufen, um Hilfe zu holen. Unvergeßlich war ihr das Gelächter der Leute geblieben, als man das aufgestörte Liebespaar aus dem Gestrüpp gezogen hatte.

Sie kam sich häßlich vor, in ihrem guten schwarzen Kleid, mitten im Gemüse stehend, häßlich und lächerlich.

»Dann gehe ich eben spazieren«, sagte sie entschlossen.

»Das sollten Sie nicht tun, Sie fordern ja den Mörder geradezu heraus.«

»Ach was.«

Sie drehte sich um und ging zur Gartentür, die halb offenstand, gleich danach begannen die Brombeerbüsche, die den Bahndamm hinaufwuchsen.

»Ich werde etwas die Gleise entlanggehen«, rief sie zurück. Sie sah noch, wie sich der freundliche und leicht amüsierte Ausdruck des Gesichtes der Nachbarin in einen ängstlichen und besorgten verwandelte, dann kletterte sie schon den steilen Fußweg zum Damm empor. Droben empfing sie die glühende Hitze des Sommermittags. Sie setzte die Füße auf die Holzschwellen, zwischen denen Blumen und Gras wuchs, denn die Strecke war schon lange stillgelegt, aber bald war ihr das zu anstrengend und sie machte kleinere Schritte, trat einmal auf den fast überwachsenen Schotter, einmal auf das verwitterte Holz. Das Dorf lag bald weit hinter ihr, Grillen zirpten, und ein betäubender Duft hing in der Luft, Duft von Heu und Blumen, und wenn sie jung gewesen wäre, so hätte sie sich jetzt vielleicht ins Gras gelegt, mit dem Strohhut auf dem Gesicht, und von einem Mann geträumt, der sich zu ihr hinunterbeugen und ihr mit leiser Stimme ins Ohr flüstern würde, so nah, daß es kitzelte, und etwas wie eine verebbende Welle würde durch ihren Körper laufen und ihn weich und schwer machen. Aber sie war eine alte Lehrerin, eine Jungfer, wie die Kinder sie hinter ihrem Rücken spöttisch nannten, und von einem Mann zu träumen bedeutete für sie dasselbe, als träume ein Hase von einem Tiger.

Sie hatte vergessen, warum sie fortgegangen war, und als sie, schweratmend unter der Hitze, hinter Holunderbüschen fast versteckt das Bahnwärterhäuschen liegen sah, ging sie schneller. Sie hoffte, dort eine Bank im Schatten zu finden, auf der sie sich ausruhen konnte. Sie zwängte sich zwischen zwei Büschen hindurch und ging um eine Hausecke. Wie verwildert hier alles war, sie hob die Füße hoch und setzte sie vorsichtig wieder nieder. Die Brennesseln, zwischen denen das kränkliche Weiß des Fingerhuts leuchtete, wie das von Blumen auf einem Totengebinde, brannten auf der Haut durch die Strümpfe hindurch. Als sie im Schatten war, merkte sie erst, wie das Blut ihr in den Kopf gestiegen war und in den Schläfen pochte. Sie atmete tief und wischte sich mit dem Taschentuch über das Gesicht, nirgends war ein Sitzplatz zu entdecken, außer auf den Steinstufen vor dem Haus. Jetzt erst bemerkte sie, daß die Haustür nur angelehnt war, ein langer dunkler Spalt verhieß Kühle und Dämmerung.

Sie bahnte sich einen Weg durch das Unkraut, stieß die Tür auf und trat ein. Hier war es wirklich kühl und sehr dunkel. Sie wußte, das Häuschen, das normalerweise fest verschlossen war, enthielt noch viele Möbel, denn der alte Bahnwärter war damals kurz nach Stillegung der Strecke gestorben und niemand hatte die Sachen haben wollen, die in vielen Jahren von dem einsamen Junggesellen verwohnt und abgenützt worden waren.

Sie öffnete eine weitere Tür, tastete sich in dem Dämmerlicht zu einem Stuhl und ließ sich darauf nieder. Wie tat das gut. Dieses Gefühl, der glühenden Hitze draußen entronnen zu sein und sich bequem ausruhen zu können, überwog alles andere. Erst als sich dieses wohltuende Gefühl in eine leichte, angenehme Müdigkeit wandelte, begann sie das Unheimliche dieses verlassenen Hauses zu spüren. Warum, erschrocken hielt sie die Luft an, warum war die Tür nicht verschlossen? Eine Woge von Angst schlug in ihr hoch, und nun hörte sie zum erstenmal bewußt das Geräusch, das sie im Unterbewußtsein schon die ganze Zeit wahrgenommen hatte. Es war ein leises Schlürfen… szch… und es kam in regelmäßigen Abständen… szch… szch. Langsam, fast wie gelähmt wandte sie den Kopf und sah in die Ecke, aus der das Geräusch kam. Ihre Augen hatten sich an das Halbdunkel gewöhnt, sie erkannte ein Bett und darauf gelagert eine schwere, massige Gestalt. Es war ein Mann, er lag auf der Seite, den einen Arm hatte er auf das Kopfkissen gestützt. Das Gesicht in den Handteller geschmiegt, mußte er sie schon seit ihrem Eintreten beobachtet haben. Sie bemerkte seine großen, bleichen Augäpfel und ein Röhrchen aus Stroh, das von seinem Mund zu der Milchtüte führte, die neben seinem Arm auf dem Bett stand. Ruhig und starr sah er sie an, während er in gleichmäßigen Abständen die Milch hochzog, ohne daß sein Mund sich bewegte.

Sie fühlte einen Schauer über ihren Rücken laufen und atmete ganz flach, als schliefe sie, oder… oder als wäre sie gar nicht da … nein, nicht hier, draußen in der Sonne war sie, mit stürmischen Schritten zwischen den Gleisen dahingehend, zurück zum Dorf.

Sie saß steif auf dem Stuhl und spürte, wie die Angst in ihr hochkroch und wieder zusammensank. Unzählige Gedanken jagten sich und lösten einander ab, während der Mann nicht aufhörte, seinen unbewegten Blick auf sie zu richten und an seiner Milch zu saugen. Wenn die Milch getrunken war, was dann? Dieser Mann war der Mörder, der gefährliche Irre, der aus einer Anstalt ausgebrochen war, um diesen langen und heißen Sommer auch zu einem blutigen, zu seinem blutigen Sommer zu machen. Warum schreie ich nicht, dachte sie, warum stehe ich nicht auf und renne und schreie, schlage mich an den Möbeln und den Wänden, stürze hinaus, die Treppe hinunter in die Brennnesseln. Dort soll er sich auf mich werfen und mich erwürgen. Nein … er würgte nicht, er schnitt. Er schnitt mit einem Rasiermesser einen sauberen, klaren Schnitt, und in der Kehle öffnete sich ein dunkler, zitternder Spalt, aus dem Blut quoll, Blut, immer mehr Blut …

Sie wimmerte leise und schlug die Hände vors Gesicht. Das schlürfende Geräusch hatte aufgehört, durch die Finger hindurch blickte sie zu ihm hinüber, er lag noch genau so da wie vorher. Von dem großen, blassen Kopf mit dem schütteren Haarkranz glitt ihr Blick hinunter auf seine rechte Hand, die schlaff über den Bettrand hing. Sie betrachtete die kurzen, schwarzbehaarten Finger und dachte, wer sie wohl finden würde, wer zuerst dem süßen, ekelhaften Geruch nachgehen würde und dem gleichmäßigen Summen der Fliegen.

Vielleicht würde man sie auch nicht finden, wer kam denn schon hierher. Und das, was von ihr übrig war, würde noch in diesem Zimmer sein, wenn draußen schon der Schnee fiel. Weiche und weiße Flocken, die sich auf Haare und Wimpern von Kindern legten, die die Weihnachtskuchen zum Bäcker trugen, große, flache, mit Zimt und Zucker bestreute Kuchen, von denen sie naschten, während über ihren Köpfen sich das Glockengeläute vom Kirchturm mit dem Kreischen der Krähen draußen auf den Feldern zu einer heimlichen Totenklage für die verschwundene Lehrerin verbindet.

Ob irgend jemand ihretwegen traurig sein würde? Sie schloß einen Moment die Augen und fühlte ihre Angst immer kleiner werden. Nein, niemand, niemand würde sie vermissen. Kein Mann, keine Freundin und keines der Kinder, die sie unterrichtet hatte. Was war dieses Leben schon wert, das sie verlieren sollte. Dieses Leben, dessen schönste Augenblicke sich in der kurzen Stunde am Tag erschöpften, wenn sie nachmittags in ihrer sauberen, kleinen Küche Kaffee trank und dabei die Blumen auf der Fensterbank betrachtete, die weißen Wachsdolden und das fleißige Lieschen, dunkelrote Geranien und die altmodischen Levkojen, die sonst keiner mehr hatte.

Sie hatte keine Angst mehr. Dieser Tod, der auf sie zukam, war mehr, als sie jemals hätte erwarten dürfen. Was sagten sie im Dorf immer, wenn sie dachten, sie höre es nicht, die alte Lehrerin liegt eines Morgens tot in ihrem Bett, stocksteif, wie sie immer zur Schule gegangen ist. Aber sie haben sich getäuscht, so wird sie nicht sterben, nein. Sie ist an einem heißen Sommernachmittag die Gleise entlanggegangen zu diesem verlassenen Haus, als folge sie einem Ruf. Sie hat dieses dämmerige Zimmer betreten, als müßte es so sein, und so sitzt sie nun hier und wartet. Sie wartet, und die Bettfedern beginnen zu knarren, der Mann setzt die Beine auf den Boden, und die leere Milchtüte fällt klatschend herunter.

Eine Fliege summt, und sie fragt sich erstaunt, wo diese Fliege herkommt und woher sie weiß... Der Mann stiert sie immer noch an, seine Hand tastet auf dem Bett umher. Sie hört ihn atmen und sie riecht ihn jetzt auch, er riecht wie ein Tier, scharf und nach Schweiß. Nun ist sie es, die starr ist, unbewegt und ganz ruhig. Er hat das Messer in der Hand, das er endlich gefunden hat, und er stöhnt leise. Tiefes Mitleid mit ihm erfaßt sie, und als er ganz nah vor ihr steht und sich über sie beugt, öffnet sie die Lippen und legt den Kopf zurück.

Otto Jägersberg
Eine Liebesgeschichte

Johanna war längst müde geworden, glücklich zu leben. Sie hatte sich im teuersten Hotel des Kurortes einquartiert, in der Hoffnung, daß dies und die langen Tage der als vornehm geltenden Vorsaison eine ihr weiteres Leben entscheidende Begegnung herbeizuführen erleichtern würden. Es mußte doch möglich sein, ihre Zukunft mit ein wenig Bequemlichkeit an der Seite eines gefälligen Mannes auszupolstern.

Ach, diese Mühe die es kostet seine Lage zu verbessern. Die Tage waren vertan. Die Hotelgäste wechselten gelangweilt die Säle und begnügten sich damit, die Zeit totzuschlagen. Der täglich neu in der Halle angeschlagene Veranstaltungskalender vertiefte die herrschende Langeweile. Desillusioniert erwartete sie das Ende, die Abrechnung des netten Zimmers mit Bad und Blick auf den als grünen Salon im Prospekt ausgewiesenen Baumbestand des von warmen Wassern durchdrungenen Ortes, mit der vorab leichtsinnig gebuchten Vollverpflegung.

An der Rezeption druckste der Angestellte ein Ansinnen heraus. Ob sie, da ohnehin nur noch eine Nacht verbliebe, einverstanden sei, in ein anderes Zimmer zu wechseln; man erwarte einen Schock Kongreßteilnehmer, und der Veranstalter beharre auf Zimmern mit Bad, wovon eben nicht genügend zur Verfügung ständen. Johanna war zu müde, die lästige Umquartierung zurückzuweisen. Gutmütig lächelnd stellte er ihr einen Preisnachlaß, als für das Hotel selbstverständlich, in Aussicht.

Da erschrak sie doch. Was stimmte denn nicht an ihr? Sah sie etwa nach Preisnachlaß aus! Mehr über sich beunruhigt, als über die Zumutung empört, verließ sie schnell das Hotel und suchte im Kurviertel Fassung.

Vorboten einer langen Nacht: Croupiers strebten dem Casino zu. In ihren morschen Roben nisteten die endgültigen Momente des Ruins; nur das abgesessene Tuch an ihren Hosen glänzte wie bare Münze. Einer warf Johanna nach einem tastenden einen sehnsüchtigen Blick zu. Nun also.

Sie schlenderte ziellos dahin und überdeckte das Nichts, das sie um und in sich spürte, mit den Bildern, die sich ihr aufdrängten. In den Schaufenstern blühten neben Juwelen Maiglöckchen, da lagen Tannen und strömenden Brunnen nachgebildete Andenken, lila Handschuhe, Pralinen, Wanderstöcke. Im Theaterschaukasten wiesen auf Bildern die Darsteller vergnügliche Höhepunkte nach, und die auf bunten Plakaten annoncierten Entertainer kündeten von der redlichen Anstrengung der Bäder- und Kurverwaltung ärztlich verordneter Ablenkung zu genügen. Termintafeln ordneten den Abmarsch zum Terrain-Kurweg mit der milden Steigung für den Rehabilitanden, den Beginn des Kurkonzerts und den Einlaß zum Abendgespräch.

Ein Trupp ausgelaugter Bergarbeiter unter Führung verlief sich an ihr vorbei in den grünen akkurat mit Stiefmütterchen umsäumten Grüften. Vom Kurhaus kam heitere Musik. Sogleich setzte Johanna ihre Füße in die Richtung.

Unter dem Muscheldach ging das auf der Anzeigetafel

des Pavillons bezeichnete Stück gerade zu Ende. Von den Gartenstühlen und Bänken rauschte Beifall zum Dirigenten auf, der sich korrekt verbeugte, dann verschwand. Doch blieb Erwartung. Johanna suchte sich einen Stuhl und im alleingelassenen Orchester einen Menschen aus, um ihn die Pause über zu betrachten. Da oben sitzen und die Geige streichen, wär das ein Leben?

Die Musikanten starrten in die Menge, die Menge starrte auf die Musikanten.

Der Dirigent kam, man rührte die Hände, Verbeugung, der Taktstock sauste herab, und prompt ertönte Musik. Solveigs Lied. Wie schön, Johanna bog den Kopf zurück und lauschte.

Artige Stunde des Parks. Solveigs Lied wehte zwischen den Stühlen, auf denen Kranke auf ein balneologisches Wunder hofften, Schwindler eine günstige Gelegenheit erwarteten, Einheimische über ein mögliches Geschäft grübelten, Kongreßteilnehmer sich von einem Vortrag erholten, Spieler ihre Einsätze planten, Alleinstehende sich nach einem Partner sehnten, Durchreisende ihre Brote aßen, Rentner träumten und Johanna sich von wehmütigen Empfindungen durchschauern ließ, während im geharkten Kies Privatversicherte mit Anstand dahinschlurften und hörten und schauten, die Lippen noch weich und hängend vom lauen Quell.

Johanna gab sich einen Ruck und ging.

Zwischen den Kolonnaden drängelten sich die Kurgäste und eroberten die Terrassen.

In welches Gesicht Johanna auch blickte, es sprach nur von der Sehnsucht nach Kaffee und Kuchen. Hinweg.

Abends sehr einsam am Tisch im Hotel. Ein irgendwie altes Menü. Sie tupfte die Gabel in blasse grüne, rote und weiße Häufchen. Die Suppe gab ihr einige Löffel Wärme.

Unter den Neuankömmlingen blickte ein rotgesichtiger Mann auffällig zu ihr. Mein Gott, der letzte Abend! Sie senkte die Augen vor seinen Blicken, legte den Löffel ab, fuhr aufs Zimmer; es war eine Kammer im obersten Stock, nebenan wohnte gewiß Personal, egal, sie erfrischte sich, gipfelte den bislang im Karton eingesperrten Hut ins Haar und nutzte die Treppe zum langsamen Abgang in die Halle. Der untersetzte Rote studierte den Veranstaltungskalender, trat, wie vom reichhaltigen Angebot überrascht, einen Schritt zurück und ihr in den Weg. Pardon! Und öffnete mit großer Verbeugung die Passage. Johanna lächelte. Wandte von der Rezeption, als sie den Schlüssel übergab, den Kopf und nickte dem ihr Nachstarrenden freundlich zu. Vor dem Portal spielte sie mit den Richtungen, ganz müßige Dame: Wohin in dem Kaff?, schon gewiß, ihn im Rücken zu haben.

Sie schlenderte zwischen Botanischem zum Brückchen. Der Rote knirschte im Kies ihr nach. Sie starrte ins Wasser. Da spiegelte sich der Mond. Ihr letzter Abend. Nun komm schon!

Der Mann hatte doch tatsächlich ein Stückchen Brot in der Tasche. Träge schnappten die Forellen. Wie süß! Das fand er nicht nur auch, sondern wußte: Große Wanderung vom Eismeer in die Oos, flinke Sprünge über Staustufen hinweg, Laichplatz zur Weihnachtszeit, und dann im Mai: Müllerin oder blau, kanadisch vom Grill oder unkenntlich auf Pekinger Art, Salmo trutta, germanisches Stammwort gesprenkelt, durch die Einführung der langweiligen Regenbogenforelle aus den Staaten brach alte europäische Fischkultur. Sie, die fiese Entwicklung zu Füßen, scherzte, ob er gar Züchter sei, so ungeheuer seine Kenntnisse. Gutmütiges Verneinen, dann gewichtige Vorstellung. Sie nannte auch ihren Vornamen, sollte er doch Mut fassen.

Vor der Deutschen Bank hielt er endlich ihren Arm. Fest. Bei Whisky im Maxim sein Leben. Besser hätte sie es nicht treffen können. Prokurist einer überschaubaren Unternehmung im Revier. Strapazierfähige Kunststoffbeschichtungen. Kein Panzer kriegt da einen Kratzer rein. Eine besonders pflegeleichte Sorte, die auf Küchenmöbeln Verwendung findet, hatte er sogar erfunden. Daher sein Aufenthalt hier. Kongreß der Hersteller, Thema: Die Küche der Zukunft.

Seine Frau? Wie das so geht mit den Jahren. Ja, sie verstehe das. Er schmolz. Umfaßte schon ihre Schulter. Und Sie, Johanna? Sie gabs ihm: Selige Kindheit in Pommern, Vermögen die keiner mehr kennt, schuldlos geschieden, kinderlos, das letzte Warentermingeschäft, Zucker, verschlankt das einst so sichere Konto in Campione, jetzt ziellos auf Reisen, weiß nicht wohin, Weltende.

Er sagte Johanna wie ein Sieger und Du.

Sie zeigte ihm, Alkohol macht sie übermütig, Küßchen. Bernhard, hauchte sie in sein rotes Ohr.

Im Bett – es war im Zimmer, aus dem man sie vertrieben hatte – überraschte er durch Kraft und Überlegung. Sein rotes Gesicht leuchtete. Sie würde sich schon daran gewöhnen.

Sie lag neben dem Schlafenden. Der hatte den Mund

leicht offen, atmete gleichmäßig, sah friedsam, satt, eigentlich glücklich aus. Sie summte leise vor sich hin, immer die gleichen Takte, Solveigs Lied, nicht sehr musikalisch, unermüdlich, befriedigt. In halb undeutlichen, jedenfalls nicht unangenehmen Gedanken, dachte sie an die Zukunft.

Die Wohnung, die er ihr in Essen einrichtete, besuchte er anfangs täglich. Pendelte sich dann zweimal in der Woche ein. Er gab dafür Skat und Kegeln auf. Im Frühsommer wollte er mit ihr wieder nach Baden-Baden, doch sie wollte ans Meer.

Sie konnte von dem, was er ihr monatlich gab, dreihundert Mark zur Sparkasse tragen.

Nach zwei Jahren liebte sie ihn.

Otto Jägersberg
Dichten und Trachten

Gedicht

Das Leben unserer Dichter verläuft einfach
die meisten verehren einen Toten
als Kollegen
lieben Liebesgedichte
quälen sich mit Mädchen und Frauen
treten ein wenig in die Arena der Zeitkämpfe
zögern
zweifeln an Dichtern und Trachten
ergreifen einen Beruf
der sie vor Entbehrungen schützt
und dichten in Mußestunden

Ich bin Vollerwerbsautor
lebe von Auftragsarbeiten
Sparte Gegenwart
dies schreib ich zum Spaß
untereinander
wobei
mir
die
Rechnungen
einfallen

die
ich
täglich
serviert
bekomme

Die Gedichte
heutzutage
sind einfach
Beschiß

Strenge Spielregeln
ordnen den kleinen Markt
Das Verletzen belebt ihn
manchmal ein bißchen

Frühauf schleifen die Lehrer
den Kindern Respekt vorm Gedicht ein

Die Kinder schließen von der Mühe
des Auswendiglernens
auf die Anstrengung
des Entstehens

Die meisten Autoren schreiben
damit man sie bewundert
andere wollen geliebt werden
über mich wünsche ich zu hören
Bewunderung Liebe Geld
flossen ihm nur so zu

Familienkrach

Ein richtiger hungriger Familienkrach
beim Abendessen
Alle schreien und weinen und werfen
mit Brotscheiben
Es geht um Harmonie und Freiheit
um den Zusammenhalt der Familie
um Geld

Ich schreie und weine eine Weile mit
Ausgerechnet
Ausgerechnet du

Bevor sie sich verbrüdern
und über mich herfallen
mir den besten Wein wegtrinken
und Revolutionslieder singen
geh ich in den Keller
das Fahrrad putzen

Bald sind die Straßen wieder frei
verehrte Familienmitglieder
ich werde lange Ausfahrten machen
ich werde lange Briefe nach Hause schreiben
ausführliche Klagen
über jeden Defekt

kann Spaß machen
Nur kleine Pflichten
wie für Jungs
Kartenlesen Geldumrechnen

Schon diese Art zu packen
Kleider wie Anweisungen
was zu passieren hat
auf alle Fälle

Immer sagen sie schön
wie schön
Hinter jeder Kurve
lauert das Schöne

Am Rand von Konflikten
rauchen sie
wie früher die Indianer

Wie gut sie ohne ihre Chefs
ihre Männer ihre Kinder auskommen
Ansichtskarten reichen

Und diese altmodische Lust
am Überschreiten von Grenzen
Im neu eroberten Zollreich
werden vom zuständigen Helden
Stempel erwünscht

Der Begleiter schmiedet sein Eisen
für den nächtlichen Auftritt
als Löwenherz oder Pinocchio

Feine Sache
mit Frauen unterwegs zu sein
Land und Leute
lernt man nicht kennen

Borger & Straub
Im Gehege

Als erster verließ der englische Meier fluchtartig den Konferenzraum, gefolgt von Wilde und der GEW-Fraktion. Bio-Meier stürzte sich auf das Frettchen, wahrscheinlich wieder die Mikroskope. Die Schröder-Clique verabredete sich für den Abend in einem portugiesischen Restaurant in St. Georg. Jon lehnte Kochs Aufforderung ab; er hatte Julie zu Schröder sagen hören, sie hätte schon eine Verabredung.

Als er zur Tür ging, unterhielt sie sich mit Strunz. Er überlegte einen Moment, ob er sich dazustellen sollte, aber ihm fiel kein Vorwand ein, sein Kopf war mit einemmal wie leergefegt. Er ging dennoch hinüber, seine Beine fühlten sich an wie Betonmasten.

»Ich klär das gleich morgen ab, ich geb dir auf jeden Fall am Montag Bescheid«, hörte er Strunz zu ihr sagen. Auch mit ihm war sie also schon per du, aber unter Fachkollegen wohl nicht verwunderlich. Erleichtert sah er, daß Strunz seinem Zwilling zuwinkte und sich von Julie verabschiedete: »Schönes Wochenende. Dir auch, Jon.«

»Dito.« Jon wartete, bis Strunz mit der Schmidt-Weidenfeld hinausgegangen war. Dann sah er Julie an. »Wie geht's?« Er kam sich vor wie ein Pennäler bei seiner ersten Verabredung.

»Ganz gut«, sagte sie. »Bis auf diese idiotische Verspätung, ziemlich peinlich.«

Unter ihrer Lederjacke trug sie ein weißes T-Shirt, an ihrem Schlüsselbein blitzte etwas. Ein kleiner Stern? In Griechenland hatte er vor Jahren das Meeresleuchten erlebt, Charlotte und er waren nachts schwimmen gegangen, das Wasser auf ihrer Haut hatte golden geschimmert. Vielleicht war Julie über und über mit Sternen besät, unter ihrer Kleidung. Ihr die Lederjacke abnehmen, das Hemd und die Jeans herunterstreifen… »Machen Sie sich darüber keine Gedanken«, sagte er. »Soll ich Sie nach Hause fahren?«

»Wenn Sie Zeit haben?«

Und ob er Zeit hatte. Zeit war alles, was er hatte. Oder auch nicht, je nachdem.

Nebeneinander gingen sie durch den Korridor. Sie hatte die gleiche Schrittlänge wie er, obwohl sie um einiges kleiner war. Es kostete ihn Mühe, Abstand zu halten.

Vor einem der Fenster stand Kowalski und drehte sich eine Zigarette. »Gehst du noch mit einen trinken, Jon? Doch sowieso gelaufen, der Nachmittag.«

Für dich vielleicht, dachte Jon. Und sagte: »Keine Zeit, Harald, andermal.« Wie viele andermal hatte es schon gegeben? Kowalski kapierte es einfach nicht.

Am Ende des Korridors schauten sie wie auf Verabredung beide im gleichen Moment zurück: Kowalski fing die Geschonnek ab, sie hob reflexartig beide Hände.

»Armer Teufel«, sagte Julie.

»Im Schnitt schleppt jede Schule mindestens vier bis fünf untragbare Kollegen durch«, sagte Jon. »Jeder weiß das, aber wehe, man spricht das Thema an.«

Sie lachte auf, nur zwei dunkle Töne. »Wenn man das mal zusammenzählt. Was ein einziger inkompetenter Lehrer im Lauf seiner Tätigkeit verkorksen kann. Selbst bei nur dreißig Dienstjahren kommen Tausende von Schülern zusammen, die im schlimmsten Fall für das Fach versaut sind bis an ihr Lebensende.«

»Ein Wunder, daß so viele überleben«, sagte Jon.

»Schüler? Oder Lehrer.« Wieder lachte sie auf und fügte unvermittelt hinzu: »Wie groß sind Sie eigentlich?«

»Einsfünfundneunzig«, sagte Jon, »einundachtzig Kilo, zweiundfünfzig Jahre, Nichtraucher. Und Sie?«

»Einsachtundsiebzig, Gelegenheitsraucherin.Und dreiunddreißig. Jahre natürlich, nicht Gewicht. Das verrate ich nicht.«

»Darf ich Sie noch etwas fragen?«

»Klar.« Sie durchquerten die frisch gewischte Eingangshalle, Julie setzte ihre Füße in den schwarzen Turnschuhen genau in die Fußspuren, die Koch und seine Clique hinterlassen hatten.

»Haben Sie gar nichts Rotes an heute?«

Sie blieb stehen. »Das ist Ihnen aufgefallen?«

»Natürlich. Ihre Stiefel. Ihre Jacke. Gestern die Kette. Aber heute?«

Sie zog den Reißverschluß ihrer Lederjacke auf und hob das weiße T-Shirt. Durch die Schlaufen ihrer Jeans war ein roter Gürtel mit silberner Schnalle gezogen.

Für einen kurzen Moment konnte er einen schmalen Streifen gebräunter Haut sehen. »Ich bin beruhigt«, sagte er. Das Gegenteil war der Fall.

»Ein Tick«, sagte sie, »aber irgendeine Macke muß man ja schließlich haben.« Sie ging so dicht vor ihm durch die Tür, daß ihre Locken ihn streiften.

Draußen blieb sie stehen und blinzelte in die Sonne. Über der Turnhalle stand eine einsame Wolke am emaillеblauen Himmel. Hinter ihnen verließ Conzelmann das Gebäude, einer dieser farblosen Referendare mit randloser Brille und Kurzhaarschnitt. »Du rufst mich an?« fragte er im Vorbeigehen. Offensichtlich war sie mit allen per Du, nur nicht mit ihm.

»Mach ich. Ciao, Markus.« Sie sah Conzelmann nach, er ging zu den Fahrradständern hinüber.

Wieso durfte dieser Milchbubi mit ihr telefonieren. »Noch ein Verehrer?« Jon hoffte, daß seine Frage leicht und amüsiert klang.

»Ach, der braucht nur eine Klagemauer«, sagte sie und zog den Reißverschluß wieder hoch, am Zeigefinger der linken Hand hatte sie ein angegrautes Pflaster. »Er hat ziemliche Schwierigkeiten mit der 9a.«

Die 9a war in diesem Schuljahr die bei den Lehrern am meisten gefürchtete Klasse. Jon unterrichtete sie nicht, aber er kannte die Schüler, ein Haufen verzogener und neurotischer Rüpel, darunter ein paar verschüchterte magersüchtige Mädchen. Die Hälfte von ihnen absolvierte die Klasse zum zweitenmal, dennoch war das Leistungsniveau unterirdisch. Kurz nach Beginn des Schuljahrs hatte eine Deutschreferendarin nach einer katastrophalen Unterrichtsstunde einen hysterischen Anfall erlitten und sich wochenlang krank schreiben lassen. Jon hatte nur am Rande mitbekommen, was passiert war, angeblich war sie mit Gegenständen beworfen worden. Flaschen? Bücher? Pausenbrote? Schuhe? Einer der wenigen, die mit der Klasse keine Probleme hatten, war der englische Meier, der sie an die kurze Leine genommen hatte, gleich von der ersten Stunde an. Vor ihm hatten sie Schiß, vor seinem verletzenden Sarkasmus kuschten sie wie ein atavistisches Rudel vor seinem Alphatier. Lehrer wie Kowalski, die es mit kumpelhafter Anbiederei versuchten, waren dem Widerstand und der Verachtung preisgegeben. Angeblich schrie Kowalski hilflos herum und drohte permanent drakonische Strafen an, die er dann nie in die Tat umsetzte. Koch, der in der benachbarten 9b Geschichte unterrichtete, hatte ihn einmal nachgemacht, in großer Runde. Es war sehr komisch gewesen, wenn auch weniger für Kowalski.

»Wundert mich nicht«, sagte Jon. »Doch klar, daß die so einen Milchbubi fertigmachen.« Sie gingen über den Parkplatz. Schröder fuhr an ihnen vorbei und winkte, die rothaarige Referendarin saß neben ihm.

»Also ich finde die 9a ganz okay«, sagte Julie. »Bei mir sind die total zahm. Ja, ich weiß, was Sie jetzt sagen wollen. Daß es am Fach liegt, weil es da weniger um Zensuren und Leistung geht. Ich muß keinen Druck ausüben.« Sie blieb neben ihm vor seinem A6 stehen. »Schöner Wagen.«

»Haben Sie was für Autos übrig?«

»Klar«, sagte sie. »Leider hab ich ein Faible für Luxus. Und das bei meinem Gehalt.« Sie schnitt wieder diese kleine Grimasse, bei der sich die Haut auf ihrer Nase in winzige Falten legte und die Oberlippe etwas anhob. Ihre

Zähne glänzten. »Ich muß übrigens ins Schanzenviertel. Schäferstraße. Sicher, daß Ihnen das nicht zu weit ist?«

»Hundert Prozent sicher«, sagte er. »Wenn Sie wollen, kann ich Sie aber auch gleich zu Ihrer Verabredung fahren.«

»Welche Verabredung?«

Er öffnete den Wagen und hielt ihr die Tür auf. »Haben Sie nicht so was gesagt? Als Sie vorhin mit Schröder gesprochen haben? Ich hab's zufällig mitgekriegt.«

»Ach das. Nee, ich wollte ihn nur loswerden. Der kann nämlich ziemlich hartnäckig sein.« Sie ließ sich auf den Sitz gleiten, zog die langen Beine nach.

»Und hat damit Erfolg.«

»Nicht bei mir«, sagte sie und schlug wie zur Bekräftigung die Autotür zu.

Als er direkt vor ihrem Haus in der Schäferstraße einen Parkplatz fand, sagte sie: »*Veni, vidi, vici,* wenn ich mich richtig erinnere. Wissen Sie, wo mein Golf steht? Drei Straßen weiter.«

Sie wohnte im dritten Stock. Als er hinter ihr die Treppe hinaufstieg, war er versucht, seine Hand auf ihren Po in den engen Jeans zu legen. Auf dem Türschild stand »Ben Milton.«

»Milton? Wir mußten damals die ersten fünfzig Zeilen von *Paradise Lost* auswendig lernen. Mal sehen, ob ich's noch kann«, sagte er. *»Of man's first disobedience, and the fruit of that forbidden tree, whose mortal taste brought death into the world.«*

Sie schloß die Tür auf und sagte: »Bravo, Herr Oberstudienrat. Du sollst nicht tönen.«

Er mußte lachen. »Verzeihung. Amerikaner, Ihr Milton?«

»Engländer. Er hat hier an der Kunsthochschule unterrichtet. Da haben wir uns kennengelernt.« Sie warf ihre Lederjacke über eine Trittleiter. Bis auf die Leiter war der Flur leer, kein Spiegel, keine Garderobe, kein Regal, an der Wand nur ein paar Fotos, mit Reißzwecken befestigt. Die Tür zur Küche stand offen, einem großen, nur mit dem Nötigsten ausgestatteten Raum. Spüle, Herd, Kühlschrank, ein Tisch und zwei Stühle, ein Regal mit Geschirr und Vorräten. »Ich biete Ihnen jetzt keinen Kaffee an«, sagte sie.

»Um Gottes willen«, sagte er. »Wir stellen den Schrank um, und schon bin ich wieder weg.«

Die nächste Tür war nur halb geöffnet, auf dem Fußboden eine breite Matratze mit hellblau zerwühltem Bettzeug, daneben ein Stapel Bücher, ein Wecker, eine kleine Lampe. Neben dem Fenster ein Kleiderständer auf Rollen.

»Hier lang«, sagte sie, »aber nicht so genau hingucken.« Sie führte ihn durch ein Zimmer, das leer war bis auf einen riesigen Tisch, übersät mit Papierbögen, Stiften, Flaschen und Tuben, Pinseln und Schneidewerkzeugen. Es roch nach Terpentin. An den Wänden Keilrahmen und Leinwände in verschiedenen Größen. Eine Staffelei.

»Ihr Arbeitszimmer?«

»Sie sind ein scharfer Beobachter. Und nein, Sie dürfen nichts ansehen.«

Auch der nächste Raum war mit einem Sofa, einem kleinen Fernseher und einem tragbaren CD-Player nur sparsam möbliert. Der Schrank stand zwischen den beiden Fenstern zur Straße. Auf dem Fußboden Bücherstapel, zwei Becher mit eingetrockneter Flüssigkeit, Kaffee wahrscheinlich. Und an der Wand neben dem Sofa ein gerahmter Druck, den Jon nur zu gut kannte. »Dieser Rauschenberg«, sagte er. »Die *Wild Strawberry Eclipse*, Ihrer?«

Sie nickte. »Hab ich schon ewig. Ich mag das Bild immer noch. Es hat was Wildes, finde ich. Aufbruch ins Exotische oder so ähnlich.«

Er sah ihr in die Augen. »Es hängt seit Jahren in meinem Arbeitszimmer.«

Sie erwiderte seinen Blick, sagte aber nichts.

Sein Mund wurde trocken. »Wo soll der Schrank hin?«

Sie wies über seine Schulter hinweg zur Wand gegenüber den Fenstern. Er drehte sich um und erschrak fast. Wieso hatte er das Foto bis jetzt übersehen? Schwarzweiß, in etwa doppelter Lebensgröße. Ihr Kopf zurückgeworfen, ihr großer Mund, ihre Augen geschlossen. An den langen Wimpern Wassertropfen. Die Locken naß, wie Schlangengewirr. Der Ausdruck ihres Gesichts zugleich verloren und ekstatisch. Die nackte Schulter angeschnitten, Tropfen liefen herunter.

»Das kommt natürlich weg, Moment.« Sie ging hinüber und nahm das schwarz gerahmte Foto von der Wand. »Ben hat es gemacht. In Spanien, vor zwei Jahren.« Sie trug es zum Sofa, lehnte es dagegen.

Jon starrte auf die Stelle zwischen den Schlüsselbeinen, auf den glitzernden Tropfen, der sich in der kleinen Mulde gefangen hatte. Die bloße, nasse Schulter. Dieser Ben hatte einen Ausschnitt gewählt, der kaum zu ertragen war. »Ist er Fotograf?« fragte er.

»Ziemlich bekannt sogar in der Branche. Und schwul,

ganz nebenbei. Weil Sie so gucken.« Mit einem ähnlichen Lächeln hatte sie das Frettchen bedacht, bei ihrer ersten Begegnung.

»Ich gucke überhaupt nicht«, sagte er und wandte sich dem Schrank zu. »Haben Sie eine Fußmatte? Dann können wir ihn schieben.«

Sie lief aus dem Zimmer, dabei streifte sie ihn mit ihrem nackten Arm. Er durfte das Foto nicht noch einmal ansehen. Er ging zum Fenster. Durch die kahlen Zweige der Birken konnte er die gegenüberliegenden Häuser sehen, auf einem Balkon hob ein alter Mann mit Schirmmütze einen Vogelkäfig von der Brüstung und trug ihn ins Zimmer. Zwanzig Jahre weiter, und er würde auch so ein Greis sein, verhutzelt, steif, auf einen Piepmatz im Käfig angewiesen.

»Wissen Sie, daß Sie der erste spannende Lateinlehrer meines Lebens sind?« Sie kam wieder herein und warf eine blaue Badematte und ein großes rotes Handtuch auf das Sofa. »Ich hab schon gedacht, so was existiert gar nicht. Wenn ich an meine Schulzeit denke.« Sie ging zum Schrank, zog mit Zahlen und einzelnen Buchstaben beschriftete Kartons aus den Fächern und stellte sie auf den Fußboden. »Ich hab Latein gehaßt. Caesar, mein Gott. Ewig diese militärischen Almauftriebe, diese Winterlager und Kohorten.«

»Es gibt jede Menge großartige Literatur«, sagte er und wartete darauf, daß sie sich wieder bückte. Ihr Po war unwiderstehlich. »Auch ausgesprochen komische. Terenz zum Beispiel. Eine seiner Komödien lese ich gerade mit meinem Leistungskurs. Soll ich helfen?«

»Nee«, sagte sie, »nachher bringen Sie noch Unordnung in den Kram hier. Ist nämlich nicht meiner. Unterhalten Sie mich lieber ein bißchen. Von Terenz hab ich keine Ahnung, ich weiß nur, daß es Dürer-Illustrationen zu diesen Komödien gibt. Holzschnitte. Ziemlich pfiffige sogar.«

»Ich weiß.«

Sie schaute nur kurz über ihre Schulter.

Er mußte aufpassen, er durfte auf keinen Fall neunmalklug daherkommen. »Also in aller Kürze«, sagte er. »Punische Kriege. Karthago, okay? Hundertfünfundachtzig vor Christus von den Römern besiegt.«

»Hannibal und Hasdrubal.« Sie nahm sich das nächste Fach vor. »Und wo bleibt Ihr Terenz?«

»Sekunde. Das besiegte Nordafrika liefert jede Menge Sklaven nach Rom, und ein gewisser Senator Terentius kauft sich einen hübschen Jungen.«

»Verstehe.«

»Nicht dafür«, sagte Jon. »Er hat diesen Publius hochkarätig erzogen und ausgebildet und schließlich sogar freigelassen. Woraufhin der Junge den Namen seines ehemaligen Herrn annahm und als Dichter Karriere machte.«

Sie knallte den letzten Karton mit Schwung auf den Stapel und wischte sich die Hände an den Jeans ab. »Erzählen Sie weiter.«

»Weil er aus Afrika kam, hat man ihm noch ein *afer* an den Namen gehängt«, sagte Jon, während sie gemeinsam das schwere Möbelstück ein paar Zentimeter von der Wand zerrten. »Also Publius Terentius Afer. Die Schüler machen natürlich *After* daraus. Sein genaues Geburtsdatum ist nicht bekannt, vielleicht war er noch nicht mal dreißig, als er starb, im Jahr hundertneunundfünfzig. Er ist ertrunken.«

»Wieso ertrunken?« Sie warf die Badematte und das Handtuch vor den Schrank und kniete sich hin. »Wollen wir?«

»Er hat eine Studienreise nach Kleinasien gemacht, mit dem Schiff. Anschließend wollte er nach Griechenland, um nach verschollenen Theaterstücken zu suchen. Sagt Ihnen Menander etwas?«

»Null. Sie heben, ich schieb drunter, okay?«

Jon stemmte die Vorderseite des Schranks hoch. Sie schob die Matte links darunter, das Handtuch rechts. Ihre Schulter berührte seinen Oberschenkel.

»Vier von den sechs erhaltenen Terenz-Komödien lehnen sich dicht an Stücke von Menander an«, sagte er.

Sie hob ihr Gesicht zu ihm auf: »Runter.«

Er ließ den Schrank herab und ging neben ihr in die Hocke. »Man nimmt an, daß ein Sturm aufgekommen ist«, sagte er. »Schiffbruch in der Ägäis, so was war ja damals an der Tagesordnung. Von Terenz, beziehungsweise einer seiner Figuren, stammt übrigens der inzwischen ziemlich platte Satz...« Er hielt inne. Der Stern an ihrem Schlüsselbein war nicht mehr da.

»Satz?« fragte sie.

Er legte seine Fingerspitzen auf ihr Schlüsselbein. »Vorhin hatten Sie da einen kleinen Stern.«

Sie neigte ihr Gesicht, ihre Locken kitzelten seinen Handrücken. »Die fallen immer wieder ab.« Ihre Worte waren kaum zu verstehen, ihr Kinn berührte einen Finger. »Also welcher platte Satz?«

»*Homo sum, humani nil a me alienum puto.*«

»Ich hab nur mit aller Gewalt das kleine Latinum geschafft«, flüsterte sie.

»Ich bin ein Mensch, nichts Menschliches ist mir fremd. Er ist wirklich banal, ich kann nichts dafür«, sagte er und schob seinen Daumen zwischen ihre Lippen. Als er spürte, daß sich ihre Schneidezähne in seine Fingerkuppe gruben, schob er seinen kleinen Finger zwischen ihre Brüste.

Bernhard Schlink
Liebesfluchten

Andi und Sarah gingen durch den Central Park. Sarahs Eltern wohnten auf dessen östlicher Seite, sie selbst hatten ihre Wohnungen auf der westlichen. Die späte, tiefe Sonne warf lange Schatten. Es war kühl, die Bänke waren leer, nur ein paar Jogger, Rollschuh- und Fahrradfahrer waren unterwegs. Er hatte den Arm um sie gelegt.

»Warum hat Onkel Aaron mir eure Familiengeschichte erzählt? Ich fand sie interessant, aber ich hatte nicht das Gefühl, daß er sie mir deswegen erzählt hat.«

»Sondern? Warum hat er sie dir erzählt?«

»Du mußt meine Fragen nicht mit Gegenfragen unterlaufen.«

»Und du mußt mich nicht schulmeistern.«

Sie liefen schweigend, beide mit ein bißchen Groll gegen den anderen im Herzen und beide über den Groll unglücklich, den eigenen und den des anderen. Sie kannten sich seit zwei Monaten. Sie hatten sich im Park kennengelernt; die Hunde, die sie für ihren und er für seinen verreisten Nachbarn ausführten, kannten sich. Ein paar Tage später hatten sie sich für den Nachmittag auf einen Kaffee verabredet und erst um Mitternacht verabschiedet. Er wußte schon am selben Abend, daß er sich verliebt hatte, sie wußte es am nächsten Morgen beim Aufwachen. Seitdem verbrachten sie die Wochenenden zusammen und den einen und anderen Abend in der Woche und mit den Abenden die Nächte. Sie hatten beide viel zu tun; er hatte für ein Jahr von seiner Universität in Heidelberg Urlaub und ein Stipendium bekommen, um seine juristische Doktorarbeit zu schreiben, und sie arbeitete am Programm eines Computerspiels, mit dem sie in wenigen Monaten fertig sein mußte. Die Zeit lief ihnen davon, die Zeit, die sie für ihre Arbeit und die sie für sich brauchten.

»Es war ein schönes Fest, und ich danke dir, daß du mich mitgenommen hast. Die Synagoge war schön und das Essen und die Gespräche. Ich weiß auch die Freundlichkeit zu schätzen, mit der mir alle begegnet sind. Sogar Onkel Josef und Tante Leah waren freundlich, obwohl es ihnen sicher nicht leichtgefallen ist.« Er erinnerte sich, wie Sarah ihm an einem ihrer ersten Abende von Onkel Josef und Tante Leah und deren Familie, die in Auschwitz umgebracht worden war, erzählt hatte. Er hatte nicht gewußt, was er sagen sollte. »Furchtbar« zu sagen war ihm blaß vorgekommen, und »Wie groß war die Familie?« zu fragen ungehörig, als meine er, eine kleine Familie umzubringen sei weniger schlimm als eine große.

»Er hat dir unsere Familiengeschichte erzählt, damit du weißt, mit wem du es zu tun hast.«

Nach einer Weile fragte er: »Warum wollte er nicht wissen, mit wem ihr es zu tun habt?«

Sie blieb stehen und sah ihn besorgt an. »Was ist los? Warum bist du so gereizt? Was hat dich gekränkt?« Sie schlang ihm die Arme um den Hals und küßte ihn auf den Mund. »Alle haben dich gemocht. Ich habe so viele Komplimente für dich gekriegt, wie gut du aussiehst und wie klug du bist und wie charmant und wie bescheiden und höflich du auftrittst. Was sollen sie dich mit deiner Geschichte plagen? Daß du Deutscher bist, wissen sie.«

Angesichts dessen ist alles weitere irrelevant? Aber er dachte es nur, er fragte es nicht.

Sie gingen zu ihr nach Hause und liebten sich, während es draußen dämmerte. Ehe es im Zimmer dunkel werden konnte, ging die Laterne an, die vor dem Fenster stand, und tauchte alles, die Wände, den Schrank, das Bett und ihre Körper, in ein hartes, weißes Licht. Sie zündeten Kerzen an, und der Raum leuchtete warm und weich.

In der Nacht wachte Andi auf. Das Licht der Laterne erfüllte den Raum, reflektierte von den weißen Wänden, schien in jeden Winkel, schluckte jeden Schatten und machte alles flach und leicht. Es nahm die Falten aus Sarahs Gesicht und machte es ganz jung. Andi betrachtete es glücklich, bis ihn plötzlich eine Welle der Eifersucht überkam. Nie würde er Sarah erleben, wie sie zum ersten Mal tanzt, Fahrrad fährt oder sich am Meer freut. Ihren ersten Kuß und ihre erste Umarmung hatten andere bekommen, und in den Ritualen ihrer Familie und ihres Glaubens hatte sie eine Welt und einen Schatz, die ihm immer verschlossen bleiben würden.

Er dachte an ihren Streit. Es war das erste Mal gewesen, daß sie miteinander gestritten hatten. Später kam er ihm wie ein Vorbote aller späteren Streite vor. Aber im Rückblick ist es billig, Vorboten zu sehen. In der Fülle dessen, was man miteinander macht, gibt es für alles, was später kommt, Vorboten – und auch für alles, was später nicht kommt.

Auf der Bar-Mizwa hatte er Rachel, Sarahs Schwester, kennengelernt. Sie war verheiratet, hatte einen dreijährigen und einen zweijährigen Sohn und war nicht berufstätig. Ob er nicht einen Wagen mieten und mit ihr eine Fahrt unternehmen wolle? Ob sie ihm nicht etwas zeigen solle, was er noch nicht kenne? Einen der prächtigen Landsitze am Hudson? Sarah ermunterte ihn. »Sie wird dir sagen, sie macht es für dich, aber sie kommt nie aus dem Haus und käme es doch gerne. Mach's ihret- und auch meinetwegen; ich freue mich, wenn ihr euch kennenlernt.«

Er holte sie ab. Der Morgen war klar und frisch, und da er in einiger Entfernung von ihrem Haus hatte parken müssen, waren sie froh, daß es im Wagen warm war. Sie hatte Kaffee und Schokoladenplätzchen mitgebracht, und während er sich in der Stadt auf den Verkehr konzentrierte und ab und zu einen Schluck und einen Bissen nahm, redete sie nicht, aß Plätzchen, trank Kaffee, wärmte sich am Becher die Hände und sah aus dem Fenster. Dann fuhren sie am Hudson entlang nach Norden.

»Das tut gut.« Sie stellte den Becher weg, streckte sich und wande sich zu ihm. »Ihr liebt euch, Sarah und du?«

»Wir haben es uns noch nie gesagt. Sie ist ein bißchen ängstlich, und ich bin es auch.« Er lächelte. »Es ist seltsam, dir zu sagen, daß ich sie liebe, ehe ich's ihr gesagt habe.«

Sie wartete, ob er noch mehr sagen würde. Dann redete sie selbst, erzählte, wie ihr Mann sich in sie und sie sich in ihn verliebt hatte, von ihrem Schwiegervater, einem Rabbi, und den Koch- und Backkünsten ihrer Schwiegermutter, von der Arbeit ihres Manns in der Entwicklungsabteilung eines Elektronikunternehmens und von ihrer eigenen früheren Arbeit in der Bibliothek einer Stiftung und ihrer Sehnsucht nach einer neuen Arbeit. »Es gibt zu viele Leute, die Bücher lieben und etwas von ihnen verstehen, es gibt sie wie Sand am Meer. Und wo es sie bräuchte, werden sie oft nicht einmal eingestellt, sondern an ihrer Stelle wohlhabende Damen genommen, die nichts können, aber auch nichts kosten und sich so die Langeweile vertreiben dürfen, weil ihre Männer im Aufsichtsrat sitzen oder zu den Sponsoren gehören. Weißt du, ich kümmere mich gerne um die Kinder, und diese ersten Jahre sind jeden Tag voller Wunder. Aber für einen Job an zwei Tagen oder auch einem Tag pro Woche würde ich – nein, nicht meinen linken Arm, aber den kleinen Zeh am linken Fuß oder auch am rechten geben. Es wäre auch für die Kinder besser. Ich mache mir so viele Gedanken um sie, habe so viel Angst um sie, daß sie es spüren und darunter leiden.«

Andi erzählte von seiner Kindheit in Heidelberg. »Unsere Mutter hat auch nicht gearbeitet. Ich weiß, daß Mütter jedes Recht haben zu arbeiten, aber meine Schwester und ich haben die Zeit, die unsere Mutter für uns hatte, genossen. Dabei spielten wir noch auf der Straße, hinter dem Haus begann der Wald, und wir mußten nicht zum Sport, zur Musik, zu den Freunden und am besten auch noch zur Schule gebracht werden wie die Kinder in New York.«

Sie redeten über das Heranwachsen in der Groß- und in der Kleinstadt und die Schwierigkeiten des Heranwachsens hier wie dort. Sie waren sich einig, daß sie nicht noch mal jung sein wollten, weder in New York noch in Heidelberg, noch sonstwo.

»Wann gehen die Kinder aufs College? Ist dann nicht das Schlimmste vorbei? Ist nicht, wer in der High School nicht an Drogen gerät, auch später dagegen gefeit, und bekommt nicht, wer es aufs College schafft, dort auch den Abschluß?«

»Ist das das Schlimmste? Drogen oder Scheitern auf dem College?«

Andi schüttelte den Kopf. »Es ist das, wogegen Eltern ihre Kinder zu schützen versuchen können, oder? Das und einiges andere. Gewiß gibt es Schlimmeres, aber das liegt nicht in der Hand der Eltern.« Er fragte sich, ob das, was er gesagt hatte, stimmte, und war sich nicht sicher. »Was wäre für dich das Schlimmste?«

»Was meinen Kindern passieren könnte?« Sie sah ihn an. Später bedauerte er, daß er sich ihr Gesicht nicht besser vergegenwärtigen konnte. Sah sie ihn fragend an, weil sie sich fragte, was genau er wissen wollte? Sah sie ihn zögernd an, weil sie zögerte, ob sie seine Frage ehrlich beantworten sollte? Oder zögerte sie, weil sie nicht sicher war, was das Schlimmste sei? Die Stelle, die sie passierten, als ihre Antwort kam, prägte sich ihm dagegen deutlich ein. Von der Straße, die dem Ufer in Kurven folgte, zweigte links eine andere Straße ab, die auf einer langen Brücke über den Fluß führte. Die Brücke, eine Eisen- oder Stahlkonstruktion mit Bögen und Streben, kam gerade voll in den Blick, als Rachel sagte: »Das Schlimmste wäre, wenn die Buben einmal eine Frau heiraten würden, die nicht Jüdin ist.«

Er wußte nicht, was er sagen, was er denken sollte. War, was Rachel gesagt hatte, das gleiche, wie wenn für ihn das Schlimmste wäre, wenn sein Sohn eine Nichtdeutsche heiraten würde, eine Nichtarierin, eine Jüdin, eine Schwarze? Oder ging es nur um die Religion? Und wie schlimm wäre es für Rachel, wenn Sarah und er heirateten? Dann dachte er, es käme noch etwas nach, eine Erklärung, eine Aufforderung, sie nicht falsch zu verstehen, sich nicht getroffen zu fühlen. Aber es kam nichts. Nach einer Weile fragte er: »Warum wäre das so schlimm?«

»Sie würden alles verlieren. Die Kerzen am Freitagabend anzünden, den Kiddusch über dem Wein und den Segen über dem Brot sprechen, koscher essen, an Rosch-ha-Schana das Schofar hören, sich vor Jom Kippur versöhnen, an Sukkoth eine Laubhütte bauen und schmücken und darin wohnen – wie könnten meine Söhne das mit jemand anderem als mit einer Jüdin tun?«

»Vielleicht wollen deine Söhne oder einer von ihnen das alles gar nicht. Vielleicht hat er Spaß daran, mit seiner katholischen Frau zu entscheiden, welchen Feiertag sie wie feiern, jüdisch oder katholisch oder auf eine dritte Weise, und welches Kind sie wie erziehen. Warum soll nicht er mit seinem Sohn am Sabbat in die Synagoge und sie am Sonntag mit ihrer Tochter in die Kirche gehen? Was ist daran schlimm?«

Sie schüttelte den Kopf. »So läuft es nicht. In Mischehen findet nicht ein besonders reiches geistiges Leben statt, sondern keines.«

»Vielleicht sind die beiden glücklich, weder jüdisch noch katholisch zu sein. Aber darum sind sie keine schlechten Menschen; du schätzt und magst doch wohl auch Leute, die weder jüdisch noch katholisch sind. Und ihre Kinder mögen wieder ein reiches geistiges Leben entdecken, als

Buddhisten oder Muslime oder auch Katholiken oder Juden.«

»Wie soll mein Sohn glücklich sein, wenn er nicht mehr jüdisch ist? Außerdem stimmt einfach nicht, was du sagst. Die zweite Generation kehrt nicht wieder zum Judentum zurück. Sicher gibt es einzelne Fälle. Aber statistisch ist, wer eine Mischehe eingeht, für das Judentum verloren.«

»Aber vielleicht wird er oder werden seine Kinder für etwas anderes gewonnen.«

»Was bist du? Katholik, Protestant, Agnostiker? Jedenfalls gibt es von euch so viele, daß ihr auf die Mischehen verzichten könnt. Wir können niemanden verlieren.«

»Nehmen die Juden in der Welt ab? Ich habe keine Statistik im Kopf, kann's mir aber nicht vorstellen. Außerdem – wenn eines Tages niemand mehr Katholik, Protestant, Agnostiker oder Jude sein will, was ist dagegen zu sagen?«

»Was dagegen zu sagen ist, wenn es eines Tages keine Juden mehr gibt?« Sie sah ihn ungläubig an. »Das fragst du?«

Er wurde ärgerlich. Was sollte ihre Frage? Durfte er als Deutscher nicht denken, daß die jüdische wie jede Religion davon lebt, daß sie freiwillig gewählt wird, und stirbt, wenn sie es nicht mehr wird? Glaubte Rachel, die jüdische Religion sei etwas Besonderes? Die Juden seien tatsächlich das auserwählte Volk?

Als hätte sie seine Frage gehört, sagte sie: »Wenn du an deine Religion so wenig glaubst, daß du sie aussterben lassen kannst, ist das deine Sache. Ich will, daß meine lebt und meine Familie mit ihr und in ihr. Ja, ich halte meine Religion für einzigartig, und ich verstehe deinen Ärger nicht, weil ich keinem anderen verwehre, seine Religion auch für einzigartig zu halten. Und ebenso ist es mit meiner Familie. Aber schau«, sie legte ihm die Linke auf den Arm und zeigte mit der Rechten voraus, »dort geht die Zufahrt nach Lyndhurst ab. Wir sind da.«

Sie besichtigten die neugotische Pracht des Landsitzes von außen und innen, schlenderten durch den über und über blühenden Rosengarten, aßen zu Mittag, saßen am Hudson und redeten über alles mögliche, über Bücher und Bilder, Baseball und Fußball, Schuluniformen und Landhäuser. Es wurde ein leichter, vertrauter und fröhlicher Tag. Aber als er auf der Heimfahrt die Frage im Kopf hatte, wie schlimm sie finde, daß Sarah und er einander liebten, stellte er sie lieber nicht.

Er hatte in New York keine Freunde und Freundinnen, mit denen er Sarah hätte bekannt machen können, und es dauerte eine Weile, bis sie anfing, ihn ihren Freundinnen und Freunden vorzustellen. Während der ersten gemeinsamen Monate waren sie zu zweit zu glücklich, gab es aneinander und miteinander zuviel zu entdecken, als daß ihnen nach Geselligkeit gewesen wäre. Zusammen im Park spazieren, im Central Park und im Riverside Park, zusammen ins Kino, Theater und Konzert gehen und die Lieblingsfilme auf Video leihen und sehen, zusammen kochen, zusammen reden – sie hatten schon für sich zuwenig Zeit, wie sollten sie Zeit für andere haben.

In der ersten gemeinsamen Nacht hatte Sarah ihn angesehen, bis er sie fragte, was sie denke, und sie sagte: »Hoffentlich hörst du nie auf, mit mir zu reden.«

»Warum sollte ich?«

»Weil du meinst, du weißt schon, was in meinem Kopf vor sich geht, und es von mir nicht mehr wissen willst. Wir kommen aus zwei verschiedenen Kulturen, wir sprechen zwei verschiedene Sprachen, auch wenn du aus deiner gut in meine übersetzt, wir leben in zwei verschiedenen Welten – wenn wir aufhören, miteinander zu reden, treiben wir auseinander.«

Sie hatten verschiedene Weisen, miteinander zu reden. Die eine war leicht und schnell und ging, weil manchmal unbedacht, nicht ohne Korrekturen, Verletzungen und Entschuldigungen ab. Aber es blieb nichts zurück. Die andere war langsam und behutsam. Wenn sie auf ihre verschiedenen Religionen zu sprechen kamen oder das Deutsche in seiner Welt und das Jüdische in ihrer, paßten sie auf, daß sie einander nicht in Frage stellten. Wenn er mit ihr in die Synagoge ging, fand er es eindrucksvoll; wenn er mit ihr einen Vortrag über Chassidismus hörte, fand er es interessant; wenn er mit ihr am Freitagabend bei ihren Eltern war, fand er es schön. Er ging wirklich gern mit; er wollte ihre Welt kennenlernen. Was ihn befremdete, verschwieg er nicht nur ihr, sondern sich selbst; er gestand es sich nicht ein. Auch das Gespräch mit Rachel verdrängte er. »Schön war es«, sagte er, als Sarah ihn nach dem Ausflug nach Lyndhurst fragte, und da er und Rachel sich von da an herzlicher begegneten, war sie's zufrieden. Umgekehrt fand sie die deutsche Literatur schön, die er ihr in Übersetzungen besorgte, die Veranstaltungen im Goethe-Institut, zu denen er sie mitnahm, und die Gottesdienste in der Riverside Church.

Im April hatte er Geburtstag, und sie überraschte ihn mit einem kleinen Fest. Sie lud die zwei amerikanischen Kollegen ein, mit denen er in der Universität das Zimmer teilte, und ihre eigenen Freunde, zwei Programmiererinnen, eine Lektorin mit ihrem Mann, einem Maler, der seinen Unterhalt mit dem Restaurieren von Bildern verdiente, Rachel und ihren Mann Jonathan und ein paar ehemalige Studenten aus einer Zeit, in der sie Computer Science unterrichtet hatte. Sie hatte Salate vorbereitet und Käsegebäck gebacken, und die Gäste standen mit ihren Tellern und Gläsern im Wohnzimmer und sangen, als er eintrat, »Happy birthday, dear Andi«. Sarah stellte ihn stolz ihren Freundinnen und Freunden vor, er lächelte allen zu.

Das Gespräch kam auf Deutschland. Einer von Sarahs ehemaligen Studenten hatte als Austauschschüler ein Jahr in Frankfurt verbracht. Er schwärmte von den pünktlichen, bequemen und sauberen deutschen Zügen, von deutschem Brot und deutschen Brötchen, von Äppelwoi, Zwiebelkuchen und Sauerbraten. Aber die Sprache hatte ihn oft irritiert. Die Deutschen redeten von polnischer Wirtschaft und jüdischer Hast. Wenn sie etwas bis zum Überdruß taten, taten sie es bis zur Vergasung.

»Bis zur Vergasung?« Der Maler fiel ein und sah Andi an.

Andi zuckte die Schultern. »Ich habe keine Ahnung, woher der Ausdruck kommt. Ich vermute, daß er älter ist als der Holocaust und aus dem Ersten Weltkrieg stammt oder vom Selbstmord durch Gas. Ich habe ihn auch schon lange nicht mehr gehört; heute macht man etwas eher bis zum Gehtnichtmehr, bis zum Erbrechen oder bis zum Abwinken.«

Aber der Maler war fassungslos. »Die Deutschen sagen, wenn sie von etwas genug haben, daß sie es vergasen? Und wenn sie von Menschen genug haben?«

Andi unterbrach. »Bis man nicht mehr kann – es geht darum, daß man etwas tut, bis man nicht mehr kann. Bis man kotzt, weil man nicht mehr essen kann, bis man stirbt, durch Gas stirbt, weil man mit dem Leben nicht mehr zurechtkommt. Es geht um einen selbst, nicht um etwas, was man einem anderen antut.«

»Ich weiß nicht. Mir kommt es vor, als…« Der Maler schüttelte den Kopf. »Und die polnische Wirtschaft? Die jüdische Hast?«

»Das sind harmlose ethnische Witzeleien, wie es sie auch unter den Deutschen selbst gibt, wenn sie von einem westfälischen Dickschädel oder einer rheinischen Frohnatur oder preußischer Disziplin und sächsischem Schlendrian reden. Über Autos, die von Polen gestohlen und nach Polen geschmuggelt werden, macht heute ganz Europa Witze.« Er hatte keine Ahnung, ob irgendein Deutscher von sächsischem Schlendrian redet und irgendein anderer Europäer über polnische Autodiebe scherzt. Aber er konnte es sich vorstellen. »Wir sitzen in Europa eben eng aufeinander, viel enger als ihr in Amerika. So veralbern wir uns auch mehr.«

Die Lektorin widersprach. »Ich glaube, es ist genau umgekehrt. Gerade weil in Amerika die verschiedenen ethnischen Gruppen so eng miteinander leben, sind ethnische Anspielungen bei uns tabu. Anders hätten wir ständig Ärger.«

»Warum Ärger? Ethnische Anspielungen müssen nicht bösartig, sondern können witzig sein.«

Der eine von Andis Kollegen schaltete sich ein. »Aber ob sie witzig und willkommen oder bösartig und verletzend sind, kann doch nur der entscheiden, den sie treffen, oder?«

»Es kommt immer sowohl auf den an, der eine Äußerung macht, als auch auf den, den sie erreicht«, korrigierte der andere Kollege. »Verträge, Angebote, Kündigungen – nimm, was du willst, es kommt auf beide an.« Die Kollegen begannen zu fachsimpeln.

Andi atmete auf. Als er Sarah von dem am selben Tag eingetroffenen Brief erzählte, mit dem sein Urlaub und sein Stipendium um ein Jahr verlängert wurden, umarmte sie ihn mit Tränen des Glücks in den Augen und rief alle zusammen. Es gab Hallo und Prost, und der Maler und Andi tranken sich besonders herzlich zu.

Am Abend, als Sarah und Andi über die Einladung und die Eingeladenen redeten, sagte Sarah allerdings: »Mein treuer kleiner Soldat, warum kämpfst du für etwas, das du selbst nicht gut findest? Du schuldest niemandem die Verteidigung bösartiger ethnischer Witzeleien. Die Vergasung, die jüdische Hast – es kränkt einfach.«

Andi wußte nicht, was er denken sollte. Ihm kamen die amerikanischen und englischen Kriegsfilme in Erinnerung, die er als Junge gesehen hatte. Er hatte gewußt, daß die Deutschen zu Recht als die Bösen dargestellt wurden, und sich trotzdem hin- und hergerissen gefühlt. Bei der jüdischen Hast wußte er nicht einmal, ob sie bösartig und nicht vielleicht wirklich harmlos gemeint war.

Im Bett fragte er sie: »Liebst du mich?«

Sie richtete sich auf und legte ihre Hand auf seine Brust. »Ja.«

»Warum?«

»Weil du lieb bist und klug, anständig, großzügig. Weil du mein treuer kleiner Soldat bist und es dir so schwer im Leben machst. Du willst allen alles recht machen, und obwohl du vieles schaffst, kannst du nicht alles schaffen, wie solltest du auch, aber du versuchst es trotzdem, und es rührt mir das Herz. Weil du eine gute Art mit Kindern und Hunden hast. Weil ich deine grünen Augen mag und deine braunen Locken, und weil mein Körper deinen mag.« Sie hielt und küßte ihn. Sie flüsterte: »Nein, er mag ihn nicht nur. Er braucht ihn.«

Später fragte sie. »Und du? Weißt du, warum du mich liebst?«

»Ja.«

»Sagst du's mir?«

»Ja.« Er machte eine lange Pause. Sarah dachte, er sei eingeschlafen. »Ich bin noch nie einer Frau begegnet, die so viel sieht, die so sorgsam und einfühlsam hinschaut. Dafür liebe ich dich. Ich bin in deinem Blick aufgehoben. Und ich liebe dich für die Computerspiele, die du erfindest. Du nutzt deinen Kopf, damit andere fröhlich sind. Du wirst eine wunderbare Mutter sein. Du hast auch... du weißt, wer du bist, wo du herkommst, wo du hinwillst und was du brauchst, damit das Leben stimmt. Ich liebe dich für den festen Ort, den du in der Welt hast. Und du bist schön.« Er fuhr mit der Hand die Konturen ihres Gesichts nach, als sei das Zimmer nicht hell, sondern dunkel und er könne nichts sehen. »Du hast das schwärzeste Haar, das ich jemals gesehen habe, und die frechste Nase und den aufregendsten Mund, zugleich so sinnlich und so klug, daß ich's immer wieder nicht fassen kann.« Er kuschelte sich an sie. »Langt das?«

Martin Suter
»Reingefallen!«

Konrad Lang hörte wieder auf zu trinken.

Für einen Alkoholiker ist das eine Beschäftigung, die den ganzen Tag ausfüllt. Unter anderem fing er wieder an, Tennis zu spielen.

Rosemarie war Mitglied eines Klubs, in den sie ihn jeden zweiten Tag als Gast mitnahm. »Tennis ist ein Life-time-Sport«, sagte der Klubtrainer, »und wenn man älter wird, ist das Zählen auch ein gutes Training fürs Gedächtnis.«

Es war als Witz gemeint. Er wußte nicht, wie nötig Konrads Gedächtnis Training hatte.

Seit jenem Zwischenfall, als er Rosemaries Haus nicht mehr finden konnte, obwohl er praktisch davor gestanden hatte, waren ihm ähnliche Dinge passiert. Das Dümmste: Er hatte im Lift den Knopf für den Keller gedrückt, war ausgestiegen und hatte den Weg zurück in den Lift nur durch Zufall wiedergefunden.

Das Gefährlichste: Er hatte Teewasser aufgesetzt (bei seiner rastlosen Suche nach Ersatzgetränken war er auf Tee, alle Sorten von Tee, gestoßen), und die falsche Herdplatte angeschaltet. Dummerweise die, auf der eine hölzerne Salatschüssel stand. Als er eine halbe Stunde später in die Küche ging (um Teewasser aufzusetzen), brannte die Salatschüssel und die Rolle Haushaltspapier neben dem Herd ebenfalls.

Er hatte die Flammen gelöscht und die Beweisstücke verschwinden lassen. Rosemarie hatte er bis jetzt noch nichts von seinen Ausfällen gesagt. Er wollte sie nicht unnötig beunruhigen, er glaubte nicht, daß es sich um etwas Ernstes handelte. Das Blackout damals in Korfu führte er auf seinen Alkoholkonsum zurück. Und die Gedächtnisaussetzer und kleinen Schusseligkeiten der letzten Wochen waren wohl eine Art Entzugserscheinung. Davon abgesehen ging es ihm nämlich hervorragend.

Rosemarie war das Beste, was ihm in fünfundsechzig Jahren passiert war. Sie unterstützte ihn bei seiner selbstverordneten Entziehungskur, ohne die Krankenschwester zu spielen. Sie war eine gute Zuhörerin und eine unterhaltsame Erzählerin. Sie konnte zärtlich sein und, wenn sie in Stimmung waren, auch sehr aufregend.

Konrad Lang und Rosemarie Haug waren ein attraktives Paar: ein dinstinguierter reifer Herr mit seiner gepflegten, eleganten Frau. Sie gingen in den Tennisklub, ab und zu ins Konzert und gelegentlich in ihr Lieblingsrestaurant. Sonst lebten sie zurückgezogen. Konrad, der sich rasch als der bessere Koch erwiesen hatte, kochte oft aufwendige Abendessen, zu denen sie sich hin und wieder aus Übermut in Abendgarderobe warfen. Gelegentlich setzten sie sich zusammen ans Klavier, und fast jeden Abend spielten sie ein paar Partien Backgammon.

Konrad Lang verbrachte seinen wohl glücklichsten Sommer. Als der Herbst kam, fühlte er sich weder einsam noch traurig. Vielleicht zum ersten Mal in seinem Leben.

An einem unfreundlichen Novembertag beschloß er, Rosemarie mit einem Fondue zu überraschen. Er fuhr mit dem Taxi in die Stadt zum einzigen Käseladen, der seiner Meinung nach eine anständige Fonduemischung führte, kaufte dort eine rezente für drei Personen (er haßte es, wenn zu wenig Essen auf dem Tisch stand), suchte in der nahen Bäckerei ein passendes Halbweißbrot aus und besorgte Knoblauch, Maizena, Kirsch und Weißwein.

Zu Hause sah er, daß Rosemarie dieselbe Idee gehabt hatte: Im Kühlschrank stand eine Tüte Fonduemischung vom selben Geschäft neben einer Flasche Weißwein vom selben Rebberg. auf dem Küchenbüffet lag ein Halbweißbrot vom selben Bäcker neben einer Schachtel Maizena und einer Flasche Kirsch derselben Marke.

»Gedankenübertragung«, lachte er, als er zu Rosemarie ins Wohnzimmer kam.

»Was?«

»Ich habe auch gefunden, es sei Fonduewetter.«

»Wieso ›auch‹?«

Langs Gedächtnis mochte nicht mehr auf der Höhe sein. Aber seine Reflexe, die Reflexe eines Mannes, der sein Leben lang gezwungen war, sich anzupassen, funktionierten noch einwandfrei.

»Sag bloß, du hast keine Lust auf Fondue, ich habe nämlich eingekauft für drei.«

»Natürlich habe ich Lust auf Fondue«, lächelte Rosemarie.

»Eben, wenn das keine Gedankenübertragung ist.«

Er ging zurück in die Küche und ließ eine Tüte Fonduemischung, eine Flasche Kirsch, ein Halbweißbrot und eine Schachtel Maizena im Abfall verschwinden.

Obwohl es noch nie einen Menschen gegeben hatte, zu

dem Konrad so uneingeschränktes Vertrauen besaß wie zu Rosemarie Haug, brachte er es nicht fertig, sie einzuweihen. Erstens wollte er sie nicht beunruhigen mit etwas, von dem er annahm, daß es wieder vorbeigehen würde. Und zweitens glichen die Symptome Anzeichen von Senilität. Ein Fünfundsechzigjähriger gesteht der dreizehn Jahre jüngeren Frau, die er bald heiraten will, nicht gerne ein, daß er unter beginnender Senilität leidet.

Konrad Lang entwickelte Techniken, sein Problem zu kaschieren. Er skizzierte einen Lageplan des Hauses und der Geschäfte, in denen er normalerweise einkaufte. Er stellte eine Liste zusammen mit Namen, die er oft brauchte und die ihm eigentlich geläufig sein sollten. Er bewahrte in seinem Portemonnaie, seiner Brieftasche und seinem Schlüsseletui ihre gemeinsame Adresse auf. Und für den Fall, daß er sich im weiteren Umkreis verirrte, trug er einen Stadtplan bei sich, mit dessen Hilfe er sich als verirrter Tourist ausgeben konnte.

Aber Ende November passierte etwas, mit dem Konrad nicht gerechnet hatte: Er fand nicht mehr aus dem Supermarkt hinaus. Er irrte durch die Regalreihen wie durch ein Labyrinth und konnte den Ausgang nicht finden. Es gab nichts, woran er sich orientieren konnte, nie kam er an eine Stelle, die aussah, als wäre er hier schon einmal gewesen. Dabei war es ein kleiner Supermarkt.

Schließlich heftete er sich einer jungen Frau an die Fersen, deren Einkaufswagen beladen war mit Einkäufen und einem quengelnden Kind. Sie bemerkte bald, daß der ältere Herr ihr folgte – ging, wenn sie ging, und stehenblieb, wenn sie stehenblieb. Jedesmal, wenn sie einen mißtrauischen Blick über die Schulter warf, nahm Lang wahllos etwas aus einem Regal und legte es in seinen Wagen. Als er endlich glücklich an der Kasse angekommen war, räumte er erleichtert einer durch nichts zu erschütternden Kassiererin neben unverfänglichen Gemüsen und Fleischwaren eine Reihe seltsamer Produkte auf das Rollband. Das kompromittierendste: Kondome mit Himbeergeschmack.

Manchmal litt Konrad Lang unter den Aussetzern. Vor allem darunter, daß er ihnen so hilflos ausgeliefert war. Manchmal hätte er sein Gehirn packen und ihm nachhelfen wollen, wie seinem Knie, das manchmal lotterte, oder seinem Kreuz, das manchmal schmerzte. Aber ein Leben, wie er es geführt hatte, war nur auszuhalten, wenn man von klein auf zu verdrängen gelernt hat.

Deshalb ergriff er auch jetzt keine ernsteren Maßnahmen als den Kauf eines Ginkgo-Präparates, von dem er einmal gehört hatte, es verbessere die Gedächtnisleistung. »Gut für ältere Herren mit jüngeren Frauen«, scherzte er Rosemarie gegenüber, als sie ihn auf das Fläschchen ansprach, das sie bei seinen Klaviernoten fand, wo er es versteckt und vergessen hatte.

Rosemarie lächelte etwas nachdenklich.

Rosemarie Haug besaß aus ihrer ersten Ehe in Pontresina ein schönes altes Engadinerhaus. Sie hatte es, seit sie herausfand, daß es ihrem zweiten Mann als Liebesnest diente, nicht mehr benutzt und nach ihrer Scheidung vor sechs Jahren oft mit dem Gedanken gespielt, es zu verkaufen.

Aber jetzt, mit Konrad Lang, hatte sie plötzlich wieder Lust, die Festtage dort zu verbringen. Es schien ihr, die Zeit und der Mann dafür seien gekommen.

Sie reisten per Bahn, weil Konrad der Meinung war, daß so die Ferien schon auf der Reise anfingen. Rosemarie, die eigentlich lieber den Audi Quattro genommen hätte, der kaum benutzt in der Garage stand, bereute es bald, daß sie sich hatte überreden lassen. Konrad zeigte sich auf der Reise nämlich von einer Seite, die sie noch nie an ihm bemerkt hatte. Er war so nervös vor der Abreise, daß sie fast eine Dreiviertelstunde zu früh am Bahnhof waren. Er suchte immer wieder nach den Fahrkarten, zählte pausenlos die Gepäckstücke und war während der ganzen Fahrt im bequemen Erster-Klasse-Abteil und im nostalgischen Speisewagen so angespannt und unkonzentriert, daß sie ganz erschöpft war, als sie schließlich ankamen.

Frau Candrian, die Frau, die sich um das Haus kümmerte, hatte sich große Mühe gegeben. Die Zimmer waren gelüftet und geputzt, die Betten bezogen, der Kühlschrank gefüllt. Auf dem Büffet im Entrée stand ein Adventskranz, und auf dem warmen Kachelofen in der Arvenstube dufteten getrocknete Apfelschalen.

Rosemarie hatte es kaum erwarten können, Konrad den Ort zu zeigen, der ihr einmal so viel bedeutet hatte und, mit ihm, wieder bedeuten würde. Aber als sie ihn durch das alte Haus führte, war er auf eine Art zerstreut und unaufmerksam, die an Unhöflichkeit grenzte.

Sie gingen früh zu Bett. Zum ersten Mal, seit sie sich kannten, lag beim Einschlafen etwas Unausgesprochenes zwischen ihnen.

Am nächsten Tag fand Rosemarie Konrads Gedächtnisstützen.

Konrad schlief, wie er es neuerdings öfter tat, bis in den späten Vormittag hinein. Rosemarie machte Frühstück. Dabei fand sie im Kühlschrank Konrads Brieftasche.

Als sie die auf den Küchentisch legte, fiel ein Zettel heraus. Er war beidseitig beschrieben. Auf der einen Seite eine Wegskizze mit der Lage des Metzgers, der Bäckerei, des Kiosks und des Einkaufszentrums und ihrer Wohnung, neben der »Wir« stand. Auf der anderen Seite Namen von guten Bekannten, Nachbarn, der Putzfrau. Zuunterst, dick unterstrichen, stand: »Sie: Rosemarie!«

Rosemarie steckte den Zettel zurück in die Brieftasche. Als Konrad aufgestanden war, schlug sie ihm einen Spaziergang zum Stazersee vor.

Der Weihnachtsrummel hatte noch nicht angefangen. Auf den frisch geräumten Wegen durch den tiefverschneiten Wald begegneten sie nur wenigen Spaziergängern. Die meisten waren wie sie: gutsituierte Paare, die keine Rücksicht mehr auf Schulferien und offizielle Feiertage zu nehmen brauchten. Wenn sie sich näherten, verstummten sie, wenn sich ihre Wege kreuzten, sagten sie »Grüezi« oder »Grüß Gott«, dann hörte man in der Stille das Knarzen von vier Paar teuren Schneestiefeln im festgestampften Neuschnee, und dann von weitem die Stimmen, die das unterbrochene Gespräch wiederaufnahmen.

»Das kennst du doch auch: Du gehst in die Küche, weil du den Schöpflöffel vergessen hast, und dann stehst du in der Küche und weißt nicht mehr, was du hier wolltest.«

Rosemarie hatte sich bei Konrad eingehängt. Sie nickte.

»So ist es«, fuhr Konrad fort, »nur extremer. Du stehst mit dem Schöpflöffel in der Hand im Schlafzimmer und weißt nicht, was du hier willst. Du gehst damit ins Wohnzimmer, ins Bad, in die Küche, ins Eßzimmer, und es fällt dir nicht ein, was du mit dem Schöpflöffel vorhattest.«

»Und schließlich versteckst du ihn im Wäscheschrank«, ergänzte Rosemarie.

»Kennst du das auch?«

»Dort habe ich ihn gefunden.«

Schweigend gingen sie weiter. Rosemarie hatte vor einer halben Stunde das Thema angeschnitten. Nach längerem Zögern – sie hatte sich einen schonenden Einstieg zurechtgelegt, der ihr zunehmend blöder vorgekommen war. Schließlich entschied sie sich für den direkten Weg. »Mir ist der Zettel in die Hände gekommen, mit dem du unsere Wohnung findest und dich an meinen Namen erinnerst.«

»Wo?« hatte er gefragt.

»Im Kühlschrank.«

Er lachte. Damit schien das Eis gebrochen. Er erzählte ihr alles. Alles, woran er sich erinnern konnte.

Ein Paar kam ihnen entgegen, verstummte, grüßte und verschwand aus ihrem Blickfeld. Nach einer Weile sagte Rosemarie sachte:

»Das war nicht das erste Mal, daß ich Dinge an seltsamen Orten fand.«

»Zum Beispiel?«

»Socken im Backofen.«

»Im Backofen? Warum hast du nichts gesagt?«

»Ich hielt es nicht für wichtig. Eine kleine Zerstreutheit.«

»Was noch?«

»Ach, nichts.«

»Du hast gesagt ›Dinge‹.«

Rosemarie drückte seinen Arm. »Kondome im Tiefkühlfach.«

»Kondome?« Konrad lachte verlegen.

»Himbeeraroma.«

Er blieb stehen. »Bist du sicher?«

»Es stand drauf.«

»Ich meine, bist du sicher mit dem Tiefkühlfach.« Konrad klang jetzt etwas gereizt. Rosemarie nickte.

»Und warum hast du nichts gesagt?«

»Ich wollte nicht... ach, ich weiß nicht.«

Langsam gingen sie weiter. Konrad entspannte sich. Plötzlich lachte er auf. »Mit Himbeeraroma.«

Rosemarie lachte mit. »Vielleicht solltest du zum Arzt.«

»Glaubst du, es ist so ernst?«

»Nur sicherheitshalber.«

Hinter ihnen rasselte ein Pferdeschlitten. Sie traten an den Wegrand und ließen ihn vorbei. Zwei kleine, alte Gesichter unter riesigen Pelzmützen guckten aus den Lammfelldecken.

Sie gingen weiter im warmen Geruch der Pferde. Als das Bimmeln verklungen war, sagte Konrad: »Es war schön, daß ich mal mit jemandem so offen reden konnte. Mit Rosemarie kann ich das nie.«

Rosemarie blieb stehen. »Aber ich bin doch Rosemarie.«

Für den Bruchteil einer Sekunde dachte sie, er würde die Fassung verlieren. Dann grinste er. »Reingefallen!«

Patrick Süskind
Die Geschichte von Herrn Sommer

Zu der Zeit, als ich noch auf Bäume kletterte – lang, lang ist's her, viele Jahre und Jahrzehnte, ich maß nur wenig über einen Meter, hatte Schuhgröße achtundzwanzig und war so leicht, daß ich fliegen konnte – nein, das ist nicht gelogen, ich konnte wirklich fliegen damals – oder wenigstens fast, oder sagen wir besser: es hätte seinerzeit tatsächlich in meiner Macht gelegen zu fliegen, wenn ich es nur wirklich ganz fest gewollt und richtig versucht hätte, denn... denn ich erinnere mich genau, daß ich einmal um ein Haar geflogen wäre, und zwar war das im Herbst, in meinem ersten Schuljahr, als ich von der Schule nach Hause ging und ein dermaßen starker Wind blies, daß ich mich, ohne die Arme auszubreiten, so schräg wie ein Skispringer gegen ihn anlehnen konnte, schräger noch, ohne umzufallen... und als ich dann gegen den Wind anlief, über die Wiesen den Schulberg hinunter – denn die Schule lag auf einem kleinen Berg außerhalb des Dorfes – und mich nur ein bißchen vom Boden abstieß und die Arme ausbreitete, da hob mich der Wind empor, und ich konnte ohne Anstrengung Sprünge von zwei, drei Metern Höhe und zehn, zwölf Metern Weite machen – oder vielleicht nicht ganz so weit und nicht ganz so hoch, was spielt das für eine Rolle! –, jedenfalls flog ich *beinahe,* und hätte ich nur meinen Mantel aufgeknöpft und beide Hälften in die Hände genommen und wie Flügel ausgebreitet, dann hätte mich der Wind vollends emporgehoben und ich wäre mit größter Leichtigkeit vom Schulberg über die Talsenke zum Wald gesegelt und über den Wald hinweg hinunter zum See, wo unser Haus lag, und hätte dort zum grenzenlosen Staunen meines Vaters, meiner Mutter, meiner Schwester und meines Bruders, die zum Fliegen alle schon viel zu alt und zu schwer waren, hoch über dem Garten eine elegante Kurve gedreht, um dann hinaus über den See zu schweben, fast bis ans andere Ufer hinüber, und mich endlich gemächlich zurücktragen zu lassen und immer noch rechtzeitig zum Mittagessen zu Hause einzutreffen.

Aber ich habe den Mantel nicht aufgeknöpft und bin nicht wirklich hoch hinaufgeflogen. Nicht weil ich Angst vor dem Fliegen gehabt hätte, sondern weil ich nicht wußte, wie und wo und ob überhaupt ich je wieder würde landen können. Die Terrasse vor unserem Haus war zu hart, der Garten zu klein, das Wasser im See zu kalt für eine Landung. Aufsteigen, das war kein Problem. Wie aber kam man wieder herunter?

Beim Bäumeklettern war das ähnlich: Hinaufzukommen bereitete die geringsten Schwierigkeiten. Man sah die Äste vor sich, man spürte sie in der Hand und konnte ihre Stärke prüfen, ehe man sich an ihnen hochzog und dann den Fuß auf sie setzte. Aber beim Hinunterklettern sah man nichts und mußte mehr oder weniger blindlings mit dem Fuß im tieferliegenden Geäst herumstochern, ehe man einen festen Tritt fand, und oft genug war der Tritt eben nicht fest, sondern morsch oder glitschig, und man glitt ab oder brach durch, und wenn man sich dann nicht mit beiden Händen fest an einen Ast geklammert hatte, fiel man wie ein Stein zu Boden, folgend den sogenannten Fallgesetzen, die der italienische Forscher Galileo Galilei schon vor fast vierhundert Jahren entdeckt hat und die heute noch gelten.

Mein schlimmster Sturz ereignete sich in demselben ersten Schuljahr. Er erfolgte aus viereinhalb Metern Höhe von einer Weißtanne, verlief haargenau nach dem ersten Galileischen Fallgesetz, welches besagt, daß die durchfallene Strecke gleich dem halben Produkt aus Erdbeschleunigung und Zeit im Quadrat ist ($s = \frac{1}{2} g \cdot t^2$), und dauerte infolgedessen exakt 0,9578262 Sekunden. Das ist eine extrem kurze Zeit. Das ist kürzer als die Zeit, die man braucht, um von einundzwanzig auf zweiundzwanzig zu zählen, ja sogar kürzer als die Zeit, die man braucht, um die Zahl »Einundzwanzig« ordentlich auszusprechen! So enorm schnell ging die Sache, daß ich weder meine Arme ausbreiten noch meinen Mantel aufknöpfen und als Fallschirm verwenden konnte, ja daß mir nicht einmal mehr der rettende Gedanke kam, daß ich ja eigentlich gar nicht zu fallen brauchte, da ich doch fliegen konnte – gar nichts mehr konnte ich denken in diesen 0,9578262 Sekunden, und ehe ich überhaupt begriff, *daß* ich fiel, krachte ich auch schon gemäß dem zweiten Galileischen Fallgesetz ($v = g \cdot t$) mit einer Endgeschwindigkeit von über 33 Stundenkilometern auf dem Waldboden auf, und zwar so heftig, daß ich mit meinem Hinterkopf einen armdicken Ast durchschlug. Die Kraft, die dies bewirkte, heißt Schwerkraft. Sie hält die Welt nicht nur im Innersten zusammen, sie hat auch die vertrackte Eigenschaft, alles, sei es groß oder noch so klein, mit brachialer Gewalt an sich heranzuziehen, und nur solange wir im Mutterleibe ruhen oder als Taucher unter Wasser schweben, sind wir scheinbar von ihrem Gängelband befreit. Nebst dieser elementaren Einsicht trug ich von dem Sturz eine Beule davon. Die Beule verschwand schon nach wenigen Wochen, jedoch mit den Jahren spürte ich an derselben Stelle, wo einst die Beule gewesen war, ein sonderbares Kribbeln und Pochen, wann immer sich das Wetter änderte, besonders wenn Schnee in der Luft lag. Und heute, fast vierzig Jahre später, dient mir mein Hinterkopf als zuverlässiges Barometer, und ich kann genauer als der Wetterdienst vorhersagen, ob es morgen regnen oder schneien wird, ob die Sonne scheint oder ob ein Sturm heraufzieht. Auch glaube ich, daß eine gewisse Konfusion und Unkonzentriertheit, an der ich neuerdings leide, eine Spätfolge jenes Sturzes von der Weißtanne ist. So fällt es mir beispielsweise immer schwerer, beim Thema zu bleiben, einen bestimmten Gedanken kurz und knapp zu formulieren, und wenn ich eine Geschichte wie diese erzähle, dann muß ich höllisch aufpassen, daß ich den Faden nicht verliere, sonst komme ich vom Hundertsten ins Tausendste und weiß zum Schluß nicht mehr, womit ich überhaupt angefangen habe.

Patrick Süskind
Der Zwang zur Tiefe

Eine junge Frau aus Stuttgart, die schön zeichnete, bekam bei ihrer ersten Anstellung von einem Kritiker, der nichts Böses meinte und sie fördern wollte, gesagt: »Es ist begabt und ansprechend, was Sie machen, aber Sie haben noch zu wenig Tiefe.«

Die junge Frau verstand nicht, was der Kritiker meinte, und hatte seine Bemerkung bald vergessen. Aber am übernächsten Tag stand in der Zeitung eine Besprechung desselben Kritikers, in der es hieß: »Die junge Künstlerin besitzt viel Talent, und ihre Arbeiten finden auf den ersten Blick großes Gefallen; leider allerdings mangelt es ihnen an Tiefe.«

Da begann die junge Frau nachzudenken. Sie schaute ihre Zeichnungen an und kramte in alten Mappen. Sie schaute alle ihre Zeichnungen an und auch die, die sie gerade in Arbeit hatte. Dann schraubte sie die Tuschegläser zu, wischte die Federn ab und ging spazieren.

Am selben Abend war sie eingeladen. Die Leute schienen die Kritik auswendig gelernt zu haben und sprachen immer wieder von dem vielen Talent und dem großen Gefallen, das die Bilder schon auf den ersten Blick erweckten. Aber aus dem Gemurmel des Hintergrunds und von jenen, die mit dem Rücken zu ihr standen, konnte die junge Frau, wenn sie genau hinhörte, vernehmen: »Tiefe hat sie keine.

Das ist es. Sie ist nicht schlecht, aber leider hat sie keine Tiefe.«

In der ganzen folgenden Woche zeichnete die junge Frau nichts. Sie saß stumm in ihrer Wohnung, brütete vor sich hin und hatte immer nur einen einzigen Gedanken im Kopf, der alle übrigen Gedanken wie ein Tiefseekrake umklammerte und verschlang: »Warum habe ich keine Tiefe?«

In der zweiten Woche versuchte die Frau wieder zu zeichnen, aber über ungeschickte Entwürfe kam sie nicht hinaus. Manchmal gelang ihr nicht einmal ein Strich. Zuletzt zitterte sie so sehr, daß sie die Feder nicht mehr in das Tuscheglas tauchen konnte. Da begann sie zu weinen und rief: »Ja, es stimmt, ich habe keine Tiefe!«

In der dritten Woche fing sie an, Kunstbände zu betrachten, die Werke andrer Zeichner zu studieren, Galerien und Museen zu durchwandern. Sie las kunsttheoretische Bücher. Sie ging in eine Buchhandlung und verlangte vom Verkäufer das tiefste Buch, das er auf Lager hätte. Sie erhielt ein Werk von einem gewissen Wittgenstein und konnte nichts damit anfangen.

Bei einer Ausstellung im Stadtmuseum »500 Jahre europäische Zeichnung« schloß sie sich einer Schulklasse an, die von ihrem Kunsterzieher geführt wurde. Plötzlich, bei einem Blatte Leonardo da Vincis trat sie vor und fragte: »Verzeihen Sie – können Sie mir sagen, ob diese Zeichnung Tiefe besitzt?« Der Kunsterzieher grinste sie an und sagte: »Wenn Sie sich über mich lustig machen wollen, dann müssen Sie früher aufstehen, gnädige Frau!«, und die Klasse lachte herzlich. Die junge Frau aber ging nach Hause und weinte bitterlich.

Die junge Frau wurde nun immer sonderbarer. Sie verließ kaum noch ihr Arbeitszimmer und konnte doch nicht arbeiten. Sie nahm Tabletten, um wach zu bleiben, und wußte nicht, wozu sie wach bleiben sollte. Und wenn sie müde wurde, dann schlief sie in ihrem Stuhl, denn sie fürchtete sich, ins Bett zu gehen, aus Angst vor der Tiefe des Schlafes. Sie begann auch zu trinken und ließ die ganze Nacht das Licht brennen. Sie zeichnete nicht mehr. Als ein Kunsthändler aus Berlin anrief und um einige Blätter bat, schrie sie ins Telefon: »Lassen Sie mich zufrieden! Ich habe keine Tiefe!« Gelegentlich knetete sie Plastilin, aber nichts Bestimmtes. Sie vergrub nur ihre Fingerkuppen darin oder formte kleine Knödel. Äußerlich verwahrloste sie. Sie achtete nicht mehr auf ihre Kleidung und ließ die Wohnung verkommen.

Ihre Freunde sorgten sich. Sie sagten: »Man muß sich um sie kümmern, sie steckt in einer Krise. Entweder ist die Krise menschlicher Art, oder sie ist künstlerischer Art; oder die Krise ist finanziell. Im ersten Fall kann man nichts machen, im zweiten Fall muß sie da durch, und im dritten Fall könnten wir eine Sammlung für sie veranstalten, aber das wäre ihr womöglich peinlich.« So beschränkte man sich darauf, sie einzuladen, zum Essen oder auf Partys. Sie sagte immer ab mit der Begründung, sie müsse arbeiten. Sie arbeitete aber nie, sondern saß nur in ihrem Zimmer, schaute vor sich hin und knetete Plastilin.

Einmal war sie so verzweifelt mit sich selbst, daß sie doch eine Einladung annahm. Ein junger Mann, dem sie gefiel, wollte sie danach nach Hause bringen, um mit ihr zu schlafen. Sie sagte, das könne er gerne tun, denn auch er gefalle ihr; allerdings müsse er sich darauf gefaßt machen, daß sie keine Tiefe besitze. Der junge Mann nahm daraufhin Abstand.

Die junge Frau, die einst so schön gezeichnet hatte, verfiel nun zusehends. Sie ging nicht mehr aus, sie empfing nicht mehr, durch den Bewegungsmangel wurde sie dick, durch den Alkohol und die Tabletten alterte sie überschnell. Ihre Wohnung fing zu modern an, sie selbst roch sauer.

Sie hatte 30000 Mark geerbt. Davon lebte sie drei Jahre lang. Einmal in dieser Zeit machte sie eine Reise nach Neapel, kein Mensch weiß unter welchen Umständen. Wer sie ansprach, bekam nur ein unverständliches Gebrabbel zur Antwort.

Als das Geld verbraucht war, zerschnitt und durchlöcherte die Frau alle ihre Zeichnungen, fuhr auf den Fernsehturm und sprang 139 Meter weit in die Tiefe. Weil an diesem Tag aber ein starker Wind wehte, zerschellte sie nicht auf dem geteerten Platz unter dem Turm, sondern wurde über ein ganzes Haferfeld hinweg bis zum Waldrand getragen, wo sie in den Tannen niederging. Sie war trotzdem sofort tot.

Den Fall griff die Boulevardpresse dankbar auf. Der Selbstmord an und für sich, die interessante Flugbahn, die Tatsache, daß es sich um eine einst verheißungsvolle Künstlerin handelte, die obendrein noch hübsch gewesen war, hatten einen hohen Informationswert. Der Zustand ihrer Wohnung erschien so katastrophal, daß man pittoreske Fotos davon machen konnte: Tausende von geleerten Flaschen, Zeichen der Zerstörung überall, zerfetzte Bilder, an den Wänden Plastilinklumpen, ja sogar Exkremente in den Zimmerecken! Man riskierte einen zweiten Aufmacher und noch einen Bericht auf Seite drei.

Im Feuilleton schrieb der eingangs erwähnte Kritiker eine Notiz, in der er seine Betroffenheit darüber zum Ausdruck brachte, daß die junge Frau so scheußlich hatte enden müssen. »Immer wieder«, schrieb er, »ist es für uns Zurückbleibende ein erschütterndes Ereignis, mit ansehen zu müssen, daß ein junger talentierter Mensch nicht die Kraft findet, sich in der Szene zu behaupten. Mit staatlicher Förderung und privater Initiative allein ist es da nicht getan, wo es vorrangig um Zugewandtheit im menschlichen Bereich und um ein verständiges Begleiten im künstlerischen Sektor ginge. Allerdings scheint zuletzt doch im Individuellen der Keim zu jenem tragischen Ende angelegt. Denn spricht nicht schon aus ihren ersten, noch scheinbar naiven Arbeiten jene erschreckende Zerrissenheit, ablesbar schon an der eigenwilligen, der Botschaft dienlichen Mischtechnik, jene hineinverdrehte, spiralenförmig sich verbohrende und zugleich hoch emotionsbeladene, offensichtlich vergebliche, Auflehnung der Kreatur gegen das eigene Selbst? Jener verhängnisvolle, fast möchte ich sagen: gnadenlose Zwang zur Tiefe?«

Sibylle Mulot
Teure Kompromisse

Es gibt Fälle, in denen uns ein Verliebter mitzieht«, sagte ich zu Albertine. »Sie sind fürchterlich. Ein passabler, in Frage kommender, schätzenswerter Mensch verliebt sich in uns. Er hat einen einzigen Schönheitsfehler – wir lieben ihn nicht. Definitiv nicht. Von Anfang an nicht. Dafür schätzen wir ihn ja.«

Während ich meine Worte wählte, beobachtete ich Albertine. Welchen Eindruck machten sie auf sie? Möglicherweise gar keinen. Sie saß vor ihrem Flügel mit den kleinen Statuen. Ihre blauen Augen flatterten. War sie nicht doch durch das eine oder andere unheilige Gefühl ein wenig angekränkelt? *Wollte* sie nicht verstehen, daß Liebe nichts anderes ist als Glanz, Zärtlichkeit, Verlogenheit und unmittelbare Nähe?

»Diese schätzenswerten Menschen«, fuhr ich fort, »ermutigen wir unabsichtlich durch einen Anruf oder eine Bemerkung, so daß sie glauben, wir seien gleichfalls in sie verliebt. Sie fassen sich ein Herz und gestehen uns alles. Restlos. Ihr ganzes Gefühl. Und von da an wird alles sehr schwierig.

Natürlich kann man von uns nicht erwarten, daß wir uns *nicht* darüber freuen. Blitzartig gewöhnen wir uns an den Zustand, geliebt zu werden. Was wir schon früher wußten, nämlich welch ein schätzenswerter Mensch dieser Verliebte sei – und wie liebenswert wir selbst –, verstärkt sich, weil er soviel für uns tut. Was für ein *guter* Mensch muß das sein, er ruft uns zweimal täglich an! Wie hingebungsvoll, geduldig, selbstlos und klug er unsere Launen begleitet! Wir bereuen intensiv, ihn nicht lieben zu können, und stellen uns vor, wie praktisch es wäre, ihn doch zu lieben. – Dies alles«, sagte ich zu Albertine, »bezieht sich auf Menschen, die wir gewissermaßen so gut wie beinahe lieben. Ich rede nicht von den lächerlich unpassenden Personen, deren Anträge wir sofort zurückweisen oder verhöhnen.

Seitens des rücksichtslos Verliebten kommen nun die ersten Berührungen. Er stürzt sich in Unkosten. Er reist uns nach. Er will uns küssen. Wir fühlen uns gedrängt, ihm wahrheitsgemäß zu erklären, daß wir ihn schätzen, aber nicht lieben, daß wir ihn achten, aber nicht in ihn verliebt sind. Daß wir ihn bewundern, aber nichts für ihn empfinden – leider.

Der rücksichtslos Verliebte sitzt da wie ein begossener Pudel. Wie? *Nicht* verliebt? Aber wieso verbringen wir soviel Zeit mit ihm? Hören ihn an? Sind wir nicht *doch* ein wenig in ihn verliebt und wollen es nur nicht wahrhaben?

Manch einseitig Verliebter verwandelt sich von diesem Augenblick an in einen Vulkan. Er grummelt wie kurz vor dem drohenden Ausbruch. *Wir* fürchten den Ausbruch, weil wir ihm nicht das Geringste entgegenzusetzen hätten. Er fürchtet den eigenen Ausbruch auch, denn es könnte sein, daß er uns damit endgültig los wird. Zusammen durchleben wir ein Stadium intensiven Gegrummels.

Der Interessenkonflikt bringt uns einander näher. Der Vasall will im Grunde nur Ruhe und ein wenig Illusion, damit er uns lieben kann. Warum sollten wir ihm die nicht geben? Der Vasall vermittelt uns angenehmste mittelalterliche Gefühle. Wir sind Lehnsherrin geworden. Jedesmal, wenn sich die Situation durch sein Begehren zuspitzt, sagen wir ihm schonungslos, was wir ihm anfangs schon sagten, nämlich daß wir ihn nicht lieben. Hierfür genügt nach einiger Zeit schon ein Kürzel. ›Du weißt doch …‹, ›Ich habe dir immer gesagt …‹ oder: ›Wir haben doch ein Abkommen!‹

Inzwischen können wir aber fast alles sagen, selbst ›Scher dich zum Teufel‹, ohne dem einseitig Verliebten die Hoffnung zu rauben, er werde eines Tages wiedergeliebt. Wenn nicht gleich, dann später. Zug um Zug verleiten uns unser schlechtes Gewissen, unser Mitleid und unsere Eigenliebe, seine Inszenierung mitzuspielen. Für wenige Stunden oder Minuten am Tag gelingt es, uns einzureden, wir seien doch ein wenig in ihn verliebt; mindestens auf dem Weg dazu. Wir geben seinen Zärtlichkeiten nach. Zwei Stunden später packt uns der Ekel, der schiere Degout. Wir werfen ihn aus der Wohnung – er weiß, daß er morgen wiederkommen darf. In dieser quälenden Zeit sind wir genauso abhängig von ihm wie er von uns. Wir wollen seine Liebe ins Unermeßliche steigern, um einen Grund zu haben, ihr nachzugeben. – Ruft er an einem Abend nicht zur gewohnten Zeit an, tun wir es für ihn. Wir flüstern am Telefon genauso zärtlich wie er, das Telefon ist unverfänglicher, weil wir ihn dabei nicht sehen. Wir leben uns in einzelne Teile seiner Inszenierung ›Liebe‹ ein und spielen sie mit. Wie ich anfangs schon sagte: Der Verliebte zieht uns mit. Der Verliebte fährt in dieser Zeit Achterbahn. Wir teilen fürchterliche Schläge aus in den Momenten, wo uns der Ekel überfällt. Er weiß kaum noch, wo ihm der Kopf steht. Endlich fängt er an, uns zu hassen. Der Glückliche! Haß ist ein ebenso reines Gefühl wie Liebe. *Sie ist ein schlechter Mensch,* denkt er, *weil sie mich so behandelt.* Recht hat er: Das ganze Übel kommt daher, daß wir ihn nicht lieben, aber trotzdem nicht verlieren wollen.«

»Dieses Gefühl kenne ich«, sagte Albertine plötzlich errötend. »Wenn ich Menschen, die von mir Liebe erwarten, nicht liebe, werde ich ganz rabiat. Vor allem kann ich ihnen nicht in die Augen sehen. Ich habe Hunderte von Kilometern auf dem Beifahrersitz verbracht, den Kopf streng nach rechts gedreht, mit Blick auf all die Straßenbäume, Kuhweiden und Kirchen, nur um jemandem nicht in die Augen sehen zu müssen. Das Autoradio lief. Ich weiß heute noch, was gesendet wurde. Bei starker Abneigung steigert sich das Wegschauen derart, daß ich nicht einmal mehr den Schatten des Profils oder die Hand auf dem Lenkrad sehen will. Es ist qualvoll.«

»Natürlich kommt es auch vor«, fuhr Albertine nach einer Pause fort, »daß ein Mensch mich offenbar liebt, der mir nicht gar so verhaßt ist. Dann bin ich dankbar und stolz. Dieser bewußte Mensch ist seriös, sanft, solide, sieht passabel aus, ein wunderbarer Zuhörer. Meine Talente erglänzen. Ich finde mich hinreißend. Alles gerät in Bewegung. Endlich kann ich verstehen, daß man mich liebt, daß man mich geliebt hat. Wenn die Seele tatsächlich sieben Ringe hat, dann fängt der äußerste an zu tanzen und zu wirbeln. Fingerspitzen, Worte, Handtaschen, Gesten – alles springt, gleitet, flattert. Aber vieles fällt auch zu Boden, weil ich mein Gegenüber nicht ansehen kann. Es ist unglaublich, was Augen für Brücken bauen. Entsprechend tief ist der Abgrund, wenn Schuldgefühle unseren Blick zur Seite drängen. An einem einzigen solchen Abend habe ich einmal zerbrochen: eine Sonnenbrille, eine Kontaktlinse, ein Weinglas, eine Puderdose, eine alte Brosche, einen Irisch-Horn-Kamm. Außerdem glitt mir ein grünes Seidentuch von den Schultern und ging in den dunklen Straßen verloren. Der Schaden ging in die Hunderte.«

»Sie reden ja«, sagte ich, »als ob Sie Menschen, die sich selten verlieben, eine Haftpflichtversicherung empfehlen wollten.«

»Das ist auch so«, sagte Albertine. »Kaum betritt man das Haus des Nicht-Geliebten, fallen dort plötzlich Bilder von den Wänden, Stühle bohren sich in Fenster, und Blumenkübel fallen vom Haken. Man wird so zerstörerisch. – An jenem Abend jedenfalls besuchte ich mit einem bleichen schweren Mann, der etwas von einem Elefanten hatte, eine Kindervorstellung. Ich hatte zwei Freikarten und keinen, den ich liebte. – Wir erfuhren an diesem Abend, daß Märchen immer Märchengesetzen folgen. Wir sahen Raketen, Sterne und einen tiefblauen Theaterhimmel. Der Wesir sollte für den König die Sterne zählen und hatte nicht den Mut zu sagen, Majestät, es sind genau eine Million dreihundertundsiebenundzwanzig. Der bleiche schwere Mann saß ganz still im Sessel neben mir. Ich beugte mich zu ihm und sagte: ›Paß auf, gleich kommt einer und sagt: Majestät, es sind genau eine Million dreihundertundsiebenundzwanzig.‹ Richtig, da kam der tolpatschige Hansguck-in-die-Luft schon auf die Bühne. Er sang, lachte, sagte irgendeine Phantasiezahl, und alle waren ihm dankbar. Die Kinder im Publikum, der Hofstaat, der König, die Prinzessin. Nur der Wesir nicht. Der war ihm böse. Er versuchte, ihn umzubringen, und wurde zur Strafe selbst geköpft.

In der Pause hatte ich bereits verloren oder zerbrochen: das grüne Seidentuch, die Sonnenbrille, die Puderdose. Wir gingen nach der Vorstellung noch ein Glas Wein trinken, der Elefant und ich. Mit angestrengten Augen verfolgte der Elefant mein Geflatter. Dunkelrot floß der Wein auf die Tischdecke. Meine alte Brosche knallte beim Haarekämmen auf den Fliesenboden. Der Kamm selbst verhakte sich in den Haaren und verlor drei Zähne.

Der schwere bleiche Mann begleitete mich nach Hause. Es ist vier Uhr nachts, wir sind betrunken. Wir haben nichts Besseres zu tun und spielen so lange vierhändig auf dem Flügel, bis die Kinder in der Nebenwohnung verschlafen an die Wand klopfen. Der bleiche Mann ist willenlos und folgt mir traurig durch die Wohnung. Wir hören den *Maskenball.* Ach, diese Intensität der Gefühle! Ich kann den Elefanten überhaupt nicht mehr ansehen und möchte ihn aus der Wohnung werfen. Der bleiche schwere Mann schläft ein. In *meinem* Nachthemd. Mit Schuldgefühlen gehe ich ins andere Zimmer, mit Herzklopfen steige ich ins Gästebett. Das Zimmer ist mir unvertraut. Knirschend zertrete ich eine Kontaktlinse. Mit Herzklopfen wache ich wieder auf. Der Elefant ist fort. Ich betrachte den Kamm, die zerbrochene Puderdose, die Brosche – zu Tode betrübt. Tribut für falsches Leben. Der einzige Mensch, dem ich in die Augen sehen könnte, lebt seit vielen Jahren mit einer anderen weit fort von hier.«

»Könnte es sein«, beginne ich – aber Albertine ist noch nicht fertig.

»Mit einer Plötzlichkeit, die mich selbst erschreckt, wird mir alles zuwider«, fährt sie fort. »Ich will mein Leben ändern. Ich bringe Nachthemd und Laken, in denen der bleiche Mann geschlafen hat, in die Wäscherei. Weg damit. Die Vorstellung, ich müßte in dieses Nachthemd schlüpfen, ist unerträglich... schauderhaft... Irgendwo gibt es eine Frau, die ausgerechnet diesen Elefanten bis zur Raserei liebt und nicht bekommt. Warum? Was ist der Sinn dieser Auswahl?«

»Könnte es sein, daß Männer im umgekehrten Fall genauso empfinden?«

»Niemals«, sagte Albertine. »Sie werden von Frauen nie so hartnäckig verfolgt, die das Pech haben, einseitig zu lieben. Also ist der Ekel geringer.«

»Und die Unbekannte aus Euskirchen?«

»Das ist etwas anderes«, sagte Albertine stirnrunzelnd. »Die Unbekannte gehört zu jenen wunderbaren Fernliebenden, die über den Dingen schweben. Die Geschichte vom bleichen schweren Mann dagegen zeigt die Niederungen des wirklichen Lebens, die Kompromisse, die man schließt, falls man nicht die Seelenstärke der Unbekannten besitzt. Im übrigen können Männer kraft ihrer höheren Autorität die einseitig verliebten Frauen besser kontrollieren. Sie haben nichts dagegen, mit ihnen zu schlafen. Anschließend stellen sie den Opfern ein Rendezvous im nächsten Frühjahr oder im Herbst in Aussicht. Sie sagen: Jede hat irgendeinen Reiz.«

»Das ist möglich«, sagte ich und dachte unwillkürlich an Gabor. Gabor mit seinem Frauenzirkus. Keine der acht liebte er wirklich. Das machte aber nichts. Er hatte sich angewöhnt, an allen irgendeine Einzelheit zu loben, weil er das Ganze nicht loben kann. ›Ich mag die Art, wie du meinen Namen aussprichst… Es ist so hübsch, wie du Englisch redest… Diese Jacke steht dir besonders gut… Entzückend, wie du die Beine übereinanderschlägst… Du hast so etwas Farbiges, das muntert auf…‹ und so weiter und so fort. Alle Geliebten hat er auf karge Ration gesetzt. Die eine nur mittwochs, die andere nur sonntags. Proteste sind zwecklos.

»Männer sagen nicht so leicht, daß sie nicht lieben«, fuhr Albertine fort. »Irgend jemand hat ihnen beigebracht, daß dies unhöflich wäre… Vielleicht ihre Mütter. Also sagen sie es nicht. Praktisch nie. Aber sie geben zu verstehen. Zum Beispiel durch Schweigen. Durch Nicht-Beantworten von Briefen. Durch Ausweichen und Vertrösten. Das finden sie deutlich genug. Aber die Verliebten warten auf das noch Deutlichere.«

Albertine saß vor ihrem Statuenwald. Ihre blauen Augen flatterten. Eigentlich saß sie vor lauter leichtsinnigen Püppchen. All diese ägyptischen Männer und Frauen waren zu Lebzeiten bunt gewesen, lebenslustig und frivol. Es gibt Zeiten, da es verboten ist, irgend etwas leicht zu nehmen. Dann wieder Zeiten, in denen die Todsünde darin besteht, etwas ernst zu nehmen. Albertine hatte sich in der Zeit geirrt. Sie krankte an den Nadelstichen derjenigen, die ihre eigene Oberflächlichkeit zur herrschenden Religion erhoben hatten.

Erich Hackl
Auroras Anlaß

Am Tag ihrer Großjährigkeit ließ Aurora Rodríguez in einer Zeitung der Stadt bekanntmachen, daß sie in andere Umstände zu kommen gewillt sei, daß der Vater zu dem Kind, das sie gebären wolle, sich melden möge; daß sie allerdings entschlossen sei, ihn nicht zu heiraten noch eine andere, eheähnliche Verbindung mit ihm einzugehen. Aurora fügte der Nachricht hinzu, daß jeder, der bereit war, eine so kurze, auf den Akt der Zeugung beschränkte Verbindung einzugehen, gesund an Körper und Geist sein müsse, also über das im Land herrschende vulgäre Mittelmaß erhaben.

Auroras ältester Bruder, der als einziger der Familie noch in El Ferrol ansässig war, schlug am Tag nach Bekanntwerden dieser Aufforderung seiner Schwester ins Gesicht. Er kam betrunken aus dem Königlichen Segelklub, wo seine Freunde die Neuigkeit kommentierten und mit ihrem Spott auch ihn nicht verschonten. Aurora wehrte sich nicht gegen seine Schläge, schrie nicht auf und wich keinen Schritt zurück. Dieses Verhalten ernüchterte ihren Bruder. Zögernd drehte er sich um und verließ das Elternhaus.

Es war das letzte Zusammentreffen der Geschwister. Das vorletzte, sieht man von zufälligen Begegnungen auf der Straße ab, erfolgte am Tage des Begräbnisses von Anselmo Rodríguez, als auf Drängen des ältesten Bruders und der Schwester das Testament eröffnet wurde. Das dem jüngeren Bruder zustehende Erbteil wurde, da man von ihm nur wußte, daß er trotz seiner Jugend das Glück irgendwo in Amerika suchte, einem Prokurator zur Verwahrung übergeben. Dem älteren, der keiner geregelten Arbeit nachging, kam das Vermögen sehr gelegen. Auch Josefa, die in der besseren Gesellschaft von Paris verkehrte, brauchte das Geld, um ihren aufwendigen Lebenswandel zu bestreiten, zumal José Arriola mit einigen Geschäftsabschlüssen Pech gehabt hatte.

Aurora Rodríguez bekam, da sie erst siebzehn Jahre alt war, einen Vormund. Dem letzten Willen ihres Vaters entsprechend, wurde dazu Doktor Ochoa bestimmt, ein liebenswürdiger, wenngleich etwas einfältiger Mann, der als Hausarzt der Familie seit langem verbunden war.

Nach ihrem dreiundzwanzigsten Geburtstag begann Aurora Rodríguez, den auf sie entfallenden Anteil an Gütern im Familienbesitz zu liquidieren. Die Nachricht von der skandalösen Anzeige machte in der Stadt schnell die Runde. Aurora, die mit dem Erreichen der Großjährigkeit wieder in das Elternhaus übersiedelt war und sich Ochoas Neffen gegenüber verleugnen ließ, bekam die Folgen zu spüren. Auf der Straße verweigerten ihr Bekannte den Gruß, schauten an Aurora vorbei oder wechselten den Gehsteig. Halbwüchsige liefen ihr nach, machten obszöne Gesten, alte Frauen bekreuzigten sich.

Nachts schlichen Männer um das Haus. Einmal läutete sie ein ganzer Trupp Soldaten aus dem Schlaf; der mutigste versicherte Aurora unter dem Gelächter der übrigen, daß jeder von ihnen Manns genug sei, ihr ein Kind zu machen.

Das waren noch nicht die Schlimmsten. Ekelerregender fand Aurora Rodríguez die Männer, die vorgaben, sie zu verstehen, und die behaupteten, nur der Sache dienen zu wollen, *während sie mich,* wie sie Guzmán erzählte, *mit ihren Blicken schon auszogen.* Sie dachte an Flucht, bloß weg von hier, Madrid oder Barcelona, eintauchen in die Großstadt, unerkannt, Atem holen, die ererbten Güter von einem Rechtsanwalt veräußern lassen, bis eines Tages der Priester vor ihrer Tür stand.

Als solcher war er nicht zu erkennen. Mitte dreißig, groß, breitschultrig, braungebrannt, wirkte er eher wie ein Seefahrer. Das sei er auch, nämlich Geistlicher in der Handelsmarine, und wenn er sich angewöhnt hatte, auf seinen Habit zu verzichten, so deshalb, weil in der christlichen Seefahrt nicht Betschwestern gefragt seien, sondern Männer mit starken Armen. Außerdem stehe er der Kirche kritisch gegenüber, halte nichts von den Vertröstungen aufs Jenseits, um so mehr aber von Versuchen, dieses Meer von Tränen erträglich zu machen. Deshalb auch seine Vorsprache.

Sie haben die Anzeige gelesen?

Da sei er noch auf hoher See gewesen. Nein, erst gestern habe er in einer Gaststätte zwei Männer darüber reden hören. Durch ihre Bemerkungen neugierig geworden, habe er sich in die Unterhaltung eingemischt und vom Inhalt der Notiz erfahren.

Sie wissen also, worum es mir geht?

Dem Sinn nach. Er wisse auch, daß der Mann nachher aus ihrem, Auroras, Leben zu veschwinden habe. Und daß er das Kind nicht sehen dürfe.

Kommt Sie das nicht hart an?

Keineswegs. Als Geistlicher, dem jedoch die körperlichen Bedürfnisse der Menschen weit mehr am Herzen lägen, und als Seefahrer wäre es ihm, ganz im Gegenteil, unmöglich, eine längere Bindung einzugehen, selbst wenn er danach strebte.

Ohne von Aurora Rodríguez dazu aufgefordert zu werden, erklärte der Priester, daß wohl noch nicht der Augenblick gekommen sei, um Ort und Zeit der fleischlichen Vereinigung festzusetzen. Er verfüge über wenigstens vier Monate Landurlaub, so daß sie einander besser kennenlernen könnten. Das Fräulein wäre dann imstande, sich ein Urteil über seinen Charakter zu bilden und habe selbstverständlich das Recht, ihn als Vater des zu zeugenden Kindes gegebenenfalls abzulehnen. Seine Gesundheit? Bis auf die üblichen Kinderkrankheiten und Fleckfieber, mit dem er vor Barbados monatelang darniedergelegen sei, könne er sich an keine Schwächung seines Körpers erinnern. In der Familie sei ihm kein Fall einer chronischen Erkrankung oder geistigen Zerrüttung bekannt. Andes als der Großteil der Seefahrer habe er nie an einer Geschlechtskrankheit gelitten, wiewohl er das Gelübde der Enthaltsamkeit für seine Person ablehne. Im übrigen ließe sich sein körperliches Befinden am äußeren Erscheinungsbild ablesen. Sei dieses aber, sein Auftreten, Art oder Inhalt des von ihm Gesagten für Aurora Rodríguez untragbar, so möge sie es ihm sogleich sagen. Er würde gehen, jedes Wiedersehen vermeiden und über den Inhalt der Unterredung strengstes Stillschweigen bewahren.

Nein nein. Bleiben Sie.

Doris Dörrie
Die Braut

Ich bog auf die Autobahn ein und trat aufs Gas. Mein Brautkleid lag in einer lackroten Schachtel auf dem Rücksitz. Modell *Opera*, fünf Meter weißer Tüll für den Rock, eine weich drapierte und mit einzelnen Perlen bestickte Corsage aus Satin, lange weiße Handschuhe und sogar ein Schleier mit winzigen, Maiglöckchen nachempfundenen Blüten. Ausgerechnet ich mit einem Schleier! Aber wenn schon, denn schon.

Wie eine Schar Stare auf einen Kirschbaum hatten sich die Verkäuferinnen auf mich gestürzt, als ich aus der Kabine kam, zupften an mir herum und wünschten mir von Herzen alles Gute für meine Ehe. Als ich ihnen sagte, daß ich mit dem Bräutigam schon seit acht Jahren zusammenlebe, wirkten sie enttäuscht.

1295 Mark für ein Brautkleid. Ein Haufen Geld, aber ich hatte es ja unbedingt selbst bezahlen wollen. Und niemand sollte es vorher sehen, allenfalls meiner ältesten und besten Freundin Lore hätte ich es gern gezeigt, obwohl sie bei meinem Anblick in Brautkleid und Schleier bestimmt laut gelacht hätte.

Sie kennt mich noch aus Zeiten, in denen ich grün und blau gefärbte Haare trug und jeden, der seine Liebe durch Staat und Kirche sanktionieren ließ, aufs Blut verachtete.

Sie selbst war nicht verheiratet, wie alle unsere Freunde. Ist das nicht ein bißchen seltsam, fragte ich sie, daß wir alle über dreißig sind und niemand von uns verheiratet ist oder Kinder hat? Manchmal habe ich das Gefühl, wir glauben, daß wir unsterblich sind. Möchtest du meine Brautjungfer sein?

Lore kicherte verlegen, dann sagte sie mir, daß sie mit ihrem neuen Freund nach Bali führe und leider, leider zu meiner Hochzeit nicht kommen könne.

Aber, Mensch, Lore, ich heirate!

Tut mir leid, altes Haus, ich hoffe, du nimmst es mir nicht übel.

Fahr nur, ermunterte ich sie lahm, es ist ja auch keine große Angelegenheit. Es verändert sich ja nichts…

Eben, sagte sie erleichtert, ihr seid doch schon ein altes Ehepaar.

Warum wir plötzlich heiraten wollten, fragte sie nicht.

Es begann zu tröpfeln, und innerhalb von nur wenigen Sekunden verwandelte sich der milde Regen in einen gewalttätigen Wolkenbruch. Keiner fuhr deshalb langsamer. Wir jagten über die Autobahn, manche von uns als Jäger, die meisten als Gehetzte.

Ich schaltete die Scheibenwischer auf die schnellste Stufe, der linke quietschte ein wenig, dann wurde er langsamer und blieb schließlich ganz stehen. Wie ein Wasserfall strömte der Regen jetzt über die Windschutzscheibe, ich konnte schlagartig nichts mehr sehen. Vor Angst fingen meine Hände an zu kribbeln, als hätte ich in eine Steckdose gegriffen.

Ich versuchte, mich so weit wie möglich auf den Beifahrersitz zu lehnen, um durch den anderen Teil der Scheibe zu sehen, wohin ich überhaupt fuhr, aber das war zwecklos. Undeutlich erkannte ich im nassen, schlierigen Außenspiegel die Scheinwerfer der hinter mir fahrenden Autos, tanzende helle Punkte, deren Abstand ich nicht abschätzen konnte und die bedrohlich auf mich zuzukommen schienen.

Es war, als trüge ich keine Kontaktlinsen – ich bin ziemlich kurzsichtig – und als säße ich in meinem Wagen wie in einem unscharfen Traum. Einen Moment lang überfiel mich gute Lust, die Hände vom Lenkrad zu nehmen und in den Schoß zu legen.

Statt dessen verlangsamte ich behutsam, damit mir keiner von hinten auffuhr, schaltete die Warnblinkanlage an und lenkte leicht nach rechts, in der Hoffnung, dort auf dem für mich unsichtbaren Seitenstreifen halten zu können.

Es gab einen Knall wie von einer Explosion, das Lenkrad bohrte sich schmerzhaft in meine Brust, daß mir die Luft wegblieb, von einem unsichtbaren Feind wurde ich nach vorn geworfen, dann nach hinten geschleudert. Der Motor soff ab, das Auto bewegte sich nicht mehr, es war still, nur der rechte Scheibenwischer jagte weiter hysterisch über die Scheibe.

Ich beobachtete die Gänsehaut auf meinen Unterarmen, dabei war mir gar nicht kalt, darüber wunderte ich mich.

Ein verschwommener schwarzer Fleck tauchte vor der Seitenscheibe auf, dann wurde die Tür aufgerissen, eine Frau mit wirren, schwarzen Haaren steckte den Kopf ins Auto und schrie: Haben Sie sie nicht mehr alle?

Ich sah den Regen auf ihre schwarze Motorradjacke prasseln. Sie kam mit ihrem Kopf noch näher an mich heran, daß wir fast zusammenstießen, ihre schwarz umrandeten Augen waren zu wütenden Schlitzen verzerrt.

Sind Sie nicht ganz dicht? keifte sie.

Sie packte mich an der Schulter und schüttelte mich. Hey, Sie! Huhu!

Sie wedelte mir mit der Hand vor den Augen herum, was mir so lästig wurde, daß ich den Kopf wandte und sie ansah.

Könnten Sie bitte damit aufhören? sagte ich höflich und mit dem Gefühl, den Mund voller Watte zu haben.

Sie verzog ihre erdbeerrot geschminkten Lippen.

Scheiße, sagte sie, sehen Sie sich diese Scheiße an! Sie richtete sich auf und stapfte fluchend im Regen davon.

Ich stieg mit wachsweichen Beinen aus und sah auf dem Seitenstreifen vor mir einen alten, schmutzigweißen Opel, dessen Kofferraum zusammengeknüllt war wie ein Stück Papier. Langsam und träge, als hätte ich ein Schlafmittel genommen, formten sich meine Gedanken zu der Erkenntnis, daß ich wohl etwas damit zu tun haben mußte.

Ich trat in den strömenden Regen hinaus wie unter eine Dusche und stellte fest, daß die Kühlerhaube meines Autos auch nicht viel besser aussah, und es war noch nicht einmal meins, sondern Holgers, und erst zwei Monate alt.

Haben Sie Tomaten auf den Augen oder was? schrie die Frau vor ihrem Opel und holte eine Plastiktüte aus dem Wagen, die sie sich auf den Kopf setzte. *Aus deutschen Landen frisch auf den Tisch* stand auf der Tüte.

Ich gehe los und rufe die Polizei! rief sie mir zu. Und

wehe, Sie rühren sich vom Fleck. Ich habe Ihr Kennzeichen aufgeschrieben.

Ich erwiderte nichts. Der Regen triefte mir in den Nakken, lief mir über die Nase, tropfte auf meine Lippen. Der Verkehr fauchte wie ein vielköpfiger Drache an mir vorbei, machte mich taub, stumm und benommen.

Erst als die Frau schon fast hundert Meter entfernt war, fiel mir ein, daß ich ihr hätte anbieten sollen, die Angelegenheit unter uns zu regeln. Sie wirkte allerdings nicht so, als würde sie auf ein solches Angebot eingehen. Entschlossen marschierte sie in ihren metallbeschlagenen Cowboystiefeln den Seitenstreifen entlang, die Plastiktüte nickte bekräftigend auf ihrem Kopf, ihre Schritte klangen wie ein Maschinengewehr.

Ich setzte mich wieder in das regenblinde Auto und sah Holger vor mir, wie er bekümmert meinem Bericht lauschte und bereute, keine Vollkaskoversicherung abgeschlossen zu haben.

An einem funkelnagelneuen Auto darf doch der Scheibenwischer nicht kaputtgehen, würde er allenfalls kopfschüttelnd sagen und sich dann mit Verve in die Abwicklung der Telefonate mit der Versicherung und KFZ-Werkstätte stürzen.

Er würde sich nicht weiter aufregen. Nichts brachte ihn aus der Fassung, nichts lockte ihn vollkommen aus der Reserve, er blieb immer ruhig, gefaßt, sicher, wie ein Fels in der Brandung. Das mochte ich an ihm. Ich war schließlich alt genug, um nicht mehr idiotischen Träumen von wilder Leidenschaft nachzuhängen. Oder ich hatte beschlossen, jetzt alt genug dafür zu sein. Betrogen hatte ich Holger oft genug. Jetzt wollte ich ihn heiraten und endlich Frieden schließen mit der Realität. Mir nicht mehr von ihr erhoffen, als sie zu geben bereit war. Ich wollte von nun an bescheiden sein. Ein Leben führen wie andere auch, und zwar nicht zähneknirschend, sondern gern.

Um diesem Entschluß nicht nur einen Hauch von Romantik, sondern auch von Größe zu verleihen, wollte ich in Weiß heiraten, in einer Kirche, mit allem Drum und Dran.

Holger hätte ich das niemals erklären können, aber das mußte ich auch nicht. Er fügte sich geduldig lächelnd meinen Wünschen und bat sich nur aus, keinen Zylinder tragen zu müssen.

Die Frau riß die Fahrertür auf, daß ich vor Schreck zusammenfuhr. Dicke Wassertropfen perlten von ihrer Jacke auf meine Schenkel, ihr Gesicht unter der Plastiktüte war klatschnaß.

Die Polizei ist in einer Viertelstunde hier, keifte sie und knallte die Tür wieder zu.

Wenige Sekunden später riß sie schon wieder die Tür auf. Geht Ihre Heizung?

Ich glaube, ja, antwortete ich zögernd. Sie knallte kommentarlos die Tür wieder zu, stieg hinten ein und riß sich die Plastiktüte vom Kopf.

Ich schaltete die Heizung ein. Im Rückspiegel sah ich, wie sie mit den Zähnen klapperte.

Im Kofferraum habe ich, glaube ich, eine Decke, bot ich an, da fiel mir ein, daß Holger sie vor ein paar Tagen herausgenommen hat, um sie zu waschen. Irrtum, murmelte ich, doch keine Decke.

Sie verdrehte die Augen und schlug die Arme unter. So eine Scheiße, murmelte sie zwischen den Zähnen, so eine verdammte Hühnerscheiße.

Ich nickte und sah, wie sie den roten Karton neben sich auf dem Sitz anstarrte. BRAUTMODEN HENNIG – WIESBADEN stand auf einem kleinen goldenen Schild. Ich kannte das Geschäft, seit ich denken konnte. Mein Schulweg führte daran vorbei. Eine Zeitlang stand zum Entzücken meines Vaters BRUTMODEN über dem Geschäft, und es dauerte fast ein Jahr, bis ein neues A montiert wurde. Zwanzig Jahre später fiel es mir wieder ein. Da, nur da, wollte ich mein Hochzeitskleid kaufen, bei Brautmoden Hennig, in Wiesbaden. Von unserer Familie lebt niemand mehr in Wiesbaden, meine Großeltern sind gestorben, meine Eltern nach Teneriffa ausgewandert.

Meine Güte, Kind, was bist du sentimental, sagte meine Mutter am Telefon, und ich konnte förmlich hören, wie sie ihre permanent gebräunte Stirn runzelte, was willst du denn nach all den Jahren in Wiesbaden?

Mit meinem Hochzeitskleid unter dem Arm bin ich meinen alten Schulweg abgegangen, die Häuser waren mir nicht mehr vertraut, viele waren renoviert oder umgebaut, aber jeden Zentimeter Straße erkannte ich wieder, den ich Morgen für Morgen, neun Jahre lang, mit hängendem Kopf Schritt für Schritt zurückgelegt hatte.

Manche Straßen waren mit Platten belegt, auf deren Rillen man nach von mir erfundenen Regeln manchmal treten mußte, ein andermal auf keinen Fall durfte, dann die schwarzen buckligen Teerstreifen, auf denen man balancieren konnte und die im Sommer weich wurden wie Kaugummi, die roten Backsteine in einer kleinen Stichstraße zwischen Häusern mit großen Gärten, die im Herbst vom herabfallenden Laub und nasser Hundescheiße so glitschig waren, daß man höllisch aufpassen mußte, um nicht auszurutschen.

All das erkannte ich wieder, als wäre keinerlei Zeit vergangen; und noch etwas anderes: eine Mischung aus Langeweile, Traurigkeit und verstockter Rebellion, die mich mein ganzes Leben begleitet hatte wie ein Schatten.

Ich setzte mich auf ein kleines Mäuerchen, auf dem ich als Kind schon gehockt und Napas – betonharte kleine Rhomben aus Kaugummimasse – gegessen hatte, wobei mich das Gewicht des Schulranzens fast nach hinten in den Vorgarten gezogen hätte.

Ich saß dort mit meinem Hochzeitskleid unter dem Arm und starrte den vorbeiflutenden Verkehr an, all die Menschen, die in ihren Autos wie in kleinen Kapseln durch ihr Leben transportiert wurden, allein, als Paar oder als Familie; alle schön sortiert, und es schien mir so, als hätte jeder damit eine endgültige Entscheidung getroffen, wie er sein Leben verbringen wollte.

Die Frau reckte sich nach vorn über den Sitz und drückte auf den Zigarettenanzünder. Um ihr Handgelenk trug sie eine türkisblaue Tätowierung wie ein Armband, eine Schlange, die sich um einen Blütenzweig rankte.

Ich wollte sie bitten, nicht zu rauchen, Holger haßt den Geruch, statt dessen bat ich sie um eine Zigarette.

Sonst noch was? sagte sie unfreundlich, reichte mir aber eine.

Wortlos rauchten wir vor uns hin, und der Dunst unserer Zigaretten verband sich zu einem diffusen Nebel über unseren Köpfen.

Ich kann's nicht fassen, schimpfte sie, Leute gibt's, die sind zu blöd, ein Loch in den Schnee zu pinkeln, manche Leute sollten den Führerschein überhaupt nicht machen dürfen. Scheiße, verdammte. Wütend stieß sie den Rauch durch die Nase aus.

Ich hätte ihr erklären können, daß mein Scheibenwischer nicht funktionierte, aber das hätte sie wahrscheinlich nur als Ausrede aufgefaßt, also schwieg ich.

Was ist in der Schachtel? fragte sie wie bei einem Polizeiverhör.

Ich holte kurz Luft. Mein Brautkleid, antwortete ich patzig, darauf gefaßt, von ihr verspottet zu werden.

Sie machte eine kleine Pause. Darf ich es mal sehen? fragte sie mit veränderter Stimme, ganz weich und freundlich.

Erstaunt drehte ich mich zu ihr um. Sie grinste mich an und streckte mir ihre Hände entgegen. Innenflächen nach oben. Ich habe auch saubere Hände, sagte sie.

Aber erst die Zigarette ausmachen, sagte ich, und nicht im Aschenbecher, sonst stinkt das Auto noch tagelang.

Gehorsam warf sie die Kippe aus dem Fenster, ich kletterte über den Beifahrersitz nach hinten, setzte mich neben sie und nahm die Schachtel auf den Schoß. Vorsichtig hob ich den Deckel ab. Zartrosa Seidenpapier quoll hervor wie eine lebendige Masse. Ich nahm den Schleier heraus und hängte ihn über die Nackenstütze des Beifahrersitzes.

Behutsam berührte sie die winzigen weißen Maiglöckchen aus Perlen und Seide. Ich sah, daß ihre Hände vor Kälte zitterten.

Jetzt das Kleid, sagte sie und rückte zur Seite, damit ich Platz genug hätte, um es herauszuholen.

Wie eine große Wolke fiel der Tüllrock über uns und bedeckte uns beide.

Wow, rief sie lachend, das ist ja der Wahnsinn!

Ich lächelte stolz, ganz gegen meinen Willen.

Hingebungsvoll streichelte sie den Tüll und stöhnte leise.

Wie schön, murmelte sie, wie unglaublich schön. Sie drückte ihre Wange gegen den Stoff und schloß die Augen.

Nur um einmal im Leben so ein Kleid am Leib zu haben, würde ich heiraten, sagte sie mit geschlossenen Augen, es muß sich anfühlen, als würde man in Schlagsahne schwimmen.

Okay, sagte ich, ziehen Sie's an.

Sie klappte die Augen auf, große, eisblaue Augen. Ich war mindestens so erstaunt über mein Angebot wie sie.

So kommen Sie wenigstens aus Ihren nassen Klamotten raus, fügte ich hinzu, aber da hatte sie sich bereis aus ihrer Lederjacke gepellt.

Sie hatte einen schmalen Oberkörper, so wie ich, hängende Schultern, kaum Busen. Ohne ihre Lederjacke wirkte sie plötzlich verletzlich.

Sie zog sich ein klatschnasses, schwarzes T-Shirt über den Kopf, darunter kam ein Unterhemd mit Totenköpfen zum Vorschein. Sie beugte sich über den Vordersitz, und ich zerrte ihr die hautengen, nassen Jeans vom Leib. Um ihr die Cowboystiefel auszuziehen, mußte ich wieder auf den

Vordersitz steigen, sie streckte mir ihre Füße entgegen, und ich zog mit aller Kraft an ihren Stiefeln, bis sie endlich nachgaben. Wir arbeiteten stumm und effizient, wie ein eingearbeitetes Team.

Die Wärme der Heizung und unser Atem hatten inzwischen die Scheiben beschlagen, es war dampfig warm im Auto wie in einer Sauna, ich fing an zu schwitzen. Ich kletterte wieder nach hinten, sie zog ihr Totenkopfunterhemd aus, legte sich erst auf den Rücken, so daß ich ihr den Rock über die Beine streifen konnte, dann hob sie den Po, und wir zerrten den Rock gemeinsam Stückchen für Stückchen hoch bis zu ihrer Taille, als nächstes beugte sie ihren nackten Oberkörper in meinen Schoß, und ich knöpfte ihr die Corsage im Rücken zu.

Als sie sich aufrichtete, waren ihre Wangen vor Anstrengung gerötet.

Mit den Fingern ordnete sie ihre wirren dunklen Haare, ich steckte ihr den Schleier fest, sie zog die Handschuhe an. Zufrieden fuhr sie über den Rock und sah mich an.

Hübsch, sagte ich, wirklich hübsch.

Sie erhob sich halb und versuchte gebückt, ihr Spiegelbild im Rückspiegel zu erhaschen, aber das gelang ihr nur unvollkommen, seufzend ließ sie sich auf den Sitz zurückfallen.

Ich heiße übrigens Elke, sagte sie und streckte ihre behandschuhte Hand aus. Ich ergriff sie. Kühl lag der weiße Satin in meiner Hand. So würde es sich also anfühlen, wenn ich am Sonntag den Hochzeitsgästen die Hand reichen würde.

Franziska, sagte ich. Wir nickten uns zu.

Ich wünschte, ich könnte mich ganz sehen, seufzte Elke, in einem richtigen Spiegel. – Wann soll die Show denn steigen?

Sonntag um elf.

Elf Uhr ist gut.

Warum?

Weil die Sonne noch steigt. Es bedeutet zunehmendes Glück, sagte sie ernst.

Da haben wir ja Schwein gehabt, sagte ich und sah wohl nicht besonders glücklich aus. Sie stieß mich mit dem Ellenbogen an.

Hey, sagte sie grinsend, freust du dich nicht auf den schönsten Tag im Leben einer Frau?

Ich zuckte die Achseln und sah weg. Sie ließ das Fenster herunter. Es hatte aufgehört zu regnen. Vereinzelte Sonnenstrahlen schossen wie Blitze durch die bleigrauen Wolken.

Wenn man eine Braut sieht, bringt das nicht Glück? sagte sie.

Ich glaube, das gilt eher für Schornsteinfeger, murmelte ich.

Was ist das Problem? sagte Elke aus dem Fenster, liebst du den Kerl nicht?

Oh, doch, murmelte ich, doch, doch. Wirklich. Sehr. Doch, bestimmt. Ich griff in meine Handtasche und holte unsere Hochzeitsanzeige heraus. Die Vorderseite zeigte eine Fotomontage von Holger und mir als Kinder, er in Lederhosen und ich in einem gestreiften Sommerkleid. Darüber stand: ›Wir haben uns lange genug geprüft…‹, und auf der Innenseite ging es dann weiter: ›…jetzt machen wir ernst.‹

Es war meine Idee gewesen, und bis vor wenigen Augenblicken hatte ich sie lustig und gut gelungen gefunden. Jetzt kamen mir die Kinderfotos eher albern, die Sätze unangenehm neckisch vor.

Wie findest du das? fragte ich Elke.

Okay, sagte sie.

Ich wollte eigentlich nie heiraten, sagte ich, aber gleichzeitig war es etwas, was ich noch vor mir haben konnte, wenn ich nur wollte…

Elke sah mich ernsthaft und abwartend an. Sie schien zu erwarten, daß ich weitersprach, also erzählte ich ihr, wie Holger und ich uns kennengelernt haben, denn das erzähle ich immer gern.

Er stand bei der Menschenkette gegen die Stationierung der Mittelstreckenraketen zufällig neben mir, und wir mußten uns stundenlang an der Hand halten, bis die Kette quer durch Deutschland endlich geschlossen war. Abends sahen wir uns gemeinsam die Nachrichten an, in seiner Wohnung in einer fremden Stadt. Wie eine Reihe von Ameisen zog sich die Kette über grüne Hügel, und zwei davon waren wir.

Den Vergleich mit den Ameisen ziehe ich immer, ich wünschte, mir würde ein anderer Vergleich einfallen, die Geschichte fühlte sich flau und abgestanden an, ich mochte sie plötzlich nicht mehr.

Elke lachte auch nicht einmal, wie es sonst alle tun, denen ich sie erzähle.

Ich fühle mich nicht wirklich bereit zum Heiraten, sagte ich.

Elke sah mich ruhig an.

Aber wenn ich ehrlich bin, habe ich mich nie zu irgend etwas bereit gefühlt, fuhr ich fort. Mein ganzes Leben lang kam mir alles zu früh vor, selbst meine Geburt.

Ich lachte, aber mir war plötzlich zum Heulen, und tatsächlich füllten sich meine Augen mit Tränen, meine Kontaktlinsen begannen zu schwimmen, ich konnte nichts mehr sehen, vorsichtig drückte ich mir mit den Fingern auf die Lider, spürte dort aber nur noch eine Linse.

Ich glaube, ich habe eine Kontaktlinse verloren. Nicht bewegen.

Ach du Scheiße, sagte sie herzhaft.

Ich blinzelte mit dem einen Auge, mit dem ich noch sehen konnte, und fuhr mit den Fingern meine Jeans und dann den Tüllrock ab.

Kontaktlinsen im Auto zu verlieren ist das Allerschlimmste, stöhnte ich. Mir ist das mal mit einem Mann passiert, auf dem Weg in sein Hotelzimmer. Ich habe ihn gezwungen, zwei Stunden lang das ganze Auto abzusuchen, die Sitze rauszumontieren, jeden Zentimeter unter die Lupe zu nehmen. Und ich hab sie gefunden. Nur war mit dem Mann danach nicht mehr viel anzufangen.

Wir lachten. Sie hatte ein tiefes, rauchiges Lachen, was wahrscheinlich sehr viele Männer sehr sexy finden. Als ich aufhörte zu lachen, sah ich plötzlich wieder scharf.

Sie ist wieder da, sagte ich erstaunt.

Wer?

Meine Linse. Sie war nur verrutscht. Es sind weiche Linsen, die verliert man nicht so leicht wie harte.

Wozu der ganze Blödsinn?

Ich schätze, ich bin eitel.

Früher wollte ich immer eine Brille haben und damit klüger aussehen, als ich bin. Aber Holger trägt eine Brille, und eine Brille in der Familie reicht, sagte ich. Ich sah ihn vor mir, wie er sich die Brille abnahm und mit Daumen und Zeigefinger ganz fest den Nasensattel drückte. Ich mußte lächeln. Seit ich weiche Kontaktlinsen habe, bin ich nicht mehr fremdgegangen, sagte ich.

Den Zusammenhang kapier ich nicht, sagte sie und rückte den Schleier gerade.

Ich zuckte die Achseln. Es liegt wohl daran, daß man mit den weichen nirgendwo übernachten kann, ohne die Flüssigkeit zum Desinfizieren dabeizuhaben. Die harten konnte ich einfach immer in eine Streichholzschachtel tun und morgens mit Spucke wieder einsetzen. Aber jeden Tag eine riesige Plastikflasche mit Desinfektionsflüssigkeit in die Handtasche zu packen…

Für einen ganz spontanen Fick, kicherte sie.

Wer weiß, stöhnte ich lachend, vielleicht sind am Ende die weichen Kontaktlinsen daran schuld, daß ich heirate.

Bißchen wenig, findest du nicht?

Wir sahen beide aus dem Fenster.

Ich hätte mal fast geheiratet, sagte sie dann, fast. In Las Vegas, in so einer kitschigen Kirche. Mit einer Harley wären wir direkt von der Kirche auf den Highway gefahren. Ich wollte unbedingt ein weißes Hochzeitskleid, es hätte so geil ausgesehen auf dem Motorrad, mit all dem Tüll und dem Schleier im Wind. Wir hatten alles schon geplant…

Ich grinste. Sie strich mit den Handschuhen den Tüllrock glatt.

Ich saß am Strand in Gomera, sagte sie, er ging schwimmen. Er wollte erst gar nicht ins Wasser, weil es ihm zu kalt war. Ich habe noch über ihn gelacht. Und dann kam er einfach nicht mehr zurück.

Mein Gott, murmelte ich erschrocken, meine Gesichtszüge hatten Mühe, sich auf die veränderte Stimmung einzustellen, fast hätte ich gelächelt.

Das ist, als würde dir das Gehirn explodieren, sagte Elke. Du sitzt da und denkst immer nur, das gibt's doch nicht. Dein Gehirn will einfach nicht kapieren, daß es so ist. Das ist das Schlimmste, daß das Gehirn so langsam ist.

Sie machte eine kleine Pause.

Tut mir leid, sagte ich.

Sie lächelte mich kurz an, öffnete die Tür und stieg aus.

Prompt fingen Autos an zu hupen, sie zogen die Töne noch weit hinter sich her wie lange bunte Bänder. Elke hob den Arm und winkte ihnen nach.

Das Kleid wird doch ganz dreckig, rief ich und stieg ebenfalls aus.

Ich passe schon auf, schrie sie mir über das Autodach zu, hob die Schleppe und ging mit bloßen Füßen den Seitenstreifen entlang.

Der Schleier blähte sich hinter ihr auf wie eine plustrige weiße Wolke.

Wo willst du denn hin? rief ich, aber sie drehte sich nicht um.

Ich lief hinter ihr her und packte sie an der Schulter.

Ich möchte mich nur in einem richtigen Spiegel sehen, sagte sie, da vorne ist eine Kneipe, da habe ich vorhin die Polizei angerufen, die haben bestimmt einen Spiegel auf dem Klo.

Sie sah mich bittend und gleichzeitig wild entschlossen an.

Mit einer unwirschen Geste nahm ich ihr die Schleppe aus der Hand. Sie raffte den Tüllrock, drehte sich um und zerrte mich als ihre Schleppenträgerin hinter sich her. Graziös hüpfte sie vor mir über die Pfützen. Sie sah unwiderstehlich aus in meinem Kleid.

Kinder drückten sich in den vorbeifahrenden Autos die Nasen an der Scheibe platt. Trucker ließen ihre Fünftonhupen ertönen, während sie an uns vorbeidonnerten.

Nach einigen hundert Metern bog Elke unversehens nach rechts ab und kletterte einen kleinen Abhang hinunter, ich stolperte hinter ihr her, hielt aber eisern die Schleppe fest, sosehr sie auch daran zerrte wie ein störrisches Pony.

Sie steuerte auf ein häßliches Fachwerkhaus zu, über dessen Eingangstür in trüben Neonbuchstaben KATIS HÜTTE stand.

In der dunkel getäfelten Kneipe roch es nach nasser Wolle und kaltem Rauch. Eine dünne Frau mit hochtoupierten blonden Haaren und lila Lippenstift stand hinter der Theke. Sie verzog keine Miene, als wir hereinkamen. Drei Bauarbeiter, die in orangeroten Plastikjacken an einem Tisch saßen, pfiffen und johlten. Milde lächelnd wie eine Königin, zog Elke an ihnen vorbei Richtung Klo.

Mich beachtete niemand.

Auf dem Klo war es eisig kalt. Elke warf ein Papierhandtuch auf den Boden, stellte sich mit ihren nackten Füßen darauf und rutschte zu den Spiegeln über den Waschbecken. Überrascht schlug sie die Hand vor den Mund.

Man könnte fast glauben, ich wär's, sagte sie ehrfürchtig und stellte sich auf die Zehenspitzen. Hol mir einen Stuhl her, befahl sie.

Widerwillig zog ich die Augenbrauen hoch, aber das bemerkte sie gar nicht.

Als ich mit dem Stuhl zurückkam, hatte Elke alle drei Heißwasserhähne an den Waschbecken aufgedreht, und ein dünner Nebel aus Wasserdampf füllte langsam den eiskalten Raum. Sie stellte sich auf den Stuhl, und ich schob ihn zentimeterweise zurück, bis sie Halt! schrie.

Ich stellte mich hinter sie und betrachtete sie im Spiegel. Der Wasserdampf ließ ihr Spiegelbild weich und romantisch erscheinen wie auf einem gesofteten Foto eines Hochzeitsfotografen. Bewundernd starrte Elke sich an, und ihre Augen bekamen einen entrückten Ausdruck. Minutenlang bewegte sie sich nicht.

Ich lehnte mich mit untergeschlagenen Armen an die kalte Fliesenwand. Im weißen Neonlicht sah man jetzt ganz deutlich die Schmutzspritzer auf dem weißen Tüll. Es war mir gleichgültig. Ich wäre gern hinausgegangen und hätte ein anderes Leben begonnen, ein wildes, radikales, unvorhersehbares.

Du darfst nicht glauben, daß ich meinen Mann nicht liebe, sagte ich so laut, daß es von den gefliesten Wänden hallte, auch wenn das vielleicht vorhin so geklungen hat.

Nö, sagte sie, hat es nicht. Sie zog den rechten Handschuh aus und rieb über die Tätowierung an ihrem Handgelenk.

Das war unser Ehering, sagte sie. Wir hatten beide genau dieselbe Tätowierung. Die hat uns ein Mann in Hamburg gemacht. Er ist berühmt, ein richtiger Künstler. Sie machte eine kleine Pause. Jetzt ist es ein bißchen unpraktisch, wenn ich mich für einen Job bewerbe und die Leute so spießig drauf sind. Da zupfe ich immer wie verrückt an meinem Ärmel rum, damit sie es bloß nicht sehen.

Sie sprang vom Stuhl und rieb sich die Arme.

Scheißkälte, sagte sie, ging auf Zehenspitzen zu einem Klo, raffte das Kleid und setzte sich bei geöffneter Tür auf die Brille.

Fehlt er dir sehr? fragte ich.

Sie nickte und stützte das Kinn in die Hände.

Manchmal mache ich was total Bescheuertes, sagte sie. Ich habe noch ein Tonband vom Anrufbeantworter mit seiner Ansage. Das lege ich manchmal ein, gehe aus dem Haus in eine Telefonzelle und rufe unsere Nummer an. Und da ist er dann plötzlich. So eine ganz tiefe Stimme hat er: Hier ist Michael Waltz und Elke Kammer. Wir sind im Moment leider nicht zu Hause, bitte hinterlassen Sie uns eine Nachricht nach dem Pfeifton, wir rufen Sie dann zurück. Und ich hinterlasse ihm dann eine Nachricht. Ziemlich daneben, was?

Nein, sagte ich, überhaupt nicht.

Sie sah mich an, dann ließ sie langsam den Kopf sinken, und der Schleier verbarg ihr Gesicht.

Thomas Strittmatter
Wie arbeitet der Tod

In einer kalten Herbstnacht war Raab eingeschlafen mit dem Geräusch des Brunnens im Hof und den leisen, schnellen Schritten der Schwestern. In dieser Nacht würde er zum ersten Mal erleben, wie der Tod arbeitet.

Wenn er auch, wie alle anderen, durch die Fotografien in den Zeitungen, im Fernsehen schon Tote gesehen hatte und einmal sogar aus der Ferne einen von einer schwarzen Plastikplane bedeckten Leichnam auf der Straße neugierig betrachtet hatte, so hatte er doch noch nie den Tod aus der Nähe gesehen. Wer auf der Welt hätte geglaubt, daß Raab kurze Zeit später selbst um ein Haar, oder genauer, um eine Handvoll Haare, zu Tode gekommen wäre und daß er, nur zwei Jahre später, einen Menschen töten würde.

Er erwachte gegen zehn Uhr, als ein dunkles Brüllen begann, erst in längeren Abständen, dann jedoch immer heftiger und lauter, und unverkennbar war es ein Brüllen vor Schmerz.

Raab hörte auf die gleichmäßigen Atemzüge seines Zimmergenossen und atmete auch selbst wie ein Schlafender. Seine Augen waren weit geöffnet, er starrte in die Dunkelheit. Das Geräusch hatte Fieber und Raab geweckt, doch keiner von ihnen wollte sein Wachsein eingestehen. Jederzeit könnte eine der Schwestern ins Zimmer kommen, und wer wach ertappt wurde, mußte am nächsten Morgen als erster aufstehen und beim Zubereiten des Frühstücks behilflich sein. So nahm der alte Hausmeister, der ins Zimmer kam, um sie zu wecken, zwei blitzende Augenpaare wahr, die sich, als er Licht machte, ungeheuer schnell schlossen. Doch er war mit den Jahren milde und sanft geworden. Er sagte mit leiser Stimme, sie sollen aufstehen, sich etwas Warmes anziehen, vor allem aber ihre Gummistiefel. Waschen sollen sie sich nicht, sie sollen sich beeilen.

Beinahe dankbar verließen sie ihre Betten, alle aus ihrer Klasse kamen aus den anderen Zimmern, das Gebrüll hätte sie nicht schlafen lassen. Schnell und gespannt zogen sie sich an und folgten dem Pedell zum Büro der Internatsleiterin, die in ihrem gewohnten, schlichten Kostüm auf sie wartete, allerdings wie sie selbst in Gummistiefeln. Als die jüngste von ihnen, Andre, die Internatsleiterin so dastehen sah, brach sie plötzlich in Tränen aus und gestand, daß sie vor einer Woche aus Wut eine Glastüre beim Speisesaal eingetreten hatte. So sehr war sie eingeschüchtert und verängstigt durch das Gebrüll der Kuh, daß ihr schlechtes Gewissen ein unerwartetes Geständnis aus ihr herauspreßte. Darüber würde man am nächsten Morgen sprechen, sagte die Internatsleiterin mit einem befriedigten Blick und mochte das Geständnis als ein weiteres Zeichen zunehmender Reife des Kindes unter ihrer Obhut betrachten. Und zu den anderen sagte sie, sie seien jetzt in einem Alter, in dem sie über verschiedene Dinge aufgeklärt werden müßten. Sie sollen sich nun nicht erschrecken, wenn sie etwas wissen wollten, sollten sie unbefangen fragen, und falls es einem übel werde, soll er rechtzeitig Bescheid sagen. So verließen sie das Haus und folgten der Internatsleiterin, die eine große Taschenlampe trug, und gingen zu dem benachbarten Hof, wo sie von der Bäuerin, die sie alle vom Milchholen her kannten, empfangen wurden. Es sei gleich soweit, sagte sie und ging vor ihnen in den Stall. Dort standen bereits der Bauer und sein seltsamer Bruder, vor dem sich die jüngeren fürchteten, während sich die älteren über ihn lustig machten. Der Mann war von Geburt an taub.

Raab wendete seinen Blick schüchtern vom Taubmann ab und ging zum Hinterteil der Kuh, deren Schwanz mit einem Hanfstrick an die Decke gebunden war. Mit Blut vermischter, durchsichtiger Schleim troff aus dem prall geschwollenen Geschlecht des Tieres. Auf dem Boden stand eine Flasche mit Desinfektionsmittel, und mehrere Stricke lagen herum, an deren Ende Holzstücke befestigt waren. Er und die anderen Jungs zuckten bei jedem Schrei des Tieres zusammen, es war entsetzlich laut. Und auch die Internatsleiterin, die eigentlich längst ihre Erörterungen hatte beginnen wollen, betrachtete fasziniert und erschreckt das Geschehen. Die Bäuerin, die sie alle mit einem offenen, amüsierten Lächeln betrachtete, erklärte, es dauere in diesem Fall ungewöhnlich lange, wohl habe das Kalb eine ungewöhnliche Lage, es habe sich noch nicht vollständig herumgedreht. Da erzitterte das Tier, atmete schwer und bereits erschöpft. Der Bauer krempelte seinen Ärmel hoch, rieb Hand und Arm mit einem Desinfektionsmittel ab und griff, zum Entsetzen der Knaben, in das Tier hinein. Ein großer Teil seines Armes verschwand in dem Leib und tastete nach dem Körper des Kalbes. Es hat sich noch nicht richtig herumgedreht, es wird schwer werden, sagte er. Die Internatsleiterin erklärte dazu, daß man mit dem Kopf zuerst auf die Welt kommt. Wenn nur erst die Vorderbeine kommen, dann können wir es herausziehen, sagte die Bäuerin. Und während der ganzen Zeit sah der Taubmann Raab an.

So warteten sie, schwiegen und hörten, wie das Atmen der Kuh schneller wurde, wie sie nach und nach zu schwach wurde, um zu brüllen. Allmählich ging ihr Atmen über in ein Keuchen, ein Röcheln, das sich so mitleiderregend anhörte, daß der Bauer ging, um nach dem Tierarzt zu telefonieren. Raab wußte nicht, wieviel Zeit vergangen war, bis der Bauer zurückkam. Den Veterinär hatte er nicht erreicht. Doch kaum war er in den Stall gekommen, knickte das Tier mit den Vorderbeinen ein und wälzte sich langsam auf die Seite. Vielleicht durch den Druck, den das Körpergewicht der Kuh auf das in ihr liegende Kalb ausübte, rutschte plötzlich die Spitze eines kleinen Hufes aus der Scheide, um die der Bauer sofort den bereitgelegten Strick schlang, um dann mit aller Kraft daran zu ziehen. Gleich darauf erschien auch ein zweiter Huf, und die Bäuerin zog an dem zweiten Strick, um das Kalb auf die Welt zu zerren, die es offenbar nicht sehen wollte. Als ahnte es bereits, daß es nicht zwischen wiederkäuenden Kühen auf den flachen Wiesen herumspringen sollte, nicht einmal die Abgrenzung des tickenden Elektrozaunes durchbrechen würde, um sich in dem lichten Fichtenwäldchen suchen zu lassen, daß es niemals durch die feuchten Matten stapfen würde, sondern bestimmt war für ein kurzes Leben im Kunstlicht des Stalls.

Der Taubmann zog ein Schulheft aus der Tasche, an das er mit Paketschnur einen Kugelschreiber gebunden hatte, schrieb hastig in seiner akribischen Schrift und reichte es der fasziniert auf die sterbende Kuh starrenden Internatsleiterin.

Notschlachtungen und Schlachtungen von Tieren mit Störungen des Allgemeinbefindens sind in öffentlichen Schlachthäusern im Seuchenschlachthaus vorzunehmen; in Ermangelung eines Seuchenschlachthauses und bei Schlachtungen außerhalb der öffentlichen Schlachthäuser dürfen sie nur zeitlich getrennt von den übrigen Schlachtungen vorgenommen werden. Nach Beendigung der im Absatz 1 bezeichneten Schlachtungen sind der Schlachtplatz sowie die benutzten Geräte gründlich zu reinigen, las sie laut, mit der Stimme, die sie auch für ihre Biologie- und Physikstunden gebrauchte, wenn es ein lautes Experiment, die Vakuumpumpe oder das Brummen des Generators zu übertönen galt.

Und während der ganzen Zeit sah der Taubmann Raab an. Je heftiger die Kuh schnaufte und je haltloser der Blutstrom aus ihr floß, desto mehr bemühte sich die Bäuerin, von anderen Dingen zu erzählen, damit die Kinder sich nicht ängstigten. Sie redete über die Kuhrassen: die Appenzeller Kuh, die Schwarzbunte, die Oberländer Kuh, die Bayerischen Kühe, welche Vor- und Nachteile sie hätten, wie ihr Charakter sei und wie ihre Milchleistung, welche am besten steigen kann und welche am schnellsten laufen. Die Kuh hatte unterdessen aufgehört zu brüllen und gab nur noch, in immer länger werdenden Abständen, keuchende und pfeifende Atemtöne von sich, die so weit entfernt klangen, daß sie selbst aus einem großen Kuhleib fast nicht mehr entstammen konnten. Der Bauer mühte sich ab und zog und zerrte am Kalb, und mit ihm der Taubmann.

Nun sagte niemand mehr etwas, fast wurde es still, auch die Geräusche der anderen Kühe, der Schweine wurden leise und zart, da hörte die Kuh auf zu keuchen, fast tat es wohl, denn es hatte sich so schmerzhaft angehört, daß man sich beinahe selbst an die Brust greifen mußte bei jedem Ton.

Der Bauer nahm sehr schnell, man sah gar nicht, wo er es herzog, ein scharfes Messer, machte einen gigantischen Dammschnitt, und mit einem letzten Blutstrom wurde das Kalb nun auf die Welt geschwemmt. Nun habt ihr etwas gelernt, sagte die Internatsleiterin und drängte die Kinder aus dem Stall. Auch ihr war unwohl. So schnell wollte sie einen solchen Anschauungsunterricht nicht mehr halten.

Einige von ihnen bekamen Alpträume und schrien nachts, Fieber erwachte, und es war ihm schlecht, das Opfer weinte im Schlaf. Andre schien wie in einer Ohnmacht zu schlafen, und Raab blieb die Nacht über wach, starrte ins Dunkle.

Die Heimleiterin machte sich Vorwürfe, die Kinder einem solchen Erlebnis ausgesetzt zu haben. So wollte sie in der nächsten Biologiestunde das Thema wechseln.

Rolf Dobelli

Fünfunddreißig

Der Regen verdrießt ihn nicht. Auch nicht das Nieseln. Graue Tage sind ihm zuweilen lieber als Postkartentage mit summenden Bienen und spazierenden Paaren. Ein sonniger Tag in Indien zum Beispiel schafft keinen Anlaß, besonders unternehmungslustig zu sein. Nur hierzulande, denkt er, kann ein schöner Tag aufsässig werden. Und wenn man sich dem Tag dann nicht unterwirft, sich zum Beispiel in eine Bibliothek verkriecht oder durchschläft, dann wird er erbarmungslos. Die Aufsässigkeit eines blauen Tages offenbart sich etwa in überfüllten Bergrestaurants – Warteschlangen vor der einzigen Toilette, Gedränge um Plätze im Windschatten und so weiter. Die angezeigte Fröhlichkeit des Tages kippt dann gern ins Gegenteil. Der Abend wird zum Vorwurf. Alles in allem ein unehrlicher Tag.

An trüben Tagen ist man freier. Trübe Tage erteilen keine Aufträge.

Das Bergrestaurant ist auch bei Regen vorhanden. Gern spendiert dann der Wirt dem einsamen Gast das zweite Bier, während es draußen von der Dachrinne tropft. Wie es hinter der Nebelbank weitergeht, darf jetzt frei erfunden werden. Gurgeln im Untergrund, Rauschen von der Ferne. Es kommt vor, daß Gehrer auf dem Abstieg pfeift: Heiterkeit an trüben Tagen.

Der Regen verdrießt ihn also nicht. Auch wenn es jetzt unaufhörlich in den See tropft.

Schon am Flughafen bei der Paßkontrolle hatten sie ihn länger als sonst gemustert – wahrscheinlich nur einen Augenblick länger. Damals kam er oft mehrmals in der Woche an diesen Schaltern vorbei: ein nicht unfreundliches »Grüezi« des Beamten, Augenkontakt, Daumen rein in den Paß auf der zweiten Seite, das Paßfoto zeigt Gehrer mit Anzug, Krawatte, korrekt gescheiteltem, dünnem Haar, leicht gebräunter Haut und Brille, also wie er heute und damals vor den Beamten steht. Kurz darauf ein amtliches »Danke«, und Gehrer bewegt sich durch die Zollkontrolle hindurch den Zügen entgegen.

Jetzt sitzt Gehrer vom Regen durchnäßt, Rucksack zwischen den Beinen, auf einer Parkbank am Ufer, macht die Augen klein und starrt auf den Zürichsee hinaus. Aus den Kastanienbäumen tropft es unablässig. Fernes Geläute. Die ersten Morgengänger unter schwarzen Schirmen. Himmel wie Schiefer.

Für heute nachmittag ist eine kleine Feier angesagt. Das machen sie immer so: Seine Sekretärin organisiert eine Kirschtorte mitsamt ölig schimmernden Lachsbrötchen, hastig zirkuliert eine Glückwunschkarte. Alles Gute zum Geburtstag, viel Glück, viel Erfolg für die Zukunft, Congratulations, Happy Birthday, Prost, Gehrer, mach's weiter flott, nochmals alles Gute, nochmals viel Glück, nochmals für die Zukunft. Der übliche Maienfelder wird kalt gestellt, und um Punkt 17:00 Uhr trommelt die Sekretärin die Abteilung zum Umtrunk zusammen. Dann klirren die Gläser, ein paar Witze links, ein paar Witze rechts, dazwischen lärmt ein Handy, dann wieder lustige Sprüche. Es wird viel gelacht. Wenn sich nach einer Weile die Fröhlichkeit auflöst und sich alle davonmachen, ist Gehrer ein Jahr älter. So geht das alle Jahre.

Daran wird sich nichts ändern, auch wenn sie heute zusätzlich sein Harvard-Diplom zu feiern haben.

Später, am Abend, dasselbe mit seiner Frau Jeannette. Ein Tisch steht im Restaurant Kronenhalle für sie bereit. Man wird sich zuprosten, zulachen und sich gegenseitig Glück zusprechen. Die Kellner werden sie umsorgen und Wein nachreichen, und er wird sich ausnahmsweise zu einer Panna cotta überreden lassen. Dann ist auch dieser Abend gefeiert, und morgen ist wieder ein Tag, wieder ein Jahr.

Rundheraus: 35, ein seltsames Jahr, denkt Gehrer. Keine einschneidende Zahl wie 40 oder 50, also kein Anlaß zur Beunruhigung, immerhin ein Alter, von dem man sagt, es gehöre zu den besten Jahren.

Ist es Reife?

Warum ist es Reife, wenn er sich davor hütet, seinen Job an den Nagel zu hängen und sich aufzumachen auf eine Reise um die Welt? Warum ist es Reife, wenn er sich nicht plötzlich entschließen kann, Buddhist zu werden – oder Komponist? Warum Reife, wenn er sich nicht Hals über Kopf mit einer Studentin davonmacht, um Ruinen in irgendeiner Sandwüste freizulegen?

Die Frage, wer er denn wirklich sei, wird mit zunehmendem Alter unergiebig. Nicht nur weil er sich diesem Gedanken schon tausendmal unterzogen hat, sondern weil die Frage angesichts seines Alters abgegriffen ist – abgeschmettert von der Bestimmtheit seiner Person. Jener Bestimmtheit, die er sich als junger Mann so gern herbeigewünscht hatte. Jetzt ist er erstaunt, daß sie da ist, daß er mit vollem Bewußtsein und beiden Beinen im Leben steht. Als gäbe es an nichts mehr zu rütteln. Er ist, der er geworden ist. Scheinbar ohne eigenes Zutun – durch ablaufende Zeit allein.

Diese Abgeklärtheit hatte er eigentlich fürs Alter erwartet. Jetzt hat sie mit voller Wucht eingeschlagen. Das erschreckt ihn. Reife zur falschen Zeit. Reife, die zur Peinlichkeit wird. Sie kommt ihm ungelegen. Wie eine Frühgeburt, die sich später rächt. Frühreife, die nur vortäuscht, schwindelt. Zirkus-Reife. Clown-Reife.

Vielleicht liegt seine plötzliche Abgeklärtheit darin, daß er sich damit abgefunden hat, keine Antworten auf die großen Fragen mehr zu erhoffen. Und dies für die restlichen Jahrzehnte. Vielleicht ist ihm der Drang nach Erkenntnis ganz einfach steckengeblieben. Abgestorben. Verleider-Reife. Reife aus Langeweile.

Draußen auf dem See zwei Schwäne wie ausgestopft. Sonst bewegt sich nichts. Kaltes Nieseln an diesem Morgen.

Das Alter eines 35jährigen zu verfehlen, ist schwierig. Meist gelingt die Schätzung aufs Jahr. Das ist bei um einiges Jüngeren (30) und Älteren (40) schon anders. Seltsam, wie dann die Schätzungen meistens auf ebendiesen Schwerpunkt (35) einfallen.

Jetzt regnet es von rechts nach links in den See. Die Schwäne haben sich verzogen. Trostlosigkeit, die dem Morgen ins Gesicht geschrieben steht.

Wie schwarz sie glänzen, die Kieselsteine rings um seine abgenutzten und verkratzten Schuhe. Gehrer denkt an Indien zurück, an die malerische Fahrt auf dem Ganges. Gehrer mit offenem Hemd auf dem Dach eines rostigen Kahns. Gehrer tanzt mit dem Fahrrad zwischen Hindu-Tempeln. Gehrer mit Rucksack im Zug von irgendwo irgendwohin. Gehrer mit der deutschen Studentin: Diskussion am Strand bis zum Sonnenaufgang. Es bleibt bei einer Diskussion. Gehrer, wie er auf einem Volksfest mittanzt. Gehrer mitten auf dem staubigen Dorfplatz, wo sie ihn zu Hunderten umkreisen – Gehrer als Kinderattraktion.

Das ist nicht lange her.

Morgenverkehr hinter seinem Rücken. Ein Krankenwagen mit Blaulicht spritzt durch die Straßen, wird leiser und verschwindet irgendwo zwischen Häuserzeilen. Das Zischen, Schallen, Schnurren, Dröhnen von der Straße vermengt sich zum soliden Lärm, zum Brüllen und Röcheln, das die Stadt für die nächsten zwölf Stunden in Beschlag nehmen wird. Quietschen einer Straßenbahn, Türen springen auf, ein Rudel Regenmäntel unter Schirmen verliert sich in den Straßen und Gassen, auch ein Skateboard-Fahrer. Und da ist noch immer derselbe trübe See. Regennässe auf der Haut.

Jakob Arjouni
Magic Hoffmann

Der Zug verlangsamte das Tempo, holperte über schlechte Gleise, und die Gläser im Speisewagen klirrten. Am Fenster zogen leere Felder vorbei, dann ein kopfsteingepflasterter Weg, der zu einer Gruppe kleiner windschiefer Häuser führte. Sensen neben den Eingangstüren, rostende Zäune, alte Autoreifen, ein Toilettenbretterhäuschen. Das einzig Neue an den Häusern waren riesige cremegraue Satellitenschüsseln, die auf den Dächern prangten wie Geschütze gegen Außerirdische. Dahinter erhob sich ein Getreidesilo, und gleich darauf tauchte eine Teerstraße auf, die sich, von Bäumen gesäumt, durch die karge braune Landschaft fraß. Der Himmel war grau, und alles schwamm wie in Haferbrei.

»Sie fahren wohl zum ersten Mal durch 'n ehemaligen Arbeiter- und Bauernstaat, was?«

Fred sah vom Fenster weg. Schon seit einer Weile spürte er, daß ihn der rotgesichtige Mann gegenüber beobachtete. Er trug einen schäbigen grauen Anzug mit grellbunter Krawatte, an den Fingern zwei dicke goldene Siegelringe, und seine blonden Haare waren luftig in die Höhe gefönt. Er war nach Fred in den Speisewagen gekommen und trank sein viertes oder fünftes Bier.

Er grinste breit, »…Oder besser gesagt, Arbeitslose und Hornochsen!«, und lachte schallend.

»… Also?« fragte er.

Fred nickte. »Zum ersten Mal. Warum?«

»Weil Sie die immer gleiche Landschaft und die abbruchreifen Käffer aufsaugen, als wär's von Monalisa.«

»Von wem?«

»Mensch, von dem Maler! Woher sind Sie denn?«

Er schüttelte amüsiert den Kopf und winkte der Kellnerin.

»Zwei Pils, zwei Wodka, für meinen jungen Freund und mich!«

Dann grinste er wieder. »Sie sind der erste Mensch, den ich kenne, von Japanern mal abgesehen, der noch nie durch 'n Osten gefahren ist.«

Fred wollte keinen Schnaps von dem Mann. Ähnlich wie Geizige, die sich über den Geiz anderer besonders aufregen, mochte Fred bei Fremden keine allzu forschen Töne. »Und Sie der erste, von Japanern mal abgesehen, der mich in so kurzer Zeit so oft angegrinst hat.«

Der Mann stutzte, um dann erneut loszulachen.

»… Tut mir leid, mein Freund, mir geht die Grinserei selber auf die Nerven, aber ich kann's nicht abstellen, gehört zu meinem Beruf. Bin Vertreter. Wollen Sie wissen, für was?« Sich Freds Antwort schenkend, beugte er sich vor und flüsterte: »Geldspielautomaten, Operationsgebiet Mecklenburg-Vorpommern! Der gewitzte Rudi!«

Fred schaute verständnislos. Rudi runzelte die Stirn.

»Was Geldspielautomaten sind, wissen Sie doch wohl?«

»Schon, aber …«

»Also! Warum lachen Sie nicht? Geldspielautomaten im Osten – ist doch zum Schießen! Ich hab denen schon Automaten angedreht, da war noch nicht mal der Anschluß sicher, und 'ne Westmark für die meisten Metall vom anderen Stern. Wie wenn man in Indien Spiele aufstellen würde, wo die Leute Brotscheiben reinstecken müßten, verstehen Sie?«

Fred nickte, »Klar«, doch in Wahrheit war ihm das alles ziemlich unklar.

Mecklenburg-Vorpommern klang für ihn wie Swasiland. Er war nie in der DDR gewesen und hatte die Wiedervereinigung im Gefängnis nur als langweilige Fernsehserie mitbekommen: mit Plastikautos, Pfarrern und Betrunkenen. Am Morgen nach dem Mauerfall hielt der Direktor im Speisesaal eine kleine Rede, doch bis auf die üblichen zehn Prozent Immerinteressierten sah keiner der Insassen auch nur vom Teller auf. Um so mehr wunderte es Fred, als sie im Fernsehen zeigten, wie viele Leute aus BMW-Fenstern heraus in Freudentränen ausbrachen bei der Aussicht, demnächst zwanzig Millionen Arme einzugemeinden. In einer Sendung erzählte ein Bauer aus dem Vogelsberg, wie er in der Mauerfall-Nacht die Familie geweckt und mit Schnaps und Würstchen die Freiheit von Brüdern und Schwestern gefeiert habe. Na klar, dachte Fred, ein Grund zum Saufen findet sich immer. Doch dann wurde das Getaumel und Geschrei im Fensehen immer lauter, und der Direktor hielt immer öfter Frühstücksreden, und auch in den Zellen wurde auf einmal von Stolz, Nation und Einigkeit schwadroniert, und Fred sah ein, daß die Leute etwas trieb, das er nicht verstand. Am neunten November im Jahr darauf fand in der Turnhalle ein Fest mit Musik statt, und am Ende stimmten alle unter der Leitung des Direktors die

Nationalhymne an. Fred sang fröhlich mit, nur daß er das Wort ›Freiheit‹ wie einen Schlachtruf ausstieß. der Gesang brach ab, und während Fred sich in seinem Knastinsassenscherz sonnte, drehten sich die anderen zu ihm um. Im Glauben, zum Spaßvogel des Abends aufgestiegen zu sein, wiederholte er, alleine singend: Einigkeit und Recht – und dann brüllte er – und Freiheit! Es hallte von den Turnhallenwänden wider, und er lachte… aber keiner lachte mit. Langsam begriff er, daß er sie bei irgendwas gestört haben mußte.

Vor ihnen auf dem Tisch landeten Bier und Wodka. Der gewitzte Rudi rief »Prost!«, und sie kippten die Schnäpse.

Draußen zogen Rapsfelder vorbei.

»Wie alt sind Sie, mein Guter?« trompetete Rudi.

Ohne von den Feldern wegzusehen, antwortete Fred: »Vierundzwanzig.«

»Da sind Sie ja noch ein richtiger Frischling!« Er lachte. »Und was haben Sie so vor im Leben?«

Am liebsten hätte Fred geantwortet, er wisse nur, was er nicht vorhätte: zum Beispiel Spielautomatenvertreter in Meckelburg-Dingsda zu werden. Aber dann fiel ihm plötzlich Oma Ranunkels ewiger Wunsch ein, er würde beim EDEKA um die Ecke im Lager anfangen und sich zum Verkaufsleiter hocharbeiten, und um ihr da oben eine Freude zu machen und weil es völlig ausgeschlossen war, einem wie Rudi von Kanada zu erzählen, sagte er: »EDEKA-Verkäufer«.

»EDEKA-Verkäufer…?« Rudi verzog das Gesicht. »…In Ihrem Alter muß man doch wenigstens…«, er überlegte, »…reich werden wollen!«

Als Fred darauf nichts erwiderte, rief er: »Darf nicht wahr sein ...!«, brach ab und schien ehrlich enttäuscht.

Fred sah aus dem Fenster. Sie fuhren jetzt durch dichte Birkenwälder. Der Schnaps begann zu wirken, und Fred streckte die Beine aus. Ob Schöllers Annette angerufen und ihr von seinem Besuch erzählt hatten? Ob sie überhaupt noch miteinander redeten? Die letzten zwei, drei Jahre vor dem Banküberfall war Annette aus dem Rama-Glück ausgeschert und hatte sich mit ihrem Vater fast nur noch gestritten, und jetzt, wo die Mutter quasi weg war ... Fred malte sich aus, wie er mit Annette abends unterm Brandenburger Tor säße – in seiner Vorstellung saß man in Berlin ständig unterm Brandenburger Tor – und sie endlich über alles sprechen könnten.

Nach einer Weile fragte er: »Welcher Berliner Bahnhof ist der richtige zum Aussteigen?«

»Der richtige ...?« Rudi legte skeptisch den Kopf zur Seite, dann wurde er wieder fröhlich. »... Ach was! Bleiben Sie einfach bei mir, ich zeig's Ihnen.«

Wenig später kamen sie nach Potsdam, und Rudi bestellte noch mal Bier und Wodka.

»Sehen Sie sich die Häuser an! Alles Müll! Natürlich wußten wir, daß wir nicht die Schweiz bekommen, aber so was wie Österreich hätt's doch wenigstens sein können!«

Verrußte Altbaufassaden glitten vorbei, staubgraue Fenster, verblichene Schilder für Bäckereien und Schusterläden.

Zwanzig Minuten später fuhren sie in Berlin ein. Fred drückte sich ans Fenster. Das war also die Stadt, die er so oft im Fernsehen gesehen hatte! Doch bald kam's ihm vor, als machte er eine Hessen-Rundreise im Schnelldurchgang. Zuerst tauchten riesige Blechhallen auf, grau und fensterlos, mit Autobahnen drumherum, die ihn an Mannheim oder Offenbach erinnerten. Es folgten Fünfziger-Jahre-Halbhochhäuser neben teefarbenem Beamtenbau – Darmstadt –, danach Altbauten mit Stuckfassaden in diversen Pastelltönen – Wiesbaden. Wo waren Wolkenkratzer, Paläste, Fernsehtürme, Brandenburger Tore? Je weiter der Zug in die Stadt hineinfuhr, desto mehr mischten sich Mannheim, Darmstadt und Wiesbaden, schienen Backsteine, Chrom, Beton, altes Gemäuer, moderne Kitschtürmchen, Häuser wie Bunker und ufoähnliche Gebäude scheinbar wahllos aneinandergerammt. Fred erinnerte sich an die Lobeshymnen, die sein Geschichtslehrer auf die Berliner Trümmerfrauen angestimmt hatte – wahrscheinlich hatte er sich das Ergebnis nie angeschaut.

Trotzdem war Fred beeindruckt. So viele Häuser auf einem Haufen hatte er noch nie gesehen. Wie viele Provinzler schwankte er zwischen Ach-auch-nur-Steine! und Oh!-nur-Steine!

Rudi war aufgestanden. »Ich geh noch mal schnell zur Toilette. Bahnhof Zoo steigen wir noch nicht aus, erst Hauptbahnhof.«

Er zwinkerte Fred zu und ging zur Glastür, die zu den Erste-Klasse-Abteilen führte. Fred fragte sich, warum er seinen Mantel mitnahm, dann fiel sein Blick auf das mißtrauische Gesicht der Kellnerin. Im nächsten Moment sprang er von der Bank. Als er aus dem Speisewagen stürzte, schaute sich Rudi überrascht um und begann zu laufen. Eine Großfamilie versperrte den Weg, und bis Fred den letzten Enkel beiseite gestoßen hatte, war Rudi schon fast an der nächsten Tür. Doch plötzlich schoben sich zwei enorme Rucksäcke vor ihm in den Gang, gefolgt von einem Pärchen. Rudi blieb stehen, und in vollem Lauf knallte ihm Fred in den Rücken. Gemeinsam fielen sie zwischen Rucksäcke und Beine.

Keuchend fragte Rudi: »... Müssen Sie ebenfalls?«

»Dringend. Und die Kellnerin hält's auch kaum noch aus, aber vorher will sie abkassieren.«

Rudi rieb sich die Schulter und seufzte: »Dabei sehen Sie eigentlich bekloppt genug aus.«

Die Frau zwinkerte ihrem Freund zu und lächelte. »Des isch des wilde Berlin!«

Fred machte sich auf den Weg zur nächsten U-Bahn.

Am Fahrkartenschalter fragte er nach der Freien Universität. Wortlos schob ihm der Beamte einen Streckenplan unter der Scheibe durch. Als Fred keine Universität im Plan finden konnte, wandte er sich noch mal zum Schalter.

»Könn Se nich lesen«, schnauzte der Beamte, »da steht's doch: Thielplatz!«

Fred nickte: Da stand's. Thielplatz – logisch.

Eine Durchsage informierte, die nächste Bahn habe wegen technischer Probleme Verspätung. Fred hockte sich auf eine Bank und steckte sich eine Zigarette an. Ob er Nickel in der Universität finden würde? Wenn nicht, mußte er eben doch Annette um Hilfe bitten. Sie konnte für ihn aufs Meldeamt gehen, außerdem kannte sie bestimmt Berliner Freunde von Nickel. Im Moment gab es jedenfalls keinen Grund zur Sorge. Im Gegenteil: Nickel hatte ihn in

Dieburg nur nicht abgeholt, weil er seine, Freds, Postkarte nicht bekommen hatte, weil er umgezogen war. Logisch. Und da nicht mal Annette seine neue Adresse kannte, hatte er auch von niemandem sonst von Freds Freilassung erfahren können.

Fred lehnte sich zurück und genoß die Zigarette. Diese kleine Suche nach Nickel gab ihm außerdem die Möglichkeit, sich in Berlin ein bißchen umzuschauen. Wo er nun schon mal da war... Immerhin war Berlin nicht irgendein Kaff, sondern... na ja, Berlin: Geschichte, Krieg, Osten, Luft, Bären, Christiane F., Kennedy...

Der Bahnsteig füllte sich. Es ging zur Mittagspause oder in den Beamten-Feierabend. Büroangestellte mit Zeitungen, Regenschirmen oder schäbigen Mappen unterm Arm, die meisten stumm, graugesichtig, gebeugt, verbissen. Eine Halle voll Magenkrebs, dachte Fred vergnügt. Jeder hielt Abstand von jedem, als befürchteten alle, sich zum Krebs noch Aids und Cholera zu holen. Erst mit Einfahrt der U-Bahn wurden die Abstände aufgegeben, und dichtgedrängt ging es in die Waggons. Jetzt war es umgekehrt: Wenn man schon so nah beim gegnerischen Bazillus stehen mußte, so schien es, wollte man ihm auch die volle Ladung eigene Erreger mitgeben – jedenfalls wurde gehustet, geniest und geschnupft, was die Atemwege hergaben.

Am Wittenbergplatz stieg Fred um und setzte sich in einen fast leeren Waggon ans Fenster. Es roch nach Plastiksitzen und feuchten Schuhen. Die wenigen Fahrgäste lasen oder dösten vor sich hin. In der Ecke saß ein Penner mit blutverkrusteter Stirn und lallte von Zeit zu Zeit: »Lieber Kot als rot!«

Fred fragte sich, wie Nickel inzwischen aussehen mochte. Ob er immer noch lange Haare trug und die Baskenmütze? Schade, daß er die Fotografiererei aufgegeben hatte. Angeblich, so Annette, wegen mangelnder Zukunftsperspektiven, was immer das heißen mochte. Andererseits paßte ein Germanistikstudium fast noch besser zu Nickel. Schon immer hatte er den Hang dazu gehabt, etwas mit über etwas reden zu verwechseln. Und reden konnte er! Über Sachen, zu denen Fred allerhöchstens ein Schulterzucken einfiel, war Nickel imstande, ganze Vorträge zu halten. Allerdings waren Fred diese Vorträge oft ziemlich beliebig erschienen, und wenn über alles stundenlang gesprochen werden konnte, fand er, war es fast genauso, als ob man überhaupt nie etwas sagte. Einmal hatte er Nickel gefragt, was für einen Roman er Oma Ranunkel zum Geburtstag schenken könne. Nickel nannte ihm zwanzig.

»Für zwanzig hab ich kein Geld. Sag mir einen, den du besonders gut findest.«

»So kann man das nicht entscheiden, es kommt immer drauf an.«

»Aber es muß doch einen geben, den du lieber magst als andere.«

»Alle haben ihre Vor- und Nachteile.«

»Nickel, ich will meiner Oma ein Buch schenken, keinen Wasserhahn.«

»Dann schenk ihr doch 'ne Anthologie.«

Nickels Vater besaß eine kleine Eisenwarenhandlung und hatte im Leben wenig anderes gelesen als Schraubendurchmesserzahlen und Sägeblattgrößen. Alles, was nichts mit Regalebauen oder Hakenanbringen zu tun hatte, war ihm suspekt, und den Kopf schien er lediglich zu brauchen, um Bleistifte hinters Ohr zu klemmen. Denken tat sein Bauch, und der dachte nur eins: Früher war ich mager, heute bin ich fett, an beidem sind die Sozis schuld. Seine Frau führte den Haushalt, war Mitglied der Rosenkreuzer – einer christlich-vegetarischen Sekte, die sich einmal im Monat zum Austausch von Glaubenssätzen und Sojawurstrezepten traf – und erinnerte ihren Mann täglich, er dürfe nicht zu großzügig, zu gutgläubig sein – was so notwendig war, wie einen Klumpfuß aufzufordern, das Bein nachzuziehen.

Mit vierzehn hatte Nickel angefangen, sich auf alles zu werfen, was dem Wunsch der Eltern nach einem Eisenwaren-Juniorchef entgegenlief: Dieburger Tee-und-Friedens-Zirkel, Che-Guevara-Kappe, Panflötenunterricht, Knüppel-schwingende-Polizisten-Fotografie, Schulstreiks, Regenwälder, Bücher von Frauen für Frauen (und für Nickel) und – Fleisch! Im Steakhaus konnte er drei Farmerteller samt Schwarte hintereinander verschlingen, und einmal hatte er beim Schulfest ein ganzes Blech halbgarer Bratwürste in sich hineingehangelt. Manchmal hatte sich Fred gefragt, ob Nickel meine, der Protest gegen seine Mutter sei um so größer, je beschissener das Fleisch.

Fred sah im Fenster die Tunnellichter vorbeifliegen. In Kanada würde Nickel als Germanist jedenfalls was sehr Besonderes sein und sich um seine ›Zukunftsperspektiven‹ keine Sorgen mehr machen müssen. Wenn das nicht sowieso der Grund für dieses Studium war, und falls er überhaupt noch studierte und Fred ihn nicht woanders suchen mußte…

Vier Stationen vor Thielplatz stiegen drei flotte Mädchen mit Schultaschen unterm Arm ein, und Fred entschied, ein Besuch der Universität lohne sich auf jeden Fall.

Ein- bis zweihundert Meter zog sich der cocacolafarbene, flache Blechbau die Straße entlang. Davor lag ein breiter Rasenstreifen mit Büschen, Bänken und gepflasterten Wegen. Halb Krankenhaus, halb Fabrik. Eine bestreikte Fabrik, denn auf Rasen und Wegen standen massenhaft Leute herum. Es wurde gegessen und getrunken, gestikuliert und palavert, der Boden war mit Flugblättern übersät, und vom Dach des Flachbaus hing ein Spruchband: ›ANKOMMEN DURCH EINKOMMEN!‹

Der Himmel war jetzt etwas heller, und es schien nicht mehr ganz unwahrscheinlich, daß sich hinter dem grauen Brett die Sonne verbarg.

Fred stand zwischen einer Gruppe Studenten am Straßenrand und wartete mit ihnen, daß die Autoschlange abriß. Alle trugen kleine bunte Rucksäcke. Fred fragte sich, ob das eine Art Universitätsuniform war.

Die Straße wurde frei, und Fred folgte einem Pärchen, das sich stritt, ob Brötchen und Semmeln derselben Wortfamilie angehörten. Das erschien ihm germanistisch genug, um sich an ihre Fersen zu heften. Einen der gepflasterten Wege hinauf, vorbei an lachenden und diskutierenden Grüppchen, gingen sie zum Eingang und betraten einen breiten, endlosen Flur. Zwischen Tischen mit Büchern und Handzetteln herrschte ein Gewirr von Jeansjacken, bunten Brillen, Schlipsen und Baseballmützen. Geschickt schlängelte sich das Pärchen hindurch, einen Ausfallschritt hier, einen Zickzacklauf dort, Fred hatte Mühe zu folgen. Dann ging es eine Treppe hinauf und in einen Seitengang hinein, zweimal links, einmal rechts, in einen weiteren Flur – oder war es derselbe, Fred hatte die Orientierung verloren – und schließlich am Flurende zu einem Klapptisch mit Kaffeemaschine und Plastikbechern. Drum herum am Boden saßen weitere Studenten und machten, was hier alle zu machen schienen: Pause. Freds Pärchen stürzte »Juhu!« auf ein anderes Pärchen zu, Umarmungen reihum, und die Frau erkundigte sich: »Und was denkt ihr inzwischen zur Brötchenfrage?«

Da wollte Fred nicht stören. Er kaufte sich einen Kaffee für fünfzig Pfennig, der auch so schmeckte, und fragte den Verkäufer, einen jungen Mann mit freundlicher Lockenfrisur und gebügeltem T-Shirt, ob er ihm sagen könne, wo die Germanisten seien.

Der junge Mann stellte behutsam die Kanne zurück und bekam dann mit einem Schlag eine dermaßen sonnige Miene, daß Fred irritiert zurückwich.

»Aber sicher! Die GermanistInnen sind im Erdgeschoß, einen Gang weiter.«

Fred sah auf die entblößten, strahlend weißen Zähne. Germanistinnen …?

»… Aha. Und gibt's irgendwo einen Pförtner oder so was, den man fragen kann, wenn man jemanden sucht?«

»Ich glaube nicht, daß PförtnerInnen das wissen. Abgesehen davon ist Streik.« Und mit verschwörerischem Zwinkern: »Frisch immatrikuliert, was?«

»Frisch what?«

»Ging mir am Anfang genauso. Hab überhaupt nicht

durchgeblickt«, erklärte der junge Mann und schaute dabei weiter drein, als hätten er und Fred irgendwas Tolles angestellt, einen Tafellappen geklaut oder so.

»Hmhm«, machte Fred im Glauben, einen Verrückten vor sich zu haben. »Na ja...«, sagte er dann, und: »Na gut...«, nickte und wandte sich ab.

»Toi, toi, toi«, rief ihm der junge Mann hinterher, »aller Anfang ist schwer! Aber du wirst es schon schaffen!«

Fred beeilte sich, im nächsten Gang zu verschwinden. Ob es so was wie Dorftrottel auch in Universitäten gab?

Am Ende des Gangs stieß Fred wieder auf einen Flur. Eine Seite war aus Glas. Ein Dutzend Studenten stand davor, schaute hinaus und lachte wie von Sinnen. Fred trat neugierig hinzu und sah in einen gepflegten Innenhof mit Bänken und Bäumchen. Auf einer der Bänke lag ein alter Mann in blauer Arbeitskleidung, eine Gartenschere auf dem Bauch, und schlief. Die Schere hob und senkte sich im Atemrhythmus. Aus seiner Jackentasche ragte ein Flaschenhals.

»Daß wir keinen Fotoapparat haben!« rief ein Mädchen und wischte sich Tränen aus den Augen.

»Ein Bild für Götter!«

»Leben und leben lassen!«

»Die erträgliche Leichtigkeit des Seins!«

»Bellissimo!«

Fred suchte im Hof, ob er etwas übersehen hatte. Hatte er nicht, und leicht verwundert lief er zur Treppe.

Unten erwartete ihn das bekannte Getümmel. Er zwängte sich an Rücken und Rucksäcken vorbei, bis er hinter einem Büchertisch ein Paar große dunkle Augen entdeckte.

Der Mund dazu war rot geschminkt und redete auf jemanden ein. Fred drängte sich zum Tisch, und während er darauf wartete, die Schöne nach Germanisten und Nickel zu befragen und darüber hinaus ein paar Worte zu wechseln, blätterte er in Büchern wie *Ökonomie heute* oder *Das kleine Einmaleins der Börse.*

Doch plötzlich erschallte eine elektrisch verstärkte Stimme vom Eingang des Flurs, und alle verstummten. Die Köpfe wandten sich in Richtung der Lautsprecher, und als Fred sich auf Zehenspitzen stellte, sah er auf einem Podest zwischen zwei schwarzen Boxen einen großen dünnen Mann im schwarzen Rollkragenpullover mit kurzen Haaren und schwarzer Brille. Sein schmales ernstes Gesicht wirkte auf Fred sehr gescheit, Stimme und Redeweise waren so klar und eindringlich, daß jedes Wort wie das einzig mögliche klang. Der Mann schien das Reden erfunden zu haben. Nach einer Weile begann Fred, manche Sätze wie Pop-Refrains im Kopf zu wiederholen.

Was der Mann sagte, war im großen und ganzen folgendes: Die angehenden Akademiker seien die Garantie für eine funktionierende Zukunft in den gesellschaftlich wichtigsten Berufsbereichen, und darum fordere man einen Rahmen für ungestörtes, optimales Lernen: Beamtenbesoldung für alle Hochschüler ab der Zwischenprüfung und Kranken-, Renten- und Wohnversicherung auf Lebenszeit.

Fred wunderte sich ein bißchen, hielt er die Forderungen doch für etwas forsch und gleichzeitig irgendwie langweilig, war aber auch nicht wirklich überrascht. Inzwischen hatte er sich damit abgefunden, sich auf einer Art fremdem Planeten zu befinden. Die Bewohner redeten entweder irre oder vortrefflich, lachten wegen schlafenden Gärtnern, unterhielten sich über Brötchennamen und trugen ihr Gepäck wie Pfadfinder oder Bergsteiger auf dem Rücken.

Der Redner hob die Faust. »*Gegen* Konkurrenzdruck und Anpassung! *Für* gleiche finanzielle Bedingungen und unabhängigen Wissenseifer, *für* eine akademische Schicht ohne Zukunftsangst und mit Mut zu Veränderungen! *Für* Freiheit in Sicherheit! Für ein besseres nächstes Jahrtausend! Für unser Land, für Europa und für die ganze Welt! Danke, Freunde!«

Beifall brach los, minutenlang wurde geklatscht und gejohlt, und manche riefen »Zugabe!«. Dabei nahmen die Gesichter neben Fred einen seltsam verklärten Ausdruck an, als zöge man in den Krieg. Nach und nach beruhigte sich die Menge, lief auseinander, und Fred wandte sich schnell der Schönen zu. Sie hatte die Arme verschränkt und schaute zweifelnd auf den jetzt leeren Podest.

»Sorry, ich suche jemanden…«

»…Hm?«

»Nikolas Zimmer. Ich kenn mich hier nicht aus und dachte, vielleicht wissen Sie… er ist, äh… Germanistin.«

Die Schöne runzelte die Stirn. Das machte sie noch schöner. Fred machte es dümmer.

»…Du meinst den mit Kind?«

Fred schüttelte denKopf. »Nein, nein. Nikolas Zimmer aus Dieburg.«

»Ja, aus irgend so 'nem Kaff kommt er.«

»Er ist ziemlich groß und hat lange schwarze Haare.«

»Genau, und Koteletten. Bin im Walser-Kurs mit ihm.«

Besorgt fragte Fred: »Wieso mit Kind?«

»Vermutlich, weil seine Freundin eins gekriegt hat, oder wie geht das in Dieburg?«

Sie begann, die Bücherstapel geradezurücken. Verwirrt sah Fred zu, wie sich ihre Hände über die Buchdeckel bewegten. Nickel mit Kind... Wollte sie ihn auf den Arm nehmen...?

»... Wissen Sie, wo ich ihn finden könnte?«

»Normalerweise haben wir übermorgen Vorlesung, falls nicht mehr gestreikt wird.«

»Wo?«

»Da vorne...«, sie deutete auf einen Gang, der vom Flur abzweigte, »... dritte Tür links.«

»Und Sie sind sicher, daß es sein Kind ist?«

»Na, jedenfalls nennt's ihn Papi, und er nennt's seinen Schatz.«

Fred versuchte, sich Nickel mit einem Kind auf dem Arm vorzustellen. Es mußte ein Irrtum sein.

»Vielleicht jobbt er als Babysitter?«

Die Schöne hielt inne, stützte die Hände auf die Bücher und legte den Kopf schief. »Hör mal, ich kenn deinen Freund kaum. Am besten, du fragst ihn das übermorgen alles selber. Und außerdem bin ich hier am Arbeiten.«

Fred nickte, während sie hinterm Tisch verschwand, um mit einer Handvoll Bücher wieder aufzutauchen und sie auf die Stapel zu verteilen.

Nach einer Weile fragte Fred: »Macht das Spaß?«

»Um Gottes willen!«

Sie verkaufte einige Bücher, dann zog sie ein Hörnchen aus einer Butterbrottüte und biß hinein. Mit vollem Mund fragte sie: »Na, vielleicht noch 'ne kurze Abhandlung über Zinssätze für'n Nachhauseweg?«

»Glaub nicht, daß mir das den Weg verkürzen würde.«

»Ne«, sie lachte, »wohl kaum.«

»Der Kerl, der vorhin die Rede gehalten hat, ist das so eine Art...«

»Schwachkopf«, unterbrach sie ihn und schob sich den Rest Hörnchen in den Mund. »... Aber sieht gut aus.«

»Na ja...«, Fred wiegte den Kopf, »... auf den ersten Blick vielleicht.«

»Auch auf den zehnten. Außerdem ist er unkompliziert und weiß, was er will.« Sie knüllte die Butterbrottüte zusammen und warf sie untern Tisch. »Sonst wär ich nicht mit ihm zusammen.«

Auf dem Weg zur U-Bahn dachte Fred zum ersten Mal in seinem Leben über Babys nach. Seine Erfahrungen beschränkten sich auf undurchschaubare schreiende Wesen, die in Wägelchen saßen und stundenlang auf einen Punkt glotzen konnten. Und er dachte an die paar jungen Väter, denen er früher in Dieburg begegnet war: entweder stolzverblödet oder geplagt, meistens in Eile, und in jedem Fall für die nächsten fünfzehn Jahre mit dem Arsch im Sofa.

Bestimmt hatte sich die Frau geirrt!

Doris Dörrie
Warum schreiben?

Mit ungefähr acht oder neun Jahren erschien mir das Schreiben als das größte Wunder auf diesem Planeten. Wie konnte man mit den immer gleichen sechsundzwanzig Buchstaben so viele Türen zu so vielen fremden Welten öffnen? Es war mir unbegreiflich.

Ich erinnere mich daran, wie ich die Tür zu meinem Kinderzimmer zuwarf, mich mit einer Ausgabe von Grimms Märchen auf den Knien in einen Sessel kauerte und mit Herzklopfen zu lesen begann. Kaum zu fassen, was diese Buchstaben in meinem Gehirn anzurichten vermochten und wie sie mich immer tiefer in eine Welt der sprechenden Pferdeköpfe, der Zwerge, Riesen und Prinzessinnen zogen. Wie konnte das sein? Es war doch bloß ein bißchen Fliegendreck auf weißem Papier.

Schreiben. Kaum konnte ich alle Buchstaben malen, versuchte ich es selbst. Schrieb einen Satz mit einer Katze und sah zu, wie sie sich räkelte, aufstand und davonlief. Etwas später schrieb ich Pferdegeschichten, die aber eine exakte Kopie von den Pferderomanen waren, die ich gerade las. Nur daß ich nicht einmal merkte, daß sie von vorn bis hinten abgeschrieben waren, und ich eigentlich nur die Vornamen der Hauptakteure verändert hatte. Ich schrieb sie in Schulhefte, schmuggelte sie in die bunten Einbände anderer Kinderbücher und las sie meinen jüngeren Schwestern vor, die sich jedoch nicht lange fesseln ließen, sondern sich bald gelangweilt und ohne Kommentar trollten. Zurück blieb eine bis ins Mark getroffene Schriftstellerin. Ich schrieb nicht mehr, bis ich die Schule verließ. Nur noch Aufsätze und Bildbetrachtungen, aber nie mehr setzte ich mich mit meinen eigenen Geschichten einem schnöden Publikum aus. Schreiben war gefährlich, das hatte ich begriffen. Statt dessen lernte ich, clever zu wirken, ohne einen einzigen originären Gedanken zu haben; ich lernte, mich hinter der Sprache des Politjargons zu verstecken. Das klang gut und bedeutete nichts. Gleichzeitig las ich wie eine Besessene, ich lebte in der Welt von Dostojewskij und Čechov, versuchte, ihretwegen Russisch zu lernen, immer noch war ich überwältigt von der Kraft der sechsundzwanzig Buchstaben. Bücher waren für mich einfach zu haben, weil meine Eltern selbst lesesüchtig waren. Ein Leben ohne Bücher war für mich unvorstellbar. Staunend betrachtete ich die bücherfreien Schrankwände in den Wohnzimmern mancher Mitschülerinnen, so wie sie ihrerseits die vollgestopften Bücherwände bei uns.

Bis heute habe ich Angst, ohne Buch irgendwo zu stranden. Filme geben mir bis heute kein Zuhause, sondern eher einen Unterstand im Regen. Wirklich leben kann ich in ihnen nicht. In Büchern schon. Trotzdem zog es mich sofort nach der Schule ins Land der Bilder, nach Amerika. Dort genoß ich, daß sich niemand hinter sogenannter ›Bildung‹ versteckte, ja daß es mir im Gegenteil sofort angekreidet wurde, wenn ich es, aus purer Gewohnheit, tat. Dort galt nur, was Geschichten wirklich zu erzählen haben. Ihr Mehrwert als Sammlerstück des Bildungsbürgers entfällt. Ist die Geschichte von Antigone eine *good story* oder nicht? Fesselt Odysseus oder nicht? Das ist das einzige, was zählt.

Mir ging das Herz auf, weil man hier anscheneind so sprechen durfte, wie man fühlte. Da ich das auch noch in einer mir fremden Sprache tun mußte, konnte ich mich schon gar nicht mehr verstecken. Das tat mir gut. Bildung galt hier nur als Handwerkszeug, aber nicht mehr als Versteck. Ich begann wie besessen Tagebuch zu schreiben, *notebooks,* die ich nach Doris Lessings *Golden Notebooks* so nannte.

Ich entdeckte die angelsächsische und amerikanische Literatur für mich, begann für ihre Direktheit und ihre Vorliebe für die Mysterien des Alltags anstelle von philosophischen Abstraktionen zu schwärmen. Das gefiel mir, weil es mit der Unterscheidung in hoch *oder* nieder, ernst *oder* lustig, schwer *oder* leicht, die mir als Deutscher tief in den Knochen saß, radikal aufräumte. Entertainment galt hier als Grundvoraussetzung. Das war mir vollkommen neu. Konnte etwas, das unterhaltsam war, wirklich auch gut sein? Tief? Künstlerisch wertvoll?

Für teutonische Überlegungen dieser Art hatte ich zum Glück wenig Zeit, denn wollte ich hier mithalten, mußte ich selbst lernen, unterhaltsam und schnell zu sein, so wurde hier schließlich kommuniziert. Wir Deutschen bezeichnen das gern als ›Oberflächlichkeit der Amerikaner‹. Für mich aber waren es ganz entscheidende Nachhilfestunden in Selbstironie, Humor, komischem Timing und Geschichtenerzählen.

Ich studierte Theaterwissenschaften und Schauspiel,

stellte aber bald fest, daß mich die Geschichten auf der Bühne lange nicht so interessierten wie die Filme jener Zeit von Rafelson, Scorsese, Coppola, dem *New American Cinema*.

Auf dem Campus arbeitete ich als Filmvorführerin und zeigte wochenlang die alten Zorro-Filme und *Letztes Jahr in Marienbad* in einer Doppelvorstellung. Das schien hier kein Widerspruch zu sein. *Anything goes* war die Devise. Alle durften alles ausprobieren. Als Schauspielerin war ich schlecht und zudem enttäuscht von der Tatsache, daß ich vor der Kamera meist nur einen kleinen Teil einer Geschichte erzählen konnte.

Stories. Das klang besser als Geschichten, schneller, aufregender. Stories wurden immer mehr zu meiner Passion.

Ich belegte Kurse für Traumdeutung und Anthropologie, Geschichten umschwirrten mich wie Mückenschwärme. Zu gern hätte ich selbst Geschichten geschrieben, aber ich blieb zu sehr Deutsche, um mich das zu trauen. Man konnte doch nicht einfach so schreiben! Woher nahm ich die Berechtigung? Ohne abgeschlossenes Studium der Germanistik oder der Literaturwissenschaften? Aber andererseits war ich durch meine Amerikaerfahrung für immer verdorben. Mich wieder hinter einer intellektuellen Analyse zu verstecken kam nicht mehr in Frage. Doch mich splitterfasernackt als Autorin an die Öffentlichkeit zu trauen war mir genauso unvorstellbar.

Ich suchte das perfekte Versteck – und fand es im Film. Dort wurden große Geschichten erzählt, aber mit Hilfe vieler anderer Leute, einer Crew. Ein Regisseur brauchte nicht wirklich etwas zu können, so stellte ich mir vor – und damit hatte ich eigentlich ziemlich recht.

Auch das Drehbuch ist nur eine Gebrauchsanleitung, die sich durch die Dreharbeiten auflöst, sich in etwas anderes verwandelt, sechsundzwanzig Buchstaben verwandeln sich in Zelluloid. Auch das erschien mir als gute Möglichkeit, mich mit meinen Geschichten zu verstecken. Keiner würde am Ende eindeutig mit dem Finger auf mich als Autorin zeigen können.

Film also. Ich bewarb mich an der Filmhochschule in München, und als ich dort mein erstes Drehbuch zu meinem ersten kleinen Film schreiben sollte, stellte ich verwirrt fest, daß der Film nur von außen erzählen kann, nur durch Aktion.

Es erschien mir aber vollkommen unmöglich, meine Protagonisten nur von außen zu beschreiben, ohne sie von innen zu kennen. Ich brauchte einen Trick, um in sie hineinschlüpfen zu können und ihre Gefühle und Gedanken kennenzulernen. Ich fing an, Prosageschichten über sie zu schreiben, um ein Gespür dafür zu bekommen, wer sie eigentlich waren und warum sie taten, was sie taten. Erst wenn ich das durch die Kurzgeschichten erfahren hatte, schrieb ich das Drehbuch. Das hatte später beim Drehen den riesigen Vorteil, daß ich für alle Schauspieler auf ihre berechtigte Standardfrage ›Warum?‹ immer, immer eine Antwort hatte.

Ich zwang mich, regelrechte Kurzgeschichten für meine zukünftigen Drehbücher und Filme zu schreiben, weil ich in Amerika ein Fan dieser Form geworden war und weil ich sie als zutiefst filmisch empfand. Ich kannte aus Deutschland niemanden, der so schrieb wie zum Beispiel Raymond Carver oder Alice Munro, deren Geschichten ich Wort für Wort abschrieb, um ein Gefühl für ihren Rhythmus zu bekommen, der tatsächlich dem Rhythmus des Filmschnittes sehr stark entspricht.

Mitten ins Herz war meine allererste Kurzgeschichte, an der ich auch als Prosageschichte feilte, bevor ich sie zum Drehbuch umschrieb.

Ein paar Jahre später, als ich zu meinem Film *Männer* vom ›Spiegel‹ befragt wurde und von meiner Schreibmethode erzählte, las Daniel Keel dieses Interview, rief mich daraufhin an, wollte gern die Kurzgeschichten lesen und bot mir nach der Lektüre an, sie zu veröffentlichen. Nur schwarzer Fliegendreck auf weißem Papier, und sonst gar nichts. Er scheuchte mich vehement aus meinem Versteck. Er brachte mich dazu, Geschichten nicht mehr nur für meine Filme zu schreiben, sondern den sechsundzwanzig Buchstaben zu vertrauen und den Leser seinen eigenen Film drehen zu lassen – der sowieso immer der beste aller möglichen Filme ist.

Nach- und Hinweise

Andersch Alfred, 4.2.1914, München – 21.2.1980, Berzona (Tessin)
Festschrift für Captain Fleischer. Aus: *Meistererzählungen* (detebe 22477); Diogenes, Zürich 1992.
• Von Alfred Andersch sind im Diogenes Verlag erschienen:
Efraim. Roman. 1967
»… einmal wirklich leben«. Ein Tagebuch in Briefen an Hedwig Andersch. 1986 ***
empört euch der himmel ist blau. Gedichte und Nachdichtungen 1946–1977. 1977 ***
Fahrerflucht und andere Hörspiele. 2000
Geister und Leute. Zehn Geschichten. 1974 ***
Die Kirschen der Freiheit. Ein Bericht. 1968
Ein Liebhaber des Halbschattens. Drei Erzählungen. 1972 ***
Meistererzählungen. 1992
Die Rote. Roman. Neue Fassung. 1972
Sansibar oder der letzte Grund. Roman. 1970
Der Vater eines Mörders. Eine Schulgeschichte. 1980
Auch als Diogenes Hörbuch, gelesen von Hans Korte. 2006
Mein Verschwinden in Providence. Neun Erzählungen. 1971
Winterspelt. Roman. 1974
Gesammelte Werke in 10 Bänden in Kassette. Kommentierte Ausgabe. Herausgegeben von Dieter Lamping. Kommentare der Bände 1 – 7 von Dieter Lamping, der Bände 8 – 10 von Axel Dunker. 2004. Alle Bände auch in Einzelausgaben:
Sansibar oder der letzte Grund / Die Rote. 2004
Efraim. Roman. 2004
Winterspelt. Roman. 2004
Erzählungen 1. 2004
Erzählungen 2 / Autobiographische Berichte. 2004
Gedichte und Nachdichtungen. 2004
Hörspiele. 2004
Essayistische Schriften 1. 2004
Essayistische Schriften 2. 2004
Essayistische Schriften 3. 2004
• Außerdem erschienen:
Das Alfred Andersch Lesebuch. 1974 ***
Über Alfred Andersch. 1980 ***
Materialien zu ›Die Kirschen der Freiheit‹ von Alfred Andersch. 2002
Alfred Andersch. Eine Biographie von Stephan Reinhardt. 1990

*** = zur Zeit nicht lieferbar. Stand: Februar 2006

Arjouni Jakob, 8.10.1964, Frankfurt am Main, lebt in Frankreich
Magic Hoffmann. Auszug aus dem gleichnamigen Roman (detebe 22951); Diogenes, Zürich 1997.
• Von Jakob Arjouni sind im Diogenes Verlag erschienen:
Edelmanns Tochter. Theaterstück. 1996 ***
Ein Freund. Geschichten. 1998
Hausaufgaben. Roman. 2004
Idioten. Fünf Märchen. 2003
Magic Hoffmann. Roman. 1997
• Die Romane mit Privatdetektiv Kemal Kayankaya:
Ein Mann, ein Mord. 1991
Happy birthday, Türke! 1987
Kismet. 2001
Mehr Bier. 1987

Borger Martina, 2.12.1956, Gunzenhausen (Bayern), lebt in München & Maria Elisabeth Straub, 15.11.1943, Pinneberg, lebt in Aventoft / Nordfriesland
Im Gehege. Auszug aus dem gleichnamigen Roman (detebe 23505); Diogenes, Zürich 2006.
• Von Borger & Straub sind im Diogenes Verlag erschienen:
Katzenzungen. Roman. 2001
Kleine Schwester. Roman. 2002
Im Gehege. Roman. 2006

Brambach Rainer, 22.1.1917, Basel – 13.8.1983, Basel
Ich schreibe keine Geschäftsbriefe. Aus: *Gesammelte Gedichte*; Diogenes, Zürich 2003.
• Von Rainer Brambach sind im Diogenes Verlag erschienen:
Auch im April. Gedichte. 1983 ***
Für sechs Tassen Kaffee. Geschichten. 1972 ***
Gesammelte Gedichte. 2003
Heiterkeit im Garten. Das gesamte Werk. 1989 ***
Ich fand keinen Namen dafür. Gedichte. 1969 ***
Wirf eine Münze auf. Gesammelte Gedichte. 1977 ***
• Außerdem erschienen:
Brambach, Rainer & Jürg Federspiel. *Marco Polos Koffer.* Gedichte. 1968 ***
Brambach Rainer & Frank Geerk. *Kneipenlieder.* 1974 ***

Dobelli Rolf, 15.7.1966, Luzern, lebt in Miami und Luzern
Fünfunddreißig. Auszug aus dem gleichnamigen Roman (detebe 23445); Diogenes, Zürich 2004.
• Von Rolf Dobelli sind im Diogenes Verlag erschienen:
Und was machen Sie beruflich? Roman. 2004
Fünfunddreißig. Roman. 2004

Dörrie Doris, 26.5.1955, Hannover, lebt in München
Die Braut und *Warum schreiben?* Aus: *Mitten ins Herz*; Diogenes, Zürich 2004.
• Von Doris Dörrie sind im Diogenes Verlag erschienen:
Bin ich schön? Erzählungen. 1994
Für immer und ewig. Eine Art Reigen. 1991
Happy. Ein Drama. 2001
Das blaue Kleid. Roman. 2002
Liebe, Schmerz und das ganze verdammte Zeug. Vier Geschichten. 1987

Love in Germany. Deutsche Paare im Gespräch mit Doris Dörrie. 1992
Der Mann meiner Träume. Erzählung. 1991
Männer. Eine Dreiecksgeschichte. 2001 ***
Mitten ins Herz. Erzählungen. 2004
Samsara. Erzählungen. 1996
Was machen wir jetzt? Roman. 1999
»Was wollen Sie von mir?« und 15 andere Geschichten. 1990
• Kinderbücher:
Mimi. 2002
Mimi ist sauer. 2004
Mimi entdeckt die Welt. 2006

DÜRRENMATT FRIEDRICH, 5.1.1921, Konolfingen bei Bern – 14.12.1990, Neuchâtel
Gibt es noch Geschichten? und *Die Panne.* Auszüge aus: *Die Panne* (detebe 23539); Diogenes, Zürich 2006.
Ergreife die Feder müde. Aus: *Das Mögliche ist ungeheuer*; Diogenes, Zürich 1993.
Welt der Mitmacher und der Pannen. Aus: *Über Friedrich Dürrenmatt* (detebe 20861); Diogenes, Zürich 1980.
Geburtstagsrede auf Hugo Loetscher. Aus: *In alle Richtungen gehen.* Reden und Aufsätze über Hugo Loetscher; Diogenes, Zürich 2005.
• Von Friedrich Dürrenmatt sind im Diogenes Verlag erschienen:
Gesammelte Werke in 7 Bänden in Kassette. 1988, 1996 (erweiterte Neuausgabe) ***
Denken mit Friedrich Dürrenmatt. 2005
Drei Kriminalromane. Der Richter und sein Henker / Der Verdacht / Das Versprechen. 2004
Kants Hoffnung. Zwei politische Reden / Zwei Gedichte aus dem Nachlaß. 1991 ***
Minotaurus. Eine Ballade. 1985
Das Mögliche ist ungeheuer. Ausgewählte Gedichte. 1993
• Das dramatische Werk:
Das dramatische Werk in 18 Bänden in Kassette. 1998
Achterloo. Komödie in zwei Akten (Erste Fassung). 1983 ***
Achterloo. Komödie (Vierte und letzte Fassung). 1993 ***
Der Besuch der alten Dame. Eine tragische Komödie. 1980
Die Ehe des Herrn Mississippi. Eine Komödie in zwei Teilen (Neufassung 1980) und ein Drehbuch. 1980
Ein Engel kommt nach Babylon. Eine fragmentarische Komödie in drei Akten. 1980
Es steht geschrieben / Der Blinde. Frühe Stücke. 1980
Frank der Fünfte. Komödie einer Privatbank. 1980
Die Frist. Eine Komödie. 1980
Nächtliches Gespräch mit einem verachteten Menschen / Stranitzky und der Nationalheld / Das Unternehmen der Wega. Hörspiele und Kabarett. 1980
Herkules und der Stall des Augias / Der Prozeß um des Esels Schatten. Griechische Stücke. Zwei Hörspiele und eine Komödie, letztere in der Neufassung 1980. 1998

König Johann / Titus Andronicus. Shakespeare-Umarbeitungen. 1980
Der Meteor / Dichterdämmerung. Zwei Nobelpreisträgerstücke. 1980
Der Mitmacher.
Ein Komplex. 1980
Die Panne. Ein Hörspiel und eine Komödie. 1980
Die Physiker. Eine Komödie in zwei Akten. 1980
Play Strindberg / Porträt eines Planeten. Übungsstücke für Schauspieler. 1980
Romulus der Große. Eine ungeschichtliche historische Komödie in vier Akten. 1980
Urfaust / Woyzeck. Zwei Bearbeitungen. 1980
Die Wiedertäufer. Eine Komödie in zwei Teilen. 1980
• Das Prosawerk:
Prosa, Essays und Materialien in 13 Bänden in Kassette. 1980
Das Prosawerk in 19 Bänden in Kassette. 1998
Albert Einstein. Ein Vortrag. 1979
Der Auftrag oder Vom Beobachten des Beobachters der Beobachter. Novelle in vierundzwanzig Sätzen. 1986
Aus den Papieren eines Wärters. Frühe Prosa. 1998
Durcheinandertal. Roman. 1989
Gedankenfuge. 1992
Der Gedankenschlosser. Über Gott und die Welt. 2000 ***
Grieche sucht Griechin. 1992
Grieche sucht Griechin / Mr. X macht Ferien / Nachrichten über den Stand des Zeitungswesens in der Steinzeit. Grotesken. 1980
Der Hund / Der Tunnel / Die Panne und andere Erzählungen. 1996
Justiz. Roman. 1998
Kritik. Kritiken und Zeichnungen. 1998
Labyrinth. Stoffe I-III: Der Winterkrieg in Tibet / Mondfinsternis / Der Rebell (vorm.: *Stoffe* I-III). 1990
Literatur und Kunst. Essays, Gedichte und Reden. 1980
Meistererzählungen. 1992 ***
Mondfinsternis / Der Rebell. Stoffe II / III. 1984 ***
Die Panne. Eine noch mögliche Geschichte. 2006
Der Pensionierte. Fragment eines Kriminalromans. 1995
Philosophie und Naturwissenschaft. Essays, Gedichte und Reden. 1980
Politik. Essays, Gedichte und Reden. 1980
Der Richter und sein Henker. Kriminalroman. 1986
Der Richter und sein Henker / Der Verdacht. Zwei Kriminalromane. 1978
Meine Schweiz.
Ein Lesebuch. 1998
Der Sturz / Abu Chanifa und Anan ben David / Smithy / Das Sterben der Pythia. Erzählungen. 1980
Theater. Essays, Gedichte und Reden. 1998
Turmbau. Stoffe IV-IX: Begegnungen / Querfahrt / Die Brücke / Das Haus / Vinter / Das Hirn. 1994

Der Verdacht. Kriminalroman. 1986
Das Versprechen. Requiem auf den Kriminalroman. 1996
Versuche. 1988
Der Winterkrieg in Tibet. Stoffe I. 1984 ***
Das Versprechen / Aufenthalt in einer kleinen Stadt. Erzählungen. 1980
Zusammenhänge / Nachgedanken. Essay über Israel. 1980
• Das zeichnerische Werk:
Bilder und Zeichnungen. 1978 ***
Die Heimat im Plakat. Ein Buch für Schweizer Kinder. 1963
Die Mansarde. Die Wandmalereien aus der Berner Laubeggstraße. 1995
Friedrich Dürrenmatt. Schriftsteller und Maler. Ein Bilder- und Lesebuch. 1994
• Außerdem erschienen:
Das Dürrenmatt Lesebuch. 1991
Über Friedrich Dürrenmatt. 1980
Denken mit Friedrich Dürrenmatt. 2005
Gespräche 1961–1990 in vier Bänden in Kassette. Herausgegeben von Heinz Ludwig Arnold. 1996
Max Frisch und Friedrich Dürrenmatt. Briefwechsel. Hrsg. von Peter Rüedi. 1998
Meine Schweiz. Ein Lesebuch. Herausgegeben von Heinz Ludwig Arnold. 1998
Herkules und Atlas. Lobreden und andere Versuche über Friedrich Dürrenmatt. Ein Lese- und Bilderbuch. 1990 ***
play Dürrenmatt. Ein Lese- und Bilderbuch. 1996
Rollenspiele. Protokoll einer fiktiven Inszenierung und *Achterloo* III. Zusammen mit Charlotte Kerr. 1986
Friedrich Dürrenmatt. Stationen seines Werkes. Von Elisabeth Brock-Sulzer. 1986 ***
Die Welt als Labyrinth. Ein Gespräch mit Franz Kreuzer. 1986 ***
Querfahrt mit Friedrich Dürrenmatt. Aufsätze und Vorträge. Von Heinz Ludwig Arnold. 1998

Flora Paul 29.6.1922, Glurns im Vinschgau (Südtirol), lebt in Innsbruck
Die welke Pracht. Aus: *Dies und das*; Diogenes, Zürich 1997.
• Von Paul Flora sind im Diogenes Verlag erschienen:
Ach du liebe Zeit I. Rund 200 Zeichnungen aus der ›Zeit‹. 1962 ***
Ach du liebe Zeit II. Rund 170 Zeichnungen aus der ›Zeit‹. 1964 ***
Als der Großvater auf die Großmutter schoß und vierhunderteinundzwanzig andere Zeichnungen. 1971 ***
Der blasse Busenfreund. 83 vom Monde beschienene Szenen. 1979 ***
Dies und das. Nachrichten und Geschichten. 1997
Hungerburger Elegien. Zeichnungen 1943–1974. 1975 ***

Floras Fauna.
Eine abendländische Biologie in 77 neuzeitlichen Bildern. 1953 ***
Königsdramen. 44 höfische Szenen. 1966 ***
Das Musenroß. Ein Buch von Dichtern. 1955 ***
Nocturnos. Dreiundfünfzig romantische Erzählungen. 1982 ***
Penthouse.
Zeichnungen. 1977 ***
Portfolio 2. Mappe mit 12 Blättern. 1970 ***
Die welke Pracht. Venezianische Zeichnungen und Geschichten. 1990 ***
Premiere. 77 Zeichnungen. 1971 ***
Die Raben von San Marco.
72 venezianische Augenblicke. 1985 ***
Das Schlachtroß.
Ein Buch von Dichtern. 1957 ***
Stille Bilder. 2005
Die verwurzelten Tiroler und ihre bösen Feinde. 1970 ***
Trauerflora. Idyllen. 1958 ***
Veduten und Figuren. 1968 ***
Vivat Vamp! 1959 ***
Vergebliche Worte.
Von Dichtern und Denkern. 1981 ***
Der bürgerliche Wüstling.
Siebenundfünfzig romantische Blätter. 1972 ***
Der Zahn der Zeit.
174 altmodische Zeichnungen, darstellend private und öffentliche Unglücke, wahre Ereignisse, Fluch und Segen der Technik sowie sentimentale Szenen. 1961 ***
Zeichnungen. 1992
Zeitvertreib. 118 Zeichnungen aus der ›Zeit‹. 1969 ***

HACKL ERICH, 26.5.1954, Steyr (Oberösterreich), lebt in Wien
Auroras Anlaß. Auszug aus der gleichnamigen Erzählung (detebe 21731); Diogenes, Zürich 1989.
• Von Erich Hackl sind im Diogenes Verlag erschienen:
Abschied von Sidonie.
Erzählung. 1991
Auroras Anlaß.
Erzählung. 1987
Anprobieren eines Vaters.
Geschichten und Erwägungen. 2004
Entwurf einer Liebe auf den ersten Blick. 1999
Die Hochzeit von Auschwitz.
Eine Begebenheit. 2002
In fester Umarmung. Geschichten und Berichte. 1996
König Wamba.
Ein Märchen. 1991
Sara und Simón. Eine endlose Geschichte. 1995
• Außerdem erschienen:
Materialien zu ›Abschied von Sidonie‹. 2000

HILDESHEIMER WOLFGANG, 9.12.1916, Hamburg – 21.8.1991, Poschiavo (Graubünden)
Ich trage eine Eule nach Athen. Aus dem gleichnamigen Band (detebe 20529); Diogenes, Zürich 1982. Abdruck mit freundlicher Genehmigung des Suhrkamp Verlags, Frankfurt am Main.

Jägersberg Otto, 19.5.1942, Hiltrup (Westfalen), lebt in Baden-Baden
Eine Liebesgeschichte. Aus: *Vom Handel mit Ideen* (detebe 22493); Diogenes, Zürich 1992.
Gedicht, Familienkrach und *Mit Frauen unterwegs.* Aus: *Wein, Liebe, Vaterland* (detebe 22621); Diogenes, Zürich 1993.
• Von Otto Jägersberg sind im Diogenes Verlag erschienen:
Der letzte Biß. Geschichten aus der Gegenwart. 1977 ***
Cosa Nostra.
3 Stücke aus dem bürgerlichen Heldenleben.
1971 ***
Vom Handel mit Ideen. Geschichten. 1992
He he, ihr Mädchen und Frauen. Eine Konsum-Komödie. 1975 ***
Der Herr der Regeln.
Roman. 1988
Land. Ein Lehrstück. 1975 ***
Lehrstücke in 4 Bänden in Kassette. 1978 ***
Der industrialisierte Romantiker. Reportage unserer Umwelt. 1976 ***
Seniorenschweiz.
Reportage unserer Zukunft. 1976 ***
Söffchen oder Nette Leute.
Roman (vorm.: *Nette Leute*). 1989 ***
Weihrauch und Pumpernickel.
Ein westpfählisches Sittenbild. 1975
Wein, Liebe, Vaterland.
Gedichte. 1993

Kästner Erich, 23.2.1899, Dresden – 29.7.1974, München
Entwicklung der Menschheit. Aus: *Das Erich Kästner Lesebuch* (detebe 20515); Diogenes, Zürich 1978. Abdruck mit freundlicher Genehmigung des Atrium Verlags, Zürich.

Kettenbach Hans Werner, 20.4.1928, Bendorf (Rhein), lebt in Köln
Sterbetage. Auszug aus dem gleichnamigen Roman (detebe 21644); Diogenes, Zürich 1986.
• Von Hans Werner Kettenbach sind im Diogenes Verlag erschienen:
Davids Rache. Roman. 1994 ***
Zu Gast bei Dr. Buzzard.
Roman. 2006
Der Feigenblattpflücker.
Roman. 1992 ***
Glatteis. Roman. 2001
Grand mit vieren. Roman. 2000
Hinter dem Horizont.
Eine New Yorker Liebesgeschichte. 1986
Kleinstadtaffäre. Roman. 2004
Die Konkurrentin. Roman. 2002
Minnie oder Ein Fall von Geringfügigkeit. 1984 ***
Der Pascha. Roman. 1987 ***
Die Schatzgräber.
Roman. 2000
Schmatz oder Die Sackgasse.
Roman. 1989
Sterbetage. Roman. 1986

Lange Hartmut, 31.3.1937, Berlin-Spandau, lebt in Berlin
Über die Alpen. Aus: *Gesammelte Novellen in zwei Bänden in Kassette*; Diogenes, Zürich 2002.

• Von Hartmut Lange sind im Diogenes Verlag erschienen:
Die Bildungsreise. Novelle. 2000
Die Ermüdung. Novelle. 1990
Eine andere Form des Glücks. Novelle. 1999
Gesammelte Novellen in zwei Bänden in Kassette. 2002
Der Herr im Café. Drei Erzählungen. 1996
Irrtum als Erkenntnis. Meine Realitätserfahrung als Schriftsteller. 2002
Das Konzert. Novelle. 1988
Leptis Magna. Zwei Novellen. 2003
Die Reise nach Triest. Novelle. 1991 ***
Schnitzlers Würgeengel. Vier Novellen. 1995
Die Selbstverbrennung. Roman. 1984
Die Stechpalme. Novelle. 1993
Das Streichquartett. Novelle. 2001
Tagebuch eines Melancholikers. Aufzeichnungen der Monate Dezember 1981 bis November 1982. 1987
Vom Werden der Vernunft und andere Stücke fürs Theater. 1988
Die Waldsteinsonate. Fünf Novellen. 1987
Der Wanderer. Novelle. 2005
Die Wattwanderung. Novelle. 1990

LOETSCHER HUGO, 22.12.1929, Zürich, lebt in Zürich
Der Oberst. Aus: *Der Buckel* (detebe 23449); Diogenes, Zürich 2004.
Zürich und der Immune (Titel von den Herausgebern). Auszug aus dem Roman *Der Immune* (detebe 21590); Diogenes, Zürich 1988.

• Von Hugo Loetscher sind im Diogenes Verlag erschienen:
Abwässer. Ein Gutachten. 1989
Die Augen des Mandarin. Roman. 1999
Der Buckel. Geschichten. 2002
Es war einmal die Welt. Gedichte. 2004
Die Fliege und die Suppe und 33 andere Tiere in 33 anderen Situationen. Fabeln. 1989
Der predigende Hahn. Das literarisch-moralische Nutztier. Mit Abbildungen, einem Nachwort, einem Register der Autoren und Tiere sowie einem Quellenverzeichnis. 1992
Herbst in der Großen Orange. 1982
Der Immune. Roman. 1985
Die Kranzflechterin. Roman. 1989
Lesen statt klettern. Aufsätze zur literarischen Schweiz. 2003
Noah. Roman einer Konjunktur. 1984
Die Papiere des Immunen. Roman. 1986
Saison. Roman. 1995
Vom Erzählen erzählen. Münchner Poetikvorlesungen. Mit einer Einführung von Wolfgang Frühwald. 1988
Der Waschküchenschlüssel oder Was – wenn Gott Schweizer wäre (vorm.: *Der Waschküchenschlüssel* und andere Helvetica). 1988

Wunderwelt. Eine brasilianische Begegnung. 1983
• Außerdem erschienen:
Das Hugo Loetscher Lesebuch. 1984 ***
In alle Richtungen gehen. Reden und Aufsätze über Hugo Loetscher. 2005
Kulinaritäten. Ein Briefwechsel über die Kunst und die Kultur der Küche. Mit Alice Vollenweider. 1991

LORIOT, eigentlich Vicco von Bülow, 12.11.1923, Brandenburg an der Havel, lebt in Ammerland am Starnberger See
Paul Floras Widmungen und *Bundestagsrede.* Aus: *Loriot und die Künste*;
Diogenes, Zürich 2003.
Das Frühstücksei. Aus: *Das Frühstücksei* (02081); Diogenes, Zürich 2003.
Frühstück und Politik. Aus: *Szenen einer Ehe.* (detebe 21764); Diogenes, Zürich 1989.
• Von Loriot sind im Diogenes Verlag erschienen:
• Gesammelte Werke:
Loriots Gesammelte Werke in 4 Bänden in Kassette (Inhalt: *Großer Ratgeber / Heile Welt / Dramatische Werke / Möpse & Menschen).* 1995
Loriots Gesammelte Werke in 4 Bänden in Kassette (Inhalt: *Großer Ratgeber / Heile Welt / Dramatische Werke / Großes Tagebuch*). 1983 ***
Loriots Großer Ratgeber. 500 Abbildungen und erläuternde Texte. 1968
Loriots Großes Tagebuch. Erheblich erweiterte Ausgabe von ›Loriots Tagebuch‹ und ›Loriots Kommentare‹. 1970
Loriots Heile Welt. Neue gesammelte Texte und Zeichnungen, dazu erstmals ›Loriots Telecabinet‹. 1973
Loriots Dramatische Werke. Texte und Bilder aus sämtlichen TV-Sendungen seit Loriots Telecabinet. 1981
Loriots Kleiner Opernführer. 2003 (erweiterte Neuausgabe 2005)
Männer und Frauen passen einfach nicht zusammen. 2006
Möpse & Menschen. Eine Art Biographie. 1983
Große Deutsche. Circa acht Portraits. 1998
Fußballfieber. Ein Daumenkino. 2006
• Drehbücher:
Loriots Ödipussi. 1988 ***
Pappa ante portas. 1991 ***
• Werkausgabe in Einzelbänden:
Sehr verehrte Damen und Herren… Reden und Ähnliches. 1993
Auf den Hund gekommen. 44 lieblose Zeichnungen. 1954
Für den Fall… 1960
Der gute Geschmack. 1964
Herzliche Glückwünsche. Ein umweltfreundliches Erzeugnis. 1975
Das große Loriot Buch. Gesammelte Geschichten in Wort und Bild. 1998 ***
Neue Lebenskunst in Wort und Bild. 1966

Loriot. 1993
Loriots kleines Buch der Katastrophen. 1987 ***
Loriots Kommentare zu Politik, Kriminalistik, Wirtschaft, Kultur, Modernem Leben, Männern und Sport sowie Tier- und Frauenwelt. 1978 ***
Loriots mini-Ratgeber. 1980 ***
Loriots Kleine Prosa. 1971
Loriots kleiner Ratgeber. 1974
Loriots Tagebuch. 1974 ***
Loriots kleines Tierleben von B bis Z. 1986 ***
Loriots ganz kleine heile Welt. 1981 ***
Menschen, die man nicht vergißt. Achtzehn beispielhafte Bildergeschichten. 1974
Nimm's leicht! 1963
Reinhold das Nashorn. 1968 ***
Szenen einer Ehe in Wort und Bild. 1986
Der gute Ton. Das Handbuch feiner Lebensart in Wort und Bild. 1957
Umgang mit Tieren. 1962
Wahre Geschichten. Erlogen von Loriot. 1959
Der Weg zum Erfolg. 1958
Wum und Wendelin erzählen Euch was. 1979 ***
Loriots Wum und Wendelin. Worte und Taten von Deutschlands populärstem Hund und seinem lieben Freunde. 1977 ***
Loriots bewegte Botschaften. Serie I. 1971 ***
Loriots bewegte Botschaften. Serie II. 1971 ***
• Loriot's Film Festival Super Pocket Cinemascope:
Ein Amerikaner in Paris. 1985 ***
Casanova. 1985 ***
Dr. Jekyll und Mr. Hyde. 1985 ***
Der dritte Mann. 1985 ***
Endstation Sehnsucht. 1985 ***
Fußballfieber. 1986 ***
Krieg und Frieden. 1985 ***
Lohn der Angst. 1985 ***
Manche mögen's heiß. 1985 ***
Odyssee im Weltall. 1985 ***
Schwarzwaldmädel. 1985 ***
Vom Winde verweht. 1985 ***

MARCUSE LUDWIG, 8.2.1894, Berlin – 2.8.1971, München
Errick in Amerika – Über Erich Kästner. Aus: *Wie alt kann Aktuelles sein?*; Diogenes, Zürich 1989.
• Von Ludwig Marcuse sind im Diogenes Verlag erschienen:
Amerikanisches Philosophieren. Pragmatisten, Polytheisten, Tragiker. 1994 ***
Argumente und Rezepte. Ein Wörterbuch für Zeitgenossen (vorm.: *Denken mit Ludwig Marcuse*). 1984 ***
Briefe von und an Ludwig Marcuse. 1975 ***
Essays / Porträts / Polemiken. 1979 ***
Meine Geschichte der Philosophie. Aus den Papieren eines bejahrten Philosophiestudenten. 1981 ***
Heinrich Heine. Melancholiker, Streiter in Marx, Epikureer. 1997
Ignatius von Loyola. Ein Soldat der Kirche. 1973 ***

Mein zwanzigstes Jahrhundert. Auf dem Weg zu einer Autobiographie. 1975
Das denkwürdige Leben des Richard Wagner. 1973 ***
Ludwig Börne. Aus der Frühzeit der deutschen Demokratie. 1977
Das Märchen von der Sicherheit oder Die unverschämte Vernunft. 1981 ***
Nachruf auf Ludwig Marcuse. 1975
Obszön. Geschichte einer Entrüstung. 1984
Der Philosoph und der Diktator. Plato und Dionys. Geschichte einer Demokratie und einer Diktatur. 1984 ***
Philosophie des Glücks. Von Hiob bis Freud. 1972
Philosophie des Un-Glücks. Pessimismus – ein Stadium der Reife. 1981 ***
Richard Wagner. Ein denkwürdiges Leben. 1983
Sigmund Freud. Sein Bild vom Menschen. 1972
Strindberg. Das Leben der tragischen Seele. 1989 ***
Die Welt der Tragödie. 1992
Wie alt kann Aktuelles sein? Literarische Porträts und Kritiken. 1989
• Außerdem erschienen:
Ein Panorama europäischen Geistes. Texte aus drei Jahrtausenden, ausgewählt und vorgestellt von Ludwig Marcuse. Drei Bände: I: Diogenes bis Plotin. II: Augustinus bis Hegel. III: Karl Marx bis Thomas Mann. 1977 ***

MORWEISER FANNY, 11.3.1940, Ludwigshafen, lebt in Mosbach
Weißer Fingerhut. Aus: *Indianer-Leo.* Geschichten (detebe 20799); Diogenes, Zürich 1980.
• Von Fanny Morweiser sind im Diogenes Verlag erschienen:
Un joli garçon. Roman. 2003
Indianer-Leo und andere Geschichten aus dem wilden Westdeutschland. 1977 ***
Die Kürbisdame. Eine Kleinstadt-Trilogie. 1980 ***
Lalu lalula, arme kleine Ophelia. Eine unheimliche Liebesgeschichte. 1971 ***
Das Medium. Roman. 1991 ***
O Rosa. Ein melancholischer Roman. 1983 ***
Ein Sommer in Davids Haus. Roman. 1978 ***
Der Taxitänzer. Erzählungen. 1996
Schwarze Tulpe. Roman. 1999
La vie en rose. Ein romantischer Roman. 1973 ***
Voodoo-Emmi. Erzählungen. 1987 ***
Ein Winter ohne Schnee. Roman. 1985 ***

MULOT SIBYLLE, 3.5.1950, Reutlingen, lebt in Lure (Frankreich)
Teure Kompromisse (Titel von den Herausgebern). Auszug aus dem Roman *Liebeserklärungen* (detebe 22859); Diogenes, Zürich 1996.
• Von Sibylle Mulot sind im Diogenes Verlag erschienen:
Die Fabrikanten. Roman einer Familie. 2005

Das ganze Glück. Eine Liebesgeschichte. Mit einem Hafis-Orakel. 2001
Das Horoskop. 1997
Die unschuldigen Jahre. Roman. 1999
Liebeserklärungen. Roman. 1996
Nachbarn. Roman. 1995

NOLL INGRID, 29.9.1935, Shanghai, lebt in Weinheim
Die Sekretärin. Aus: *Falsche Zungen* (detebe 23508); Diogenes, Zürich 2005.
• Von Ingrid Noll sind im Diogenes Verlag erschienen:
Die Apothekerin. Roman. 1994
Der Hahn ist tot. Roman. 1991
Die Häupter meiner Lieben. Roman. 1993
Kalt ist der Abendhauch. Roman. 1996
Ladylike. Roman. 2006
Auch als Diogenes Hörbuch, gelesen von Maria Becker. 2006
Rabenbrüder. Roman. 2003
Röslein rot. Roman. 1998
Der Schweinepascha in 15 Bildern. Illustriert von der Autorin. 1996
Die Sekretärin. Drei Rachegeschichten. 2000 ***
Stich für Stich. Fünf schlimme Geschichten. 1997 ***
Selige Witwen. Roman. 2001
Falsche Zungen. Gesammelte Geschichten. 2004

REINHARDT STEPHAN, 1940, Meißen an der Elbe, lebt in Heidelberg
Trompetenstoß in schwüler Stille – Die Geschichte der ›Kirschen der Freiheit‹ von Alfred Andersch (Titel von den Herausgebern). Auszug aus der Biographie *Alfred Andersch.* (detebe 22874); Diogenes, Zürich 1996.

RICHARTZ WALTER E., eigentlich Walter Erich von Bebenburg, 14.5.1927, Hamburg – 3.2.1980, Frankfurt am Main
Schneckenstunden (Titel von den Herausgebern). Auszug aus *Büroroman* (detebe 20574); Diogenes, Zürich 1978.
• Von Walter E. Richartz sind im Diogenes Verlag erschienen:
Meine vielversprechenden Aussichten. 1966 ***
Der Aussteiger. Angestelltenprosa. 1979 ***
Büroroman. 1976
Das Leben als Umweg. Geschichten. 1976
Noface – Nimm was du brauchst. Roman. 1973 ***
Prüfungen eines braven Sohnes. Erzählung. 1966 ***
Reiters Westliche Wissenschaft. Roman. 1980 ***
Tod den Ärtzten. Roman. 1969
Vorwärts ins Paradies. Aufsätze zu Literatur und Wissenschaft. 1979 ***
• Außerdem erschienen:
Shakespeare's Geschichten. Nacherzählt und mit einem Vorwort von Walter E. Richartz. 1978 ***

SCHLINK BERNHARD, 6.7.1944, Bielefeld, lebt in Berlin und New York
Liebesfluchten. Aus dem gleich-

namigen Erzählband (detebe 23299); Diogenes, Zürich 2001.
• Von Bernhard Schlink sind im Diogenes Verlag erschienen:
Die Heimkehr. Roman. 2006
Auch als Diogenes Hörbuch, gelesen von Hans Korte. 2006
Liebesfluchten.
Geschichten. 2000
Die gordische Schleife.
Roman. 1988
Selbs Betrug. Roman. 1992
Selbs Mord. Roman. 2001
Vergewisserungen. Über Politik, Recht, Schreiben und Glauben. 2005
Der Vorleser. Roman. 1995
Auch als Diogenes Hörbuch, gelesen von Hans Korte. 2005
• Außerdem erschienen:
Selbs Justiz. Von Bernhard Schlink und Walter Popp. Roman. 1987

STÖLZL CHRISTOPH, 17.2.1944, Westheim bei Augsburg, lebt in Berlin
Wir sind Loriot oder ein Preuße lockert die Deutschen. Aus: *Einmal Berlin und zurück*; Verlag Bostelmann & Siebenhaar, Berlin 2004. Abdruck mit freundlicher Genehmigung des Autors und des Verlags.

STRAUB MARIA ELISABETH siehe Martina Borger

STRITTMATTER THOMAS, 18.12.1961, St. Georgen im Schwarzwald – 29.8.1995, Berlin
Wie arbeitet der Tod (Titel von den Herausgebern). Auszug aus dem Roman *Raabe Baikal* (detebe 22507); Diogenes, Zürich 1992.
• Außerdem erschienen:
Viehjud Levi und andere Stücke. 1992

SÜSKIND PATRICK, 26.3.1949, Ambach am Starnberger See, lebt in München
Die Geschichte von Herrn Sommer. Auszug aus der gleichnamigen Erzählung (detebe 22664). © Diogenes, Zürich 1994.
Der Zwang zur Tiefe. Aus: *Drei Geschichten* und eine Betrachtung (detebe 23468); Diogenes, Zürich 2005.
• Von Patrick Süskind sind im Diogenes Verlag erschienen:
Drei Geschichten und eine Betrachtung. 1995
Der Kontrabaß. 1984
Das Parfum. Die Geschichte eines Mörders. 1985
Die Taube. 1987
• Außerdem erschienen:
Süskind, Patrick & Sempé
Die Geschichte von Herrn Sommer. Mit Bildern von Sempé. 1991
Auch als Diogenes Hörbuch, gelesen von Hans Korte. 2006
Rossini. Mit Helmut Dietl. Drehbuch. 1997 ***
Schtonk. Mit Helmut Dietl. Drehbuch. 1992 ***
Vom Suchen und Finden der Liebe. Mit Helmut Dietl. Drehbuch. 2005

SUTER MARTIN, 29.2.1948, Zürich, lebt in Spanien und Guatemala
»Reingefallen!« (Titel von den Herausgebern). Auszug aus dem Roman *Small World* (detebe 23088); Diogenes, Zürich 1998.

• Von Martin Suter sind im Diogenes Verlag erschienen:
Business Class. Geschichten aus der Welt des Managements. 2000
Business Class. Neue Geschichten aus der Welt des Managements. 2002
Die dunkle Seite des Mondes. Roman. 2000
Ein perfekter Freund. Roman. 2002
Huber spannt aus und andere Geschichten aus der Business Class. 2005
Lila, Lila. Roman. 2004
Richtig leben mit Geri Weibel. Sämtliche Folgen. 2005
Small World. Roman. 1997

WIDMER URS, 21.5.1938, Basel, lebt in Zürich
Der Geliebte der Mutter. Auszug aus dem gleichnamigen Roman (detebe 23347); Diogenes, Zürich 2003.
Eine Reise nach Graz. Auszug aus *Die sechste Puppe im Bauch der fünften Puppe im Bauch der vierten* und andere Überlegungen zur Literatur (detebe 22776); Diogenes, Zürich 1995.
Das Paradies des Vergessens. Auszug aus der gleichnamigen Erzählung (detebe 22513); Diogenes, Zürich 1992.
• Von Urs Widmer sind im Diogenes Verlag erschienen:
Alois. Erzählung. 1968 ***
Alois / Die Amsel im Regen im Garten. Zwei Erzählungen. 1988 ***
Die Amsel im Regen im Garten. Erzählung. 1971 ***
Auf auf, ihr Hirten! Die Kuh haut ab! Kolumnen. 1988 ***
Das Buch des Vaters. Roman. 2004
Die Forschungsreise. Ein Abenteuerroman. 1974
Das Geld, die Arbeit, die Angst, das Glück. 2002
Der Geliebte der Mutter. Roman. 2000
Indianersommer. Erzählung. 1985
Im Kongo. Roman. 1996
Der Kongreß der Paläolepidopterologen. Roman. 1989
Das enge Land. Roman. 1981
Ein Leben als Zwerg. 2006
Liebesbrief für Mary. Erzählung. 1993
Liebesnacht. Erzählung. 1982
Die gelben Männer. Roman. 1976
Die lange Nacht der Detektive. Ein Stück. 1973 ***
Nepal. Ein Stück in der Basler Umgangssprache. 1977 ***
Das Normale und die Sehnsucht. Essays und Geschichten. 1972 ***
Das Paradies des Vergessens. Erzählung. 1990
Die sechste Puppe im Bauch der fünften Puppe im Bauch der vierten und andere Überlegungen zur Literatur. Grazer Poetik-Vorlesungen. 1995
Die gestohlene Schöpfung. Ein Märchen. 1984
Schweizer Geschichten. 1977
Der blaue Siphon. Erzählung. 1992
Das Verschwinden der Chinesen im neuen Jahr. 1987 ***

Vom Fenster meines Hauses aus. Prosa. 1977
Vor uns die Sintflut. Geschichten. 1998
Züst oder die Aufschneider. Ein Traumspiel. Hochdeutsche und schweizerdeutsche Fassung. 1980 ***
• Außerdem erschienen:
Das Urs Widmer Lesebuch. Herausgegeben von Thomas Bodmer. Vorwort von H. C. Artmann. Nachwort von Hanns Grössel. 1980 ***
Shakespeare's Geschichten. Band II. Nacherzählt und mit einem Vorwort von Urs Widmer. 1980 ***
Shakespeares Königsdramen. Nacherzählt von Urs Widmer. Mit Zeichnungen von Paul Flora. 2004

Zimnik Reiner, 13.12.1930, Beuthen (Oberschlesien), lebt in München
Schwierigkeiten bei der Paketpost. Aus: *Geschichten vom Lektro* (detebe 20671); Diogenes, Zürich 1979.
• Von Reiner Zimnik sind im Diogenes Verlag erschienen:
Die Ballade von Augustus und den Lokomotiven. 1967 ***
Das große Reiner Zimnik Geschichtenbuch. 1990
Geschichten vom Lektro. 1979
Neue Geschichten vom Lektro. 1979 ***
Lektro und der Eiskönig. Ein freundliches Bilderbuch. 1965 ***
Lektro und die Feuerwehr. Ein freundliches Bilderbuch. 1964 ***
Die Maschine. Die Geschichte einer Maschine, die allen Geist der Zeit in sich vereinigt und an der alle Menschen enden. 1981 ***
Der kleine Millionär. Eine interplanetarische Weihnachtsgeschichte. 1969 ***
Professor Daniel J. Koopermans' Entdeckung und Erforschung des Schneemenschen. 1971 ***
Sebastian Gsangl. Meinungen eines gutmütig-grantligen Bayern mit Bürger-Mut. 1975
Winterzeichnungen. 1971–1975. 1975 ***
• Bilderbücher für Kinder:
Der Bär auf dem Motorrad. 1963 ***
Bills Ballonfahrt. 1972
Die Geschichte vom Käuzchen oder ein Vogel als Lebensretter. 1963 ***
Pasteten im Schnee. Von Beatrice Schenk de Regniers. 1963 ***

Bitte beachten Sie
auch die folgenden Seiten

Hans Werner Kettenbach im Diogenes Verlag

»Schon lange hat niemand mehr – zumindest in der deutschen Literatur – so erbarmungslos und so unterhaltsam zugleich den Zustand unserer Welt beschrieben.« *Die Zeit, Hamburg*

»Hans Werner Kettenbach erzählt in einer eigenartigen Mischung von Zartheit, Humor und Melancholie, aber immer auf erregende Art glaubwürdig.«
Neue Zürcher Zeitung

»Dieses Nie-zuviel-an Wörtern, diese unglaubliche Leichtigkeit und Selbstverständlichkeit … ja, das ist in der zeitgenössischen Literatur einzigartig!«
Visa Magazin, Wien

»Ein beweglicher ›Weiterschreiber‹ nicht nur der Nachkriegsgeschichte, sondern der Geschichte der Bundesrepublik ist Hans Werner Kettenbach. Seine Romane aus dem bundesrepublikanischen Tiergarten sind viel unterhaltsamer und spitzer als alle Weiterschreibungen Bölls.« *Kommune, Frankfurt*

Hinter dem Horizont
Eine New Yorker Liebesgeschichte

Sterbetage
Roman

Schmatz oder Die Sackgasse
Roman

Der Pascha
Roman

Der Feigenblattpflücker
Roman

Die Schatzgräber
Roman

Grand mit vieren
Roman

Glatteis
Roman

Die Konkurrentin
Roman

Kleinstadtaffäre
Roman

Zu Gast bei Dr. Buzzard
Roman

Hugo Loetscher im Diogenes Verlag

»Hugo Loetscher ist zweifellos der kosmopolitischste, der weltoffenste Schriftsteller der Schweiz. Es weht ein Duft von Urbanität und weiter Welt in seinen Büchern, die sich dennoch keineswegs von den sozialen Realitäten abwenden, ganz im Gegenteil. Loetscher ist eine Ausnahmeerscheinung in der Schweizer Gegenwartsliteratur nach Frisch und Dürrenmatt. Eine Ausnahmeerscheinung ist er durchaus bezüglich der literarischen Qualität. Er ist es aber auch als Intellektueller: Eben weil es ihm gelungen ist, die kulturelle und politische Enge der Schweiz in ein dialektisches Verhältnis zu bringen. Und fruchtbar zu machen.« *Jürg Altwegg*

Wunderwelt
Eine brasilianische Begegnung

Herbst in der Großen Orange

Noah
Roman einer Konjunktur

Der Waschküchenschlüssel oder Was – wenn Gott Schweizer wäre
Geschichten

Der Immune
Roman

Die Papiere des Immunen
Roman

Die Fliege und die Suppe
und 33 andere Tiere in 33 anderen Situationen. Fabeln

Die Kranzflechterin
Roman

Abwässer
Ein Gutachten

Der predigende Hahn
Das literarisch-moralische Nutztier. Mit Abbildungen, einem Nachwort, einem Register der Autoren und Tiere sowie einem Quellenverzeichnis

Saison
Roman

Die Augen des Mandarin
Roman

Vom Erzählen erzählen
Poetikvorlesungen. Mit Einführungen von Wolfgang Frühwald und Gonçalo Vilas-Boas

Der Buckel
Geschichten

Lesen statt klettern
Aufsätze zur literarischen Schweiz

Es war einmal die Welt
Gedichte

In alle Richtungen gehen
Reden und Aufsätze über Hugo Loetscher. Herausgegeben von Jeroen Dewulf und Rosmarie Zeller

Hartmut Lange im Diogenes Verlag

Hartmut Lange, 1937 in Berlin-Spandau geboren, studierte an der Filmhochschule Babelsberg Dramaturgie. Er lebt in Berlin und schreibt Dramen, Essays und Prosa. 1998 wurde er mit dem Literaturpreis der Konrad-Adenauer-Stiftung ausgezeichnet.

»Hartmut Lange hat einen festen Platz in der deutschen Literatur der Gegenwart. Dieser Platz ist nicht bei den Lauten, den Grellen, den Geschwätzigen, sondern bei den Nachdenklichen, bei denen, die Themen und Mittel sorgfältig wählen.« *Kieler Nachrichten*

»Die mürbe Eleganz seines Stils sucht in der zeitgenössischen Literatur ihresgleichen.«
Frankfurter Allgemeine Zeitung

Die Waldsteinsonate
Fünf Novellen

Die Selbstverbrennung
Roman

Das Konzert
Novelle

Tagebuch eines Melancholikers
Aufzeichnungen der Monate Dezember 1981 bis November 1982

Die Ermüdung
Novelle

Vom Werden der Vernunft
und andere Stücke fürs Theater

Die Wattwanderung
Novelle

Die Reise nach Triest
Novelle

Die Stechpalme
Novelle

Schnitzlers Würgeengel
Vier Novellen

Der Herr im Café
Drei Erzählungen

Eine andere Form des Glücks
Novelle

Die Bildungsreise
Novelle

Das Streichquartett
Novelle

Irrtum als Erkenntnis
Meine Realitätserfahrung als Schriftsteller

Gesammelte Novellen
in zwei Bänden

Leptis Magna
Zwei Novellen

Der Wanderer
Novelle

Urs Widmer im Diogenes Verlag

»Wer kann heute noch glitzernde, glücksüberstrahlte Idyllen erzählen? Wer eine Geschichte über den Golfkrieg und die A-Bombe? Wer ein Märchen für Erwachsene von – sagen wir: fünfzehn an? Und wer eine Liebesgeschichte über Lebende und Tote, die uns traurigfroh ans Herz geht? Die Antwort: Urs Widmer. Er kann all dies aufs Mal und all das ist, eine Rarität in der deutschen Literatur, tiefsinnig und extrem unterhaltend zugleich.«
Andreas Isenschmid / Die Zeit, Hamburg

Vom Fenster meines Hauses aus
Prosa

Schweizer Geschichten

Das enge Land
Roman

Liebesnacht
Eine Erzählung

Die gestohlene Schöpfung
Ein Märchen

Indianersommer
Erzählung

Der Kongreß der Paläolepidopterologen
Roman

Das Paradies des Vergessens
Erzählung

Der blaue Siphon
Erzählung

Liebesbrief für Mary
Erzählung

Die sechste Puppe im Bauch der fünften Puppe im Bauch der vierten
und andere Überlegungen zur Literatur. Grazer Vorlesungen 1991

Im Kongo
Roman

Vor uns die Sintflut
Geschichten

Der Geliebte der Mutter
Roman

Das Geld, die Arbeit, die Angst, das Glück.

Das Buch des Vaters
Roman

Ein Leben als Zwerg

Außerdem erschienen:

Shakespeares Königsdramen
Nacherzählt und mit einem Vorwort von Urs Widmer. Mit Zeichnungen von Paul Flora

Otto Jägersberg im Diogenes Verlag

»Otto Jägersbergs Komik ist feingesponnen, ja hintergründig und nicht zu verwechseln mit jenem unsäglichen öffentlich-rechtlichen Fernsehhumor der Ohnsorgs und Millowitschs. Sie ist einladend, aber nicht zahnlos. Manch einem, der da mitlacht, wird möglicherweise der Lacher im Hals steckenbleiben, wenn er inne wird, daß er soeben auf seine eigenen, höchstpersönlichen Kosten gelacht hat. Jägersberg ist imstande, zu beweisen, daß selbst die Lyrik, die subtilste und feinnervigste der drei klassischen Gattungen, eine Angelegenheit für die Lachmuskeln und das Zwerchfell sein kann.«
Jochen Kelter/Stuttgarter Zeitung

»Das ist nun wirklich ein guter Schriftsteller, frech und gottesfürchtig. Ich gratuliere Ihnen zu diesem Fund! Leute, bei denen man nicht lachen muß, sondern lachen kann, sind ja äußerst selten.«
Alfred Andersch

Weihrauch und Pumpernickel
Ein westpfählisches Sittenbild

Der letzte Biß
Geschichten aus der Gegenwart

Der Herr der Regeln
Roman

Vom Handel mit Ideen
Geschichten

Wein, Liebe, Vaterland
Gedichte

Söffchen oder Nette Leute
Roman

Bernhard Schlink im Diogenes Verlag

»Schwungvoll geschriebene, raffiniert gebaute Romane, in denen die politische Aktualität und die deutsche Vergangenheit präsent sind.«
Dorothee Nolte / Der Tagesspiegel, Berlin

»Bernhard Schlink gehört zu den Autoren, die sinnlich, intelligent und spannend erzählen können – eine Seltenheit in Deutschland.«
Dietmar Kanthak / General-Anzeiger, Bonn

»Bernhard Schlink gelingt das in der deutschen Literatur seltene Kunststück, so behutsam wie möglich, vor allem ohne moralische Bevormundung des Lesers, zu verfahren und dennoch durch die suggestive Präzision seiner Sprache ein Höchstmaß an Anschaulichkeit zu erreichen.« *Werner Fuld / Focus, München*

»Bernhard Schlink ist ein sehr intensiver Beobachter menschlicher Handlungen, seelischer Prozesse. Man liest. Und versteht.«
Wolfgang Kroener / Rhein-Zeitung, Koblenz

Die gordische Schleife
Roman

Selbs Betrug
Roman

Der Vorleser
Roman
Auch als Diogenes Hörbuch erschienen, gelesen von Hans Korte

Liebesfluchten
Geschichten

Selbs Mord
Roman

Vergewisserungen
Über Politik, Recht, Schreiben und Glauben

Die Heimkehr
Roman

Bernhard Schlink & Walter Popp
Selbs Justiz
Roman

Ingrid Noll im Diogenes Verlag

»Sie ist voller Lebensklugheit, Menschenkenntnis und verarbeiteter Erfahrung. Sie will eine gute Geschichte gut erzählen und das kann sie.«
Georg Hensel / Frankfurter Allgemeine Zeitung

»Wer einmal anfängt, ihre Romane zu lesen, hört nicht mehr auf, ja wird süchtig nach mehr. Sie erzählt temporeich und spannend und immer mit Ironie.«
Christa Spatz / Frankfurter Rundschau

»Weit mehr als für Leichen interessiert sich die Autorin für die psychologischen Verstrickungen ihrer Figuren, für die Motive und Zwangsmechanismen, die zu den Dramen des Alltags führen.«
Klaus Reitz / Mannheimer Morgen

»Eine fesselnd formulierende, mit viel schwarzem Humor ausgestattete Neurosen-Spezialistin in Patricia-Highsmith-Format.«
Markus Vanhoefer / Münchner Merkur

Der Hahn ist tot
Roman

Die Häupter meiner Lieben
Roman

Die Apothekerin
Roman

Der Schweinepascha
in 15 Bildern. Illustriert von der Autorin

Kalt ist der Abendhauch
Roman

Röslein rot
Roman

Selige Witwen
Roman

Rabenbrüder
Roman

Falsche Zungen
Gesammelte Geschichten

Ladylike
Roman
Auch als Diogenes Hörbuch, gelesen von Maria Becker

Martin Suter im Diogenes Verlag

Martin Suter, geboren 1948 in Zürich, ist Schriftsteller, Kolumnist und Drehbuchautor. Bis 1991 verdiente er sein Geld auch als Werbetexter und Creative Director, bis er sich ausschließlich fürs Schreiben entschied. 1997 erschien sein erster Roman *Small World*. Seine Kolumne ›Business Class‹ für die Schweizer *Weltwoche* und nun das *Magazin* des *Tages-Anzeigers* und die Geschichten um Geri Weibel für das *NZZ-Folio* erfreuen sich großer Beliebtheit. Suter lebt mit seiner Frau in Spanien und Guatemala.

»Martin Suter, Autor süchtig machender Kolumnen, spielt virtuos auf den Klaviaturen unterschiedlichster Textsorten. Wie ein an Hitchcock geschulter Thriller-Regisseur wiegt der Autor seine Leserschaft in Sicherheit, um in der Peripetie umso hinterhältiger zuschlagen zu können, auch um den moralisch zweifelhaften Schluß umso schillernder offenzulassen.«
Urs Steiner/Neue Zürcher Zeitung

»Für die ›page turner‹, die Bücher also, die in einem Atemzug zu lesen sind, ist seit geraumer Zeit vor allem einer zuständig: Martin Suter.« *Profil, Wien*

Small World
Roman

Die dunkle Seite des Mondes
Roman

Business Class
Geschichten aus der Welt des Managements

Ein perfekter Freund
Roman

Business Class
Neue Geschichten aus der Welt des Managements

Lila, Lila
Roman

Richtig leben mit Geri Weibel
Sämtliche Folgen

Huber spannt aus
und andere Geschichten aus der Business Class

Patrick Süskind im Diogenes Verlag

»Es gibt eine Lektüreerfahrung, die man in der deutschen Gegenwartsliteratur bislang nur mit den Erzählungen von Patrick Süskind machen konnte. Da erzählt einer Geschichten von komischen Käuzen wie dem unauffälligen Pariser Angestellten, der vom Anblick einer Taube in eine nicht wieder gutzumachende Lebenskrise gestürzt wird, von einem Außenseiter, den seine geniale Begabung für Geruchswahrnehmungen und die kunstreiche Herstellung immer subtilerer Duftkunstwerke zum Monstrum werden lassen in einer Welt von Gestank und Ekel, vom schweigsamen Herrn Sommer, der rastlos durch die enge Welt der süddeutschen Provinz wandert und nichts will, als in Ruhe gelassen zu werden. Hat man einmal zu lesen angefangen, will man gar nicht mehr aufhören vor lauter unerhörten Begebenheiten, liest, wie man zuletzt als Kind gelesen hat, lauter Geschichten, die vor allem eins zu sein scheinen: altmodisch spannend. Und gerät so, in der unerbittlichen Folgerichtigkeit des Geschehens, auf die Spuren einer Vergangenheit, die noch nicht aufgehört hat. Im Wohlklang eines kultivierten Erzählertonfalls zeigt sich ein Entsetzen, das Goethe auf die Sentenz gebracht hat, unsere Welt sei eine Glocke, die einen Riß hat und nicht mehr klingt.«
Heinrich Detering / Frankfurter Allgemeine Zeitung

Der Kontrabaß

Das Parfum
Die Geschichte eines Mörders

Die Taube

Die Geschichte von Herrn Sommer
Mit Bildern von Sempé

Drei Geschichten
und eine Betrachtung

Zusammen mit Helmut Dietl:
Vom Suchen und Finden der Liebe
Vollständiges Drehbuch mit zahlreichen Fotos aus dem Film, mit einem Vorwort von Helmut Dietl und einem Nachwort von Patrick Süskind

Sibylle Mulot im Diogenes Verlag

»Willkommen! Eine deutsche Autorin, die über Scherz, Satire, Ironie und Selbstironie verfügt: Qualitäten, die nahezu angelsächsisch anmuten.«
Kyra Stromberg / Süddeutsche Zeitung, München

»Nicht selten hört man die Klage, daß die deutsche Gegenwartsliteratur besonders arm sei an gut geschriebenen und unterhaltsamen Büchern, die gedanklich gleichwohl nicht ›unter Niveau‹ gehen. Wenn dem so sein sollte, dann wäre dies ein Grund mehr, auf Sibylle Mulot aufmerksam zu machen.«
Helmuth Kiesel / Frankfurter Allgemeine Zeitung

»Die Autorin erzählt in einer Sprache, die glänzt und glitzert wie das Meer zur Hochsommerzeit.«
Nicole Hess / Tages-Anzeiger, Zürich

»Mulots Prosa wird von Buch zu Buch immer knapper, dichter und geschliffener.«
Martin Ebel / Neue Zürcher Zeitung

Liebeserklärungen
Roman

Nachbarn
Roman

Das Horoskop
Erzählung

Die unschuldigen Jahre
Roman

Das ganze Glück
Eine Liebesgeschichte
Mit einem Hafis-Orakel im Anhang

Die Fabrikanten
Roman einer Familie

Erich Hackl im Diogenes Verlag

»Seine Fähigkeit, aus den zur Meldung geschrumpften Fakten wieder die Wirklichkeit der Ereignisse zu entwickeln, die Präzision und zurückgehaltene Kraft der Sprache lassen an Kleist denken.«
Süddeutsche Zeitung, München

»Mit seinem nüchternen Stil tritt Hackl an die Stelle des Chronisten: er ermittelt, rekonstruiert, beschreibt. Auf ihn trifft García Márquez' Postulat zu, wonach ein Schriftsteller politisch Stellung beziehen, vor allem aber gut schreiben muß.« *Siempre!, Mexiko-Stadt*

»Er zählt zur aussterbenden Population der Autoren mit Gesinnung. Und doch drängen seine poetisch-stillen und gleichzeitig politisch hochbrisanten Bücher stets zur Spitze der heimischen Bestsellerliste.«
Dagmar Kaindl / News, Wien

»Berichte aus einer nicht abgeschlossenen Vergangenheit: große zeitgenössische Literatur der Ernsthaftigkeit.« *Christian Seiler /profil, Wien*

Auroras Anlaß
Erzählung

Abschied von Sidonie
Erzählung

Materialien zu Abschied von Sidonie
Herausgegeben von Ursula Baumhauer

König Wamba
Ein Märchen. Mit Zeichnungen von Paul Flora

Sara und Simón
Eine endlose Geschichte

In fester Umarmung
Geschichten und Berichte

Entwurf einer Liebe auf den ersten Blick
Erzählung

Die Hochzeit von Auschwitz
Eine Begebenheit

Anprobieren eines Vaters
Geschichten und Erwägungen

Doris Dörrie im Diogenes Verlag

»Doris Dörrie ist als Erzählerin Spezialistin in diffizilen Angelegenheiten der kleinen Rache und gezielten Ohrfeigen zum Zwecke der Unterstützung des eigenen Selbstwertgefühles. Sie ist eine sehr gute Kurzgeschichten-Schreiberin mit der erforderlichen Prise Selbstironie und mit stilistischer Eleganz.«
Annemarie Stoltenberg / Die Zeit, Hamburg

»Eine der gegenwärtig besten Erzählerinnen in deutscher Sprache.« *Walter Vogl / Die Presse, Wien*

»Es ist vollkommen gleichgültig, ob Sie Doris Dörrie in der Badewanne, im Intercity-Großraumwagen, im Lehnstuhl oder in der Straßenbahn lesen, nur: Lesen Sie sie!« *Deutschlandfunk, Köln*

Liebe, Schmerz und das ganze verdammte Zeug
Vier Geschichten

»Was wollen Sie von mir?«
Erzählungen. Mit Fotos von Helge Weindler

Der Mann meiner Träume
Erzählung

Für immer und ewig
Eine Art Reigen

Love in Germany
Deutsche Paare im Gespräch mit Doris Dörrie. Unter Mitarbeit von Volker Wach. Mit 13 Fotos

Bin ich schön?
Erzählungen

Samsara
Erzählungen

Was machen wir jetzt?
Roman

Happy
Ein Drama

Das blaue Kleid
Roman

Mitten ins Herz
und andere Geschichten. Herausgegeben von Daniel Keel. Mit einem Nachwort der Autorin

Kinderbücher:

Mimi
Mit Bildern von Julia Kaergel

Mimi ist sauer
Mit Bildern von Julia Kaergel

Mimi entdeckt die Welt
Mit Bildern von Julia Kaergel

Borger & Straub im Diogenes Verlag

»Mit ihrer eleganten Prosa und profunden Kenntnis der menschlichen Seele erinnern Borger & Straub an Patricia Highsmith.«
Angela Gatterburg/Spiegel Special, Hamburg

»Was zwei italienische Herren konnten, gelingt auch zwei deutschen Damen. Und wie! Borger & Straub wohnen an die tausend Kilometer voneinander entfernt und schreiben dennoch aus einem Guß.«
Ditta Rudle/Buchkultur, Wien

»Sie erweisen sich als meisterhafte Beobachter von Seelenzuständen. Ihr genauer Blick wird nicht geblendet von moralischer Entrüstung, deckt die Ambivalenz auf, die menschlichen Gefühlen oft innewohnt.«
Susanna Gilbert-Sättele/dpa, Hamburg

Katzenzungen
Roman

Kleine Schwester
Erzählung

Im Gehege
Roman

Jakob Arjouni im Diogenes Verlag

»Ein großer, phantastischer Schriftsteller, der genau und planvoll und lesbar schreibt.«
Maxim Biller/Tempo, Hamburg

»Seine Virtuosität, sein Humor, sein Gespür für Spannung sind ein Lichtblick in der Literatur jenseits des Rheins, die seit langem in den eisigen Sphären von Peter Handke gefangen ist.« *Actuel, Paris*

»Seine Texte haben Qualität. Sie sind ambitioniert, unaufdringlich-provokativ, höchst politisch.«
Barbara Müller-Vahl/General-Anzeiger, Bonn

»Arjouni weiß als Dramatiker genauso wie als Krimiautor, wie er Spannung erzielt, ohne platt zu wirken.«
Christian Peiseler/Rheinische Post, Düsseldorf

Magic Hoffmann
Roman

Ein Freund
Geschichten

Idioten. Fünf Märchen

Hausaufgaben
Roman

Die Kayankaya-Romane:

Happy birthday, Türke!

Mehr Bier

Ein Mann, ein Mord

Kismet